DAS AMULETT DES NORDENS

Impressum

1. Auflage, 2022
© September D.S.B. Schneider – alle Rechte vorbehalten.
Diana Schneider
Maderspergergasse 44
8020 Graz
Österreich

dsb_schneider@gmx.net
www.dsbschneider.com

ISBN: 9-783-754-6-85259
Lektorat: Fritzi van Ribbeck
Korrektorat: Claudia Fischer
Buchsatz und E-Book-Formatierung: LoreDana Arts, Loredana Bursch,
www.loredanaarts.de
Cover- und Umschlaggestaltung: Natalina Rennet (@onceupon.a.Cover)
unter Verwendung von Bildmaterial von Adobe Stock @robin_ph

Herstellung und Druck über tolino media GmbH & Co. KG,
Albrechtstr. 14, 80636 München. Printed in Germany.
Fragen zu Produktsicherheit an: gpsr@tolino.media.

HINWEIS TRIGGER WARNUNG

Achtung: Dieses Buch enthält Inhalte, die einige Leser*innen als beunruhigend empfinden könnten. Deshalb findest du hier eine ausführliche Triggerwarnung.

WIDMUNG

Für meine Lieblingsmenschen, die mich tagtäg-
lich inspirieren und anspornen.
Danke für Eure Unterstützung und Geduld.
Ich liebe euch.

INHALT

PROLOG

Der Schein der nächtlichen Himmelskörper vermochte die dicke Wolkendecke nicht zu durchdringen. Die Nacht hüllte fast alles in ihren schwarzen Mantel.

Sigrid rappelte sich hoch und klopfte den Staub von ihrer Kleidung. Sie hatte diese Art von Zeitzauber nie zuvor versucht und nicht den blassesten Schimmer, ob er funktioniert hatte oder nicht. Aber offenbar brachte diese Art von Beschwörung jede Menge Staub mit sich. *Was habe ich mir bloß dabei gedacht? Ich bin eine Hexe aus der Stadt, eine Kräuterhexe und exzellente Traumseherin, zum Kuckuck, aber Zeitzauber sind eben eine Liga für sich.* Auf der Habenseite stand, dass der Spruch sie heil an einen anderen Ort transportiert hatte. Nur die Landung war etwas unsanft ausgefallen.

Sigrid kniff die Augen in der Hoffnung zusammen, so ein bisschen besser sehen zu können. Vergebens. Ein Nachtsicht-Zauber wäre jetzt hilfreich, aber dieser Zeitzauber hatte sie geschwächt. Ohne ihr Buch mit den Zaubersprüchen wagte sie keinen Versuch, zumal sie für einen improvisierten Zauber im Augenblick vermutlich zu erschöpft wäre. Ihr Gehör und Tastsinn waren die einzigen ihr zur Verfügung stehenden Mittel. Seufzend machte sie sich in Gedanken eine Notiz: *Das nächste Mal daran denken, das Zauberbuch oder eine Taschenlampe einzupacken. Oder besser beides.*

Als sich Sigrids Augen an die Finsternis gewöhnt hatten, erspähte sie in einiger Entfernung einen blassen Lichtschein.

Mangels Alternativen beschloss Sigrid, darauf zuzugehen. Vorsichtig tastete sie sich Schritt für Schritt vorwärts, um nicht zu stolpern. Immer wieder verschwand das Licht und tauchte kurz darauf wieder auf und wies ihr so den Weg. Nach und nach fiel ihr das Laufen immer schwerer und bei jedem Schritt drang mehr Sand in ihre Schuhe. Was die Theorie vom Zeitzauber-Staub zunichtemachte. *Bin ich hier unter Umständen doch in einer Wüste? Das würde den vielen Sand erklären.* Das immer lauter werdende Geräusch einer Meeresbrandung ließ Sigrid hoffen. Womöglich lag sie mit ihrer Zauberformel, zumindest geographisch, doch nicht komplett daneben?

Trotz neugefassten Mutes dauerte es eine gefühlte Ewigkeit, bis sie endlich den Eingang einer Stein- oder Felswand erreichte. Sie vermochte es nicht genau zu sagen. Es flackerte erneut Licht auf. Sie hatte die Quelle des Lichtscheins gefunden. Sigrids Nackenhaare stellten sich auf, aber ihre Neugierde war stärker. Zögerlich trat sie in die Höhle, die schwärzer als die Nacht war, als ein gleißender Lichtschein sie blendete. Schützend hielt sie sich die Hände vor das Gesicht. Es dauerte einige Sekunden, bis sich ihre Augen erholt hatten. Innerhalb des Lichtkegels erahnte sie die schemenhaften Umrisse zweier Gestalten. Das Licht erlosch wieder, aber vor ihren Augen tanzten immer noch bunte Lichtpunkte. Vorsichtig setzte sie einen Fuß vor den anderen. Sie war noch keine fünf Schritte gegangen, als ein kugelrunder Blitz mit einem ohrenbetäubenden Knall nur wenige Zentimeter von ihrem Kopf entfernt in der dahinter gelegenen Felswand einschlug.

Erneut wurde die Höhle für einige Sekunden von gleißendem Licht erfüllt.

»Was zur Hölle? He, Vorsicht!«

Aus dem Schatten heraus zischten zwei Stimmen: »Was geht hier vor sich?«

»Das wollte ich dich soeben fragen.«

»Du hast dir eine deiner Gespielinnen als Unterstützung geholt!«

»Was redest du denn da? Das habe ich doch gar nicht nötig! Da spricht wieder die Eifersucht aus dir!«

»Ich und eifersüchtig? Dass ich nicht lache! Haben deine Fähigkeiten dermaßen nachgelassen, dass du dir Hilfe holst?« Valpu schickte ihren Worten ein paar Kugelblitze hinterdrein. »Ich hätte es von Anfang an wissen müssen, alles, was du jemals wolltest, war an meinen Ring zu gelangen und ich war nur Mittel zum Zweck!« Erneut schossen Blitze durch die Luft und tauchten die Höhle in ein gespenstisches Licht. Visra erwiderte das Feuer, aber vor Valpu tauchte ein rotglühender Schutzschild auf, von dem die Bälle funkensprühend abprallten. Sigrid suchte hinter einem Felsvorsprung Schutz und beobachtete das übernatürliche Duell.

»Wie du siehst, komme ich mühelos allein zurecht, du hinterhältiger Mistkerl! Ich habe keine Ahnung, wer diese Frau ist, und wie sie hierher gelangen konnte!« Wie zum Zeichen, dass sie ihre Worte ernst meinte, schickte Valpu einen glühenden Blitz in Sigrids Richtung. Mit einem ohrenbetäubenden Knall schlug er nur wenige Zentimeter über ihrem Kopf in der Felswand ein. Erde, Staub und Steine prasselten auf sie nieder. Erst jetzt begriff Sigrid, dass die beiden über sie redeten. Ihre Anwesenheit war offenbar unerwünscht. Was die beiden aber nicht davon abhielt, ihren unerbittlichen Streit unablässig weiterzuführen. *Das ist ja wieder einmal typisch, dass ausgerechnet ich in so etwas hinein-*

geraten muss. Sigrid konnte sich durchaus ein paar Plätzchen vorstellen, an denen sie lieber gelandet wäre als hier. Eisblitze und Energiebälle wurden verschossen und abgewehrt, schlugen ringsherum ein. Unvermittelt tobte ein explosiv aufgeladener Sturm. Sigrid war beeindruckt. Sie hatte definitiv noch einiges zu lernen. Zwar war sie keine Anfängerin mehr, doch Wetterzauber lagen fernab ihrer Fähigkeiten.

»Hör endlich auf damit Visra. Das hat doch alles keinen Sinn! Wir beide könnten ewig so weiter machen und es würde zu nichts führen. Hast du nichts Besseres zu tun?«

»Das würde dir so passen. Nicht bevor du dich ergeben hast und die Finger von meinem Besitz lässt!« Erneut schleuderte Visra Valpu eine Salve eisiger Blitze entgegen.

»Dein Eigentum? Du bist von Sinnen! Dieser Ring war schon immer im Besitz meiner Familie!«

»Du hast ihn mir geschenkt!«

»Nein, das habe ich nicht. Gib ihn mir zurück oder du wirst es bereuen!«

Valpu schickte ihren Worten einen eisigen Speer hinterher, der sein Ziel nur knapp verfehlte.

Visra antwortete mit einem verächtlichen Lachen. »Dann komm und hol ihn dir. Wäre es nicht klüger gewesen dein Eigentum mit einem Zauber zu schützen, wenn es so wertvoll für dich ist?«

Visras Angriffe wurden immer aggressiver und Valpu hatte alle Mühe, sie abzuwehren. In ihren Augen flackerte Mordlust und sie hielt sich ebenfalls nicht mit ihren Fähigkeiten zurück. Sigrid war froh, nicht in der Haut des Magiers zu stecken, aber sie bemerkte auch, dass diese Valpu offenbar an ihre Grenzen stieß. Unablässig schlugen

Blitze, Energiebälle und andere Geschosse auf ihrem Schutzschild ein und brachten diesen zum Flackern. Es wirkte, als ob der Zauberin die Kräfte schwanden. Auf ihrer Stirn schimmerten kleine Schweißtropfen. Ihre Stimme klang nicht mehr ganz gefestigt. Im Gegensatz zu Visra, der, von der Situation angespornt, belustigt grinste.

Sigrid haderte mit sich selbst. Sie wollte für keinen der beiden Partei ergreifen, ohne zu wissen, worum es ging. Aber sie hatte auch keine Lust, dabei zuzusehen, wie eine ihrer Schwestern litt oder gar getötet wurde.

Visras nächster Angriff wendete das Blatt endgültig zu seinen Gunsten. Einer seiner Eisblitze durchbohrte Valpus Schutzschild und schleuderte sie an die Felswand. Eine Geste mit seiner rechten Hand und ihre Arme und Beine wurden mit glühenden Eisenbeschlägen in Ketten gelegt. Valpus peinvoller Schrei ließ Sigrid erschaudern. Links und rechts von Valpu hielten schwebende Klingen sie in Schach. Ihre Klagelaute mündeten in ein hysterisches Kreischen, als Visra mit einem weiteren Wink seiner Hand dafür sorgte, dass sich ein glühender Eisenstab in das Fleisch ihres Armes brannte.

»Ok, das reicht!« Sigrid sprang aus ihrem Versteck hervor. »Ich habe keine Ahnung, worum es hier geht, und es ist mir auch ziemlich egal! Ich werde aber nicht dabei zusehen, wie du sie folterst!«

»Verzieh dich zurück in das Loch, aus dem du gekrochen bist, kleines Hexchen und misch dich nicht in unsere Angelegenheiten ein!« Visra machte eine weitere Bewegung mit seiner Hand und Sigrid schoss ein riesiger Eiszapfen entgegen. Gerade noch rechtzeitig ließ sie sich auf den Boden fallen, denn schon kam das nächste Geschoß auf sie zu und verfehlte sie nur um Haaresbreite. Keuchend rollte sie sich zur Seite und rief ihre Kräfte auf. Sofort kam das vertraute Kribbeln in ihrem Bauch auf und ließ einen kleinen Funken auf ihrer Handfläche wachsen. Behutsam pustete sie darauf und feuerte die purpurne Glut an. Sie mochte keinen Wetterzauber zustande bringen, aber das Feuer im Ofen hatte sie schon hunderte Male mit dieser Formel entfacht. Mit einem Fingerschnipsen verschwand die Flamme und erschien in der nächsten Sekunde am Saum von Visras Umhang. Sigrids Zauber war bei Weitem nicht so bemerkenswert wie der der beiden anderen, aber er reichte aus, um Visra zu verwirren. Schon wieder ging ein Eiszapfen daneben. Mit einem gewaltigen Klirren schlug er in eine von Valpus Fesseln ein und brach sie entzwei. Valpu verlor keine Sekunde und befreite den anderen Arm mit einem eleganten Schwung aus dem Handgelenk. Ehe Visra reagieren konnte, flogen ihm von zwei Seiten Energiebälle und Blitze entgegen. Im Gegensatz zu Valpus waren Sigrids Bälle hauptsächlich optische Täuschungen und verpufften ohne Schaden zu verursachen an Visras Schutzschild. Nicht, dass sie sie nicht zustande gebracht hätte, aber Sigrid hatte das dumpfe Gefühl, dass sie sich ihre Kräfte womöglich für etwas Wichtigeres aufsparen musste. Immerhin, ihre Taktik ging auf. Sie hielten den Zauberer lange genug in Schach, damit Valpu und Sigrid sich hinter einem Felsen verstecken und miteinander absprechen konnten.

»Der Ring! Wir müssen ihm den Ring abnehmen! Er verstärkt seine Fähigkeiten. Du lenkst ihn ab und ich kümmere mich um den Rest.«

Visra schäumte vor Wut. Mit bebender Stimme beschwor er Sturm, Schnee und Hagel herauf und schickte die Naturgewalten den beiden Hexen auf den Hals wie ein Jäger die Meute.

Sigrid rieb ihre zitternden Hände aneinander. Angesichts ihrer brenzligen Situation stimmte sie zögerlich zu. »Also gut, ich habe nicht vor an einem fremden Ort in einer mir unbekannten Ära draufzugehen.« *Ich versuche mich schon so lange an Großmutters Hologramm-Zauber. Es wird Zeit, ihn nochmal auszuprobieren.* Mit aller Kraft stemmte sie sich gegen den eisigen Sturm und rezitierte mit klappernden Zähnen den Zauberspruch. Immer und immer wieder. Wie ein Mantra. Erleichtert spürte sie, wie die Magie durch ihren Körper floss. Das Kitzeln in ihrem Bauch breitete sich über ihren ganzen Körper aus, brachte ihn zum Vibrieren. So lange, bis sich um Sigrid eine Aura purpurnen Lichts bildete. In der nächsten Sekunde tauchte vor Visra ein Abbild Sigrids auf. Das Hologramm flackerte und blitzte wie ein Stroboskop, aber es reichte aus, um Valpu die nötige Zeit zu verschaffen. Mit einer eleganten Drehung ihres Zeigefingers ließ Valpu eine Art Strudel entstehen, der den Ring von Visras Finger sog. In der nächsten Sekunde landete er sanft auf ihrer Handfläche.

Visras zorniger Schrei fuhr Sigrid durch Mark und Bein. »Na, warte du Miststück, wenn ich dich und deine Komplizin in die Finger bekomme!«

Aber Valpu schien Visra gar nicht mehr zuzuhören. Sobald sie das Schmuckstück auf ihren Ringfinger geschoben hatte, erklang ihr höhnisches Lachen. Die Luft um sie herum flirrte. Wie der Asphalt einer Straße an einem heißen Sommertag erhitzte sich der Äther und sandte warme Wellen aus. Hinter

Valpu begann sich der Fels unnatürlich zu verzerren und es öffnete sich, begleitet von einem ohrenbetäubenden Brausen, ein Portal. Binnen Sekunden war sie darin verschwunden.

Mit weit aufgerissenen Augen beobachtete Sigrid das Verschwinden Valpus. *Die lässt mich echt hier zurück!* Wie von Sinnen stürmte Visra auf Sigrid und den Sog zu. Schützend hob sie ihre Arme, doch der Zauberer strauchelte. Funken stoben auf, als er gegen eine unsichtbare Wand prallte. Mit aller Kraft versuchte er vergeblich gegen den verborgenen Widerstand anzukämpfen, aber er vermochte den Strudel nicht zu erreichen. Er strampelte hilflos umher, wie eine außer Kontrolle geratene Marionette. Ein warmer Windstoß wehte zischend aus dem Zentrum des Strudels und erfasste Sigrid. Unfähig Widerstand zu leisten, wurde sie in das Portal hineingezogen. Ehe sie überlegen konnte, wie sie sich daraus befreien sollte, hatte die stählerne Umklammerung auch schon wieder nachgelassen und sie landete unsanft auf einem harten, kalten Untergrund.

Verwirrt schüttelte sie den Kopf und wischte sich ihre Haare aus dem Gesicht. Offensichtlich kniete sie auf schwarzweißen Mosaikfliesen. Als sie nach oben sah, blieb ihr Blick an riesigen Fenstern hängen, die von dunkelroten Samtvorhängen eingerahmt wurden. Vor ihrer Nase tauchte ein Schatten auf. »Na los, komm schon! Gib mir deine Hand. Ich beiße nicht.«

Sigrids linke Augenbraue schnellte nach oben. »Ich dachte schon, du lässt mich in der Höhle versauern.«

»Ja, ja. Schon gut. Ich weiß, die Situation, in die du da vorhin hineingeraten bist, war nicht gerade eine meiner Glanzstunden.«

»Du meinst den Kampf auf Leben und Tod mit deinem Ex-Lover?« Zögerlich ergriff Sigrid die ihr angebotene Hand. »Wo sind wir hier?«

»Falls du mit Ex-irgendwas meinen ehemaligen Liebhaber meinst? Ja.« Valpu verzog säuerlich den Mund. »Aber ich habe dich doch gerettet, oder etwa nicht?« Theatralisch breitete Valpu ihre Arme aus und deutete eine sanfte Verbeugung an. »Willkommen in meinem Zuhause. Du solltest dich geehrt fühlen. Das hier sind meine privaten Gemächer. Ich lasse so gut wie niemanden hier herein.« Mit einer ausladenden Geste drehte sie sich einmal um ihre eigene Achse. »Ich war müde und hatte das Bedürfnis, mich frisch zu machen. Das würde dir auch nicht schaden.«

Erstaunt musterte Sigrid ihr Gegenüber. Erst jetzt fiel ihr auf, dass Valpu aussah, als käme sie geradewegs aus dem Spa. Von der Verletzung, die ihr Visra zugefügt hatte, war nichts mehr zu sehen. Kopfschüttelnd fragte sie sich, wann die Zauberin das zustande gebracht hatte. Offenbar hatte sie neben dem Öffnen des Portals und ihrer Rettung auch noch die Zeit für einen Heil- und Umkleide-Zauber gefunden. »Ja, ich wäre einem heißen Bad und frischer Kleidung auch nicht abgeneigt.« Valpus Mundwinkel zuckten. »Ist es so genehm?« Valpu nickte in Richtung eines großen Standspiegels.

Als Sigrid sich umdrehte und ihr Spiegelbild erblickte, blieb ihr der Mund offen. *Ich sehe ja aus wie die Kandidatin einer Umstyling-Show.* »Wow! Na ja, das ist nicht unbedingt mein Stil, aber du bist echt eine verdammt begnadete Hexe!«

Valpu lachte beinahe aufrichtig. »Ein schlichtes Danke hätte gereicht, aber ich werde dir sicher nicht widersprechen.«

»Ich bin übrigens Sigrid.«

Erstaunt ergriff Valpu Sigrids ausgestreckte Hand. »Valpu, aber das weißt du mittlerweile ja. Wie kommt es, dass ich dich hier noch nie gesehen habe?« Valpus forschender Blick bohrte sich in Sigrids Augen.

»Weil ich nicht von hier bin. Ich weiß ja noch nicht einmal, wann und wo hier ist.«

»Ach ja?« Mit einem herzhaften Gähnen ließ Valpu sich auf ihre samtene Liege gleiten. Geschickt schob sie sich die Schuhe von den Füßen, die klackernd auf dem Fliesenboden landeten. Mit einer Handbewegung bot sie Sigrid ebenfalls einen Sitzplatz an und unterzog sie erneut einer eingehenden Betrachtung. »Was für ein nervenaufreibender Abend.«

»Die Untertreibung des Jahrhunderts.« Sigrid kaufte der Hexe ihr gespieltes Desinteresse keine Sekunde lang ab. Ihre Neugierde war ihr an der Nasenspitze abzulesen. Aber auch Sigrid war erpicht, mehr über diese seltsame Zauberin zu erfahren.

»Wann und wo? Klingt mir ganz nach einem Zeitzauber, habe ich recht?«

»Ja.«

Da Valpu es offenbar vorzog, Spielchen zu spielen, tat Sigrid ihr den Gefallen.

»Kann es sein, dass du deine Fähigkeiten ein wenig überschätzt hast?«

Sigrid schluckte die bissige Antwort hinunter, die ihr auf der Zunge lag. Mit dieser Valpu war definitiv nicht gut Kirschen essen, wenn sie wütend war. »Nein. Ich habe diese Zauberformeln schon einige Male ausprobiert.«

»Was war heute anders?«

»Das ist eine gute Frage, der ich auf den Grund gehen werde, sobald ich wieder zuhause bin.«

»Vielleicht kann ich dir dabei helfen.«

Sigrid zuckte unentschlossen mit den Schultern.

»Du traust mir nicht.«

»Ich kenne dich nicht.«

»Ich dich auch nicht und dennoch hast du dich heute auf meine Seite geschlagen und mir im Kampf gegen Visra beigestanden.«

»Ja, und? Wäre es dir lieber gewesen, wenn ich mich aus dem Staub gemacht hätte?«

Valpu neigte ihren Kopf zur Seite. Sie sah aus wie eine Eule. Sie betrachtete Sigrid wie etwas gänzlich Fremdes und Neuartiges. »Nein. Ich bin erfreut, dass du geblieben bist.«

Sigrid nickte. »Wo bin ich denn gelandet?«

»Dänemark 1798.«

»Oh. Wow! Damit habe ich nicht gerechnet. Mist. Richtiger Ort, aber die falsche Zeit. Stellt sich nur die Frage, wie ich jetzt wieder nach Hause komme.«

»Aus welcher Epoche kommst du und was war dein Ziel?«

»Aus dem Jahr 2010. Und die angezielte Zeit kann ich nicht hundertprozentig benennen. Ich denke so ca. 970.«

»Oh, das nenne ich aber eine weite Reise! Äußerst schwierig. Warum kannst du das nicht exakt sagen und warum willst du genau da hin?«

»Das ist eine lange Geschichte.«

»Ich habe Zeit und nichts weiter vor. Du etwa?« Valpu blickte Sigrid belustigt an.

»Meine Familie wartet zuhause auf mich.«

»Jetzt komm schon, sei keine Spielverderberin! Erzähl es mir und dann helfe ich dir, zurück nach Hause zu kommen. Ich hatte schon seit Ewigkeiten keinen Besuch mehr. Schließlich kann ich dich in jede beliebige Zeit zurückschicken. Es wird niemand bemerken, dass du abwesend warst. Und ich stehe in deiner Schuld.«

»Du schuldest mir gar nichts.«

»Das würde ich so nicht sagen. Und jetzt erzähl mir endlich, warum du zu genau dieser Zeit an diesen Ort willst.«

Resigniert warf Sigrid ihre Arme über den Kopf. Diese Hexe war eindeutig eine Liga für sich und keinesfalls zu unterschätzen. Gegen Valpu kam Sigrid sich wie eine blutige Anfängerin vor. »Na gut. Ich bin wegen meiner Tochter hier. Ich hatte eine Vision. Ich glaube, sie wird in ein paar Jahren in Schwierigkeiten geraten und ich suche einen Weg das zu verhindern.«

»Warum? Wo liegt das Problem? Sie ist doch eine Hexe oder nicht?«

»Das geht dich nichts an.«

»Jetzt komm schon! Sei nicht eingeschnappt! Du hast mir geholfen und ich werde dir helfen. Aber das kann ich nicht, wenn du mir nicht sagst, warum du so ein Aufhebens machst.«

»Ich will sie beschützen.«

Sigrid und Valpu diskutierten bis in die Morgenstunden. Am Horizont erwachte bereits der nächste Morgen in zartem Rosa, als die beiden Hexen sich zur Ruhe legten. Als Valpu Sigrid an diesem Tag zurück nach Hause schickte, war mehr entstanden als nur ein ungewöhnlicher Pakt.

KAPITEL 1
—
SARAH

Sarah dröhnte der Schädel. Angewidert verzog sie das Gesicht. Ihre Zunge fühlte sich wie die ihrer Katze an. Rau und pelzig. Der bittere Geschmack war ekelerregend. Als sie versuchte, die Augen zu öffnen, tanzten ihr kleine Lichtblitze vor den Augen. *Na, dieser Morgen fing ja schon gut an.* Sie fröstelte. Wieso war es feucht? Irritiert tastete sie ihr vermeintliches Laken ab. *Gras?* Nach und nach erwachten ihre weiteren Sinne. *Ich habe doch gerade noch mit Jana in der Altstadt gefeiert? Bin ich noch ins ‚Parkhouse' gegangen und hier eingeschlafen? Nein. Völlig unmöglich.* Sarah war sich sicher, dass sie sich von Jana verabschiedet und den Weg nach Hause eingeschlagen hatte. Außerdem ging sie nachts nie allein durch den Stadtpark. *Hat man mir vorhin etwas in den Drink gemischt?* Entsetzt fuhr Sarah hoch und bereute es augenblicklich. In ihrem Kopf drehte sich ein außer Kontrolle geratenes Karussell. Sie kniff die Augen, so fest sie konnte, zusammen. Als sie ihre Augen wieder öffnete, war ihr Blick verschwommen. Sie lag auf einer Wiese. Ringsherum nur ein paar nebelverhangene Felsen, Büsche und jede Menge Gras. Kein Park, keine Häuser, keine Strom- oder Laternenmasten. Sie hörte keine Autos oder sonstigen bekannten Geräusche, die auf Stadt schließen ließen. Weit und breit nur fremde Landschaft.

Sarah ließ die Zunge über ihre spröden Lippen gleiten und schmeckte Blut. Automatisch griff sie in die Handtasche, um nach dem kleinen Taschenspiegel zu suchen. *Autsch!* Sarah besah sich ihre blutende Hand und zog einen kleinen Glassplitter heraus. *Mein schöner Spiegel.* Aber immerhin ist meine Handtasche noch da. Sarah taste sich von Kopf bis Fuß ab. Sie konnte keine schweren Verletzungen feststellen. Auch ihre silberne Lieblingskette, die sie vor kurzem auf einem kleinen Flohmarkt erstanden hatte, hing noch um ihren Hals. Offenbar war sie also nicht überfallen worden. Aber wo verdammt nochmal war sie dann? Was war passiert? Angestrengt versuchte sie, sich zu erinnern, wo sie sich befand und wie sie hierhergekommen war.

Bruchstückhafte Bilder des gestrigen Abends flackerten auf. *Ich war mit Jana auf einem Konzert und anschließend noch etwas trinken und tanzen gewesen. So weit nichts Außergewöhnliches.* Gegen halb drei Uhr morgens hatte sie sich verabschiedet und auf den Weg nach Hause gemacht. Die erste Straßenbahn ging erst wieder um 5 Uhr. Sarah fuhr nicht gerne mit dem Nachtbus oder Taxi, also ging sie, wie so oft, zu Fuß. Sie liebte diese Zeit und ihre Ruhe; nicht mehr finstere Nacht, aber auch noch nicht ganz Morgen. Man hatte die Stadt beinahe für sich allein. Nichts und niemand war zu hören, außer die eigenen Schritte auf dem Kopfsteinpflaster.

Sie hatte es nicht eilig gehabt nach Hause zu kommen. Zuhause warteten nur ihre beiden Katzen und eine ansonsten leere Wohnung auf sie. Obwohl sie in einer Großstadt lebte, hatte sie sich auf ihrem nächtlichen Heimweg bisher nur selten unwohl gefühlt. Doch in dieser Nacht war etwas anders gewesen. Schon den ganzen Abend über hatte sie eine innere Unruhe gespürt. Sie war sonst eine aufmerksame Zuhörerin, aber dieses Mal hatte sie Hummeln im Hintern. Total hibbelig und unkonzentriert. Keine Ahnung warum. Auch jetzt fühlte sie sich noch immer etwas atemlos und gehetzt, obwohl ihr Herz einigermaßen ruhig schlug und sie nicht gerannt war. Seltsamerweise waren es hauptsächlich Gefühle, an die sie sich erinnerte, nur wenige Bilder. Unangenehme Gefühle, die wie Kaugummi an ihr klebten und sich nicht abziehen ließen. Emotionen, die sie verdrängt oder vergessen hatte. Das Gefühl, im Schmerz zu ertrinken. Instinktiv griff sie sich an die Brust und rang nach Atem. Kurz hatte sie sich wieder vom Schmerz fortreißen lassen, als ihr Gedächtnis an diesen Tag vor zwei Jahren zurückkehrte. Das passierte öfter in Kombination mit Alkohol. Schon aus diesem Grund stand ihr meist nicht der Sinn danach. Der Schmerz war immer noch da. Meistens hatte sie sich gut im Griff, aber ab und zu kündigte sich erneut die Flut an. Wortfetzen ihres letzten Gesprächs rollten geräuschvoll heran und zogen sich wieder zurück. Immer mal wieder übermannte sie die Strömung und riss sie mit sich fort in die Tiefe. Da war es wieder gewesen, das Gefühl, von dem sie sich geschworen hatte, es nie wieder zuzulassen. Diese Mischung aus seelischem und körperlichem Schmerz, als sie auf dem Boden ihres Flurs in sich zusammengesunken war. Unfähig sich zu bewegen, unfähig richtig zu atmen ab dem Augenblick, als er zur Tür hinausging. Sie konnte einfach nicht aufhören zu weinen. Stundenlang hatte sie auf dem kalten Terrazzoboden ihrer gemeinsamen Altbauwohnung gelegen, ehe sie in der Lage gewesen war aufzustehen. Bereits einmal hatte es sie monatelang nicht mehr losgelassen. Wie ein riesiges schwarzes Loch drohte ihre Trauer und Enttäuschung sie zu verschlingen. Sarah hatte lange gebraucht, um sich von diesem Schock zu erholen, musste sogar zur Therapie. Ein Jahr lang hatte sie versucht, sich aufzurappeln und herauszufinden, was schiefgelaufen war. Zuerst der Tod ihrer Mutter und dann dieser Verrat. Sie war blind gewesen. Hatte nichts bemerkt. Sie hatte ihn geliebt und vertraut. Bedingungslos. Er war nach dem Tod ihrer Mutter ein Fels in der Brandung gewesen.

Sarah schüttelte sich und versuchte, diese Gedanken aus ihrem Kopf zu vertreiben.

Sie kramte in ihrer Handtasche und zog ihr Smartphone hervor. Kein Netz. Es war noch nicht einmal sieben Uhr morgens. Seit ihrem Aufbruch nach Hause waren erst ein paar Stunden vergangen. Sarah versuchte nach wie vor, etwas Vertrautes in der Umgebung zu entdecken, das ihr die Richtung nach Hause weisen würde: den Uhrturm, den Schlossberg, einen der Brunnen im Stadtpark, die alten Gebäude der Uni, aber nichts davon war zu entdecken. Auf ihrer Stirn bildetet sich eine tiefe Falte. Das war doch gar nicht möglich! Sie lebte schon so lange hier, sie kannte so gut wie jeden Winkel der Stadt.

Nach und nach wurde Sarahs schlaftrunkener Verstand nun wach. Noch etwas benommen stand sie auf und lief los, ohne zu wissen, wo sie eigentlich hinsollte. Unsicher blieb sie nach ein paar Metern schon wieder stehen, um dann in eine andere Richtung weiterzugehen. Aber es schien aussichtslos. Ein Weg ohne Ziel. Verzweifelt suchte sie nach Straßen, Gebäuden oder zumindest irgendwelchen auffälligen Punkten im Gelände, die ihr den Weg weisen würden. Rein gar nichts kam ihr auch nur annähernd bekannt vor.

Als einzigen markanten Punkt in der Umgebung hielt Sarah auf eine Hügelkette zu. Es wollte ihr einfach nicht in den Verstand, wie es sein konnte, dass sie sich an einem gänzlich fremden Ort wiedergefunden hatte. Sie war felsenfest davon überzeugt, dass sie in keinen Bus, keine Straßenbahn und kein Taxi gestiegen war. Ein derartiges Blackout fand sie mehr als merkwürdig, dafür war die Menge an Alkohol, die sie konsumiert hatte, einfach viel zu gering. Mehr und mehr war sie überzeugt davon, dass vielleicht doch so etwas wie K.-o.-Tropfen im Spiel gewesen sein mussten, immerhin waren Jana und sie fast die ganze Zeit über auf der Tanzfläche gewesen und ihre Getränke unbeobachtet.

Ein lautes Klirren ließ sie aufhorchen. *Ein Lebenszeichen! Ich bin also nicht allein.* Ihr erster Impuls war draufloszulaufen, aber irgendetwas hielt sie davon ab. Da waren Schreie, das Geräusch von Metall, das auf Metall traf, Ächzen und Stöhnen. Sie war unsicher, ob sie tatsächlich die Richtung einschlagen sollte, aus der diese unheimlichen Geräusche kamen, aber der Wunsch auf jemanden zu treffen, war stärker. Ihr Herz pochte. Menschen! In der Ferne konnte sie Menschen erkennen. Mit jedem Schritt den sie tat, sah sie mehr und mehr Personen, die entweder im Gras lagen oder in Kämpfe verwickelt waren. Krachend gingen Schwertklingen aufeinander nieder, Schilde barsten unter der Wucht von Äxten und Keulen. Sarah blieb stehen. *Was ist denn hier los? Bin ich etwa in irgendeinen Filmdreh hineingeplatzt? Ich sollte mich besser verdrücken, aber wohin?*

Sie ging langsam weiter, obwohl sich jede Faser ihres Körpers dagegen sträubte. Es gab hier rein gar nichts, das ihr Deckung bieten würde. Das ist doch alles Irrsinn. *Vielleicht ist es doch besser, jemanden zu fragen? Besser, einmal eine Szene sprengen, als weiter ziellos umherirren.*

»Hallo? Entschuldigung, kann mir bitte jemand sagen, wo ich hier bin? Ich will wirklich nicht stören, aber ich habe mich anscheinend verlaufen.«

Keine Reaktion. Sie versuchte es erneut, dieses Mal etwas lauter. »Hallo? Wo genau bin ich hier? Ich will euch wirklich nicht aufhalten, ich will einfach nur nach Hause! Gibt es hier wenigstens irgendwo Handyempfang?«

Wieder bekam Sarah keine Antwort. Niemand schien Notiz von ihr zu nehmen. Sie wandte sich an einen schlecht rasierten, stämmigen Kerl vor ihr und versuchte es nochmal. Er war ein Bär von einem Mann und schaute so grimmig, dass ihr das Herz in die Hose rutschte. Sarah war sich sicher, dass er allein mit einem Schlag jemanden »Bud Spencer-mäßig« k.o. schlagen konnte. Der Kerl vor ihm auf dem Boden hatte dem Anschein nach bereits Bekanntschaft damit gemacht. Benommen schüttelte er seinen Kopf und versuchte, sich wieder aufzurappeln, als Sarah an die beiden herantrat. Sarahs Kehle war vor Durst und Panik völlig ausgetrocknet. Trotzdem wagte sie einen Versuch.

»Entschuldigung, könnt ihr mich verstehen? Es tut mir wirklich leid, falls ich hier gerade in eine Filmszene platze oder so was, aber könnt ihr mir bitte sagen, wie ich zurück in die Stadt komme? Ich habe mich anscheinend verlaufen.« *Die Untertreibung des Jahrhunderts. Es handelt sich wohl eher um einen Filmriss der Extraklasse.*

Wieder bekam Sarah keine Antwort. Der große Typ runzelte die Stirn und starrte sie mit zusammengekniffenen Augenbrauen an. Genervt drehte er sich um. Hatte er sie nicht verstanden? Ihre Wangen begannen zu glühen. Das passierte meistens, wenn sie sich aufregte. Wie konnte es sein, dass einfach niemand sich die Mühe machte, ihr zu antworten oder sie wenigstens anzuschreien, dass sie verdammt nochmal vom Filmset abhauen sollte?

Sie hob resignierend ihre Arme und ging ein paar Schritte, um sich einen Überblick zu verschaffen. *Das gibt es doch einfach nicht! Sind diese Schauspieler so professionell und nicht aus ihrer Rolle zu bringen, oder verstehen sie meine Sprache nicht?* Sie bemerkte um sich herum nun immer mehr dieser Statisten, die kämpften, schrien und mit schmerzverzerrten Gesichtern zu Boden stürzten. Viele davon stellten offenbar Verwundete und Tote dar. Die meisten davon sahen sehr authentisch aus. *Vielleicht irgendein Live Action Role Playing im historischen Setting? Aber auch in diesem Fall müsste ich doch auffallen wie ein bunter Hund und wäre vermutlich schon längst zum Teufel gejagt worden?*

»Ach, was solls.« Sie zuckte mit den Achseln und ging entschlossen auf einen Mann zu, der bäuchlings in der Wiese lag. Vorsichtig ging sie in die Knie und stupste ihn mit dem Zeigefinger an seiner Schulter an. »Entschuldigung,« flüsterte sie. »Ich bin gleich wieder weg, versprochen, ich würde nur gerne wissen, wo ich hier bin und wo es Handyempfang gibt.«

Sarah erstarrte, als sie bemerkte, dass der Mann tatsächlich verwundet war. Wieder stieg ihr dieser metallische Geruch in die Nase. *Blut! Und das ist definitiv kein Kunstblut!*

Sarahs Nackenhaare stellten sich auf. Erschrocken fuhr sie zurück, sprang auf und schrie um Hilfe. *Irgendwo musste doch jemand sein, der das alles koordinierte? Verdammt noch mal! Irgendein Regisseur, ein Eventmanager oder Spielleiter? Irgendjemand der verantwortlich war, möglicherweise sogar ein eigens abgestellter Rettungsdienst?* Unbeholfen versuchte sie, den Mann in eine stabile Seitenlage zu bringen, was jedoch an seiner großen, massigen Statur kläglich scheiterte.

Sarah war kurz davor die Nerven zu verlieren. Sie schrie, so laut sie konnte: »HILFE! HIER IST JEMAND SCHWER VERLETZT. GIBT ES HIER EINEN ARZT ODER SANI-TÄTER?« Panisch riss sie an seinem Hemd und stutzte, als sie auf eine Lederpolsterung stieß. *Was zum …?*

Endlich! Ein Mann schien sie gehört zu haben, denn er drehte sich zumindest kurz in ihre Richtung, machte allerdings keine Anstalten ihr zu helfen, wie Sarah enttäuscht feststellen musste. Statt ihr zu Hilfe zu eilen oder wenigstens zu antworten, widmete er sich wieder seinem Kampfpartner. Sarah brüllte vor Wut. »Das gibt's doch wohl nicht! Was seid ihr denn für ein verkommener Haufen? Schon mal was von Zivilcourage gehört?« Sarah setzte an, um noch einmal zu rufen. *Aber wozu eigentlich? Das hatte ja bisher auch so wunderbar geklappt.* Erneut zückte sie ihr Mobiltelefon. Immer noch kein Netz. *Na toll! Wo um alles in der Welt bin ich hier nur gelandet? Mitten in der Pampa? Ich brauche Handynetz!* Das war doch kein Filmset. Niemand hatte »Cut« gerufen und sie angeschnauzt, dass sie gefälligst aus dem Bild verschwinden sollte. *Das kann doch unmöglich real sein oder etwa doch? Würden irgendwelche Regisseure oder Rollenspiel-Fanatiker tatsächlich so weit gehen und* zulassen, dass sich die Teilnehmer gegenseitig bei so einem Spiel verletzten oder gar töteten? Und falls ja, wie kann es sein, dass es niemand Außenstehendem auffällt? Verzweifelt raufte sie ihre Haare. Was soll ich nur tun?

Sarah musste einen Würgereiz unterdrücken, als sie das Blut auf ihrem Kleid bemerkte. So ein verdammter Mist, das auch noch! Sie schaute vom blutverschmierten Kleid wieder zu dem schwerverletzten Mann am Boden. Sollte sie nochmal versuchen, ihn in die Seitenlage bringen? Was soll ich nur tun? Hilfe! Es kostete Sarah einiges an Überwindung, wieder zu ihm zu gehen. Aber ich kann ihn ja schlecht allein liegen lassen! Also ging sie zurück und überprüfte seine Vitalzeichen. Kein Puls! Verdammt! Ungeschickt begann sie mit Wiederbelebungsmaßnahmen. Sarahs Verzweiflung wurde noch größer. Mist! Ich hätte wirklich mal einen Auffrischungskurs besuchen sollen, aber wer glaubt schon ernsthaft daran, dass er das einmal brauchen wird? Vielleicht geht es ja von ganz allein, wenn ich nicht zu viel darüber nachdenke, wie es richtig funktioniert? Sie beugte sich ganz nah über das Gesicht des Mannes und prüfte seine Atmung. Nichts. Zögerlich schob sie sein Kinn nach hinten und öffnete seinen Mund. Sie konnte keine Verletzungen oder Blut erkennen.

Also versuchte sie, die lederne Polsterung zu öffnen. Aber da waren keine sichtbaren Knöpfe oder Schnallen. Verwirrt schüttelte sie den Kopf. Na gut, dann muss es so gehen. Sie legte ihre Hände auf seinen Brustkorb und begann mit einer Herzdruckmassage. Aber wie war das jetzt nochmal? Wie oft und wie lange? Plötzlich erinnerte sie sich, einmal gelesen zu haben, dass die Melodie von ,Highway to hell' genau den richtigen Takt hatte. Dieses Lied und seinen Text konnte sie im Schlaf. Sie begann zu summen, während sie im passenden Rhythmus auf den Brustkorb des Mannes drückte. Sarahs Kopf schaltete sich in dieser völlig abstrusen Situation ab. Mit einem Mal fanden sich ihre Gedanken an dem Tag am Camden Market wieder, an dem sie dieses Kleid im Urlaub gekauft hatte. Wie viel lieber sie jetzt dort mit einem der Händler feilschen würde, als hier im Nirgendwo herumzuirren. *Obwohl Feilschen etwas ist, das ich weder kann noch besonders mag. Das ist Janas Spezialgebiet.* Jana! *Ich hoffe, ihr geht es gut und wenigstens sie ist gut nach Hause gekommen? Ich kann sie noch nicht mal anrufen und fragen oder um Hilfe bitten!*

Sarah hatte keine Ahnung, wie lange sie versucht hatte den Mann wiederzubeleben. Eine gefühlte Ewigkeit. Ihre Arme waren schwer und ihre Hände zitterten vor Anstrengung. Vergebens. Tränen der Verzweiflung stiegen ihr in die Augen. *Was für ein Albtraum! Das konnte doch unmöglich wirklich passieren? Wach endlich auf!* Schrie sie sich selbst an.

In Sarah begann ein Kampf zwischen Verstand und Körper auszubrechen. Sie schluchzte, rannte los, doch ihre Beine gehorchten ihrem Verstand nur ein paar Schritte. Dann blieben sie schon wieder stehen. *Wohin soll ich denn laufen? Ich weiß ja nicht einmal, wo ich bin!*

Ein dumpfer Schlag auf ihre Schulter riss Sarah aus ihren Gedanken. Ein Mann zerrte und zog an Sarah herum wie an einer Puppe. Es dauerte ein paar Sekunden, bis sie realisierte, dass es keine Waffe, sondern sein Arm war, der sie mit voller Wucht getroffen hatte. Sein Griff war fest wie ein Schraubstock. Der Mann war verschwitzt und schmutzig und auf seiner linken Schulter klaffte eine tiefe, blutende

Wunde. Ein anderer Mann war ihm dicht auf den Fersen. Ehe Sarah wusste, wie ihr geschah, zog der verwundete Mann sie mit einem Ruck an sich und versuchte, sie offenbar als Schutzschild gegen seinen Angreifer zu benutzen.

Entsetzt schrie sie den Mann an. »Hey, was soll denn das? Lasst mich da gefälligst raus!«

Sarah war überrascht, dass sie überhaupt einen Ton herausbrachte. Sie begriff noch immer nicht, was hier vorging. Aber der Mann hatte auf Sarahs Einwände überhaupt nicht reagiert. Er zerrte unbeeindruckt weiter an ihr herum, um sich selbst zu schützen. Sein Plan ging aber nicht auf. Sein Gegner fackelte nicht lange. Er packte Sarah am Arm und schleuderte sie zur Seite. Gleich darauf bekam er den verwundeten Mann zu fassen.

Ein schneller Hieb und da, wo gerade noch die Kehle des Mannes gewesen war, klaffte eine riesige Wunde, aus der sich glucksend und gurgelnd ein Schwall Blut ergoss. Sein Kopf klappte wie ein Scharnier seitlich nach hinten. Er sackte wie ein Kartenhaus in sich zusammen und blieb reglos liegen. Es war ein schauderhafter Anblick.

Sarahs Herz drohte aus der Brust zu springen. Schützend hob sie die Hände vor ihr Gesicht. Sie wollte wegrennen, aber ihr Körper gehorchte nicht mehr. Sie konnte nichts weiter tun, als hilflos zuzusehen, wie der Mann verblutete. Noch nie hatte sie einen Menschen sterben sehen und schon gar nicht, wie jemand vor ihren Augen getötet wurde. Und jetzt waren es schon zwei innerhalb von wenigen Minuten. Seltsam verzerrt lag sein Körper am Boden. Er starrte sie an. Aus den Augen war der Glanz verschwunden, so wie das Leben aus seinem Körper.

Sarah zweifelte keine Sekunde mehr daran, dass das kein Schauspiel war, aber ihr blieb keine Zeit weiter darüber nachzudenken. Nicht einmal, um richtig Luft zu holen, denn bereits in der nächsten Sekunde schien der Angreifer sich an sie zu erinnern und kam mit einem spöttischen Grinsen auf sie zu.

Es war klar, was er vorhatte. Dann passierte alles wie von selbst, ohne dass Sarah nachdachte. Als ob eine fremde Macht ihre Bewegungen steuern würde. Entschlossen schritt sie dem Mann entgegen und ehe er sich versah, trat sie ihm zuerst gegen das Schienbein und dann mit dem Knie in seine Weichteile. Für falsches Mitleid war hier kein Platz. Als der Mann schmerzerfüllt nach vorne sackte, nutzte Sarah die Gelegenheit und trat ihm mit ihrem Stiefel ins Gesicht. Blut spritze aus seinem Mund und er fiel benommen zu Boden. Aber der Typ war anscheinend ein äußerst zäher Brocken. Er musste sich zwar kurz abstützen, aber nach ein paar Augenblicken hob er schon wieder den Kopf und funkelte Sarah wütend an. »Du willst also spielen, Weibsstück? Es wird mir ein besonderes Vergnügen bereiten, dich zu töten.«

Jetzt oder nie! Sarah hatte durch ihren inneren Zwiespalt bereits von der gewonnenen Zeit verloren. Adrenalin schoss durch ihren Körper und übernahm die Kontrolle. Sarah spurtete los. Noch nie in ihrem Leben war sie froher darüber gewesen, dass sie lieber ihre alten Dr. Martens zum Ausgehen trug als unbequeme High Heels. Sie rannte und rannte und dennoch hatte sie das Gefühl, nicht richtig vorwärtszukommen. Sie befürchtete, dass ihr nur wenige Augenblicke bleiben würden, bis ihr Angreifer sie eingeholt hatte. Sie konnte förmlich seine Hände im Rücken fühlen, die sich nach ihr ausstreckten.

Noch im Lauf bemerkte sie einige Meter entfernt zwei Männer auf einem Hügel und schwenkte sofort in ihre Richtung um. Sarah wusste nicht, ob diese Männer ihr womöglich ebenso feindlich gesinnt waren, aber sie hatte keine andere Wahl. Sie setzte alles auf eine Karte. Sie brauchte Hilfe und so, wie es aussah, musste sie aktiv danach suchen.

Rücken an Rücken kämpften die beiden mit ihren Schwertern und Äxten gegen mehrere Angreifer. Sarah war zwar keine Expertin in Sachen Schwertkampf, aber die Art wie sich die beiden bewegten, ließ auf Routine schließen. *Diese Krieger, oder was auch immer sie sind, kämpfen bestimmt nicht zum ersten Mal gemeinsam und das sieht nicht nach Schauspielerei aus.* Mit schnellen und kraftvollen Bewegungen hieben sie beinahe synchron auf ihre Gegner ein und ließen ihnen keine Chance.

Sollte sie wirklich bei ihnen nach Hilfe fragen?

Hinter ihr hörte sie ihren Verfolger bedrohlich nahe ächzen. Wie in Slow Motion sah sie aus den Augenwinkeln seinen Hieb kommen. Sarah probierte, sich zu ducken, aber die Klinge seines Schwerts streifte ihre Schulter. Ein Brennen durchfuhr ihren Körper. Sarah taumelte zurück und versuchte, sich zu orientieren. Wie ein Kaninchen, das vor einem Jäger flieht, machte sie einen Satz nach hinten, schlug sofort einen Haken und hielt weiter auf die Männer am Hügel zu. Sarah hatte keine Ahnung, was sie da eigentlich tat. »Hilfe!« Sarah schrie, so laut sie konnte. Ihre Stimme überschlug sich beinahe. Sie konnte nur hoffen, dass sie überhaupt jemand hören und ihr helfen würde. Das Risiko, dass es sich bei den beiden Männern am Hügel um Verbündete ihres Verfolgers handeln könnte und sie sich dadurch vielleicht in noch größere Gefahr brachte, blieb. Aber für solcherlei Spitzfindigkeiten war jetzt keine Zeit. Sarah lief so schnell sie ihre Beine trugen. Sie wollte nicht sterben. Nicht hier und nicht jetzt, so viel stand fest. Wo auch immer dieses »Hier« war. Ihr Selbsterhaltungstrieb funktionierte wieder. Es war ihr nicht mehr egal, was mit ihr passierte. Im Gegensatz zu der Zeit vor zwei Jahren.

Endlich. Einer der Männer oben am Hügel schien sie gehört zu haben. Sie sah, wie er sich zu seinem Kumpan umdrehte und dann in ihre Richtung losstürmte. Mit großen Sätzen kam er auf Sarah und ihren Verfolger zugelaufen. Bei seinem Anblick vergaß Sarah kurz, dass es hier um Leben und Tod ging. Ihr Herz machte einen Satz. *Huch! Was war denn das?* Sein Anblick war atemberaubend. Dieser Mann war, wie fast alle Männer hier ringsum, großgewachsen und noch dazu unglaublich gutaussehend. Sein verdrecktes und blutbeschmiertes Äußeres änderte nicht das Geringste daran. Unter seinem Hemd zeichneten sich seine muskulösen Arme ab. Seine Augen leuchteten in einem strahlenden Blau. An seinem Hals und seinen Armen konnte sie schwarzblaue Tattoos erkennen. Sein langes blondes Haar, das zu einem kunstvollen Zopf geflochten war, peitschte hinter ihm durch die Luft.

Wow! Hatte sie vielleicht doch Halluzinationen? Der Typ sah definitiv zu gut aus, um echt zu sein! Sarah konnte gar nicht anders, als ihn einfach nur anzustarren. In ihr keimte ein allerletzter Hoffnungsschimmer auf. *Vielleicht doch ein Schauspieler? Auf jeden Fall der geborene Frontmann einer Viking-Metal-Band. Schluss damit! Bist du komplett irre? Reiß dich zusammen, Sarah, sonst ist es wirklich gleich vorbei mit dir!*

Sarah wusste nicht, ob sie lachen oder weinen sollte. Sie rief sich selbst zur Ordnung. *Was war das denn für eine bizarre Situation? Ich weiß weder, wo ich bin, noch was mit mir passiert ist. Ich werde gerade von einem mordlustigen Fremden angegriffen und was mache ich? Ich schmachte den blonden Kerl an!? Vermutlich muss ich einen Schlag auf den Kopf bekommen haben, denn ich habe ganz klar meinen Verstand verloren.*

Entschlossen kam er auf Sarah und den Mann zu gerannt. Dabei durchbohrte er seinen Gegner mit Blicken aus seinen tiefblauen Augen. Noch im Lauf hob er sein Schwert mit beiden Händen über den Kopf, holte aus und schleuderte es wie eine Axt auf Sarahs Verfolger. Geistesgegenwärtig ließ sich Sarah zur Seite fallen und hörte in der nächsten Sekunde ein dumpfes Geräusch, als das Schwert des blonden Kriegers den Körper des Mannes traf. Der Mann wurde durch die Wucht des Aufpralls nach hinten geschleudert. Erneut breitete sich der bereits vertraute, metallische Geruch aus und Sarah konnte nicht mehr. Übelkeit und Verzweiflung stiegen in ihr hoch. Weinend vor Angst und Schmerz ließ sie ihren Kopf in das kühle Gras sinken. Allerdings schien sein Brustpanzer das Schlimmste verhindert zu haben, denn der Mann war im Nu wieder auf den Beinen und griff zu seiner Waffe. Neben Sarah tobte ein erbitterter Kampf. Alles erschien ihr wie von einem Nebel verhüllt zu sein. *Konnte das wirklich real sein?*

Plötzlich geriet ihr Helfer ins Straucheln und stolperte nach hinten. In der nächsten Sekunde sah sie, wie sein Gegner diesen kurzen Moment der Unachtsamkeit ausnutzte, um seinen Kontrahenten zu attackieren. Ein kurzes Keuchen des blonden Hünen bestätigte Sarah, dass er zumindest leicht verletzt sein musste. Ganz egal, was hier gerade vor sich ging, sie würde nicht zulassen, dass jemand bei dem Versuch, ihr zu helfen, verletzt oder gar getötet würde. Wie von einer fremden Macht gesteuert kroch sie auf allen vieren am Boden herum und suchte nach einer Waffe. Sarah ertastete einen Dolch eines gefallenen Kriegers. Unentschlossen, was sie nun mit dem Messer anfangen sollte, ließ sie sich einfach nur nach vorne fallen.

»Das würde dir so passen, du hinterhältiges Aas! Schon mal was von Fairplay gehört?« Sarahs Hände begannen heftig zu zittern, als sie spürte, wie sich die Klinge in das Fleisch des Mannes bohrte. Dennoch triumphierte sie. *Ich habe den heimtückischen Kerl doch tatsächlich am Bein erwischt!* Die Augen des Kriegers verengten sich vor Zorn und Schmerz, als die Klinge seinen Oberschenkel durchbohrte, doch er wischte sie weg wie ein lästiges Insekt. Er kochte vor Wut. Langsam wandte er sich Sarah zu. Sein Blick war voller Abscheu. Aber das Glück war auf Sarahs Seite. Der blonde Krieger verlor keine Sekunde. Er sprang hoch und versetzte dem Mann ein paar kurze Hiebe mit seinem Schwert. Etwas Warmes spritze Sarah ins Gesicht. Kurz darauf stand sie in einer Lache aus Blut und verlor nun vollends die Fassung. Schwarze Punkte flackerten vor ihren Augen und sie klappte in sich zusammen. Der Mann war zäh, er trotzte dem Tod bis zum letzten Atemzug. Aber sein Kampf war aussichtslos, kraftlos sank er auf die Knie. Wäre Sarah bei Bewusstsein gewesen, hätte sie es vielleicht noch geschafft auszuweichen, aber so wurde sie unter dem Körper des toten Kriegers begraben.

◇

Irgendetwas hatte ihre Wange berührt. Als Sarah die Augen öffnete, blickte sie direkt in die stahlblauen Augen ihres Retters. Zu ihrem Glück lag sie noch auf dem Boden, ansonsten wären ihr jetzt womöglich die Knie weich geworden. Dieser Mann war einfach zum Dahinschmelzen schön. Noch etwas verwirrt versuchte sie, sich einen brennenden, stechenden Schmerz von ihrer Wange wegzuwischen. Der Krieger blickte sie mit einer Mischung aus Neugier und Besorgnis an. Sein Gesicht war ihrem so nahe, dass sie die Hitze seines Körpers auf ihrer Haut spüren konnte. Er rang nach dem anstrengenden Kampf immer noch um Atem. Sarah konnte deutlich sehen, wie sein Brustkorb sich unter seinem Brustpanzer hob und senkte. Die Zeit schien plötzlich still zu stehen. In diesen Augen konnte man beinahe ertrinken. *Selten hatte sie einen so attraktiven Mann gesehen. Ob er vielleicht doch ein Schauspieler oder Model war?*

Sarah verspürte unversehens den Drang, sich jeden Quadratzentimeter seines Gesichts einprägen zu müssen. Ein Gefühl von Panik kam in ihr auf. Ganz egal, was bisher geschehen sein mochte und ihr in den letzten Minuten auch passiert war, dieses Gesicht wollte sie keinesfalls je wieder vergessen. Und dann, als sie wieder in seine Augen blickte, herrschte urplötzlich absolute Ruhe. Nicht nur ringsherum, sondern auch in ihr selbst. Eine vollkommene Ruhe und Ausgeglichenheit. Sie konnte nicht sagen weshalb, aber es war, als ob sie wusste, dass sie vor diesem Mann nichts zu befürchten hatte. Ganz im Gegenteil. Es war ein Gefühl der absoluten Sicherheit. Für einen kurzen

Augenblick erschien er ihr so unglaublich vertraut, so als ob sie ihm schon einmal begegnet wäre oder sogar schon ewig kennen würde. Das war alles mehr als verwirrend. So rasch wie dieses Gefühl über Sarah hereingebrochen war, so schnell war es auch wieder verschwunden.

Ihr Gegenüber hatte eine undurchdringliche Miene aufgesetzt. Sarah konnte also nicht sagen, ob es nur ihr so ergangen war, oder er möglicherweise ähnlich empfand. Doch dann, für den Bruchteil einer Sekunde huschte ein Stirnrunzeln über sein wunderschönes Gesicht. Ließ sein Pokerface ins Wanken geraten.

Ohne zu zögern, fasste der Krieger mit zitternden Händen an Sarahs Hals und betrachtete gebannt ihren Halsschmuck. Er hielt den Anhänger ganz vorsichtig, fast zärtlich, so als ob er aus Glas wäre.

Was war das nur in seinem Blick? Missbilligung? Verachtung? Trauer? Zweifel? Bevor Sarah ihn danach fragen oder seinen seltsamen Ausdruck hätte deuten können, ließ er den Anhänger zurück auf ihre Haut gleiten und gleichzeitig war der Blick auch schon wieder von seinem Gesicht verschwunden. Der Mann hatte wieder sein Pokerface aufgesetzt. Sarah wollte ihn fragen, was er an ihrem Amulett so sonderbar fand, aber sie brachte keinen einzigen Ton heraus.

Energisch streckte er Sarah seine Hand entgegen. »Du hast beherzt gekämpft. Du siehst gar nicht aus wie eine Schildmaid. Aber wie dem auch sei, ich danke dir für deine Hilfe. Komm, wir müssen jetzt gehen.«

Sarah war völlig perplex. Hastig versuchte sie, sich hochzustemmen, als sie bemerkte, dass sie ihn wohl etwas zu lange angestarrt hatte. Für einen Moment umspielte ein amüsiertes Zucken seine Mundwinkel.

»Na komm, ich beiße nicht.« Erneut streckte er Sarah seine Hand entgegen. »Du hast nichts vor mir zu befürchten.«

»Ohhhhkaaay!« Mehr brachte Sarah nicht heraus. Sie zögerte. Irgendetwas sagte ihr, dass dies keine einstudierte Textzeile war, und schon gar keine mit bösen Hintergedanken. Dennoch. Irgendetwas war hier gewaltig faul. Sie hatte ihn zwar nicht genau verstanden, aber offenbar wollte er ihr wirklich nur helfen. Der Schönling sprach mit einem sonderbaren Akzent. *Und was sollte dieses blöde Grinsen? In dieser Situation ist es ja wohl verständlich, dass ich ihm nicht freudig in die Arme springe, oder?* Erst jetzt wurde ihr klar, dass es sich nicht einfach nur um einen Akzent handelte. Sie war sich sicher, dass er eine fremde Sprache sprach. *Aber wie kann das sein? Ich habe ihn doch verstanden, oder nicht?*

Mühelos, als würde sie nichts wiegen, half er ihr hoch und lotste sie nun wieder auf den Hügel, auf dem sie ihn zu Beginn ihrer Verfolgungsjagd hatte kämpfen sehen.

Rundherum war es sehr ruhig geworden. Die Schlacht, oder was auch immer das war, schien vorbei zu sein. Vereinzelt sah man noch ein paar Männer kämpfen. Überall lagen Menschen im Gras. Einige stöhnten und wanden sich, andere lagen regungslos da.

Erst jetzt nahm Sarah alles um sich herum richtig wahr, erst jetzt sah sie sich die Personen genauer an. Ihr Aussehen, ihre Kleidung, ihre Bewegungen. Mit einem Schlag realisierte sie, was sie die ganze Zeit über verwirrt hatte, was das Bild verzerrt und diese ganze verquere Situation noch bizarrer erscheinen ließ. Diese Männer waren allesamt muskelbepackte Hünen, von einigen Ausnahmen abgesehen. Ihre Haut war von der Sonne gegerbt, ihre Körper voller alter Narben, Schmutz und auch frischer Wunden und Blut. Viele trugen nur einfache Leinenhemden und lederne Hosen, manche noch lederne Armstulpen und Rüstungen und sogar Felle. Die Palette der Waffen war beträchtlich, von Messern und Speeren über Keulen, Äxte, Schwerter bis hin zu Pfeil und Bogen war alles vertreten. Die Schläge der Gegner wehrten bemalte und mit Metall beschlagene Schilde ab. *Sollte es sich bei diesen Leuten wirklich um Schauspieler handeln, sind die aber ziemlich sorgfältig gecastet worden. Schwerter, Äxte, Felle.* Alles sah authentisch aus und verwirrte Sarah in Kombination mit dem gerade Erlebten nur noch mehr. *Männer die wirklich zum Vergnügen um ihr Leben kämpfen, frei nach dem Motto töten oder getötet werden? Würden Menschen wirklich so weit gehen? Was ist hier eigentlich los? Wenn das nun bedeutet, dass das alles kein Film und kein LARP ist und hier wirklich Menschen bis zum Tod kämpfen, wo um alles in der Welt bin ich hingeraten?*

In Sarahs Kopf drehten sich die Gedanken im Kreis. Nach all dem, was hier gerade passiert war, musste sie sich eingestehen, dass es nur eine einzige Erklärung gab. Das hier war weder ein lebensnaher Albtraum noch ein abgedrehtes Rollenspiel. Das hier war bitterer Ernst.

Sarah blieb nicht viel Zeit weiter darüber nachzudenken. Rasch hatte der blonde Typ ein paar Worte mit seinem Kampfpartner gewechselt, ehe er Sarah auch schon hinter sich her vom Schlachtfeld zog.

Sarah hatte mittlerweile ihre Sprache wiedergefunden und sie hatte Fragen. Unendlich viele Fragen. »Tja also, es ist wohl angebracht, dass ich mich bei dir bedanke. Kannst du mir bitte sagen, was da gerade passiert ist? Bis zu dem Moment, an dem ich dem Kerl das Messer in den Oberschenkel gejagt habe, dachte ich ja noch an irgendeine sehr realitätsnahe Art von Inszenierung oder Rollenspiel. Aber ich glaube ehrlich gesagt nicht, dass das gespielt oder geplant war, oder? Ich wollte hier wirklich nicht in irgendwas hineinplatzen. Kannst du mich bitte zu einem Telefon, einem Bahnhof oder einer Bushaltestelle in der Nähe bringen? Das wäre sehr nett. Ich verspreche, ich werde niemanden etwas über, was auch immer das hier ist, sagen. Ach, verdammt nochmal, sag doch bitte endlich mal was!« Erschöpft und verzweifelt fuhr sich Sarah mit der Hand über ihr Gesicht. »Ich will doch einfach nur zurück nach Hause. Ich habe noch etwas Bargeld, ich komme schon zurecht.« Anstatt einer Antwort bekam Sarah lediglich einen verwirrten Blick. Peinlich berührt fuhr sie fort.

»Ich weiß, es klingt etwas seltsam, dass ich nicht weiß, wo ich hier bin. Ich war gestern Abend mit Freunden unterwegs. Ich weiß auch nicht genau, vielleicht hat mir jemand etwas in den Drink getan. Ich will einfach nur nach Hause. Und sorry, wenn ich nervös bin, rede ich manchmal zu viel.« Wieder keine Antwort. Sarah schlug sich genervt gegen die Stirn. *Nervös? Hatte sie das gerade eben wirklich gesagt? Aber ja es stimmte, der Typ machte sie nervös. Warum zum Teufel muss ich ihm das überhaupt erklären? Er ist mir Antworten schuldig oder etwa nicht?* Allmählich ging ihr die Puste aus. Der Mann hatte sich lediglich hin und wieder kurz umgedreht und dabei keine Miene verzogen. Kurz war sie versucht es auch auf Englisch zu probieren, falls er ihre Sprache möglicherweise doch nicht so gut sprach, ehe ihr einfiel, dass er sie ja auch nicht auf Englisch angesprochen hatte. *Aber welche Sprache war es sonst gewesen? Und wieso hatte sie es dennoch verstanden? Außer ihrem Schulenglisch, ein paar Brocken Polnisch aus einem Unifreifach und den typischen ein, zwei Phrasen »Urlaubs-Italienisch« beherrschte sie keine Fremdsprachen.* Langsam wurde sie müde und ungehalten. Sarah hatte keine Ahnung, warum sie sich von dem Typen durch die Gegend schleifen ließ. Aber sie war zu verwirrt, um klar denken zu können und zu müde, um wegzulaufen. *Das alles ergab überhaupt keinen Sinn. Nichts hier kam ihr in irgendeiner Weise bekannt vor. Sie konnte nicht einmal sagen, ob sie ganz in der Nähe ihres Wohnorts oder zig Kilometer weit weg war. Dann noch dieser seltsame, fremde Mann und ihre widersprüchlichen Gefühle ihm gegenüber. Irgendetwas war hier gewaltig faul.* Sarah machte noch einen Versuch ein paar Antworten zu erhalten. Trotzig stemmte sie sich in dem Boden und zwang den Mann damit, zumindest langsamer zu werden. Ihn zu stoppen, hätte sie vermutlich nur mit Hilfe einer zweiten Person geschafft.

»Kannst du mir bitte sagen, wo wir hier sind und wo du mich jetzt hinbringst?« Nach einer kurzen Pause fügte sie beinahe flüsternd hinzu: »Das alles hier passiert wirklich, nicht wahr? Es ist kein Traum und auch kein Filmdreh, oder? Der Mann vorhin wollte uns tatsächlich töten?« Der große blonde Kerl blieb so abrupt stehen, dass Sarah fast in ihn hineingelaufen wäre. Langsam drehte er sich zu ihr um. In seinem schönen Gesicht konnte man eindeutig die Textzeile »Ich versteh nur Bahnhof« lesen.

»Du redest viel.« *Hm. War das eine Frage oder eine Fest-stellung?* »Hör zu, ich habe jetzt keine Zeit für viele Worte, außerdem verstehe ich ehrlich gesagt nicht einmal die Hälfte von dem, was du sprichst, diese eigenartigen Rede-wendungen und Worte. Was bedeutet »Filmdreh"? Und was meinst du mit wirklich passiert? Womöglich bist du doch schwerer verletzt worden, als es den Anschein macht? Es tut mir leid, wenn du dich verlaufen hast und nicht weißt, wo du bist. Wir sind hier in deiner Heimat Ruzaland. Meine Männer und ich haben die umliegenden Dörfer an-gegriffen und werden uns jetzt unsere Beute holen. Und ja, der Mann wollte uns töten. Ich nehme dich jetzt mit in das Dorf hinter den Hügeln zu deinesgleichen. Meine Män-ner haben Anweisung, sich dort einzufinden und alles für unsere Heimreise vorzubereiten. Dort wird man dir gewiss helfen. Du hast nichts vor mir und meinen Männern zu befürchten.« Der Mann hatte sich wieder umgedreht und war kurzerhand weitermarschiert. Er hatte bereits wieder sein altes Tempo aufgenommen. Sarah war wie vor den Kopf gestoßen, als sie die Worte des Mannes hörte. *Wie? Meine Heimat? Wo?* Verwirrt stolperte sie hinter ihm her, obwohl jede Faser ihres Körpers sich dagegen sträubte. Sie wollte einfach nur weglaufen. Ihr Verstand und ihr Bauch-gefühl waren im Clinch miteinander.

Der Krieger hatte offenbar das Bedürfnis, Sarah zu beru-higen, denn er versicherte ihr abermals, dass sie nichts vor ihm zu befürchten hätte. *Meinesgleichen? Ruzaland? Meinte er etwa Russland? Wie sollte ich denn in so kurzer Zeit nach Russland gekommen sein? Selbst, wenn ich wirklich unter Drogen gesetzt worden und von irgendwelchen Menschenhändlern ins*

Ausland verschleppt worden wäre, wie weit wären wir schon in den drei oder vier Stunden gekommen? Bestimmt wären wir noch unterwegs, und ich gefesselt und geknebelt in irgendeinem Transporter oder Laderaum. Aber doch sicher noch nicht irgendwo in der Einöde? Und man hätte mich wohl kaum mitsamt all meinen Sachen einfach liegen gelassen, oder? Mussten die Entführer womöglich fliehen und hatten sich ihrer Opfer entledigt? Das alles ergab immer weniger Sinn, je mehr sie darüber nachdachte.

Resigniert schleppte Sarah sich weiter dem blonden Hünen hinterher, stellte er doch zumindest momentan keine Gefahr für sie dar.

Kapitel 2
—
Der Krieger

Zufrieden ließ Ragnar sein Schwert nach unten sinken, diese kurze Verschnaufpause hatte er sich redlich verdient. Rinnsale aus Blut, Schweiß und Dreck tropften herunter, egal wie oft er sie mit seiner ledernen Armstulpe wegzuwischen versuchte. Anerkennend blickte er auf den Mann, dessen lebloser Körper neben ihm zusammengesackt war. *Nicht, dass ich je eine Auseinandersetzung gescheut hätte, aber ich habe diese Dorfbewohner unterschätzt. Sie verteidigen ihr Hab und Gut mit ihrem Leben.* Trotz beginnender Müdigkeit huschte ein zufriedenes Grinsen über sein Gesicht. Seine Idee, ein Feuer in der alten Kirche zu legen, hatte bestens funktioniert. Er war schon so oft in diesen Gegenden auf Raubzug gewesen, dass er die Bräuche und Gewohnheiten der Bewohner bestens kannte. Dies war ganz gewiss ein Vorteil, das musste er diesem starrsinnigen Jarl Knud zugestehen. Seit Jahren schickte er Ragnar und seine Männer immer wieder in dieses Land, obwohl es hier kaum mehr etwas zu holen gab. Einige andere Wikingerstämme hatten sich hier sogar angesiedelt.

Die Schreie einer Frau rissen Ragnar aus seinen Gedanken. Er runzelte die Stirn. Unweit des Hügels bot sich ihm ein ungewöhnliches Schauspiel. Eine Frau floh wild gestikulierend und schreiend vor einem Mann. Während eines Überfalls an sich nichts Ungewöhnliches, hätte er seinen Männern nicht, wie so oft in letzter Zeit, angeordnet, dass der Kampf abseits des Dorfes zu führen war, um genau solche Vorfälle zu vermeiden. Aber soweit er es erkennen konnte, war ihr Verfolger keiner von seinen Männern. Dem Aussehen nach musste es sich bei dem Mann eher um einen der Dorfbewohner handeln, da war Ragnar sich trotz der Entfernung ziemlich sicher. Und noch etwas machte ihn stutzig. Das Frauenzimmer passte nicht so recht ins Bild. Diese Frau war ganz gewiss weder eine einfache Bauersfrau noch eine Schildmaid. Ragnar kannte jeden Mann und jede Frau seiner Mannschaft und sie war keine davon. Ihre Kleidung war sehr auffällig. Sie zeigte ungehörig viel Bein. *Wieso sie wohl schwarz trägt?*

Aus dem Augenwinkel nahm er eine Bewegung wahr und duckte sich instinktiv. *Das war knapp. Ich ließ mich von einem Weibsstück ablenken, das ist gar nicht gut. Das hätte mich den Kopf kosten können.* Einzig seiner jahrelangen Kampferfahrung geschuldet, konnte er den nächsten Schlag seines Gegners parieren. Nur ein paar Augenblicke der Unachtsamkeit, die ein eifriger Junge nutzen wollte, um sich auf Ragnars Kosten, seinen Ruhm zu erkaufen. Unerbittlich hieb der Junge auf ihn ein, aber Ragnar wehrte alle Angriffe geschickt ab und entledigte sich mit einem einzigen kraftvollen Stoß seines unliebsamen Gegenübers. Der Junge wurde mit voller Wucht zu Boden geschleudert und blieb bewusstlos liegen. Ragnar hatte den Burschen nicht getötet, er war ja noch fast ein Kind.

Erneut drangen die Hilferufe dieser Frau an sein Ohr. *Soll ich ihr helfen? Aber was kümmert mich ihr Schicksal?* Unentschlossen strich er über seinen Bart, entschied sich aber dafür, das einzig Richtige zu tun. Dieses Mal würde er nicht denselben Fehler begehen. Aufmerksam sah er sich nach allen Seiten um. Der Bursche lag noch immer bewusstlos am Boden. Ragnar warf einen Blick über seine Schulter zu seinem Bruder. Sven war wie immer bestens gelaunt und schlug sich beinahe ebenso mühelos wie Ragnar. Ragnar gab ihm zu verstehen, dass er hinunter zum Fuße des Hügels laufen würde. Sven nickte zum Zeichen, dass er verstanden hatte, und widmete sich wieder seinem Kontrahenten.

Die Frau schien am Ende ihrer Kräfte zu sein. Sie war bereits mehrmals gestrauchelt. Ragnar spurtete los. Jetzt galt es, keine Zeit zu verlieren. In wenigen Augenblicken war er bei den beiden angekommen und holte mit seinem Schwert zum Schlag aus. Das war ein Kampf ganz nach Ragnars Geschmack. Sein Gegner war unerbittlich und wehrte sich nach Leibeskräften. Jeder Hieb dröhnte auf Ragnars Schild wie ein Donnerschlag und Ragnar entgegnete seinerseits mit aller Härte. Der Kampf war gut verlaufen, bis zu dem Zeitpunkt, an dem er über einen Stein stolperte und für einen Moment aus dem Gleichgewicht geriet. Ragnar verfluchte seine eigene Unachtsamkeit. *Diese falsche Schlange greift mich doch tatsächlich an, obwohl ich zu Boden gegangen bin! Dieser Mann verfügt über keinen Stolz!* Ragnar schüttelte die Gedanken aus seinem Kopf. Dann passierte alles blitzschnell. Geistesgegenwärtig nahm er die Gelegenheit wahr, die ihm die Frau verschafft hatte.

Streng genommen stehe ich nun in ihrer Schuld. Ist diese fremde Frau möglicherweise ein Zeichen der Götter? Das Zeichen auf das ich schon so lange warte?

Erschöpft ließ Ragnar sich neben der Frau ins Gras fallen. Er war müde. Seit Stunden war er auf den Beinen. Sie waren bei Tagesanbruch gelandet und geradewegs in Richtung der Siedlung marschiert. Die Kundschafter hatten gute Arbeit geleistet und der Überfall auf das Dorf war ein Kinderspiel gewesen. Diese Anhöhe hatte sich als idealer Platz für einen Kampf herausgestellt. Ragnar wusste durch seine Späher, dass es zwar seit einiger Zeit ein neues Gotteshaus innerhalb der Siedlung gab, dennoch hatte er seinen Männern Anweisung erteilt, die alte Kirche außerhalb des Dorfes in Brand zu stecken. Ragnar wollte so wenig Schaden wie möglich anrichten. Er glaubte zwar nicht an diesen einen Gott der Christen, aber er war sich sicher, dass eine brennende Kirche sie herauslocken würde. Die Bewohner hatten aufgrund der letzten Plünderungen dazugelernt und einen mannshohen Zaun um ihr Dorf gebaut. Es war also nicht mehr so einfach, an sie heranzukommen wie früher.

Aber es war mehr als nur die Müdigkeit des Tages, die auf Ragnars Schultern lastete. Diese Ermüdung und Kraftlosigkeit begleitete Ragnar bereits seit Monaten, sein Lebenswille und seine Kampfeslust schwanden. Er fühlte sich mehr tot als lebendig und er hatte sich noch immer nicht ganz erholt. *Es ging mir schon besser. Heute ist ein wahrlich merkwürdiger Tag. Ständig schweifen meine Gedanken ab und holen mich in die Vergangenheit. Kein Wunder, dass mir dieser dumme Fehler unterlaufen ist. Und dann diese seltsame Frau. Sie lässt mir einfach keine Ruhe. Ihr Anblick ist aufregend und, Odin möge mir vergeben, gleichzeitig beängstigend. Sie verwirrt mich. Sie ist anders als die Frauen, die ich kenne. Keine Kriegerin, aber eindeutig auch keine gewöhnliche*

Frau. Ihrer Kleidung und Sprechweise nach zu urteilen, scheint sie wirklich nicht aus dieser Gegend hier zu stammen.

Einen Moment beobachtete er sie. Wie sie so im Gras lag, noch nach Atem ringend und mit halb zerrissenen Kleidern, spürte Ragnar plötzlich eine Flut an unterschiedlichen Gefühlen über sich hereinbrechen. Es war ihm kalt und heiß zugleich und es überkam ihn das unbändige Verlangen, diese Frau zu küssen. Sie übte eine unglaubliche Anziehung auf ihn aus. Alles an ihr war fremd und aufregend. Ihre Sprache, ihre Kleidung, ihr Geruch. Und dann setzte für einen Moment sein Herzschlag aus.

Ihre Haare waren zur Seite gefallen und gaben einen Blick auf ihren Nacken und ihren Ausschnitt frei. Ragnars Blick blieb an der Halskette heften. *Das ist doch nicht möglich, oder? Kann das wirklich sein? Nein, das ist einfach unmöglich! Und dennoch.* Sein Herz pochte, als er vorsichtig mit seinen Fingerspitzen die feinen geschwungenen Linien des Silberschmucks berührte. Er wagte kaum zu atmen. *Es kann doch kein zweites solches Schmuckstück geben? Das wäre ein außerordentlicher Zufall.* Ragnar schüttelte heftig seinen Kopf, als ob er hoffte, er könne den Gedanken so aus seinem Kopf werfen. Weit weg, in den dunkelsten Teil seiner Erinnerungen, den er so gut verdrängt hatte. *Das ist doch einfach unmöglich.* Ragnar war fassungslos. *Was im Namen der Götter ist hier los? Versuchen sie, mich irrezuführen? Bin ich dabei den Verstand zu verlieren? Wie kann ich mich nur so unkontrolliert von einer Gefühlsregung in die nächste fallen lassen? Und was hat es mit dem Amulett auf sich?*

Ich MUSS mich zusammenreißen. Umso mehr, wenn es sich um eine Art Prüfung der Götter handeln sollte. Eigentlich hatte er nach allem, was passiert war, genug von der Willkür, Spielen und Ränke schmiedenden Göttern, aber dennoch war sein Glaube daran, dass alles aus einem bestimmten Grund geschieht, stärker, als dass er sich von ihnen abwenden hätte wollen. Ragnar hatte in den letzten Wochen und Monaten oft auf einen Wink der Götter gewartet. Seit dem Tod seiner Familie fühlte er sich ohne Ziel und Aufgabe und zweifelte an sich selbst. Er stellte alle seine Entscheidungen in Frage. Hastig sprang er auf. Zum Glück war die Frau besinnungslos und hatte seinen innerlichen Kampf nicht bemerkt. Was war nur mit ihm? Und weshalb hatte er überhaupt den Drang verspürt, ihr zu helfen? Er hätte sie auch genauso gut ihrem Schicksal überlassen können. Ragnar kämpfte immer noch mit seinen Gefühlen. Was für eine eigenartige Frau sie doch war. Pechschwarze Haare, grüne Augen, jedoch eher klein und zierlich von Gestalt. Er verstand fast jedes Wort, dennoch sprach sie mit einem befremdlichen Akzent und benutzte Worte, die ihm nicht geläufig waren. Er erkannte Wörter, die seiner Sprache ähnelten. Einige erinnerten ihn auch an die Redeweise der Angelsachsen. Ragnar war schon Männern dieses Volkes begegnet, auch wenn er noch bei keinem Raubzug in ihrem Land dabei gewesen war. Diese Begegnungen hatten seine Sehnsucht und sein Bestreben, eines Tages einmal in dieses Land zu reisen, jedoch nur bestärkt. Jarl Knud hatte am Hofe des Königs sogar mehrmals mit den Angelsachsen zu tun gehabt, dennoch ließ er Ragnar und seine Männer nur auf Viking nach Osten oder Süden fahren. *Ich verstehe es nicht und ich bin es leid! Wie kleingeistig dieser Jarl doch ist. Erkennt er denn nicht,*

welche Möglichkeiten sich für unsere Sippe ergeben könnten,
wenn wir einen Raubzug in die Länder nördlich oder westlich
unserer Heimat wagen würden? Wir wären die Ersten unseres
Volkes. Ruhm und ein Platz an der Tafel Odins wären uns ge-
wiss. Wir wären selbst beinahe wie Götter. Noch nie zu vor
war einer aus Silfrhaf dort gewesen und doch war es keine un-
mögliche Reise. Denn wie sonst hätten Reisende davon berichten
können und zwei der Besucher waren Missionare gewesen, die
sie zum Christentum bekehren wollten. Zwei sehr redselige
Exemplare. Warum musste er nur als Bauer geboren worden
sein? Zweifelsohne, ich bin ein freier Mann und dennoch kann
ich nicht jederzeit einfach gehen, wohin ich will. Es fehlt mir
an Beweisen und den notwendigen Mitteln. Würde ich mich
gegen Jarl Knud stellen, würde ich alles verlieren. Es würde
bedeuten, ohne den Schutz der Sippe und der Familie zu sein.
Gleichsam vogelfrei und auch keine gesellschaftliche Stellung
und Angriffsziel für jedermann. Familie. Das, was davon noch
übrig war. Knud, dieser habgierige Schuft, der, ohne zu zögern,
das Leben seiner Männer aufs Spiel setzt, wagt es aber nicht,
sich gegen den König zu stellen. Ragnar seufzte. Er fühlte,
dass er mehr wollte. Dass er für mehr bestimmt war, als
auf die Pläne und Befehle eines stupiden Jarls zu hören.
Besonders jetzt, da er nichts mehr zu verlieren hatte, außer
sein eigenes Leben und auch das erschien ihm als geringer
Preis für den Ruhm, den er dadurch erlangen würde. Sein
Name würde dadurch weiterleben. Ragnar war, wie fast
alle Menschen seines Volkes, davon überzeugt, dass das
Leben vorherbestimmt sei und Götter und magische
Kräfte Einfluss auf ihr Leben hatten. Er glaubte an Zei-
chen. Schon als kleines Kind sprach Ragnar regelmäßig

mit den Göttern, besonders Odin, und fragte sie um Rat. Oft besuchte er auch den Seher Frode und beobachtete ihn bei seinem Tun.

Ragnars Gedanken kehrten wieder zu der eigenartigen Frau zurück. Ihr Gewand umspielte fließend ihre Kurven und schien wesentlich wertvoller als die Leinenkleider einer einfachen Bäuerin. Es sah nicht danach aus, als ob sie ernsthaft verwundet war. Ragnar besah sich ihre Hände. *Dachte ich es mir doch. Keine Schrunden und Schwielen, die von harter Arbeit auf Hof oder Feld zeugen. Aber was ist das? Ihre Nägel schimmern in einer Farbe, deren Namen ich noch nicht einmal benennen kann. So etwas habe ich noch nie gesehen. Und dieses sonderbare Schuhwerk. Es ähnelt unseren Stiefeln. Würde so etwas ein Weib aus reichem Hause tragen?* Ragnar rieb sich die Stirn. Das alles gab ihm Rätsel auf. Eine Seherin vielleicht? *Auch wenn ich noch keiner begegnet bin, die so aussah.* Seher waren die ungewöhnlichsten und magischsten Wesen, die Ragnar kannte. Immerhin standen sie mit den Göttern im Bunde. *Eine Hexe vielleicht, die versucht mich in die Irre zu führen? Immerhin würde das erklären, warum ich heute nicht Herr über meine Empfindungen bin. Jedoch habe ich schon lange keine Geschichten mehr von Hexen gehört oder von Göttern, die zum Vergnügen ihre Spielchen mit den Menschen treiben. Sie haben offenbar kein Interesse mehr an Midgard und den Menschen.*

Ragnar blickte aufmerksam umher. Er hielt nach Raben Ausschau. Nicht weit entfernt saßen einige auf den umliegenden Büschen und warteten auf das Ende des Kampfes. Kein ungewöhnliches Bild, schon gar nicht in der Nähe eines Schlachtfeldes. Für Ragnar waren diese Tiere seit jeher etwas Besonderes. Sie erinnerten ihn an seine Eltern und gaben ihm das Gefühl, der Göttervater höchstpersönlich wäre in seiner Nähe. Ragnar fuhr sich über die Stirn. Er war sich nicht sicher, ob es eine gute Idee war, die Frau mitzunehmen, aber er konnte sie doch schlecht hier zurücklassen, wenn sie wirklich, wie behauptet, nicht von hier stammte, oder? Außerdem war sie verletzt. Auch ließ ihm der Gedanke an dieses Schmuckstück keine Ruhe. *Nach wie vor weiß ich nicht, welchen Sinn der Tod meiner geliebten Familie haben soll. Was die Götter mir damit wohl sagen wollen, dass sie mir nach dem frühen Tod meiner Eltern nun auch noch Frau und Kind genommen haben. Ich weiß, es ist vermessen davon auszugehen, dass alles, was mir widerfahren ist, als eine Art Probe der Götter anzusehen ist. Dass ich ein ehrenhafter Mann und würdiger Krieger bin, stark genug damit umzugehen und bereit trotz allem weiterzukämpfen und den Schwächeren zu helfen. Und möglicherweise ist das der einzige Grund, der Frau helfen zu wollen, aber was, wenn nicht? Bin ich seit Heddas Tod wahrhaftig zu weich geworden? Ich weiß, dass viele aus dem Dorf hinter meinem Rücken lästern und sich fragen, ob ich der Aufgabe, eine Mannschaft zu führen, nach wie vor gewachsen bin.* Ragnar schüttelte vehement den Kopf. *Es mochte eine Sache sein, wie ein Mann sich gegenüber seiner Familie verhielt, aber niemals durfte sich ein Krieger, der Anführer eines Raubzugs war, einen Moment der Schwäche erlauben.*

Ein Gedanke jagte den nächsten, eine Erinnerung nach der anderen flammte vor seinem geistigen Auge auf. Der Tag, an dem er Hedda begegnet war, hatte sein Leben vollkommen verändert. Natürlich hatte Ragnar im Laufe seiner Jugend die eine oder andere Liebelei. Wie jeder junge Mann hatte er sich seine Hörner abgestoßen, aber er war bis zu diesem Zeitpunkt noch niemals richtig verliebt gewesen. Heddas Anblick ließ ihn zur Salzsäule erstarren. Er konnte gar nicht anders, als einfach nur dazustehen und dieser wunderschönen jungen Frau zuzusehen, wie sie im Wald mit Pfeil und Bogen Hasen jagte. Für einen kurzen Augenblick dachte er, es wäre sogar die Göttin Skadi selbst, so sehr beeindruckte ihn ihr Anblick. Neugierig hatte er sich angeschlichen, um sie zu beobachten, und war vor lauter Bewunderung unachtsam auf einen Zweig gestiegen. Im nächsten Moment waren die Hasen und somit die Beute des Mädchens dahin gewesen. Das gab vielleicht ein Donnerwetter. Es hätte nicht viel gefehlt und Hedda hätte ihm beinahe einen Pfeil in den Hintern gejagt, so wütend war sie gewesen. Wutentbrannt ließ sie ihn damals einfach mit offenem Mund stehen. Ragnar musste bei dem Gedanken daran unvermittelt lachen. Noch nie hatte ihn jemand so angeschrien und den Kopf gewaschen. Sie war eine Kämpferin, eine Kriegerin, eine wahrhaftige Schildmaid. Ragnar war augenblicklich klar gewesen: Das war die Frau, die er heiraten wollte, und es hatte ihn einiges an Mühe und Zeit gekostet, sie zu umwerben. Nicht zuletzt deshalb, da sie nur zu Besuch in seinem Dorf gewesen war. Auch hatte Heddas Vater andere Pläne für seine Tochter gehabt, aber Hedda hatte Ragnar tatsächlich ihr Herz geschenkt. Sie hatten ohne Zustimmung ihrer Eltern geheiratet. Ohne Mitgift und große Feier. Hedda war die Tochter reicher Kaufleute gewesen, er nur ein einfacher Bauer, sie hätte eine weitaus vorteilhaftere Bindung eingehen können.

Schmerzerfüllt schloss er die Augen. *Die Zeit der Trauer ist vorbei. Reiß dich zusammen.* Ein Blitz durchfuhr ihn. Auch Ragnar sah sich, ebenso wie Sarah, an diesem Tag einer Reihe von Erinnerungen ausgesetzt, die er in die dunkelsten Winkel seines Gedächtnisses verbannt hatte und an die er schon sehr lange nicht mehr gedacht hatte. Wie sehr er sich auch dagegen sträubte, sie überrollten ihn wie eine Sturmflut. Ragnar war auf dem Weg nach Hause. Der Vikingzug war erfolgreich gewesen und der erbeutete Anteil fiel dieses Mal für jeden Krieger sehr großzügig aus. Bestimmt würden Hedda und Juna sich freuen. Ragnar lief nach Hause über sein Feld, das er bald zusammen mit seiner Familie abernten würde. Was war das? Schreie? Ragnar spurtete los. Der Weg bis zu seinem Haus schien endlos zu sein. Er wollte schreien, doch kein Laut kam aus seiner Kehle. Seine lange Abwesenheit war ein Fehler gewesen. Ragnar schloss die Augen, so fest er konnte, und versuchte, diese Bilder aus seinem Kopf zu verdrängen. Er konnte nicht anders. Er musste den Anhänger noch einmal berühren. Es war einfach nicht zu glauben. Wie sollte eine völlig Fremde in einem weit entfernten Land an ihn herangekommen sein? Er konnte sich nicht mehr daran erinnern, ob sie das Amulett noch getragen hatte, als er ihren leblosen Körper fand. Zu groß waren sein Schmerz und seine Wut gewesen. Als er den verwirrten Blick der Frau bemerkte, ließ er sofort das Amulett los.

Die Stimme seines Bruders riss Ragnar endgültig aus seiner Erinnerung.

»Wir müssen los, Ragnar. Du hast wieder einmal erfolgreich für die Sicherheit fremder Leute gesorgt, aber die

Männer wollen jetzt ihren wohlverdienten Lohn und sehen, was es im Dorf und der neuen Kirche zu holen gibt.« Svens missbilligender Unterton war nicht zu überhören. Er liebte seinen Bruder und vertraute seinen Entscheidungen, dennoch machte er sich Sorgen.

»Ich weiß, es wird dir nicht gefallen Bruder, aber die Männer sind noch erhitzt von der Glut des Kampfes und einige davon werden ihr Temperament und ihren Unmut an den Alten und Schwachen auslassen. Oder den Frauen. Ihnen gefällt deine Anteilnahme nicht und dass immer zuerst ein Späher einen geeigneten Kampfplatz auskundschaften muss, bevor wir über die Siedlungen herfallen. Noch hast du so etwas wie eine Schonzeit, aber es wird bestimmt einige geben, die dem Jarl davon berichten werden.«

Ragnar schüttelte den Kopf. »Denkst du, das weiß ich nicht? Das tun sie doch schon längst.«

Svens Blick fiel auf Sarah. »Was ist mit ihr?«

»Sie kommt mit ins Dorf.«

Sven legte seine Hand auf Ragnars Schulter. »Du kannst nicht alle beschützen, großer Bruder.«

Ragnar gab nur ein kurzes Knurren von sich und schob die Frau schnellen Schrittes in Richtung des Dorfes. Glaubte er denn, dass er das nicht alles selbst nur zu gut wusste? Ihm war klar, dass Sven Recht hatte, und er war sich ziemlich sicher, wer von den Männern auf seiner Seite stand und wer dem Jarl ins Ohr flüsterte. Sven war oft die Stimme der Vernunft gewesen, wenn Ragnar drohte, vor Wut überzuschäumen. Sein kleiner Bruder fehlte ihm. Der Tag, an dem Sven heiratete und in das Dorf seiner Frau gezogen war, war für Ragnar ein Tag der Freude und der Trauer gewesen. Er war stolz und froh, dass sein Bruder eine eigene Familie gründen würde, aber auch betrübt darüber, dass sie sich nicht mehr jeden Tag sehen würden. Obwohl er wusste, dass das Dorf seines Bruders nur einen Steinwurf entfernt war, war es dennoch nicht üblich, dass man seine Familie und Freunde außerhalb des eigenen Dorfes ständig besuchte. Jedermann hatte genug Arbeit, Verpflichtungen und Sorgen.

KAPITEL 3
–
TRAUM ODER WIRKLICHKEIT

Wohin gehen wir?« Sarah runzelte die Stirn. *Ich begreife das alles nicht. Kann er mich jetzt verstehen oder nicht? Und wenn das wirklich ein waschechter Wikinger ist, wie zum Teufel bin ich hierher gelangt und warum verstehe ich seine Sprache und er die meine? Bilde ich mir das alles nur ein?* Sarah schwirrte der Kopf. Sie hatte so unendlich viele Fragen, die bisher unbeantwortet geblieben waren. *Sonderlich kommunikativ ist der Typ ja nicht gerade und die wenigen Antworten, die ich bekommen habe, werfen nur noch mehr Fragen auf.*

Die Männer hatten sich aber auch untereinander als nicht besonders gesprächig erwiesen. Alle Anweisungen an die Männer wurden kurz und knapp erteilt und ebenso wortkarg wurden diese ausgeführt. *Der blonde Krieger scheint das Sagen zu haben.* Sarah hoffte, dass ihr das, zumindest vorerst, in ihrer derzeitigen Lage von Vorteil war. Aber diese Männer hatten, zumindest im Augenblick, offenbar ohnehin kein Interesse an ihr. Sarahs Anwesenheit schien ihnen gleichgültig zu sein. Allerdings wollte sie sich lieber nicht ausmalen, was passieren könnte, wenn sich dies ändern würde oder sie ihnen gar lästigfallen würde.

Hastig hatte der Trupp Krieger sich zum Dorf aufgemacht und Sarah wurde mehr oder weniger mitgeschleppt. Dort angekommen schien sämtliche Disziplin und Ruhe plötzlich wie weggeblasen. Ausgelassen wurde geplaudert, gejohlt, gegrunzt, sich lautstark schmatzend über Proviant hergemacht und noch lauter rülpsend kundgetan, wenn es geschmeckt hatte. Einige versorgten die verwundeten Krieger oder säuberten sich, während andere das Eigentum der Dorfbewohner begutachteten oder zu Kleinholz verarbeiteten. Sarah fühlte Mitleid mit den Menschen und gleichzeitig auch Schuld und hoffte, nicht mit dieser barbarischen Horde in einen Topf geworfen zu werden. Andererseits hatten sie Sarah bisher gut behandelt und ihr Status war derzeit noch unklar. *Bin ich Freund, Feind, Gefangene?*

Das Dorf selbst wirkte wie ausgestorben. Sarah rümpfte die Nase, als ihr eine streng riechende Mixtur aus Essen, Stroh, Rauch und Exkrementen entgegenwehte. *Ob es hier wohl immer so riecht? Wie halten die Menschen das nur aus?* Vereinzelt sah Sarah verängstige Menschen und Tiere vorbeihuschen.

Wieder wanderte ihre Aufmerksamkeit zu dem großen, blonden Mann. *Er hat mich sogar ein kurzes Stück getragen, nachdem mir die Beine den Dienst versagt hatten.* Im Dorf hatte er Sarah an einer Hausmauer abgesetzt und ihr gedeutet sitzen zu bleiben.

»Du bleibst hier, während meine Männer und ich uns umsehen.« *Scherzkeks. Selbst wenn ich die Kraft hätte wegzulaufen, wohin soll ich denn schon? Ich weiß ja nicht einmal, wo ich bin und in welcher Zeit ich mich befinde. Obwohl mir das jetzt auch nicht sonderlich helfen würde, da ich weder über einen umfunktionierten DeLorean noch eine anderweitige Zeitmaschine verfüge, die mich nach Hause bringen könnte.* Sarah schluckte. Dieser Aspekt schien ihr von allen zwar der absolut hirnrissigste zu sein, aber wie sonst wäre dies alles hier erklärbar? Ein Knurren aus ihrem Magen erinnerte sie daran, dass sie, schon seit Stunden nichts mehr gegessen hatte. *Ob ich den blonden Typ danach fragen soll?*

Gedankenverloren beobachtete sie die Wikinger bei ihrem Treiben. Sie durchwühlten mit viel Getöse Häuser, Hütten, Scheunen und Keller und sammelten alles ein, was von Wert oder essbar war. Die Nordmänner gingen dabei zum Teil nicht gerade behutsam mit den Menschen und dem Wenigen, was sie besaßen, um. Alles, was den Wikingern brauchbar erschien, wurde zuerst mitten am Dorfplatz auf einen Haufen geworfen und anschließend in Säcke, Körbe und Truhen gesteckt. Am anderen Ende des Dorfes wurde eine kleine Gruppe von Leuten zusammengetrieben und mit Stricken aneinandergebunden. Sarah blickte in Augen voller Furcht, Verzweiflung und sogar Hass und es schnürte ihr die Kehle zu. *Ob mir das auch bevorsteht?* Sie hatte unweigerlich das Gefühl, dass das, was ihr bisher passiert war und ihre Bedürfnisse lächerlich waren. *So, das versteht der Typ also unter Umsehen? Mistkerl. Aber ich werde mich hüten, das laut auszusprechen.* Angestrengt versuchte sie aus dem aufgeregten und verängstigten Stimmengewirr der Dorfbewohner herauszuhören, ob es sich wirklich um eine slawische Sprache handeln könnte, was ihre Vermutung, dass er mit Ruzaland Russland meinte, bestätigen würde. Aber es klang alles viel zu hektisch und schrill, um etwas zu verstehen.

Plötzlich hörte Sarah ein Kind weinen. Suchend wand sie sich um, bis sie ein kleines Mädchen entdeckte. Es kniete nur wenige Meter von ihr entfernt und zerrte und zog verzweifelt an einem Frauenkörper, der reglos am Boden lag. Sie schätzte das Mädchen auf etwa zwei Jahre. Sarah beschlich ein ungutes Gefühl. Sie hoffte, die Frau wäre nur bewusstlos. Sie schaute sich um, wartete darauf, dass irgendjemand sich der Frau und der Kleinen annehmen würde. Aber niemand kam. Alle waren viel zu sehr mit sich selbst beschäftigt. *Ja, ja. Jeder ist sich selbst der Nächste. Wobei, wer weiß schon wie man selbst in einer solchen Situation reagieren würde? Habe ich nicht selbst vor einigen Stunden einen hilfesuchenden Mann angeschrien, anstatt ihm zu helfen, und einen anderen sogar schwer verletzt? Das entsprach eigentlich überhaupt nicht meinem Naturell. Im Gegenteil. Ich bin um nichts besser. Normalerweise würde ich Reißaus nehmen. Aber wann kommt man schon in eine solche Situation? Ich hoffe ja immer noch, dass es sich nur um irgendein bizarres Rollenspiel oder einen Filmdreh handelt.*

Nachdem Sarah das grausige Schauspiel lange genug beobachtet hatte, sprang sie, ohne darüber nachzudenken, auf und rannte zu dem weinenden Mädchen hinüber. Das kleine Fünkchen Hoffnung, die Frau wäre nur verwundet, verpuffte, als Sarah die riesige klaffende Wunde am Hinterkopf der Frau bemerkte. Dennoch befühlte sie vorsichtig den Puls am blutverkrusteten Hals der Frau, aber Sarahs Vermutung wurde nur bestätigt. Die Frau war tot. Sie hatte hoffentlich nicht allzu lange leiden müssen. Trotzdem würde sich wohl niemand wünschen auf eine solche Art zu sterben. Sie sah zu dem kleinen Mädchen, das noch immer am Kleid ihrer Mutter zerrte und herzzerreißend schluchzte. *Ob sie noch Familie hat? Oder ist sie nun eine Waise? Auf jeden Fall kann sie nicht hier sitzen bleiben, wer weiß, was noch passiert!* Sarah versuchte, so ruhig wie möglich auf die Kleine einzureden und sie von ihrer toten Mutter zu lösen. Sofort fing sie wieder bitterlich zu weinen an und klammerte sich mit aller Kraft an die Frau. *Oh Mann! Und was für eine Kraft diese Kleinen entwickeln können.* Sarah dachte unwillkürlich an ihre energische, kleine Nichte. Sie versuchte nochmals sanft, aber bestimmt die kleinen zur Faust geballten Fingerchen zu lösen, aber das Mädchen ließ nicht locker. Sarah war sich nicht sicher, ob das Kind noch zu klein war, um zu begreifen, was vor sich ging oder ob es einfach nur unter Schock stand. Der Anblick zerriss Sarah das Herz. Hektik und Ungeduld würden sie hier nicht weiterbringen, also ließ sie sich auf ihre Knie sinken und setzte sich im Schneidersitz neben das Kind. Vorsichtig streckte sie ihre Hand aus und strich dem Mädchen die Haare aus dem verweinten Gesicht. Nach einer gefühlten Ewigkeit beruhigte sich die Kleine etwas. Sarah zog sie langsam zu sich hin und schloss sie behutsam in die Arme. Dieses Vorgehen schien dem Kind dann doch nicht zu gefallen, denn sie zappelte und schrie dabei wie verrückt.

»Ist ja gut mein Schatz. Hab keine Angst kleines Mäuschen! Ich tu dir nichts. Wirklich. Alles wird wieder gut. Ich weiß, du verstehst vermutlich kein einziges Wort von dem, was ich sage, und du hast bestimmt furchtbare Angst, aber ich glaube, es ist besser, du lässt deine Mama etwas ausruhen.« Sarah verteufelte sich innerlich selbst, das Mädchen anzulügen, aber sie brachte es nicht übers Herz, ihr zu sagen, dass ihre Mama nicht mehr am Leben war. Auch wenn das Mädchen vermutlich nicht verstand, was das alles zu bedeuten hatte.

»Ich möchte dir nur helfen. Bitte glaub mir, ich werde dir nichts tun.« Sie gab ihr einen Kuss auf die Stirn. Sarah war sich nicht sicher, ob das Kind ihre Worte verstand, aber zumindest hatte sie sich nun wieder etwas beruhigt. Das panische Schreien war in ein leises Schluchzen übergegangen.

»Schschsch. Alles wird gut, mein kleiner Schatz.« Sarah wiederholte immer wieder leise dieselben Worte. Wie ein Mantra, so lange, bis die Kleine vollständig aufgehört hatte zu weinen. Sanft wiegte sie das kleine Mädchen in ihren Armen hin und her, bis sie ruhig und gleichmäßig atmete.

»Kannst du mich verstehen?«

Das Mädchen sah sie mit großen Augen an. Sarah zögerte, die Kleine nach ihrer Familie zu fragen. Sofern sie etwas, von dem verstand, was Sarah sagte, wollte sie die Kleine jedoch nicht gleich wieder zum Weinen bringen.

»Wie heißt du? W-i-e i-s-t d-e-i-n N-a-m-e?« Sarah bemühte sich, so langsam und deutlich zu sprechen, falls der Hauch einer Chance bestand, dass das Kind wenigstens manche der Wörter erkannte. »Ist noch irgendjemand von deiner Familie hier? Vater, Tante, Großmutter?« Das Mädchen begann wieder zu schluchzen und nach seiner Mama zu rufen.

»Ok, schon gut. Alles gut. Deine Mama ruht sich noch ein bisschen aus, du kannst hier aber nicht allein bleiben. Ich nehme dich mit. Willst du mit mir mitkommen? Ja?« Wieder sah das Mädchen Sarah herzzerreißend an. »Ich nehme das mal als ein »Ja". Ich glaube, es ist besser, wenn wir zu dem Haus zurückgehen, an dem mich der schweigsame Typ abgesetzt hat. Da sind wir etwas geschützt.«

Auch wenn Sarah stark bezweifelte, dass das Mädchen sie verstand, so sprach sie trotzdem ganz normal weiter, in der Hoffnung, dass es das Mädchen beruhigen und ihr Vertrauen wecken würde. Sie hatte keine Ahnung, wie der Wikinger darauf reagieren würde, aber für sie stand eindeutig fest, dass sie das Mädchen nicht ihrem Schicksal überlassen würde. Sarah hörte förmlich die Stimme ihrer Schwester. *Bist du jetzt völlig übergeschnappt Sarah? Was willst du denn tun? Es mitnehmen? Du bist irgendwo gestrandet, vollkommen allein und nimmst dann auch noch ein wildfremdes Kind mit? Du kannst dich ja nicht mal um dich selbst kümmern. Vermutlich überlebst du keinen Tag. Du hast dich noch immer nicht komplett von deiner Trennung erholt und nun schmachtest du einen fremden Typen in blutverschmierten Lederhosen an? Wie stellst du dir das vor? Bestimmt wie in einem deiner Kitschromane. Cooler Typ trifft auf schüchternes Mädchen. Er outet sich als eine Art übernatürlicher Superheld und rettet ihr das Leben. Sie verlieben sich und wenn sie nicht gestorben sind ... Das glaubst du doch, nicht wahr? Wer überlässt überhaupt einer alleinstehenden, mehr oder weniger mittellosen jungen Frau ein Kind? Du hast keine Wurzeln Sarah, wie willst du dem Kind ein Zuhause bieten?*

Sarah massierte sich den Punkt zwischen ihren Augenbrauen. Gequält dachte sie an die unzähligen Diskussionen mit ihrer Schwester. Sie liebten sich, aber sie waren einfach grundverschieden. *Trotzdem wäre ich jetzt lieber dort.* Entschlossen presste sie ihre Lippen zusammen. Die imaginäre Standpauke ihrer Schwester bewirkte wie so oft das genaue Gegenteil. Sie bestärkte Sarah nur in ihrem Entschluss. *Ich habe keine Wahl. Ich bin jetzt nun mal hier, wo auch immer das ist, und ich muss versuchen, das Beste aus der Situation zu machen. Ich bezweifle, dass Sophie anders handeln würde, wenn sie jetzt hier wäre.*

Das Mädchen hatte inzwischen zwar aufgehört zu zappeln, weinte aber immer noch ein wenig.

Als Sarah einen großen Krieger auf sich zukommen sah, war ihr Körper augenblicklich in Alarmbereitschaft. *Bitte, nicht schon wieder!*

»Na, was haben wir denn da?«

Sarah spürte das Pochen ihrer Halsschlagader. Für heute war es eindeutig genug Aufregung gewesen, aber sie würde nicht zulassen, dass dem Kind etwas geschehen würde. Ein Mann, der offenbar zur Sippe des blonden Kriegers gehörte, war an Sarah und das Mädchen herangetreten. Er war ebenso groß gewachsen wie die meisten von ihnen, jedoch wirkte er von der Statur her etwas weniger trainiert. Sein Gesicht war übersät mit Pocken- oder Akne Narben. Sarahs Magen krampfte sich zusammen.

»So wie es aussieht, hält der Tag noch ein Geschenk für mich bereit. Mit dir werde ich bestimmt viel Vergnügen haben, aber den kleinen Quälgeist müssen wir vorher noch ruhigstellen.« Der Kerl umkreiste Sarah wie ein Raubtier seine Beute und grinste anzüglich. Gelbe, ungepflegte Zähne traten zum Vorschein. Bei ihrem Anblick verspürte Sarah einen Würgereiz.

Das kleine Mädchen hatte wieder angefangen laut zu weinen, als sie den Mann sah. Sarah drückte sie noch fester an sich und drehte sich so, dass die Kleine den Mann nicht sah. Sie bemühte sich, so ruhig wie möglich zu bleiben.

»Du entschuldigst mich bitte, ich muss mich um das Kind kümmern.«

Langsam begann sie sich in Bewegung zu setzen und versuchte an dem Krieger vorbeizukommen, aber sie hatte keine Chance. Der Kerl stellte sich ihr in den Weg und grinste dabei widerlich. Noch ehe sie überlegen konnte, was sie jetzt machen sollte, hörte sie die Stimme des blonden Kriegers hinter sich.

»Für heute ist der Spaß vorbei, Einar.« Ragnar war wie aus dem Nichts aufgetaucht und funkelte den Mann finster an.

»Ach, gehört das Weib etwa zu dir, Ragnar?« Ragnar sagte keinen Ton. Lediglich seine rechte Augenbraue zuckte etwas nach oben.

»Du solltest deine Beute lieber nicht allein herumlaufen lassen, sonst entwischt sie dir womöglich.«

»Danke, das ist sehr umsichtig von dir, aber ich komme schon zurecht. Ich glaube unsere jungen Krieger dort drüben könnten die Hilfe eines erfahrenen Mannes wie dir benötigen, Einar. Möglicherweise entgeht ihnen sonst noch die eine oder andere Kostbarkeit.« Einars Grinsen wechselte von anzüglich zu bedrohlich. Dennoch wirkte er unentschlossen. Es war ihm anzusehen, dass er diesen Ragnar schleunigst loswerden wollte.

Beschwichtigend hob Einar die Arme. »Nichts für ungut, das konnte ich ja nicht ahnen. Du solltest besser auf dein Spielzeug aufpassen, Ragnar, wenn du nicht willst, dass man es dir vor der Nase wegschnappt.« Ragnars Blick war eiskalt.

»Das sollte ich wirklich. Danke für deinen Hinweis.« Aus den Augenwinkeln funkelte er Sarah warnend an.

»Sollte ich weitere Ratschläge benötigen, dann werde ich dich gerne darum bitten, Einar.« Ragnars Stimme war ganz ruhig, allerdings konnte Sarah sich nicht des Eindrucks erwehren, neben einem brodelnden Vulkan zu stehen, denn er presste die Worte förmlich zwischen geschlossenen Zähnen hervor. *Wenn der eklige Typ nicht eingeschüchtert ist, ich bin es.*

»Du solltest jetzt gehen, Einar.«

»Schon gut. Kein Grund sich aufzuregen. Der Jarl wird höchst erfreut sein zu hören, wie gut du alles im Griff hast.«

Sarah kannte den Mann zwar nicht, aber Ragnars Gesichtsausdruck sprach ohnehin Bände. Es war eindeutig, dass es für Einars Gesundheit besser wäre, wenn er jetzt endlich die Klappe halten und verschwinden würde. Widerwillig, aber mit einem höhnischen Grinsen im Gesicht schlenderte Einar gemächlich davon.

Sarah war erschrocken und sauer zugleich. Wie konnten diese Krieger nur so mit menschlichen Lebewesen umgehen und so abwertend über Menschen sprechen. *Spielzeug. Eigentum. Beute.* Sarah wurde mehr und mehr deutlich, dass dies weder ein Traum noch ein Spiel war. Man betrachtete sie als Beute, als Ware, als Ding.

»Hatte ich dir nicht gesagt, du sollst dort sitzen bleiben und auf mich warten?", herrschte der Krieger Sarah an.

»Ja", entgegnete Sarah überrascht, die nicht mit einer Standpauke gerechnet hatte.

»Warum bist du dann hier und nicht dort?«

Sarahs Blick fiel auf das kleine Mädchen. Sie spürte eine Hitze in ihrem Kopf hochsteigen und dann platzte es unvermittelt aus ihr heraus. »Jetzt hör mir mal zu, Mr. supercooler Überkrieger, mir ist egal, was ihr hier so treibt. Ok eigentlich nicht, aber lassen wir das. Von mir aus schlagt euch gegenseitig so viel die Köpfe ein, wie ihr wollt, aber ich lasse mit Sicherheit nicht zu, dass einem kleinen, unschuldigen Kind ein Leid angetan wird!«

Ragnar schüttelte den Kopf. Seine Mundwinkel zuckten.

»Du kennst das Mädchen?« Ragnars Blick war immer noch stechend, aber sein Tonfall deutlich sanfter.

Sarah schüttelte den Kopf. Seine Coolness war wirklich entwaffnend.

»Wo ist ihre Mutter?«

»Ich kann es nicht mit Bestimmtheit sagen, aber ich vermute, sie war es. Sie wird sich nicht mehr um die Kleine kümmern können.« Sarah deutete mit einem Nicken in die Richtung der toten Frau.

»Du kennst sie nicht und ihr seid nicht verwandt.« Es war mehr eine Feststellung als eine Frage.

»Nein.«

»Aber du willst dich dennoch um das Kind kümmern?«

Sarah nickte. »Ich glaube, die Menschen in diesem Dorf haben momentan andere Sorgen, als sich um ein kleines Waisenkind zu kümmern.« Ein wenig Zynismus musste er verkraften. Es war ihr egal. Das Mädchen erinnerte sie an Lilly. Sarah vermisste ihre Familie sehr, besonders ihre Nichte, diesen kleinen sommersprossigen Wirbelwind. Ragnar seufzte.

»Nimm das Kind und setz dich wieder dorthin, wo ich dich zurückgelassen habe. Na los, geh schon!«

Sarah hob eine Augenbraue. *Was erlaubt sich der Kerl eigentlich? So mit mir zu reden!?*

»Hör gefälligst auf, mich herumzukommandieren!«

Seine wohlgeformten Augenbrauen zogen sich zu einem bedrohlich wirkenden Balken zusammen. »Nein, hör du mir zu! Ich weiß nicht von was für einem Spiel du andauernd faselst, aber das hier ist kein Spiel. Niemand zwingt dich, hierzubleiben, du kannst gehen, wohin auch immer du willst, obwohl ich bezweifle, dass du allzu weit kommen würdest. Du hast mich um Hilfe gebeten. Und wenn wir schon darüber sprechen, wie wäre es mit ein klein wenig Dankbarkeit, immerhin habe ich dir das Leben gerettet!« Schlagartig überfiel ihn das schlechte Gewissen, war er sich doch nur allzu bewusst, dass sie ihm auch die Haut gerettet hatte. Ehe Sarah zum Gegenschlag ausholen konnte, entgegnete Ragnar beschwichtigend: »Du willst dich um das Mädchen kümmern, dann geh. Dort drüben ist es vermutlich etwas sicherer für euch, zumindest im Augenblick.«

Im Nu hatte Ragnar die beiden vor sich her und zu der etwas abseits gelegenen Hausmauer geschoben, an der er Sarah zuvor schon zurückgelassen hatte. Ein weiteres Mal drehte sich der Wikinger um und verschwand einfach, ehe Sarah irgendetwas sagen konnte. Er war ebenso plötzlich weg, wie er aufgetaucht war.

Sarah schäumte vor Wut. Sie hatte sich bereits einige Argumente für ihr Streitgespräch zurechtgelegt und wollte dem Typ mal so richtig die Leviten lesen, aber dazu hatte sie keine Möglichkeit mehr gehabt. *Für wen zum Teufel hält sich der Typ eigentlich? Ok, schon klar, er hat mich aus einer gefährlichen Situation gerettet. Schon wieder. Aber gibt ihm das*

das Recht, mich so herumzukommandieren? Und was zum Teufel ist eigentlich mit mir los? Ständig fehlt es mir an einem passenden Konter. Ich bin ja sonst nicht auf den Mund gefallen. Dazu hätte ich noch einiges zu sagen gehabt. Aber ich bringe keinen einzigen Ton heraus. Nichts. Es ist, als ob meine Lippen zusammengeklebt wären. Mist. Warum habe ich nur einen solchen Respekt vor dem Kerl? Was ist, wenn er uns jetzt hier zurücklässt? Verdammt, das war nicht sehr schlau, Sarah. Dem einzigen Kerl blöd kommen, der dir im Augenblick vermutlich helfen kann.

Nach einer Weile kam der blonde Krieger mit einem Eimer Wasser und einem Leinentuch zurück. Sarah war mittlerweile die Lust auf Diskussionen vergangen. Ihre Erleichterung war ihr förmlich ins Gesicht geschrieben. Sie hatte genug Zeit gehabt, um sich zu beruhigen. Vom logischen Standpunkt aus gesehen war es besser, den einzigen Menschen, der ihr bisher geholfen hatte, nicht zu verärgern.

Sarah hatte kaum registriert, dass er ihr einen Holzeimer und einige Stofflappen vor die Nase hielt. Fragend sah sie ihn an.

Seine wachsende Ungeduld war nicht zu übersehen. Ungehalten schöpfte er eine Kelle Wasser heraus und hielt sie Sarah hin. »Trink, du bist bestimmt durstig.«

»Oh, danke.« *So ein Mist. Er hält mich bestimmt für eine komplette Idiotin. Mir ist gar nicht aufgefallen, wie verdammt sexy seine Stimme klingt. Mensch, jetzt reiß dich mal zusammen, Sarah. Bist du jetzt noch sauer auf ihn oder nicht? Entscheide dich mal. Ok, es gibt da definitiv noch ein, zwei Dinge, die ich später noch loswerden will, aber jetzt sollte ich mal lieber die Klappe halten. Immerhin bringt mich der Hunger fast um und er ist trotz meiner dämlichen Keiferei auch noch so nett und bringt uns etwas zu trinken. Er ist bisher immer sehr hilfsbereit und freundlich gewesen. Er hat mir das Leben gerettet. Ich schulde ihm etwas Dank und Respekt.* Sarah schluckte ihren Ärger und verletzten Stolz hinunter, dennoch zögerte sie. *Oh Mann, ich wage es kaum mir auszumalen, was für Krankheiten ich mir möglicherweise einfange, wenn ich dieses Wasser trinke. In welcher Zeit bin ich? Vermutlich frühes Mittelalter. Andererseits will ich ihn nicht brüskieren. Es ist bestimmt nicht üblich, dass ein Krieger wie er einer gestrandeten Fremden seine Hilfe anbietet und ihr auch noch etwas zu trinken serviert.* Sein widersprüchliches Verhalten verwirrte sie und hatte ihr allen Wind aus den Segeln genommen. Sie beschloss, zuerst dem kleinen Mädchen davon zu geben. Bestimmt hatte die Kleine auch Durst. Außerdem war der Organismus des kleinen Mädchens, im Gegensatz zu ihrem, das Wasser gewöhnt. Nachdem das Mädchen getrunken hatte, nippte Sarah zögerlich ein paar Mal an der Holzkelle und sandte ein Stoßgebet zum Himmel, dass sie nicht die Ruhr oder Schlimmeres bekommen möge. Zufrieden nickte der Wikinger und ließ sie erneut allein. *Das gibt's doch nicht, jetzt verschwindet er schon wieder, ohne ein einziges Wort zu sagen. Der Kerl ist kein Freund langer Reden.*

Nachdem der Wikinger sich umgedreht hatte, spuckte Sarah sofort ein paar Mal aus, obwohl sie sich ziemlich sicher war, dass es ohnehin schon zu spät sein würde, sollte das Wasser mit irgendwelchen Krankheitserregern verseucht sein.

Sarah nahm die Tücher, die er ihr gebracht hatte, und tunkte sie in den Eimer. Vorsichtig rubbelte sie das niedliche, kleine Gesicht mit den strahlend blauen Augen ab. Sarah lächelte das Mädchen freundlich an. »Na so was, da steckt ja tatsächlich ein hübsches, kleines Mädchen unter dem ganzen Schmutz.« Sarah war sofort in die Kleine verliebt.

Als sie sich selbst auch ein wenig von all dem Schmutz und verkrusteten Blut gesäubert hatte und wieder einigermaßen menschlich fühlte, wartete sie ungeduldig auf die Rückkehr des blonden Kriegers. Mit angezogenen Knien wippte sie das kleine Mädchen auf ihrem Schoß hin und her. Sie gab sich ruhig, wurde aber immer nervöser, umso mehr Zeit verging.

Sarah schreckte hoch, als der Krieger plötzlich vor ihr stand. Ihr Herz pochte wie verrückt und sie war sich gar nicht sicher, ob es nur an seiner Rückkehr lag.

KAPITEL 4
–
AUFBRUCH INS UNGEWISSE

K urze Zeit später hatten die Wikinger ihre Plünderung abgeschlossen, alles zusammengepackt und waren bereit zum Aufbruch. Sarah und das Mädchen wurden mit einigen weiteren Dorfbewohnern zu einer kleinen Gruppe zusammengetrieben. Sofort machte sich wieder ein mulmiges Gefühl in ihrem Magen breit.

Beladen mit ihrer Beute und ihren Waffen schritten die Nordmänner nun bergab durch dickes Gestrüpp, im Schlepptau Sarah und die anderen Menschen, die sie offenbar als ihre Sklaven ausgesucht hatten. Die Truppe hatte es anscheinend eilig wegzukommen, denn sie legten ein strammes Tempo vor. Sarah hatte alle Mühe mit ihnen Schritt zu halten und versuchte nebenbei die ganzen Geschehnisse zu verarbeiten.

Ständig blieb sie an Zweigen und Ästen hängen und zerkratzte sich nun die restlichen Körperstellen, die bisher noch heil geblieben waren. Keuchend stellte sie fest, dass es um ihre Kondition nicht sonderlich bestellt war. Allerdings musste sie auch nicht jeden Tag durch unwegsames Gelände marschieren und dabei ein Kleinkind herumtragen. *Wenn ich kaum Schritt halten kann, wie soll so ein kleines Kind bei dem Tempo mithalten? Das Mädchen konnte unmöglich so schnell laufen.* Ständig schob sie das kleine Mädchen von einer Hüfte auf die andere. *Auch mit Lilly war sie meis-*

tens nur mit dem Kinderwagen unterwegs gewesen, als diese noch nicht laufen konnte und danach gab es für sie ohnehin kein Halten mehr. Ein trauriges Lächeln umspielte Sarahs Lippen. Sie wünschte sich nichts sehnlicher, als einfach aufzuwachen und sich zuhause eingekuschelt in ihrem Bett wiederzufinden. Sie war so hundemüde, dass es ihr schon schwer genug fiel, ihr eigenes Gewicht zu schleppen.

Sarahs Verstand versuchte indes weiter, eine Erklärung zu finden, wie sie wohl hier hergelangt sein mochte.

Was ist hier los? Kann es wirklich sein, dass ich mich in der Vergangenheit befinde, umgeben von Wikingern? Nach Sarahs Wissensstand waren rein theoretisch Reisen in die Zukunft möglich, nicht jedoch in die Vergangenheit. *Oder befinde ich mich in einer Art Paralleluniversum? Was die Sache nicht unbedingt einfacher oder logischer macht. Und falls ja, wie kam ich hierher? Und warum? Warum ich? Und warum hat mich der Wikinger nicht einfach in dem Dorf zurückgelassen? Ich hätte ihn vermutlich dort gelassen, wenn er mich so blöd angeblafft hätte. Bin ich tatsächlich als eine Sklavin im Mittelalter gestrandet? Ich habe zwar schon lange von einer Weltreise geträumt, aber so habe ich mir das nun wirklich nicht vorgestellt. Womöglich habe ich einfach den Verstand verloren.* Sarahs Gedanken drehten sich im Kreis. Immer wieder die gleichen Fragen, auf die sie keine Antworten bekam.

Instinktiv wollte Sarah nach ihrem Handy greifen und Jana eine Nachricht schicken, ehe ihr wieder einfiel, wo sie war. *Eine WhatsApp aus dem Mittelalter ins 21. Jahrhundert. Es würde vermutlich ohnehin nicht funktionieren sie abzuschicken, dennoch muss ich es versuchen. Jana wird denken, ich bin betrunken.*

Unweigerlich musste Sarah grinsen. *Eigentlich war das genau ihre Art von Humor. Und Janas. Wenn es nicht real wäre, wäre es allerdings lustiger.* Sie vermisste ihre Seelenschwester und ihre Situation war einfach nur bizarr. *Oder vielleicht hatte sie einen Schlag auf den Kopf bekommen und Wahnvorstellungen?* Ihr Verstand weigerte sich einfach, dies alles als real anzuerkennen. Ihr Kopf und ihre Schulter schmerzten, aber es blieb keine Zeit auszuruhen. Unermüdlich schritten die Männer weiter.

Den anderen Gefangenen erging es nicht anders. Auch ihnen war die Anstrengung anzusehen. Die meisten waren Frauen, aber es waren auch einige junge Männer unter ihnen. Viele waren verwundet. Kaum einer wagte zu sprechen. Unliebsame Fragen, Flehen und Weinen wurden meist mit Schlägen beantwortet. Erst als sie das Dorf verlassen hatten, war Sarah aufgefallen, dass die Gruppe Wikinger keineswegs nur aus Männern bestand, auch wenn es nur wenige Frauen waren, aber dennoch. Sie waren ebenso bewaffnet und gekleidet wie die Männer und wirkten ebenso unerschrocken und wild. Krampfhaft durchforstete Sarah ihr Gedächtnis. *Wie nannte man diese Frauen doch gleich? Walküren? Nein. Das stammte aus der Mythologie. Schildmaid! Genau, das war es. So hatte sie doch auch dieser Ragnar genannt.* Sarah versuchte sich an alles, was sie im Geschichtsunterricht gehört und über die nordische Mythologie gelesen hatte, zu erinnern. All die Geschichten über Odin, Thor, Nibelungen, Walküren. Alles, was sie einmal gelesen hatte, als sie sich für Runenorakel interessiert hatte. Vieles war nicht sofort greifbar. Sie war zu müde, schwach und ausgelaugt und es fiel ihr nach wie vor schwer, diese Realität zu akzeptieren. *Diese Wirklichkeit ist aber einfach auch zu unwirklich.*

Sie waren wohl zwei Stunden gelaufen, als sie plötzlich aus einiger Entfernung ein wiederkehrendes Geräusch hörte. Schon ein paar Schritte weiter wurde ihre Vermutung bestätigt, als sie merkte, dass der Boden unter ihren Füßen nun nicht mehr von Gras bedeckt war, sondern sie auf Sand liefen. *Strand, Meeresbrandung. Natürlich!* Die Männer waren auf dem Weg zu ihrem Schiff. *Hätte sie sich eigentlich auch denken können.* Sie verdrehte die Augen. Sand. Ausgerechnet; sie hasste Sand. *Der ist einfach immer überall, wo er nicht sein soll.* Aber das war nicht der einzige Grund für ihr Stimmungstief. Sie litt seit ihrer Kindheit an Seekrankheit. Bilder von einem längst vergangenen Griechenland Urlaub mit ihrer Familie schossen ihr durch den Kopf. *Eine Fahrt mit der Fähre; das wird bestimmt lustig werden, hörte sie ihre Mutter schwärmen. Genau. Ich habe die ganze Überfahrt zu der kleinen Insel über der Reling gehangen. Schon beim geringsten Schaukeln wird mir übel und nun soll ich auf ein Wikingerschiff!? Für wer weiß wie lange? Vielleicht habe ich ja Glück und die Männer werfen mich unterwegs über Bord.*

Sarah konnte dennoch nicht umhin, dieses wunderschöne, lange Schiff mit seinem kunstvoll gefertigten Drachenkopf am Bug zu bewundern. Es war beeindruckend, was hier von Menschenhand geschaffen worden war. In der Mitte des Schiffs ragte ein riesiger Mast empor. *Dieses Schiff wirkt wirklich authentisch. Ein weiteres Indiz dafür, dass es sich hier um keine Einbildung oder ein abgedrehtes Schauspiel handelt.* Dann überkam Sarah ein neues Gefühl. Panik. *War auf diesem Schiff wirklich Platz für all diese Leute mitsamt Ladung? Was, wenn diese Männer nun doch beschließen, mich hier zurückzulassen? Was soll aus mir und dem kleinen Mädchen werden? Was, wenn sie diesen faszinierenden Mann nie mehr wiedersehen würde?*

Sarah spürte eine Berührung an ihrem Arm und ihrem Rücken. Mit einem Ruck hatte der Wikinger sie hochgehoben, als ob sie leicht wie eine Feder wäre. Sanft trug er sie mitsamt dem Mädchen durch das Wasser.

»Na, wen haben wir denn da? Hast du dir eine Sklavin zugelegt, Bruder?« Verschmitzt grinste Sven seinen Bruder an.

Sarah war kurz davor zu explodieren. »Wie bitte?«

Sklavin? Ich habe mich wohl verhört. Bei dem piept´s wohl!

»Hör auf Faxen zu machen, Sven.«

Sven grinste über beide Ohren.

Ehe Sarah noch etwas sagen konnte, hatte der blonde Wikinger sie und das kleine Mädchen bereits über die Reling gehievt. Ragnar und sein Bruder schwangen sich ebenfalls an Bord.

»Und seit wann tragen wir sie herum und bedienen sie, als ob sie von königlichem Blut wären?«, feixte Sven erneut.

Ragnar blitzte seinen Bruder an. »Lass die dummen Scherze, Sven. Was hättest du denn getan? Hättest du die Frau einfach im Stich gelassen? Ich habe sie gerettet und nun trage ich auch die Verantwortung für sie. Außerdem steht es mir zu, mir eine Sklavin zu nehmen, oder etwa nicht?« Sven verdrehte die Augen.

»Du weißt genau, was ich früher getan hätte, mich mit ihr vergnügt und dann wieder zurück nach Hause gefahren, so wie die meisten anderen auch.« Svens spitzbübisches Grinsen wich einem sorgenvollen Stirnrunzeln. »Wieso denn verantwortlich? Ich weiß du kümmerst dich neuerdings um das Schicksal vieler Frauen und Kinder, deren Dörfer wir überfallen, aber bisher hast du keine mit nach Hause genommen. Mir scheint, hier steckt mehr dahinter.«

Ragnars Blick war eisig. »Stellst du meine Entscheidungen in Frage?", zischte er seinen Bruder an. Sarah wich unweigerlich zurück, obwohl Ragnars Wut sich nicht gegen sie richtete. *Vielleicht sollte ich es mir das nächste Mal vorher genauer überlegen, ob ich mich nochmal mit ihm anlegen möchte?*

Ragnar zog Sven etwas zur Seite. »Nicht du auch noch, Bruder. Wir wissen nicht, wer die Frau ist und woher sie kommt. Ich glaube ehrlich gesagt nicht, dass sie von hier stammt, denn sie spricht einen anderen Akzent. Sie könnte möglicherweise sogar von Wert für uns sein. Wer weiß, vielleicht ist sie sogar von adeliger Herkunft und könnte unserem Jarl somit ein schönes Lösegeld einbringen.«

Sven beäugte Sarah skeptisch. Ungerührt fuhr Ragnar fort. »Vielleicht wurde sie entführt und als Sklavin hierhergebracht. Wir wissen es nicht. Sie könnte auch eine Art Seherin oder Zauberin sein. Solange wir nichts Genaueres über sie herausgefunden haben, behandeln wir sie als Gast, oder noch besser, wie eine der Unseren. Womöglich könnte sie uns noch von Nutzen sein und wir wollen uns nicht den Zorn der Götter einhandeln.«

Sven schaute seinen Bruder lange an, ehe er in schallendes Gelächter ausbrach. Er war beinahe das Ebenbild Ragnars mit Ausnahme der Haarfarbe, das in der Sonne rotorange schillerte.

»Ragnar, ich bin dein Bruder. Willst du mich für dumm verkaufen? Was redest du für wirres Zeug! Das sind sehr viele »wir wissen es nicht« und »vielleicht´s". Du scheinst dir schon einige Gedanken über diese Frau gemacht zu haben. Eine Seherin meinst du? Wie kommst du zu dieser Annahme? Nun ja, zugegeben. So seltsam, wie sie gekleidet ist, magst du damit vielleicht sogar recht haben. Jedenfalls passt sie ihrer Kleidung nach nicht zu den anderen Sklaven.«

Ragnar blickte nachdenklich zu Sarah und dem kleinen Mädchen hinüber. Er versuchte bewusst Svens Blick auszuweichen, aber Sven ließ nicht locker.

»Was ist nun der wahre Grund, dass du sie mitnimmst? Zugegeben sie ist ganz ansehnlich und es würde mich freuen, wenn du endlich mal wieder Interesse an einer Frau zeigst, aber das kann doch nicht alles sein, oder?«

Ragnars Antwort kam ebenso schnell, wie unerwartet.

»Ihr Amulett.«

»Was? Hast du jetzt völlig den Verstand verloren, Ragnar?«

»Sie trägt den Hammer des Donnergotts.«

»Na und, du und ich auch. Das tun viele. Was soll damit sein?

Ich fürchte, du hast aus lauter Schmerz über den Verlust deiner Familie nun womöglich doch noch den Verstand verloren, Bruder.«

»Sieh genauer hin, Bruder.«

Sven verfügte eindeutig nicht über das gleiche Feingefühl wie sein großer Bruder. Mit einem Satz war er bei Sarah und riss ihr die Kette vom Hals. Sarah zuckte zusammen, als die Glieder der grobgliedrigen Silberkette in ihre Haut schnitten.

»Autsch! Was soll denn das? Du hättest mich auch danach fragen können!« Sarah rieb sich ihren Nacken und besah sich ihre Handfläche. Na, toll sie blutete. Schon wieder. Aber auf den einen Kratzer mehr kam es nun auch nicht mehr an.

Schweigend stand Sven da und betrachtete Sarahs Schmuckstück eingehend, ehe er sich wieder an Ragnar wandte. Seine Stimme klang nicht so überzeugt, wie er es gerne wollte.

»Ich verstehe, was du meinst. Der Anhänger kommt mir bekannt vor. Das ist allerdings sehr eigenartig.«

Ragnar schien die Antwort nicht zu gefallen, denn er riss Sven den Anhänger aus der Hand.

»Das IST ihr Amulett! Siehst du das denn nicht?", erwiderte Ragnar zornig.

Sven senkte traurig den Blick. »Es sieht dem von Hedda ähnlich. Das ist alles. Wie sollte diese Frau denn überhaupt an Heddas Mjöllnir gekommen sein? Und selbst wenn sie in dessen Besitz gelangt sein sollte, so ist es ein ungewöhnlicher Zufall mehr nicht. Es hat nichts zu bedeuten, Ragnar.«

Einmal mehr kämpfte Ragnar mit seiner Beherrschung.

»Solche Zufälle gibt es nicht, Sven! Dieses Amulett gibt es kein zweites Mal. Ich habe Björn genau angewiesen, wie er es anfertigen soll, und er hat es aus Silber und Edelsteinen zum Leben erweckt. Ich glaube auch nicht daran, dass diese Frau es gestohlen hat. Ich kann mich nicht einmal entsinnen, dass Hedda es nicht mehr trug.« Ragnar stockte. Er klang müde und abgeschlagen. »Aber, dass ich genau auf die Frau treffe, die, wie auch immer, an das vermeintlich gestohlene Amulett gelangt ist, kann kein Zufall sein.«

Sven vergrub seufzend sein Gesicht in seinen Händen. »Nun gut, dann ist es eben eine glückliche Fügung, Schicksal, was auch immer. Es ist zu dir zurückgekehrt. Was bringt es, sich darüber den Kopf zu zerbrechen? Ragnar, lass es doch endlich gut sein! Lass die beiden ruhen.«

Aber Ragnar war kein Mann, der so einfach aufgab. Sein Kiefer mahlte. »Na gut, wie du willst. Dann lassen wir das Amulett einmal außen vor. Diese Frau gibt ohnehin genug Rätsel auf. Nehmen wir also an, sie ist aus unserer Heimat und trägt zufällig genau denselben Schmuck wie …", Ragnar zögerte, ehe er weitersprach, »wie jemand, den wir beide gut kannten. Wenn sie eine von unserem Volk ist und entführt wurde, können wir sie doch nicht so einfach hierlassen, oder? Und wenn dem so ist, wie kommt es dann, dass sie so eigenartig spricht, und wer hat sie entführt? Und weshalb? Aber sag mir, wie ist sie deiner Meinung nach an Heddas Amulett gelangt? Kennt sie Heddas Mörder? Wie kam es nur an ihren Hals und wieso haben wir es nicht bei uns zuhause in Silfrhaf gefunden?«

Sven wusste darauf keine Antwort. Hilflos zuckte er mit den Schultern.

Ragnar lachte bitter, aber dennoch zufrieden. »So viele Fragen und ich will die Antworten darauf.«

»Ja ich gebe zu, das ist alles sehr eigenartig. Aber ich traue dem Ganzen nicht.«

»Du meinst, du traust ihr nicht?«

»Im Gegensatz zu dir bin ich nicht so blauäugig.«

Ragnar stieß einen tiefen Seufzer aus. »Ich weiß, du hältst meine Gutmütigkeit und Hilfsbereitschaft für eine Schwäche. Alle tun das. Aber ich bin nicht dumm und ich bin auch nicht schwach. Ich habe genug von Blut, Tod und Zerstörung. Ich mag in den vergangenen Monaten nicht immer Herr über meine Gefühle gewesen sein.«

Abermals lachte Sven aus vollem Halse. »Ragnar, du warst noch nie Herr über deine Gefühle, wenn es um Hedda ging.«

Ragnar schmunzelte. Svens Einwand war nicht ganz unberechtigt. »Kann ich jetzt fortfahren, Bruder?«

Sven nickte und hatte bereits wieder seinen üblichen belustigten Gesichtsausdruck aufgesetzt.

»Und, wenn schon, ich habe trotzdem immer die vorteilhafteste Beute und alle meine Männer heil nach Hause gebracht.«

Beschwichtigend legte Sven seinen Arm auf Ragnars Schulter. »Ich halte dich weder für schwach noch für dumm, Bruder, aber ich habe Sorge, dass andere das vielleicht tun. Du wirst nicht umhinkommen, sie als Sklavin mitzunehmen, alles andere wäre zu auffällig.« Aufmerksam schaute Sven sich zwischen den Männern um. Sorgfältig befestigten sie ihre Schilde an der obersten Plankenreihe des Schiffes. Die überlappenden Schutzschilde erinnerten an überdimensionale Schuppen einer Schlange. Kein Wunder, dass es so viele Geschichten von Seeschlangen und Ungeheuern gab, wo das Schiff mit seinem Drachenkopf und den Schilden an den Seiten doch einen sehr bedrohlichen Eindruck machte. Routiniert balancierte die Mannschaft zwischen den Ruderbänken und belud die Schiffsräume mit den erbeuteten Gütern. Im größten Schiffsraum, in dessen Mitte der Mast stand, wurden nach und nach die Gefangenen platziert. Die Waffen fanden am Heck vor einem kleinen erhöhten Deck Platz. Die Männer waren gut gelaunt, scherzten und feixten miteinander, dennoch wanderte ihre Aufmerksamkeit immer wieder einmal zu Ragnar und Sven.

Ragnar folgte seinem Blick. »Ich weiß, Sven. Mir ist nicht entgangen, dass jede meiner Handlungen beobachtet wird. Ich tue mein Bestes. Der Schmerz ist fast verblasst, aber die Leere ist noch immer da. Nach wie vor zwinge ich mich, jeden Tag aufs Neue aufzustehen und weiterzumachen. Dass ich nichts davon halte Frauen und Kinder zu misshandeln, ist dir sehr wohl bekannt. Was diese Frau betrifft, ich weiß nicht, was es mit ihr und dem Schmuckstück auf sich hat. Aber ich gedenke, es herauszufinden.«

»Hast du sie gefragt, wo sie das Amulett herhat?« Ragnar schüttelte verneinend den Kopf.

»Noch nicht. Dazu ist später noch Zeit.« Ragnars Blick wanderte zu Sarah, aber es wirkte, als ob er durch sie hindurchsah.

»Wir sollten uns ein anderes Mal weiter darüber unterhalten, wenn weniger Ohren mithören. Lass uns aufbrechen. Wenn du ihr nicht traust, können wir sie ja vorsichtshalber trotzdem fesseln, wenn es dich beruhigt Sven.«

»Aber sicher, Bruder. Aus reiner Rücksicht mir gegenüber.«

Ragnar stieß seinen Ellenbogen in Svens Rippen.

»Uff, das habe ich wohl verdient. Allerdings ist es wohl eher zu ihrem als zu unserem Schutz. Sollten die Männer bemerken, dass dein besonderes Augenmerk auf ihr liegt, könnte ihr das schlecht bekommen. Und du bist dir sicher, dass da nicht noch mehr dahintersteckt als nur Wissbegier?« In Svens Worten schwang Zweifel mit, aber auch ehrliche Sorge um seinen Bruder. Sarah beobachtete die beiden mit einer Mischung aus Besorgnis und Neugier. Sven schienen die Worte seines Bruders nachdenklich zu stimmen. *Dafür, dass er so ruppig mit mir umgegangen ist, ist er ja ziemlich sanft zu seinem Bruder. Wer hätte das gedacht?*

Ragnar klopfte seinem Bruder auf die Schulter. »Die Heimat ruft! Lasst uns aufbrechen Männer!« Ragnars tiefe Stimme wurde alsbald von einem gewaltigen Lärm übertönt. Die Leute johlten und schlugen mit ihren Rudern und Händen auf die Schilde und Schiffsbänke. Diejenigen, die noch nicht an Bord waren, schwangen sich einer nach dem anderen auf das Schiff und an ihre Ruder.

Sarah hielt den Atem an, als Ragnar plötzlich vor ihr stand. »Willst du, dass ich einen Herzinfarkt bekomme? Wie machst du das immer? Hast du irgendwelche Superkräfte, oder so?«

Wortlos griff er nach Sarahs Arm und ließ das Amulett auf ihre Handfläche gleiten. Sanft schloss er ihre Hand zur Faust. Er war ihr so nahe, dass sie seine Kleidung auf ihrem nackten Arm spüren konnte. Sein Körper strahlte eine angenehme Wärme ab und gab ihr ein Gefühl von Sicherheit. Doch es verschwand so schnell wie es gekommen war. Verblüfft starrte Sarah ihn an, als sie bemerkte, dass er ein Seil um ihre Handgelenke schlang. Unvermittelt änderte sich sein Gesichtsausdruck, für den Bruchteil einer Sekunde ließ er sein Pokerface fallen. Sein Blick wirkte beinahe entschuldigend. *Oder bilde ich mir das nur ein? Jedenfalls ist es jetzt wohl offiziell: Ich bin eine Sklavin.*

Widerstandslos ließ Sarah sich die Arme festbinden und von Ragnar zu den anderen Gefangenen bringen. Seine Berührungen waren überhaupt nicht grob gewesen. *Ganz im Gegenteil.* Jede einzelne verursachte ein sanftes Prickeln auf Sarahs Haut. *Außerdem, was würde es schon bringen, wenn ich versuchen würde mich zu wehren? Ich hätte nicht die geringste Chance.*

Zu ihrer Erleichterung stellte Sarah fest, dass sie dem kleinen Mädchen keine Fesseln angelegt hatten. Sie kuschelte sich an Sarah und war binnen Minuten eingeschlafen. Sie sah sich zwischen den Gefangenen um. Die meisten wagten es kaum aufzublicken, nur vereinzelt spürte sie die neugierigen Blicke ihrer Weggefährten auf sich ruhen. Sie wurde ebenso aufmerksam gemustert wie ihre Umgebung, aber niemand riskierte es den Mund aufzumachen.

Sarah versuchte, sich von ihren wirren Gedanken abzulenken, und beobachtete das Treiben um sie herum. Sie konnte die Größe des Schiffes nur schätzen, aber es wirkte beinahe zu klein, um neben der Besatzung nun auch noch die Gefangenen zu transportieren. Wie zu einem menschlichen Paket zusammengeschnürt hockten sie alle in der Mitte des Decks und harrten der Dinge, die da kämen. Trotz des Getümmels war sich offenbar niemand im Weg. Jeder kannte seinen Platz und wusste genau, was er zu tun hatte.

Der Anker wurde gelichtet. Viele der Männer hatten bereits auf ihren Rudersitzen Platz genommen und kurze Zeit darauf konnte man bereits spüren, wie sich das Schiff in Bewegung setzte. Sie hatten kaum die seichteren Gewässer verlassen, als Sarah auch schon fühlte, wie eine Woge der Übelkeit in ihr hochstieg. *Ich bin mir nicht sicher, wie viel Abenteuer ich heute noch verkraften kann. Aber immerhin hat mir der blonde Krieger meine Halskette zurückgegeben. Ein vertrautes Stück Normalität.* Elend dämmerte sie zwischen Halbschlaf und Übelkeit dahin. Irgendjemand hatte zwischen die Gefangenen einen Eimer hingestellt, offenbar für den Fall, dass sich jemand übergeben musste, aber mit gefesselten Händen war ihr dies keine große Hilfe. Sie hätte einen Platz näher an der Reling bevorzugt. Sarah stöhnte. *Das kann doch unmöglich reine Seekrankheit sein! Vermutlich hätte ich das Wasser doch lieber nicht trinken sollen.* Wieder kreisten ihre Gedanken um die Geschehnisse des gestrigen Abends und lenkten sie wenigstens für kurze Zeit davon ab, wie krank sie sich fühlte.

Die Sonne war schon fast untergegangen. Sarah war todmüde, dennoch konnte sie lange keinen richtigen Schlaf finden. Die Fesseln scheuerten an ihren Handgelenken, ihr war kalt und hundeelend. Sogar im Traum versuchte ihr Verstand noch Antworten zu finden und es verbreitete sich ein zunehmendes Gefühl der Sorge, wie sicher das Mädchen und sie selbst tatsächlich sein konnten, ob Ragnar sein Wort halten und ihnen nichts geschehen würde.

Leises Schnarchen riss Sarah aus ihrem unruhigen Dämmerzustand. Das Mädchen hatte sich wie eine Katze auf ihrem Schoß eingerollt und schlief tief und fest. Es war Sarah ein Rätsel, wie man umringt von so vielen Menschen so seelenruhig schlummern konnte. Sie selbst konnte nicht in den Schlaf finden. Immer wieder versuchte Sarah, sich fieberhaft daran zu erinnern, was auf ihrem Heimweg passiert war. Es ließ ihr keine Ruhe. Die übrige Zeit war ihr einfach nur kotzübel.

Gedankenverloren starrte sie ins Halbdunkel. Die Schatten der Nacht legten sich gemächlich über das Deck und hüllten die Bänke, Kojen und Planken in grauschwarze Schleier. Soweit sie über die Köpfe der anderen Gefangenen hinweg sehen konnte, hatte sich die Besatzung rund um sie herum ebenfalls schlafen gelegt. Sarah hatte durch die plötzliche Nähe der vielen Menschen auf so engem Raum das Gefühl, ihr Brustkorb würde zusammengequetscht. Ihr fehlte die Luft zu atmen und die Übelkeit wurde wieder stärker.

Vermutlich liegt es an meiner Abneigung gegen Schiffe. Wo sich dieser Ragnar wohl befand? Abermals versuchte sie vergeblich, etwas in der zunehmenden Dunkelheit zu erkennen.

KAPITEL 5
–
VERWIRRENDE VORZEICHEN

Inmitten der fremden Menschen ließen das rhythmische Schaukeln der Wellen und die Erschöpfung Sarah erneut in einen unruhigen Schlummer sinken, als sie etwas aus dem Schlaf riss und sie einen erstickten Schrei ausstieß. Augenblicklich legte sich eine warme Hand über ihren Mund. Sarah erkannte diesen erdigen Geruch, der ihr Herz unweigerlich schneller schlagen ließ, ob sie es wollte oder nicht. Ragnar kniete vor ihr. Mit der anderen Hand presste er seinen Zeigefinger auf seine Lippen.

Sarah nickte zum Zeichen, das sie verstanden hatte. Ein kurzer Blick zur Seite überzeugte sie davon, dass ihre Mitgefangenen offenbar tief und fest schliefen.

Sachte hielt er ihr eine Holzschale an den Mund und gab ihr zu trinken.

Erklärend fügte er im Flüsterton hinzu. »Das wird dir gegen dein Unwohlsein helfen.«

Sarah war mittlerweile schon mehr als nur dehydriert und trank alles in einem Zug leer. Sie hatte keine Ahnung, was er ihr gab, aber das war ihr mittlerweile egal. Sie bezweifelte stark, dass ihr noch übler werden konnte, als ihr ohnehin schon war. Sie tippte auf Zitronenmelisse, war sich aber nicht sicher, was sonst noch in dem Trank enthalten war.

Vorsichtig lockerte Ragnar ihre Fesseln und deckte sie und das Mädchen mit einer kratzigen Wolldecke zu. Für einen Moment berührte er dabei flüchtig Sarahs Wange. In Sarahs Ohren begann ihr Blut zu rauschen und ihr Herzschlag beschleunigte sich noch. Instinktiv schmiegte sie ihre Wange an seine Handfläche und genoss die Wärme seiner Haut. Genüsslich sog sie seinen Duft ein. Er roch atemberaubend gut. Unvermittelt fühlte sie, wie er ihr Gesicht vorsichtig in beide Hände nahm. Sein Mund war ihrem plötzlich ganz nah.

Für den Bruchteil einer Sekunde spürte sie, wie seine Lippen ihre streiften. Sehnsüchtig öffnete sie ihren Mund, lud ihn ein. Seine Lippen streiften vorsichtig ihre Wange und Schläfe, ehe er ihr einen zaghaften Kuss auf die Stirn hauchte. Der sehnliche Wunsch nach seiner Wärme, nach mehr, ließ Sarah abrupt in die Realität zurückkehren. Erschrocken wich sie zurück. *Was war denn das? Drehe ich jetzt völlig durch? Was ist denn nur in mich gefahren? Ich küsse einen wildfremden Mann? Gefesselt. Inmitten der anderen schlafenden Gefangenen. Und überhaupt. Bestimmt stinke ich wie ein Iltis und was habe ich mir nur dabei gedacht? Gar nichts.*

Der Schock ließ Sarah zur menschlichen Salzsäule erstarren. Sie wagte nicht, Ragnar in die Augen zu sehen. Das Bild eines riesigen schwarzen Lochs im Boden tat sich vor ihren Augen auf und sie wünschte nichts sehnlicher, als darin verschlungen zu werden.

Sarah war so sehr damit beschäftigt, sich in das schwarze Loch zu wünschen, dass sie gar nicht bemerkte, dass der Wikinger sich bereits wieder davongestohlen hatte. Alles war so unglaublich schnell passiert, dass sie sich gar nicht sicher war, ob das alles wirklich geschehen war, aber ja, sie konnte ihn immer noch riechen. *Wie kann jemand, der tagelang auf See unterwegs ist, im Freien auf der Lauer liegt und Schlachten schlägt nur so verteufelt gut duften? Ich bin mal knapp einen Tag hier, rieche und sehe aus wie eine Tüte Müll. Das ist unfair! Und dennoch. Ist das wirklich passiert? Ich könnte schwören, dass er mir einen zarten Kuss auf die Stirn gehaucht hat. Verliere ich vollends den Verstand?*

Hastig vergewisserte sie sich, dass sie das Mädchen nicht geweckt und auch sonst niemand beobachtet hatte, was gerade vorgefallen war. Aber all die anderen Gefangenen schienen fest zu schlafen. Sie ließ ihren Kopf nach hinten fallen und nannte sich zum wiederholten Mal stumm eine Idiotin! In diesem Fall schien jedoch die Dunkelheit ihre Verbündete gewesen zu sein. Sie musste unweigerlich an die Worte seines Bruders denken. Sie war eine Sklavin. Nicht mehr und nicht weniger. Auch wenn dieses kleine Intermezzo erregend und peinlich zugleich gewesen war. Was erhoffte sie sich denn davon? In Erwartung einer Antwort blickte sie zu den Sternen hinauf. Es war erstaunlich hell. Sarah vermochte nicht zu sagen, wann sie das letzte Mal einen so prachtvollen Sternenhimmel gesehen hatte.

Sarah wurde durch das Kreischen der Möwen geweckt. Das Auftauchen der Vögel musste wohl bedeuten, dass sie sich dem Festland näherten. Der Versuch sich zu strecken scheiterte kläglich. Unverzüglich wurde sie von beiden Seiten angerempelt. Die an sie gebundenen Mitgefangenen blickten sie aus geröteten Augen vorwurfsvoll an. Sarah flüsterte ein »Entschuldigung« und träumte sich abermals an einen anderen Ort. Ragnar hatte ihre Fesseln zwar gelockert, ihre Handgelenke schmerzten trotzdem. Und irgendjemand spielte ein gnadenloses Schlagzeugsolo auf ihren Schläfen. Leidend kniff sie die Augen zusammen. Sie wünschte sich nichts sehnlicher als ein Aspirin und ein Glas Orangensaft. Sofort erinnerte sie sich wieder an die Geschehnisse des vergangenen Tages. Jede Faser ihres Körpers tat ihr weh und sie erträumte sich eine heiße Dusche und auf der Liege eines Masseurs zu liegen.

Das Mädchen schlief noch tief und fest an Sarah gekuschelt. Als sie sich umsah, blickte sie direkt in Ragnars Augen. Sofort durchfuhr sie ein warmer Schauer. *Hat er mich etwa die ganze Zeit über beobachtet?*

Ragnar verzog keine Miene, mit ruhigem Blick musterte er sie. *Sollte ich ihn dabei ertappt haben, dass er mich anstarrt, lässt er sich jedenfalls nicht das Geringste anmerken. Ganz im Gegenteil, seine Mundwinkel sanken sogar ein wenig nach unten. Hm. Er wirkt nachdenklich, enttäuscht, möglicherweise sogar etwas verärgert?* Sarahs Gefühle fuhren augenblicklich Achterbahn. Beklommenheit machte sich breit. Der Gedanke, ihn womöglich vergrault zu haben, versetze sie ihn Panik. Sie wusste nicht, was sie von diesem Mann halten sollte. *Warum war es ihr so wichtig, was er von ihr dachte? In diesen Augen konnte man sich definitiv verlieren.* Der Gedanke an letzte Nacht löste direkt ein Kribbeln aus. Dieser Mann hatte etwas an sich, das sie völlig aus der Fassung brachte. Wie wäre es wohl sonst mit gesundem Menschenverstand zu erklären, dass sie selbst in ihrer misslichen Lage einzig nur daran denken konnte, wie es wohl wäre, ihn zu küssen, die Wärme seines Körpers zu spüren.

Ohne den Blick von ihr abzuwenden, setzte sich der blonde Krieger überraschend in Bewegung und kam geradewegs auf Sarah zu. Sarahs Herzschlag setzte für einige Sekunden aus. Abrupt blieb er wieder stehen. *Nanu? Er dreht sich um, wo will er denn hin? Er scheint selbst nicht sicher zu sein, wohin er gehen soll. Vielleicht verwirrt ihn das Ganze ebenso wie mich?* Konzentriert kramte er hie und da etwas herum und stand schließlich mit zwei Schüsseln in der Hand vor Sarah. Sarah spürte, wie ihr Blut in ihre Wangen stieg. *Offenbar habe ich mal wieder zu viel hineininterpretiert.*

Wortlos öffnete er ihre Fesseln, reichte ihr die Schüsseln und verschwand wieder. Sarahs Magen verkrampfte sich. *Vermutlich hat er mir mein kindisches Verhalten der vergangenen Nacht doch übelgenommen. Aber eigentlich verhält er sich genauso kindisch, wenn er mir jetzt ausweicht.*

Sie verfluchte ihre eigene Blödheit. Das bis jetzt einzig Positive an diesem Morgen war, dass ihr nicht mehr übel war. Sie verspürte zum ersten Mal wieder so etwas wie Hunger und es war ihr egal, ob das Wasser dreckig war, oder nicht. *Na ja, kein Wunder. Schließlich habe ich mich stundenlang übergeben.* Dennoch blieb ein fahler Nachgeschmack. Sie hasste Ungewissheit und seit sie sich am vergangenen Morgen auf dieser Wiese wiedergefunden hatte, war alles ungewiss. Skeptisch beäugte Sarah den Inhalt der Schüsseln, eine Art Brei, der sich als ebenso geschmacklos wie farblos entpuppte. Dennoch aß sie die Schüssel bis auf den letzten Bissen leer und weckte anschließend das kleine Mädchen, um sie zu füttern. Erst da realisierte sie, dass die anderen Gefangenen kein Frühstück bekommen hatten. Deren neidvollen Blicke brannten ihr Löcher in den Rücken. Prompt übermannte sie eine Welle der Schuld. *Ok, offenbar genieße ich doch einige Vorzüge. Ich hätte den anderen ruhig etwas abgeben können. Jetzt kenne ich mich gar nicht mehr aus. Bin ich nun eine Gefangene oder nicht?*

Der Tag begann genauso ungewöhnlich wie der vergangene. Sarah hoffte nur, dass sie dieses Mal nicht um ihr Leben fürchten musste. Wie sich herausstellte, verging er weitestgehend unspektakulär und mehr als langsam. An Bord des Schiffes herrschte betriebsamer Lärm. Ruder, die rhythmisch ins Wasser klatschten, der Wind, der am Segel und der Takelage zerrte, die Stimmen, Rufe und das Gelächter der Mannschaft. Lediglich in dem kleinen Gefangenenpaket, in dem sie sich befand, war es ein klein wenig leiser. Im Gegensatz zu Sarah und den anderen Gefangenen durfte sich das Mädchen frei auf dem Schiff bewegen. Die Kleine klebte allerdings förmlich an Sarah, die immer wieder mal mit einer unterschwelligen Übelkeit kämpfte, obwohl es ihr, im Vergleich zum Vortag, schon wesentlich besser ging.

Im Laufe des Tages hatte man Sarah wieder gefesselt und ihnen einmal Wasser gebracht, aber ansonsten keinerlei Beachtung geschenkt. Der große blonde Krieger schien wie vom Erdboden verschluckt zu sein. Sie hatte ihn nur ein einziges Mal gesehen, aber er schien vollauf mit seinen Kumpanen und Aufgaben beschäftigt gewesen zu sein. Er hatte nicht einmal zu ihr hinübergesehen. Der Vorfall der letzten Nacht war ihr noch immer zutiefst peinlich. Gerne hätte sie versucht das Gespräch mit dem Wikinger zu suchen, um sich zu entschuldigen, aber er hatte sich nicht mehr blicken lassen. Sarah versuchte, sich so gut wie möglich abzulenken. Sie spielte mit dem kleinen Mädchen und summte ihr Lieder vor. Allerdings fand die Annäherung nur in kleinen Schritten statt. Die Hoffnung, dass ihre Schiffsreise nun bald ein Ende haben würde, war nicht erfüllt worden. Offenbar hatten sie trotz Nähe zum Land ihr endgültiges Ziel noch nicht erreicht. Müde und frustriert schlief Sarah irgendwann ein. Im Gegensatz zur vergangenen Nacht fand sie diesmal leichter in den Schlaf.

Mit einem Ruck fuhr sie hoch. Jemand machte sich an ihren Fesseln zu schaffen. Sie wollte schon schreien, aber da presste sich bereits sanft, aber bestimmt eine Hand auf ihren Mund. Dieses ständige Wegbrechen in einen unruhigen Dämmerschlaf war alles andere als erholsam. Sie fühlte sich matt und verwirrt. *Da war er wieder, dieser angenehme, erdige Geruch.* Ihre Augen suchten die ihres Gegenübers und fanden Ragnars. Sofort begann ihr Herz zu pochen. Sanft berührte er mit seinem Zeigefinger seine Lippen und bedeutete Sarah, still zu sein. Seine Berührung versetzte ihr einen kleinen Stromschlag. Sarah nickte hastig. *Was hat er nur vor?* Ihre Augen weiteten sich, als er ein kleines Messer hervorzog und ihre Fesseln zerschnitt. Seine Miene war undurchdringlich, als er ihr seine Hand reichte, um ihr hochzuhelfen.

«Komm, ich will dir etwas zeigen. Nimm deine Decke mit, es ist kalt heute Morgen", flüsterte ihr der Wikinger zu. Schlaftrunken taumelte Sarah dem großen Krieger hinterher. Besorgt blickte sie noch einmal zurück, aber das kleine Mädchen schlief tief und fest. So vorsichtig wie möglich lotste er Sarah durch die schlafende Mannschaft hindurch. Sie war fasziniert, wie geschickt er sich bewegte. Beinahe katzengleich, ohne auch nur einmal zu stolpern. Sarahs Gleichgewichtssinn hatte sich noch immer nicht an den Seegang gewöhnt. Es fiel ihr außerordentlich schwer, es ihm gleich zu tun, ohne auch nur den geringsten Lärm zu machen. Sie fühlte sich wie der sprichwörtliche Elefant im Porzellanladen. Endlich erreichten sie den Bug des Schiffes, der die Form eines geschwungenen Drachenkopfes hatte. Vor ihnen befand sich eine Art kleine Plattform. Sanft griff er nach ihrer Hand und half Sarah hinaufzusteigen. Jedes Mal, wenn er sie berührte, schrie jede einzelne ihrer Körperzellen förmlich nach mehr.

Vor Sarah offenbarte sich ein atemberaubender Ausblick. Im sanften Schein der Morgenröte tanzte das Spiegelbild eines riesigen Vollmonds auf den Wellen des Seegangs. Sarah konnte sich nicht daran erinnern, den Erdtrabanten jemals in so spektakulärer Weise gesehen zu haben. Beinahe unheimlich und unnatürlich groß strahlte er in einem bräunlich-roten Licht.

»Das ist wunderschön.« Sarahs Begeisterung verflog schlagartig, als sie in Ragnars besorgtes Gesicht blickte. »Was ist los?«

»Wollen wir hoffen, dass dies kein böses Vorzeichen ist.« Sarah verstand nur Bahnhof. »Hati ist auf der Jagd.«

Wieder konnte Sarah nicht anders, als verdutzt dreinzublicken. »Hati stellt den Mond und Managarm verschlingt ihn. Das Blut des Mondes spritzt auf die Sonne und verdunkelt sie.« Sarah schüttelte den Kopf.

»Es tut mir leid, aber ich habe absolut keine Ahnung, wovon du da sprichst.«

Jetzt war es Ragnar, der ungläubig dreinblickte.

»Ragnarök.« Stellte er trocken fest. Das war zumindest ein Begriff, mit dem Sarah etwas anfangen konnte.

»Interessant. Das klingt beinahe wie dein Name, nicht wahr? Sie nennen dich Ragnar, oder?« Ragnar schüttelte entgeistert den Kopf.

»Ja, nein. Du hast noch nie etwas von Ragnarök gehört?«

»Nun, gehört schon. Doch", antwortete Sarah kryptisch.

»In diesem Punkt habe ich mich also geirrt. Du bist weder eine Seherin noch eine von unserem Volk, denn jedes Kind kennt diese Geschichten.« Sarah war sich nicht sicher, ob diese Feststellung nun gut oder schlecht war. Mit undurchdringlichem Gesichtsausdruck fuhr er fort: »Ragnarök bedeutet Schicksal der Götter. Es beschreibt das Geschick und den Untergang der Götter unserer Welt.« *Wie? Dieser große, unerschrockene Kerl glaubt tatsächlich an böse Vorzeichen und den Weltuntergang? Andererseits, sie befand sich ja offenkundig im Mittelalter, also war das gar nicht so abwegig.*

Misstrauisch beäugte er Sarah.

»Das Amulett, das du um den Hals trägst, weißt du, was es bedeutet?« Die Kette war beschädigt worden, als Ragnars Bruder ihr das Amulett vom Hals gerissen hatte, aber Ragnar hatte sie ihr zurückgegeben. Wieder musste sie unweigerlich an seine Berührungen denken und wie sehr es ihr gefiel, seine Wärme zu spüren. Wie so oft drehte Sarah den Anhänger zwischen ihren Fingern, wenn sie über etwas nachdachte oder einem Tagtraum nachhing. Nur, dass er jetzt nicht mehr um ihren Hals hing, sondern zusammengeknotet um ihr Handgelenk.

»Es ist das Zeichen eines eurer Götter.«

Ragnar nickte. »Mjöllnir. Es ist der Kriegshammer des Gottes Thor. Viele meiner Leute tragen ihn als Amulett. Er beschützt seinen Träger, gibt ihm Stärke. Wird der Hammer bei ihrer Hochzeit in den Schoß der Braut gelegt, so soll die Ehe fruchtbar werden.« Ragnar stockte. Sein Blick war immer noch rätselhaft, dennoch hätte Sarah schwören können, dass er für einen kurzen Moment voll Trauer war.

»Aber nicht diesen Hammer", fuhr er fort. »Du glaubst nicht an unsere Götter. Warum also trägst du dieses Amulett? Woher hast du es?«

Sarah wusste nicht so recht, was sie darauf antworten sollte. Seine Reaktion und seine Frage waren nicht unfreundlich gewesen, aber dennoch merkwürdig. *Hm. In meinem Jahrhundert ist es völlig normal, ein Schmuckstück zu tragen, das einem gefällt. Das hat meistens mehr mit persönlichen Vorlieben und Modestil zu tun als mit Religion und Glaube, aber für ihn und in seiner Zeit ist es mehr als nur ein Schmuckstück. Vermutlich ist es keine gute Idee, ihm zu sagen, dass ich es mir gekauft habe. Wahrscheinlich hätte sich eine Frau dieser Zeit ein solches Schmuckstück nicht so einfach leisten können. Also muss ich wohl lügen.*

»Es war ein Geschenk meines Vaters. Warum? Es ist ein schönes Schmuckstück, es gefällt mir und ich trage es nahezu jeden Tag. Ich kenne es als Symbol für Stärke und

Tatkraft. Ich habe mich ohnehin schon gewundert, was ihr beiden Männer so lange über meine Kette quatscht.«

»So ein Geschenk deines Vaters also?« Ragnar runzelte die Stirn.

Okay. Er glaubt mir nicht. Warum ist es so wichtig?

»Ähm. Ich, ja, nein. Eure Götter sind tatsächlich nicht die meinen. Es gibt viele verschiedene Glaubensrichtungen auf der Welt.« Sarah war unschlüssig, was sie sagen sollte. Sie kannte den Mann kaum und hatte dennoch ein schlechtes Gewissen, weil sie ihn angeschwindelt hatte.

Ragnar war eindeutig nicht von Sarahs Geschichte überzeugt. Dennoch war ihm die Neugier an der Nasenspitze anzusehen.

»Ach ja? Welche denn?«

Sarah gähnte. Religionswissenschaft noch vor dem ersten Kaffee. *Ach ja. Einen Kaffee wird es ja auch nicht geben. Es ist definitiv viel zu früh für diese Art von Gespräch.*

»Hm. Tja, Christen zum Beispiel. Bestimmt hast du schon von ihnen gehört, oder?«

Ragnar nickte. Tatsächlich waren bereits einige dieser eigenartigen Priester in sein Dorf gekommen und hatten versucht, seine Leute zu diesem merkwürdigen Ein-Gott-Glauben zu bekehren. »Bist du ein Christ?«

Sarah schüttelte den Kopf. »Nun, äh, nicht direkt. Ich bin getauft und alles, aber ich bin jetzt nicht streng gläubig oder so.«

Resignierend warf sie ihre Arme in die Luft.

»Entschuldige, aber ich habe wirklich keine Lust, mich jetzt mit dir über Glaubensfragen zu unterhalten. Warum ist das so wichtig? Und was sollen all diese Fragen über mein Amulett? Es ist nicht so, dass ich es gestohlen hätte.« Sarah geriet ins Stottern. Seine Fragen verwirrten sie. Sie war sich nicht sicher, wie viel sein Volk über andere Religionen wusste und sie hatte keinen Bock sich in Widersprüche zu verstricken.

Das Schiff geriet ins Wanken und ehe sie sich versah, landete sie in Ragnars Armen. Sein Gesicht war nur wenige Millimeter von ihrem entfernt. Reglos stand er da und hielt sie fest. Länger als nötig. Sie fühlte seinen Herzschlag und die starken Muskeln unter seinem Hemd. Sofort schoss wieder diese Hitze in ihre Wangen. Sie wusste nicht, ob sie peinlich berührt oder geschmeichelt sein sollte, dass der schöne Wikinger nun endlich einmal Notiz von ihr nahm. Sarah hatte keine Ahnung, wie lange sie so dastanden und sich anblickten. Es spielte keine Rolle. Ihre Knie wurden weich. Sie begann zu zittern. Der Wind nahm zu und die kalte Seeluft kroch ihr in die Knochen.

Beinahe zärtlich streifte Ragnar die Decke zurück über Sarahs Schultern. Für den Bruchteil einer Sekunde huschte ein mürrischer Ausdruck über sein Gesicht. Dann hatte er wieder diesen undurchdringlichen Blick, sein Pokerface, aufgesetzt.

Dieser Mann gab ihr Rätsel auf. Mal war er richtiggehend fürsorglich und ein anderes Mal war er grob oder ignorierte sie sogar.

Dann fiel Sarah wieder ihre nächtliche Begegnung ein. Zu mehr als einem zögerlichen »Ähm, was ich noch sagen wollte, wegen letzter Nacht", kam sie allerdings nicht mehr, denn im nächsten Augenblick hörten sie plötzlich ein immer lauter werdendes Schluchzen. Das kleine Mädchen war wach geworden und erschrocken, als Sarah nicht neben ihr war.

Ragnar reagierte sofort. Blitzschnell und beinahe lautlos schlängelte er sich an den schlafenden Menschen vorbei und holte die Kleine. Es dauerte eine gefühlte Ewigkeit, bis er wieder zurück war und das Mädchen in ihre Arme hob. Wie ein Äffchen klammerte sie sich an Sarahs Hüfte fest. Ihre anfängliche Angst und Scheu Sarah gegenüber waren verflogen. Sie schenkte Sarah sogar ein kleines Lächeln.

Sarah wagte einen neuerlichen Versuch. »Also, um nochmal auf letzte Nacht zurückzukommen, das war, also, ich weiß auch nicht. Es tut mir leid.« *Herrgott. Das darf doch wohl nicht wahr sein. In seiner Nähe mutiere ich jedes Mal zu einem kleinen Mädchen, das keinen geraden Satz herausbringt. Und schon wieder, oh welch Wunder, ignoriert mich der Kerl!*

In Sarah begann es zu brodeln. »Zwischenmenschliches ist nicht so dein Ding, hm? Also bitte, ich weiß schon, dass mein Verhalten peinl…, ziemlich kindisch war, aber für einen gestandenen Krieger verhältst du dich auch nicht gerade sehr erwachsen.«

Ragnars Gesichtsausdruck ließ keinerlei Gefühlsregung erkennen, dennoch hätte Sarah schwören können, dass er sich ein amüsiertes Grinsen kaum verkneifen konnte. *Macht der Kerl sich etwa lustig über mich?*

Langsam aber bestimmt bugsierte Ragnar Sarah und das Mädchen an ihren Platz zurück. Wieder ließ er Sarah mit mehr Fragen zurück als Antworten. Sie war der Ursache, wie sie hierher geraten war, noch kein Stückchen nähergekommen und dieses Trara um ihren Halsschmuck gab ihr ein zusätzliches Rätsel auf. Sarah blieb für einen Moment stehen. Sie sog einen tiefen Atemzug der salzigen Seeluft ein. In wenigen Momenten würde sie wieder mit den anderen zusammengepfercht am Boden sitzen und nur den Himmel oberhalb der Reling zu Gesicht bekommen.

Der blutrote Mond war nach wie vor blass zu sehen, aber die Nacht wich bereits dem Morgengrauen. Die aufgehende Sonne tauchte das Meer in Orangerot und Gold und dahinter erschien bereits nach und nach ein zartes Blau. Das azurblaue Firmament schuf einen märchenhaften Hintergrund für die wunderschöne Aussicht, die sich ihr nun bot. Es war atemberaubend. Unzählige Fjorde gefüllt mit Wasser in den unterschiedlichsten Blau- und Grüntönen, eingerahmt von Hügeln und vereinzelten scharfkantigen, grauen Felsformationen. Endlos erscheinende Sandstrände, umringt von Schilfgras. Sarah war sprachlos. *Bei dem Gedanken an Wikinger habe ich mir immer schmucklose Häfen und eine karge, düstere Landschaft vorgestellt. Aber das hier ist das genaue Gegenteil davon. Dieses Land erstrahlt in satten Tönen von Grün und Braun und das Meer schimmert in allen Nuancen von Blau.* Auf den Hängen und Wiesen ließen rote und gelbe Flächen eine Myriade von Blumen erahnen. Im Hintergrund sah man Wälder von beträchtlicher Größe. Es war schlichtweg schön. Diese Landschaft zog Sarah auf der Stelle in ihren Bann. Man konnte es in ihren Augen sehen.

Ragnar stand beinahe regungslos da. Zögerlich trat er näher an Sarah heran. Offenbar wollte er den Zauber des Moments nicht stören. Es dauerte lange, bis er endlich das Schweigen brach. Er fasste sie am Ellbogen, um sie zurück an ihren Platz zu führen.

«Man kann bereits unseren Heimathafen sehen." Ragnar deutete in besagte Richtung.

Sarah nickte, immer noch gebannt von der bemerkenswerten Aussicht.

»Nach unserer Ankunft wird der Jarl die Beute unter uns aufteilen. Es wird auch darüber entschieden werden, was mit dir geschehen soll.«

Nun war Sarah ganz Ohr. »Der Jarl?", fragte Sarah. »Können wir nicht bei dir bleiben?« Sofort stieg ihr wieder die Röte ins Gesicht, als ihr die Vermessenheit ihrer Frage bewusst wurde.

»Ich glaube, in manchen Sprachen heißt es Graf. Er entscheidet über uns und unsere Männer.«

Sarah nickte betreten. *Natürlich kann ich nicht so einfach mit ihm gehen, immerhin bin ich eine Sklavin.* Dennoch schimmerte ein kleiner Funke Hoffnung in ihr auf. »Aber, ich bin doch nur eine gewöhnliche Gefangene. Wieso interessiert es euren Jarl, was mit mir geschieht?«

Ragnar zog eine Augenbraue hoch. »Du bist eine Sklavin. Sein Eigentum, seine Ware. Er entscheidet, was weiter mit dir passieren soll. Ob er dich behalten will, ob du verkauft werden sollst, oder du sonst irgendeinen Vorteil bringen könntest.«

Sarahs Magen krampfte sich so fest zusammen, dass sie nach Luft rang. *An so etwas habe ich nicht im Mindesten gedacht. Wie naiv von mir.*

Ragnar blieb Sarahs entsetzter Gesichtsausdruck nicht verborgen.

»Sorge dich nicht. Ich habe gesagt, dass ich dir helfen werde, wenn es in meiner Macht steht, und ich habe mir bereits Gedanken darüber gemacht. Wir nehmen häufig Sklaven mit nach Hause, dennoch ist es nicht unbedingt üblich, dass wir auch deren Kinder mitnehmen. Das werde ich also erklären müssen.« Sein Blick glitt wie eine sanfte Brise über Sarahs Körper und ließ sie augenblicklich dunkelrot anlaufen. »Zudem siehst du nicht aus wie eine gewöhnliche Magd oder Bauersfrau. Man könnte meinen, du seist vielleicht eine Adelige, die entführt wurde, oder eine Seherin. Zumindest scheinst du über vieles Kenntnis zu besitzen und ich sehe keine Schwielen an deinen Händen, die von schwerer Arbeit zeugen. Deine Familie scheint also über ein stattliches Auskommen zu verfügen.«

Sarah war baff. Sie wusste nicht, ob sie sich geschmeichelt fühlen oder beleidigt sein sollte. Beinahe in einem Atemzug war sie als Sklavin, Eigentum, Ware und Adelige bezeichnet worden. *Was denn nun?*

»Ich muss mehr über dich erfahren, um dir helfen zu können.«

Oh, oh. »Was meinst du? Ich habe dir bereits gesagt, dass Ruzaland nicht meine Heimat ist und ich nicht weiß, wie ich dort hingelangt bin.«

»Du hast dich also anscheinend während einer Reise davongemacht und verirrt? Solltest du gegen deinen Willen vermählt werden und bist mit deinem Liebsten heimlich entflohen? Oder wurdest du entführt?«

Sarah schüttelte verneinend den Kopf. Ein weiterer Aspekt dieser Epoche, den sie nicht bedacht hatte und der ihr Unbehagen bereitete.

»Nein. Nichts dergleichen.« *Was soll ich denn nur tun? Ich kann ihm ja schlecht sagen, dass ich, warum auch immer, nicht nur am falschen Ort, sondern in einem ganz falschen Jahrhundert gelandet bin. Damit wäre mein Schicksal besiegelt und ich würde vermutlich entweder als Geisteskranke eingesperrt oder sogar als Hexe verbrannt werden.* Sarah erschauderte. Wie auch immer sie in diese Zeit gelangt war, sie musste versuchen, das Beste daraus zu machen und einen Weg nach Hause finden. Sie hatte nicht vor, bei diesen Hinterwäldlern zu versauern. *Egal wie attraktiv sie auch sein mögen.* Von ihrem Fernweh war sie zumindest fürs Erste geheilt. *Ich muss mir eine halbwegs plausible Geschichte zurechtlegen. Welche würde mir wohl am wenigsten Schwierigkeiten bereiten?*

»Was muss ich also tun? Was soll ich sagen? Wird mir dieser Jarl das Kind wegnehmen? Wird er ihr oder mir womöglich etwas antun?«

»Dem Jarl mag Gold mehr bedeuten als das Leben einer Fremden. Mir aber nicht. Wir sind nicht alle Barbaren. Ich werde ihm das Gleiche sagen, was ich bereits der Mannschaft sagte, dass es sich womöglich lohnt, Lösegeld für dich zu fordern, oder du uns vielleicht Informationen über weitere ertragreiche Angriffsziele geben kannst. Ich werde ihm außerdem vorschlagen, auf meinen Anteil der Beute zu verzichten, wenn ich dich dafür als meine Sklavin nehmen kann.«

Sein Gesicht verriet keinerlei Emotion. Sarahs Gesichtsausdruck hingegen sprach offenbar Bände, denn Ragnar sah sich augenblicklich in Erklärungsnot.

»Ich weiß, du hast keinerlei Grund, mir zu vertrauen, aber ich stehe in deiner Schuld. Du hast mir im Kampf zur Seite gestanden. Du bist nicht von unserem Volk. Nach unseren Gesetzen wirst du behandelt wie ein Gegenstand, aber als meine Sklavin wärst du mein Eigentum und stündest somit zumindest unter meinem Schutz. Welche Rechtfertigung ich für die Kleine vorbringen soll, weiß ich allerdings noch nicht. Es spricht für dein großes Herz, dass du dich, ohne zu zögern, des Kindes angenommen hast. Ich hätte vermutlich nicht anders gehandelt, auch wenn dies dann wohl mein letzter Raubzug gewesen wäre.«

Sarahs Empfindungen fuhren Achterbahn. Auf jeden Hoffnungsschimmer folgte eine weniger gute Nachricht auf dem Fuße. »Ich hoffe, du verstehst aber auch, dass ich nur ungern erwähnen würde, dass ich im Kampf ohne deine Hilfe womöglich unterlegen wäre? Ich habe bisher noch nie im Kampf versagt.«

Oha. Hat der große Krieger-Typ mich eben darum gebeten niemandem zu sagen, dass ich ihm das Leben gerettet habe? Sarah witterte eine Chance. Sie hatte eine Trumpfkarte, die sie womöglich noch ausspielen konnte.

»Vertraust du mir?«

Bei diesen Worten lief Sarah ein Schauer über den Rücken. In dieser Angelegenheit war sie sich noch nicht zu hundert Prozent sicher.

»Ich glaube zu sagen, dass du in meiner Schuld stehst, ist etwas übertrieben ausgedrückt. Du schuldest mir gar nichts. Ich denke, du wärst auch ohne meine Hilfe ganz gut zurechtgekommen, außerdem sind wir doch bereits quitt. Ich habe dir geholfen und du hast mich und die Kleine dafür mitgenommen. Ich kenne dich nicht und du mich auch nicht. Dennoch hat es dich nicht davon abgehalten, dein Leben für mich aufs Spiel zu setzen. Du hättest mich dort auch einfach sterben oder im Dorf zurücklassen können. Ohne dich hätten mich mit ziemlicher Sicherheit sowohl der Kerl mit dem Schwert als auch dein Kumpel aus dem Dorf umgebracht oder na ja, du weißt schon.«

Allein der Gedanke daran was womöglich hätte passieren können schnürte ihr den Hals zu. »Du hast mir in den letzten Tagen mehr als einmal geholfen. Ich habe bis jetzt keinerlei Grund, dir nicht zu trauen.«

»Gut dann wäre das geklärt.« Das erste Mal sah sie ihn lächeln.

»Darf ich dich auch etwas fragen?«

Ragnar nickte.

»Ich weiß, die Frage klingt jetzt vermutlich etwas seltsam, aber welches Jahr haben wir?«

»Was meinst du damit, welches Jahr haben wir? Es ist das zwanzigste Amtsjahr von König Harald Gormsson.« Sarah schluckte. »Kannst du das auch in Zahlen ausdrücken?«

»Harald I. Blauzahn Gormsson", fügte Ragnar etwas ungläubig hinzu.

Ok, also keine Jahreszahlen. Diese Zeitangabe überstieg Sarahs Geschichtskenntnisse, obwohl ihr der Name durchaus geläufig war. Lediglich das Stichwort Bluetooth fiel ihr im ersten Moment dazu ein, aber das half ihr zur zeitlichen Einordnung jetzt auch nicht wirklich weiter.

»Okay, ich weiß das ist eine etwas persönliche Frage, aber wie alt bist du?«

»Ich zähle 33 Winter.«

»Wirklich? Hätte ich dir gar nicht zugetraut!«

Ragnars rechte Augenbraue schnellte nach oben.

Schnell wechselte Sarah das Thema. »Und wo sind wir jetzt genau?«

»Wir legen in Kürze an. Das Land, das du siehst, ist meine Heimat, Danmark. Fertig mit dem Verhör? Eigentlich wollte ich dich all diese Dinge fragen.«

✧

Sarah musste sich langsam mit dem Gedanken anfreunden, dass der Mann die Wahrheit sprach und sie sich tatsächlich in der Vergangenheit befand. Schätzungsweise irgendwo zwischen Anfang 8. und Mitte 10. Jahrhundert. Genaueres zum Thema Harald Blauzahn hätte sie unter normalen Umständen jetzt wohl gegoogelt, aber in puncto Wikinger lag sie mit ihrer Vermutung ja schon mal richtig. Sarah sortierte ihre Gedanken. Es änderte zwar nichts an der Tatsache, dass sie sich nach wie vor in einer Art Zeitschleife oder falschen Epoche befand, dennoch tröstete sie der Gedanke, dass sie sich wenigstens in Europa aufhielt.

Sie musste genau überlegen, was sie von nun an erzählen würde, dennoch schuldete sie ihm ein paar Erklärungen.

»Du hast richtig vermutet. Ich stamme nicht aus Ruzaland. Meine Heimat liegt weiter südlich von hier. Glaube ich zumindest.«

»Soll das heißen, du weißt nicht, woher du kommst?«

»Doch das schon, aber ich ... ach, es ist kompliziert.« Die Angaben zu ihrer Herkunft waren äußerst vage. *Schon klar.* Aber *wie soll ich erklären, woher ich stamme?* Der Kerl gab Sarah Rätsel auf. Ihm erging es vermutlich ähnlich.

»Hast du womöglich einen Schlag auf den Kopf bekommen? Hat man dir bereits vor unserem Zusammentreffen ein Leid zugefügt?«

Jetzt war es Sarah, die verdutzt dreinschaute.

»Du weißt nicht, wo deine Heimat ist oder wie du hierhergekommen bist.«

Perfekt. Sarah witterte eine Chance etwas Zeit zu schinden. *Partielle Amnesie. Fürs Erste. Dann kann ich mir in der Zwischenzeit eine passende Geschichte zurechtlegen.*

Wieder zuckte Sarah nur mit den Schultern. *Wahnsinn! Der Kerl hat mir doch tatsächlich endlich mal wieder ein freundliches Lächeln geschenkt.*

»Ach ja, übrigens, mein Name ist Sarah.«

Sarah streckte Ragnar ihren Arm entgegen.

Ragnar sah sie verdutzt an.

»Nun, ich habe zwar mitbekommen, dass dein Name Ragnar ist, aber wir haben uns einander nie richtig vorgestellt.«

»Ich heiße Ragnar und der dämlich grinsende Kerl da drüben ist mein Bruder Sven.«

Sarah konnte es sich nicht verkneifen und winkte Ragnars rothaarigem Ebenbild freundlich zu.

An Bord setzte nach und nach bereits Bewegung ein. Die Leute bereiteten sich auf das baldige Anlegen vor.

»Auch wenn ich nicht weiß, was nun weiter mit mir passieren wird, freut es mich, dass wir uns begegnet sind. Ich habe wirklich keine Ahnung, was passiert ist und wie ich hierhergekommen bin. Ich denke, ich bin einfach noch etwas verwirrt. Immerhin wacht man nicht jeden Tag in einem fremden Land auf und wird dann gleich als Sklavin ins nächste Land verschifft.« *Zumindest in einem Punkt muss ich nicht lügen.* Erschöpft ließ sie ihren Kopf sinken. Sarahs Blick fiel auf das kleine Mädchen.

»Vielleicht kommt die Erinnerung daran, was genau passiert ist, ja noch. Was das Mädchen anbelangt, könnten wir nicht einfach sagen, dass die Kleine zu mir gehört? Dass sie mein Kind ist? Niemand weiß, dass sie nicht meine Tochter ist, außer den gefangenen Dorfbewohnern und deinem Bruder vielleicht. Möglicherweise auch der widerwärtige Kerl, der mich im Dorf angemacht, ähm, ich meine belästigt hat.«

Ragnar nickte. »Genau das habe ich vor. Ich denke nicht, dass jemand außer mir weiß, dass das Mädchen nicht zu dir gehört. Die Meinung der Sklaven tut nichts zur Sache. Es ist von Vorteil, dass sie deinem Antlitz ähnelt. Sollte Sven davon wissen, so wird er gewiss nichts sagen. Was Einar anbelangt, er hat nicht mehr gesehen, als dass du dich um das Kind gekümmert und es beschützt hast. Er kann unmöglich wissen, ob es deine Tochter ist oder nicht. Die tote Frau könnte deine Mutter oder Schwester gewesen sein.« Ragnar blickte sich unauffällig um. »Ich denke, wir sollten unsere Unterhaltung zu einem späteren Zeitpunkt fortführen. Es ist vermutlich besser, wenn uns nicht allzu viele Leute dabei zuhören. Am besten du redest gar nicht, außer wenn der Jarl dich etwas fragt.«

Sarah nickte. Ihr Magen verkrampfte sich. Sie hatte kein gutes Gefühl bei dem bevorstehenden Gespräch mit dem Jarl. Sie nahm allen Mut zusammen, denn ihr lag da noch immer etwas auf dem Herzen.

»Ach ja, was das neulich Nacht betrifft. Es tut mir leid, ich weiß nicht, was da in mich gefahren ist, ich wollte dich gewiss nicht beleidigen.«

Ragnar nickte.

»Es gibt nichts, wofür du dich entschuldigen müsstest. Ich werde dich jetzt wieder zu den anderen zurückbringen. Hab keine Angst, ich habe gesagt, dass ich dir helfen werde, und ich halte stets mein Wort.« Als ob er Sarahs Gedanken gelesen hätte, fügte er noch hinzu. »Nein, ich werde dich nicht wieder fesseln, aber bitte verhalte dich ruhig. Wir legen bald an. Das Reden überlässt du am besten mir.«

Sarah nickte. Sorgenvoll betrachtete sie ihre Handtasche. »Im Gegensatz zu den anderen Gefangenen habe ich ein Kind und Gepäck mit. Das könnte Fragen nach sich ziehen, oder?«

»In der Tat.«

»Könntest du einstweilen bitte meine Tasche an dich nehmen? Ich möchte nicht, dass jemand da drin herumschnüffelt.«

»Hast du keine Sorge, dass ich darin herumschnüffeln könnte?", erwiderte Ragnar augenzwinkernd.

»Bis jetzt nicht.", erwiderte Sarah gespielt entrüstet.

Lachend nahm Ragnar Sarahs Tasche entgegen und stopfte sie unter seinen ledernen Brustharnisch.

Kapitel 6

–

Der Norden

Sarah kam sich vor wie ein Lamm, das gerade zur Schlachtbank geführt wird, als sie die steinernen Stufen zur Halle des Jarls hinauf geleitet wurde. Ragnar schritt voran, Sarahs Oberarm fest im Griff. Sie wusste, was er vorhatte, aber nicht, ob sein Plan funktionieren würde. Die Schiffsmannschaft folgte ihnen mitsamt Sklaven, Ausbeute und den übrigen Schaulustigen. Sarah kaute nervös auf ihrer Unterlippe. Hinter ihr hörte sie das Stapfen der Wikinger. Während der Überfahrt hatte sie genug Zeit gehabt, sich an den Lärm zu gewöhnen.

Die Größe des Saals war beeindruckend und trug nicht gerade zu ihrer Beruhigung bei. In der Mitte des Raums, von weißen Kalksteinen eingefasst, züngelte ein Feuer der Decke entgegen. Die mit Schnitzereien verzierten Säulen und Dachsparren glänzten golden in seinem Schein. Trotz der zwei Löcher in der Holzdecke direkt neben dem Firstbalken, die wohl als Abzug dienten, waberten Rauchschwaden durch die Halle. Entlang der ebenfalls mit Holz verkleideten und bemalten Wände reihten sich lange, schmale Tische und mit Fellen bedeckte Bänke. Die Halle war riesig und bot allem Anschein nach für hunderte Menschen Platz. Dennoch saßen und standen die Anwesenden dicht gedrängt, Schulter an Schulter. Sarah fand die Aussicht, schon wieder wie die Ölsardinen zusammengepfercht zu werden, ganz und gar nicht verlockend.

In dem vom Eingangstor hereinfallenden Lichtstrahl tanzen Ruß- und Staubpartikel. Von allen Seiten wurden die Heimkehrer begrüßt, ihnen im Vorbeigehen auf die Schultern geklopft. Ringsum hallten freudige Rufe, blickte man in neugierige und erwartungsvolle Gesichter, die es kaum erwarten konnten zu erfahren, was für Neuigkeiten es gab und welche Kostbarkeiten die Männer dieses Mal von ihrer Plünderung mitgebracht hatten. Je weiter sie durch die Halle schritten, desto mehr rebellierte Sarahs Magen. Sollte dieses Gebäude dazu dienen, Besucher und Feinde einzuschüchtern, so hatte es definitiv seine Aufgabe erfüllt. Sarah blickte unsicher zu Ragnar. Ragnars Blick war starr nach vorne gerichtet und sein Kiefer so angespannt, dass Sarah befürchtete, jeden Moment seine Zähne zersplittern zu hören. Auch er schien sich nicht sonderlich wohl in seiner Haut zu fühlen, dennoch marschierte er zügig weiter. Offenbar wollte er die Formalitäten so schnell wie möglich hinter sich bringen.

Sie hatten nun beinahe das Ende des Saales erreicht, an dem sich eine Art Podest befand mit zwei großen Holzstühlen darauf, die mit vergoldeten Schnitzereien verziert waren. Auf ihnen thronte ein Paar mittleren Alters. Der Mann erhob sich beim Eintreten der Männer und blickte sie forschend an. Das muss wohl der Jarl und seine Frau sein. Der Jarl fixierte Sarah mit seinen stechenden, schmalen Augen, wie ein Greifvogel seine Beute, kurz bevor er zum Sturzflug ansetzt. Beim Anblick des Jarls sank ihr unwillkürlich der Mut. Trotz Abzug brannte der Rauch Sarah in

Augen und Nase und bot eine willkommene Ausrede kurz ihre Augen zusammenzukneifen. *Nicht gerade Prinz Charming, aber vielleicht täuscht mich der erste Eindruck ja.*

Zusammen mit den anderen Gefangenen wurde Sarah vom Kopf bis zu den Zehen auf Parasiten oder sonstige Makel untersucht. Sarah war noch nie auf einem Viehmarkt gewesen, aber sie konnte sich gut vorstellen, dass es dort ähnlich zugeht.

Die Bitte Ragnars, Sarah als seinen Anteil der Beute behalten zu dürfen, hatte für große Unruhe gesorgt. Immer wieder gab es Getuschel, Gekicher und jede Menge Zwischenrufe. Der Jarl hob beschwichtigend die Arme. Die Männer des Jarls unterzogen Sarah und das Mädchen daraufhin einer weiteren, besonders eindringlichen Überprüfung. Zwei Krieger drehten sie von einer Seite zur anderen, besahen sich ihre Augen, Ohren und Zähne, fassten in ihr von Meersalz verklebtes Haar und tasteten das was noch von ihrer Kleidung übrig war ab. Ein Nicken in Richtung Jarl zeigte an, dass sie mit ihrer Kontrolle fertig waren. *Fehlt nur noch, dass ich mich vor all den Menschen nackt ausziehen soll.* Sarah bekam eine vage Vorstellung davon, was es wirklich bedeutete, versklavt zu werden. Wie es sich anfühlen musste, aus heiterem Himmel seiner Familie entrissen zu werden und sämtliche Menschenrechte aberkannt zu bekommen. Sorgenvoll blickte sie auf das kleine Mädchen und die anderen Gefangenen.

»Also gut. Was hat es denn mit dieser Sklavin und dem Kind auf sich, Ragnar? Ist es dein Kind? Hast du die Frau während einer deiner Fahrten besprungen und fühlst dich nun plötzlich schuldig, da du sie wiedersahst? Oder warum bringst du sie mitsamt dem Kind hierher und fragst mich, um Erlaubnis, sie zu behalten?«

Erneut ging ein empörtes Raunen durch die Halle.

Das reichte, um die Leute aus Ragnars Dorf für die nächsten Tage mit Tratsch zu versorgen.

»Nein.« Ragnars vehemente Verneinung sorgte hie und da für lautstarkes Gelächter. Ragnar stand so nahe neben Sarah, dass sie spürte, wie seine Muskeln sich anspannten, auch wenn sein Gesicht nicht die geringste Regung zeigte.

Als wieder Ruhe eingekehrt war, setzte er erneut zu einer Erklärung an.

»Nein, ich kenne weder die Frau noch das Kind. Ich habe sie gefunden. Sie scheint sich verirrt zu haben oder vielleicht wurde sie sogar als Sklavin verschleppt. Sie leidet an Gedächtnisschwund und kann sich nicht erinnern, wie sie in diese Siedlung kam, in der ich sie gefunden habe. Tatsächlich schien sie der dortigen Landessprache nicht mächtig zu sein.«

»Was schert es mich, ob sie entführt wurde. Sklavin bleibt Sklavin, egal ob dort oder hier. Und was kümmert es dich?«

Ragnar presste die Lippen zusammen. »Ich habe sie mitgenommen, da sie ein Schmuckstück trägt, das darauf schließen lässt, dass sie womöglich sogar von hier aus dem Norden stammt oder zumindest eine Verbindung zu unserem Volk bestehen könnte. Ihre ungewöhnliche Kleidung und Art zu sprechen, könnte aber auch darauf hindeuten, dass sie eine Art Seherin oder Priesterin ist.«

»Ach ja? Du hast dir ja reichlich Gedanken über dieses gewöhnliche Weibsstück gemacht. Erstaunlich, dass ein einfacher Bauer dazu im Stande sein will, eine Seherin von einem gemeinen Weib zu unterscheiden, und sich um ihre Belange kümmert, wo er doch eigentlich nur zur Überfahrt und Plünderung der Siedlung beauftragt war.« Sarah blickte angespannt zwischen Ragnar und dem Jarl hin und her. *Oha! Einfacher Bauer, gewöhnliches Weibsstück? Der Kerl teilt wohl gerne aus!*

Wieder ging ein Raunen und höhnisches Gelächter durch die Reihen der Nordmänner. Mit einer Handbewegung hieß der Jarl die Dorfbewohner schweigen und forderte Ragnar auf, Sarah nun nach vorne zu führen.

Knud fragte Sarah nach ihrem Namen und woher sie käme. Sarah hielt krampfhaft die Hand des kleinen Mädchens fest. Sie atmete tief durch. *Ich darf jetzt keinen Fehler machen und muss genau überlegen, was ich antworten soll. Ich darf mir mit meiner Antwort allerdings auch nicht allzu viel Zeit lassen, sonst wird man mir bestimmt sofort misstrauen. Ich hoffe, sie durchsuchen nicht auch noch Ragnar. Aufgrund des Inhalts meiner Tasche könnte ich womöglich sogar als Hexe auf dem Scheiterhaufen landen. Aber nein. Vermutlich mehr oder weniger richtige Zeit, aber falscher Ort. Keine Christen. Trotzdem »abergläubisch« und mit Vorsicht zu genießen.* Sie hatte noch lebhaft das Gespräch mit Ragnar über den Weltuntergang im Ohr. Sie hatte die Männer auch darüber sprechen gehört, dass sie womöglich den Zorn der Götter auf sich ziehen könnten, wenn sie einer Seherin etwas zuleide taten. *Außer ein paar geläufige Namen und Geschichten über Odin, Thor und der Bedeutung ihres Halsschmucks wusste sie nicht mehr allzu viel über die Kultur und Mythen der Nordmänner. Sie erinnerte sich nur noch bruchstückhaft an die vielen Sagen und Märchen, die ihre Großmutter früher erzählt hatte.*

Bei genauerer Überlegung fiel ihr erst jetzt auf, dass viele dieser Erzählungen ihrer Großmutter und Mutter wohl kaum geeignete Gute-Nacht-Geschichten für ein kleines Mädchen gewesen waren. Sarah, reiß dich zusammen, du verzettelst dich schon wieder! Ragnars Zeitangabe hat mir leider nicht sonderlich geholfen. Alles, was ich sage, muss bis zu einem gewissen Grad der Wahrheit entsprechen, nur so kann ich sicher gehen, dass ich mich nicht in allzu komplizierte Lügengeschichten verstricke.

»Guten Tag, Sir. Mein Name ist Sarah. Ich stamme aus einem südlichen Teil des Frankenreiches.« *Sarah hoffte inständig, zeitlich und geographisch nicht allzu sehr danebenzuliegen.*

»Wie ich in den Osten kam, wo mich Eure Männer fanden, kann ich euch leider nicht sagen. Das Letzte, woran ich mich erinnere, ist, dass ich mich auf dem Weg zum Haus meiner Familie befand. Was dann geschah, ist mir ein Rätsel. Ab da herrscht Dunkelheit. Offenbar habe ich ein Black…« Sarah räusperte sich verlegen.

»Verzeihung. Ähm, ich wollte sagen, danach habe ich offenbar eine Erinnerungslücke.« *Puh, das war knapp.*

»Ich hoffe, dass ich mich bald wieder an alles erinnern kann.«

»Zeig mir dieses Schmuckstück, das einen meiner besten Krieger dazu veranlasst hat zu glauben, du könntest aus dem Norden stammen.«

Wortlos reichte Sarah ihm ihre Kette.

Knud betrachtete das Schmuckstück eingehend und befand anscheinend, dass tatsächlich die Möglichkeit bestand, dass dieses Schmuckstück hier gefertigt worden war. Laut Ragnar gab es viele ähnliche Amulette wie dieses, dachte Sarah.

»Hast du diesen Schmuck gestohlen?«

»Nein, er gehört mir.«

»Da bist du dir sicher? Und du stammst nicht von hier? Hast du Vorfahren aus dem Norden?«

»Ja, ich erinnere mich an fast alles, was vor dem Aufwachen in dem Dorf und dem Aufeinandertreffen mit euren Männern passiert ist. Soweit ich weiß, habe ich keine Angehörigen, die aus eurem Land stammen. Meine Familie wohnte schon immer in derselben Gegend. Es ist ein Erbstück. Es war ein Geschenk meines Vaters.«

»Ist deine Familie wohlhabend? Hat jemand Interesse daran, von deiner Familie Geld für dich zu fordern?« Sarah biss sich auf die Unterlippe. *Wenn ich jetzt sagen würde, dass meine Familie nicht sonderlich reich sei, wäre Ragnars Argumentation dahin. In diesem Punkt muss ich wohl lügen.* Sie hatte sich zudem bereits eine Meinung über den Jarl gebildet. Diesem Mann war nicht zu trauen. Seine Sprechweise zeugte definitiv von Bildung, aber die Art und Weise wie der Jarl sie ansah, ließ ihr einen eiskalten Schauer über den Rücken laufen. Er machte keinen Hehl daraus, dass er sie für nichtswürdig hielt. Es hinderte ihn jedoch nicht daran, sie förmlich mit seinen Blicken auszuziehen. Seine Frau, die zu seiner Linken saß, schien von alledem jedoch nichts zu bemerken. Sie hatte offenbar nur Augen für die Ausbeute.

»Ich weiß es nicht, ich denke nicht. Nun, wir sind weder arm noch besonders wohlhabend. Aber es geht uns gut. Mein Vater besitzt ein Wirtshaus und wir betreiben zum Teil auch Handel mit unseren Waren, die wir selbst anbauen und herstellen. Aber wir sind nicht von adeliger Herkunft, falls Ihr das annehmt.«

Knuds Blick wanderte zu dem kleinen Mädchen, das sich an Sarahs Oberschenkel klammerte. »Ist das dein Kind?« Sarah nickte stumm. »Du bist dir nicht sicher, wie du hier hergelangt bist, aber was deine Familie angeht, bist du dir ziemlich sicher.«

Verdammt. Bei dem Kerl musste man wirklich vorsichtig sein. Bleib ruhig und höflich, Sarah.

»Nun, ja Herr. Ich bin mir was meine Heimat und Familie anbelangt sehr sicher. Ich kann aber natürlich nicht sagen, ob dies wirklich alles Erinnerungen oder vielleicht zum Teil nur Hirngespinste oder Träume sind. Immerhin erwachte ich verletzt in einem fremden Land und wäre beinahe getötet worden.«

»Wo ist der Vater des Kindes?«

Wieder so eine hinterhältige Frage. Wenn man sie für eine Hure halten würde, wären weder sie noch die Kleine jemals in Sicherheit.

»Tot. Er starb vor einiger Zeit an einem Fieber.« Nachdem sie offenbar lange genug gemustert und befragt worden war, wurden Sarah und das Mädchen zu den anderen Sklaven gebracht.

Anschließend hatte der Jarl sehr lange mit Ragnar und den anderen Männern gesprochen und unter ihnen die Beute verteilt. Die vielversprechendsten Schmuckstücke und Waffen hatte der Jarl natürlich für sich selbst beansprucht.

Knud hatte erstaunlicherweise nicht lange über die Bitte Ragnars nachgedacht. Im Augenblick hatte er scheinbar mehr Interesse an den Waffen und Kostbarkeiten, die seine Krieger mit nach Hause gebracht hatten. Dass er nicht viel übrig für diesen aufmüpfigen Bauern Ragnar hatte, war deutlich geworden. Jedoch konnte er offenbar nicht leugnen, dass er sich bisher immer als ausgezeichneter und loyaler Krieger erwiesen hatte.

»Du tätest gut daran, dir bald wieder ein Eheweib zu nehmen Ragnar. Ich sehe jedoch ein, dass du nun zur bevorstehenden Erntezeit gut Hilfe am Feld und im Hause gebrauchen kannst. Ich kann nicht sagen, ob man den Aussagen der Frau Glauben schenken kann. Möglicherweise verheimlicht sie sogar etwas, stellt sich nur die Frage was. Sollte sich deine Vermutung, sie sei vielleicht doch von adliger oder wohlhabender Herkunft, als wahr herausstellen, vertraue ich darauf, dass du sie nicht allzu sehr schindest, damit wir ein angemessenes Lösegeld einfordern können.« Knud bedachte Ragnar mit einem bedrohlichen Grinsen, ehe er fortfuhr. »Die rätselhaften Umstände, wie sie hierherkam, könnten durchaus mit einem dunklen Zauber in Verbindung stehen, was ein Beweis für deine zweite Behauptung sein könnte. Ich werde in dieser Angelegenheit noch unseren Seher zu Rate ziehen, aber deine Bitte sei dir gewährt. Du kannst sie vorerst haben. Sollten sich Hinweise auf ihre Herkunft ergeben oder du anderweitige Neuigkeiten erfahren, die für uns von Interesse sein könnten, so erstattest du mir darüber umgehend Bericht.«

Ragnar nickte zum Zeichen des Einverständnisses und machte eine halbherzige Verbeugung. Sarah meinte sein Unbehagen zu spüren.

»Hab Dank Jarl Knud.« Mit schnellen Schritten verließ Ragnar die große Halle und schnappte sich im Vorbeigehen Sarah und das Mädchen. Sarah ließ sich bereitwillig abführen, bevor es sich der Jarl möglicherweise noch anders überlegte.

Kapitel 7
—
Die Heimkehr

D ie Rückkehr der Männer wurde von freudigen Rufen und kreischenden Kindern begleitet. Früher konnte Ragnar es kaum erwarten, zurück nach Hause zu kommen, aber diese freudige Ungeduld hatte mit Heddas und Junas Tod ein jähes Ende gefunden und er zögerte die Fahrt zu seinem Heim immer so lange wie möglich hinaus. Lieber blieb er die ganze Nacht wach und feierte mit seinen Männern den erfolgreichen Beutezug, auch wenn ihm im Grunde nicht zum Feiern zu Mute war. Dennoch war es sein Heim und alles, was noch von seiner Familie übrig war. Er und sein Bruder Sven waren früh auf sich allein gestellt gewesen. Ihre Eltern starben, als die beiden gerade erst zehn und dreizehn Jahre alt waren. Großeltern oder andere Verwandte gab es keine mehr. Gesellschaftlich war dies mit einer Katastrophe gleichzusetzen. Bedeutete der Familienverband in ihrer Kultur doch alles. Einzelne Familien waren nicht immer auch tatsächlicher Eigentümer ihres Landes. War die Erbschaft ungeregelt, dann fiel das Eigentum an die Sippe, die dann versuchte, schnellstmöglich einen neuen Pächter oder Käufer zu finden. Dies war vermutlich auch ein Grund, warum man dem jungen Ragnar gestattete das Land seiner Eltern zu unterhalten. Ragnar verfügte schon in jungen Jahren über eine enorme Überzeugungskraft. Von da an war es sein Land gewesen und er hatte sich immer gut darum gekümmert. Aber der Tod Heddas hatte einen Schatten darübergelegt und er war bis heute nicht verschwunden. Ihren Namen auszusprechen versetzte Ragnar jedes Mal aufs Neue einen Stich.

Doch dieses Mal war alles anders. Der Weg nach Hause fühlte sich noch nie so befremdlich an wie heute. Es war eine Mischung aus Vorfreude und Sorge, was da kommen würde, und Ragnars Gedanken kreisten ständig um diese seltsame Frau. Die Erinnerung an ihre erste Begegnung am Schlachtfeld brachte seinen Körper zum Beben. *Ob es an ihr lag, dass er seither ständig von einer Welle aus Gefühlen überrollt wurde?* Er war wütend und erschrocken über sich selbst. Auch wenn das, was sich vor seinem geistigen Auge abgespielt hatte, nicht wirklich passiert war, rang er beim Gedanken daran noch immer nach Atem. *Ich weiß, dass es vielen meiner Männer genau so ergeht, und die wenigsten sind beherrscht genug diesem Drang zu widerstehen. Viele haben sich vermutlich, wie so oft, nicht an meine Anweisungen gehalten und sich womöglich an den Frauen des Dorfes vergangen. Und ich war kurz davor gewesen dasselbe zu tun, wenn es auch nur ein Hirngespinst war.* Ragnar war sich selbst zuwider. Er war im Laufe der Jahre in vielen Ländern gewesen und mehr als genug Frauen begegnet. Es mangelte ihm nicht an Angeboten, in seinem Dorf gab es einige hinterbliebene Frauen, die Geborgenheit suchten und ihrerseits Trost spenden wollten. Ihm war völlig klar, dass die meisten nur auf der Suche nach einem potenziellen Ernährer für sich und ihre Kinder waren. Er hätte sich jederzeit eine Dirne oder Sklavin nehmen können, um sich eines derartigen Bedürfnisses zu entledigen. Aber er hatte seit Heddas Tod kein Verlangen mehr nach der Wärme einer Frau verspürt. *Warum also gerade jetzt? Warum sie? Es musste mehr dahinterstecken, denn selbst nach den zahlreichen Kämpfen, die er im Laufe seines Lebens bestritten hatte und die so manches Mal zugegebenermaßen wohl anregend gewirkt haben mochten, hatte er sich nie zu etwas Derartigem hinreißen lassen.* Solch ein Verhalten war für ihn schlichtweg abscheulich und seine Männer taten gut daran, sich nicht dabei von ihm erwischen zu lassen, wie sie einer Frau ihren Willen aufzwangen oder Leid antaten. Am liebsten wäre er an diesem Tag über Bord gesprungen, hätte sich von der Kühle des Meers trösten lassen. Er wünschte sich nichts sehnlicher, als endlich wieder einen klaren Gedanken fassen zu können, aber stattdessen ertappte er sich immer wieder dabei, wie er ihre Nähe suchte. *Und dann hätte ich sie auch noch beinahe geküsst. Was kommt als Nächstes?*

Ragnar versuchte, seine Gedanken in eine andere Richtung zu lenken, und rief sich das Bild seines Hauses ins Gedächtnis. Sein Heim. Das Heim, das er von seinen Eltern geerbt hatte und in dem er mit seiner Frau eingezogen war. Aber seine Erinnerungen und Gefühle trieben ein seltsames Spiel mit ihm. Stattdessen wanderten seine Gedanken wieder zu dem Amulett und dessen Trägerin. *Wie ist sie nur darangekommen? Mir wäre es nicht aufgefallen, wenn die Mörder es Hedda abgenommen hätten. Ich weiß, dass es Heddas ist. Diese Frau ist so eigenartig und fremd und dennoch seltsam vertraut. Ob es an dem Amulett liegt?*

Der morgendliche Nebel hatte sich mittlerweile verzogen und gab nun die Sicht auf einen strahlend blauen Himmel und Ragnars Heimat frei. Die Schönheit dieses Anblicks faszinierte ihn immer wieder aufs Neue. Er war stolz auf sein Land. Doch diesmal war sein Kopf nicht frei. Nach wie vor kämpfte er mit einer Flut von Gefühlen, die über ihn hereinbrachen. Obwohl er diese Frau noch niemals zuvor gesehen hatte, fühlte er sich auf eine unerklärliche Weise zu ihr hingezogen. Er wollte sie in seine Arme schließen, ihr versichern, dass er sie beschützen würde und alles ein gutes Ende finden würde. Aber weshalb? Warum fühlte er sich für diese fremde Frau verantwortlich? *Es besteht kaum Zweifel daran, dass sie die Wahrheit spricht. Sie ist nicht von meinem Volk und vermutlich auch nicht von dort, wo ich sie gefunden habe. Ihre Kleidung und ihr ganzes Gebaren sind so gänzlich anders als unseres, und als ich es jemals bei jemanden auf meinen Reisen beobachtet hätte. So ganz anders als Hedda.* Und dann war da wieder das Bild des Amuletts vor seinen Augen. Ohne auch nur eine Sekunde darüber nachzudenken hatte er es mit zitternden Händen ergriffen. Ganz vorsichtig, beinahe zärtlich, so als ob er bei seiner Berührung zu Staub zu zerfallen drohte. *Was habe ich mir nur dabei gedacht? Will ich ihr helfen oder will ich nur mein Gewissen beruhigen?* Ragnar konnte nur über seine Beweggründe mutmaßen, aber er wollte ihr helfen. Sein Entschluss stand fest. Er würde sich um die Frau und das Kind kümmern, solange sie seine Hilfe benötigen würden.

Und noch etwas war dieses Mal anders. Er hatte sein Wort gegeben Sarah zu helfen und er war dabei, sie in sein Heim zu bringen. Er verspürte beinahe ein wenig Freude bei dem Gedanken daran, ihr seinen Hof und sein Haus zu zeigen.

Es war durchaus üblich, dass seine Leute neue Sklaven zur Unterstützung bei der Feldarbeit mitbrachten. Jedoch hatte nicht alle Tage eine davon ein Kind dabei. Noch seltener kam es vor, dass einer der Männer darum bat, genau diese Sklavin haben zu dürfen, und dafür auf seinen restlichen Anteil der Beute verzichtete. Der Jarl hatte schon lange keinen Raubzug mehr begleitet. Er war träge und etwas rundlich geworden. Er war früher ein ruhmreicher Krieger gewesen, aber heute saß er lieber zuhause und wartete darauf, welche Güter und Kostbarkeiten für ihn erbeutet wurden. Die meisten seiner Pflichten langweilten ihn zutiefst und er machte keinen Hehl daraus. Die Streitereien der Bauern hätten ihn kaum weniger interessieren können. Er interessierte sich nur mehr dafür, wie er noch größeren Reichtum und Macht erlangen konnte, und Ragnar verachtete Knud dafür. Es war Ragnar schleierhaft, dass sich niemand sonst daran zu stören schien. Die beiden waren noch nie einer Meinung gewesen und das würde sich auch nicht mehr ändern. Es war ihm zutiefst zuwider, ihn um etwas bitten zu müssen und die Sticheleien des Jarls nagten an ihm. Ragnar schluckte seine bissige Antwort wie eine bittere Pille hinunter. Keinesfalls durfte er jetzt seinen Plan durch Leichtsinn zunichtemachen. Heddas Amulett wollte er eigentlich nicht erwähnen, hielt es in Anbetracht der bohrenden Fragen Knuds aber für notwendig. Immerhin wussten nur er und Sven davon. Er war froh, die Verhandlung mit dem Jarl hinter sich zu haben, und schlug eilig den Weg zu seinem Land ein.

✧

Ragnars Haus lag etwas abseits des Dorfes. Noch bevor er eintrat, wehte ihm eine sanfte Brise den vertrauten Geruch von Lehm, Stroh und Holz entgegen. Dankbar stellte er fest, dass die Familie seines Freundes Björn alles für seine Ankunft vorbereitet hatte. Vermutlich war das der Grund gewesen, dass er sie bei ihrer Rückkehr nicht in der Halle des Jarls entdeckt hatte. Das kleine Holzhaus war sehr schlicht. Die Wände waren mit Lehm verputzt und das Dach mit Stroh gedeckt. Es lag direkt an einer Bucht, aber auch nur wenige Meter von einem Wald entfernt. Der kleine Forst erstreckte sich malerisch über einen Hügel.

An das Haus grenzte ein kleiner Verschlag an und etwas abseits waren Beete und Felder angelegt. Am Ufer lag ein kleines Boot und am Waldesrand befand sich eine Art Brunnen. Das Haus verfügte über keine Fenster. In den Wänden konnte man nur einige Schlitze erkennen, durch die sich das Sonnenlicht seinen Weg suchen musste.

Ragnars Heim bestand nur aus einem einzigen großen Wohn-Koch-Ess-Bereich mit einer Feuerstelle in der Mitte des Raumes und einigen kleinen Nischen an den Wänden, die mit Fellen und Decken ausgestattet waren und vermutlich zum Schlafen dienten. Lediglich eine schmale Tür deutete darauf hin, dass es noch einen oder mehrere Räume gab. Soweit man im Halbdunkel erkennen konnte, war der Boden großflächig mit Laub bedeckt.

Über der Feuerstelle hing ein riesiger Topf. Zufrieden blinzelte er in einen Lichtstrahl, der von der Decke schien. Es war ein ähnlicher Abzug wie in der Halle des Jarls, durch den der Rauch entweichen konnte. Außerdem stand ein großer Holztisch mit Stühlen, ein Webstuhl und ein paar an die Wände gelehnte Sprossenregale aus Holz im Raum.

Mit einem Mal überrollte Ragnar die Müdigkeit. Er konnte ein herzhaftes Gähnen nicht unterdrücken. Ein verräterisches Knurren aus Sarahs Magengegend wies Ragnar energisch darauf hin, dass seine Gastfreundschaft offenbar zu wünschen übrigließ. *Natürlich, die beiden haben bestimmt Hunger. Vermutlich sind sie nach den Strapazen der Überfahrt erschöpft und müde.* Ragnar deutete auf eine große Holzschüssel auf einer Bank neben dem Feuer.

»Hier kannst du dich fürs Erste etwas waschen. Morgen zeige ich dir, wo du dich baden und sonst alles finden kannst, was du brauchst. Der Brunnen hinter dem Haus ist noch nicht fertig. Wasser musst du vorerst noch aus dem Wald holen. Ich hoffe, ich schaffe es, ihn vor dem nächsten Winter fertigzustellen.« Ragnar hielt inne und blickte sich aufmerksam um.

»Wie ich bei unserer Ankunft gesehen habe, war Björns Familie so freundlich, alles für mein Eintreffen herzurichten. Hinter dem Haus stehen einige Eimer mit frischem Wasser. Du kannst vorerst diese Waschschüssel hier benutzen, ich werde dir und dem Mädchen noch eine eigene Schüssel in eure Nische stellen.« Ragnar deutete mit einem Kopfnicken auf eines der Felle an der Lehmmauer.

»Hier könnt ihr beide schlafen.«

»Muss ich als deine Sklavin denn nicht im Stall schlafen?«

»Möchtest du das denn?«

Sarah schüttelte den Kopf.

»Nein, tut mir leid, das war ein blöder Scherz.« Als Sarah sich Gesicht und Hände gewaschen und abgetrocknet hatte, kümmerte sie sich um das kleine Mädchen. Sie wusch und trocknete sie ebenfalls ab und steckte sie in ein Kleid, das Ragnar ihr gegeben hatte.

»Wo ist denn deine Familie?«

»Ich habe keine Familie.« Ragnars Antwort fiel unerwartet schroff aus.

»Bitte, entschuldige. Ich dachte, du wärst … ich meine, der Webstuhl und die Kleider …« Sie biss sich auf die Unterlippe. Wortlos reichte Ragnar ihr ihre Handtasche.

»Danke.« Sarah zuckte zusammen, als sie Ragnars düstere Mine bemerkte.

Auf dem großen Tisch standen etwas Brot, Milch, Käse und Beeren, als Sarah und das kleine Mädchen ihre Toilette beendet hatten. Erstaunlicherweise war sogar so etwas wie Besteck vorzufinden.

Ihr Mahl war einfach, schien aber allen hervorragend zu schmecken. Amüsiert beobachtete Ragnar das kleine Mädchen, wie sie ihr Mahl geradezu verschlang.

Ragnar verspürte jedes Mal einen Stich in seinem Herzen, wenn er sie ansah. Umso mehr, da sie nun eines von Junas Kleidern trug. Er hatte es noch nicht übers Herz gebracht, ihre Kleider wegzugeben. Auch von Hedda waren noch viele Dinge im Hause. Im Grunde hatte er seit dem

Tod der beiden kaum etwas verändert. Ob sich noch irgendwo Nähzeug befand? Erst jetzt fiel ihm auf, dass den beiden die Kleidung viel zu groß war. Er dachte an sein unhöfliches Betragen, als Sarah den Webstuhl erwähnte, und hatte augenblicklich ein schlechtes Gewissen. Schließlich hatte sie nichts Falsches getan. *Eine Entschuldigung wäre angebracht oder wenigstens eine Erklärung. Aber ich kann mit ihr nicht über Hedda sprechen. Noch nicht. Vermutlich würde sie mich sofort durchschauen. Ich habe seit dem Tag, als ich das Amulett entdeckte, ohnehin das Gefühl, dass mir ins Gesicht geschrieben steht, weshalb ich sie mitgenommen habe.*

Nach dem Essen führte Ragnar sie in ein kleines Zimmer, das hinter der Tür lag. Es gab also doch einen weiteren Raum, der kaum größer war, als das Bett, das darin stand.

»Hier schlafe normalerweise ich, aber wenn es dir lieber ist, überlasse ich dir und dem Mädchen die Kammer.« Energisch schüttelte Sarah den Kopf.

»Danke, das ist sehr nett, aber das ist wirklich nicht nötig. Ich denke, das mit der Nische wird schon gehen.« Ragnar nickte. »Hier habe ich noch weitere Kleidung und etwas Arznei für dich. Damit kannst du deine Wunden einsalben.«

»Vielen Dank für deine Hilfe und deine Gastfreundschaft.«

Schweigend hatte Ragnar die Kammer verlassen. Er versuchte seine Gedanken und Gefühle zu trennen. Wieder stürzten sie auf ihn ein. Konnte es denn wirklich sein, dass Sarah den Schmuck seiner verstorbenen Frau besaß?

Er konnte sich wahrhaftig nicht mehr erinnern, ob sie das Amulett trug, als er ihren leblosen Körper fand. Ragnar hatte es nicht vermisst. Es wäre ihm in seinem unendlichen Schmerz und der Trauer nicht aufgefallen, wenn ihre Mörder es mitgenommen hätten. Es gab noch so viel zu sagen und zu fragen, aber er wusste nicht, wie.

KAPITEL 8

–

SCHLAFLOS

Als Sarah sich umdrehte, war Ragnar bereits verschwunden. Seit sie in seinem Haus angekommen waren, hatte er kaum gesprochen. Vorsichtig legte sie sich zu dem keinen Mädchen, das sich augenblicklich an Sarah kuschelte. Sanft streichelte sie ihr übers Haar, bis sie eingeschlafen war.

Trotz Erschöpfung konnte Sarah keinen Schlaf finden. Zudem hatte sich das Mädchen wieder zu einem kleinen süßen Knoten zusammengerollt, sodass Sarah nicht sicher war, wie sie in dem kleinen, provisorischen Bett am Boden auch noch Platz finden sollte. Aber sie war froh, dass die Kleine, egal wo sie gerade waren, so einen guten Schlaf fand, in Anbetracht der Umstände. Aus der Kammer nebenan hörte sie das gleichmäßige Atmen Ragnars. Vorsichtig holte Sarah ihre Handtasche hervor. Es war das erste Mal, seit sie auf der Wiese erwacht war, dass sie in Ruhe einen Blick auf ihr Handy werfen konnte. Kein Netz. Was zu erwarten war. Sie ging nicht davon aus, dass hier irgendwo ein Handysendemast stehen würde. Trotzdem, auch wenn es vermutlich keinen Sinn machte, wollte sie dennoch versuchen, ihrer Familie eine Nachricht zukommen zu lassen. *Die Hoffnung stirbt zuletzt.* Sarah begann zu tippen:

»Es geht mir so weit gut. Ich weiß weder wo ich mich befinde noch ob ihr diese Nachricht jemals erhalten werdet oder wie

*lange mein Handy Akku noch halten wird. Bitte macht euch
keine Sorgen, ich komme schon zurecht. Auch, wenn ihr das sicher nicht verstehen werdet, bitte verschwendet eure Kraft und
Zeit nicht mit der Suche nach mir. Ich glaube, ich wurde irgendwohin ins Ausland gebracht. Ich werde nicht aufgeben zu
versuchen, zu euch zurückzukommen. Ich habe euch lieb! PS:
Bitte kümmert euch um Frodo und Sam.«*

Sarah war durchaus bewusst, dass diese Plattitüde ihre
Familie keineswegs beruhigen würde, sofern sie die Mittei-
lung erreichte. Aber eine nichtssagende Nachricht war besser
als keine, oder? Sie drückte auf Senden. *Nachricht nicht gesendet.* Sarah drückte nochmals auf Senden. Wieder erhielt
sie die Meldung, dass die Nachricht nicht zugestellt werden
konnte. Seufzend beschloss Sarah, ihren Akku so lange wie
möglich zu schonen, vielleicht ergab sich ja noch eine Gelegenheit. Sarah entschied, ihre Tasche besser nicht offen he-
rumliegen zu lassen. Weniger wegen Ragnar, immerhin hatte
er sie ihr anstandslos zurückgegeben, aber sicher war sicher.
Es war zwar nicht das beste Versteck, aber fürs Erste musste
ein Loch in der mit Stroh gefüllten Matratze reichen. Behutsam steckte sie ihre Tasche in das Loch, um das schlafende
Mädchen nicht zu wecken. Später würde sie sich um einen
geeigneteren Aufbewahrungsort kümmern. Eingewickelt in
eine Wolldecke schlich sie sich vorsichtig nach draußen.

Der sandige Boden knirschte unter Sarahs nackten Füßen.
Das Mondlicht spiegelte sich auf der Wasseroberfläche.
Alles war still und friedlich, nur das leise Rauschen der

Meeresbrandung und der sanften Brise war zu hören. Sarah setzte sich ans Ufer, die Arme fest um ihre Knie geschlungen. Es dauerte nicht lange, als hinter ihr ein tiefes Räuspern ertönte. Sarah war so in ihre Gedanken vertieft gewesen, dass sie Ragnar nicht kommen gehört hatte. Er setzte sich neben Sarah in den feinen Sand. Im silbernen Licht des Mondes erschien er ihr fast übermenschlich schön.

»Geht es dir gut? Kannst du keinen Schlaf finden?« Sarah schüttelte verneinend den Kopf. »Du vermisst deine Familie, nicht wahr?«

»Ja.«

»Erzähl mir von ihr.«

»Von meiner Familie?«

Ragnar nickte.

»Was willst du wissen?«

»Alles, was dir in den Sinn kommt.« Sarah musste innerlich lachen. *Wenn du wüsstest, dass du eine »Zeitreisende« vor dir hast. Das würde dich aus den Socken hauen!*

Als Sarah ihre Erzählungen beendet hatte, graute bereits der Morgen. Ragnar hatte sich als überaus interessierter und geduldiger Zuhörer erwiesen. Sarah hatte ihm, natürlich mit ein paar Abwandlungen, ihre gesamte Lebensgeschichte erzählt. Bis hin zu dem Abend vor drei Tagen. Besonders die Geschichten über ihre Reisen hatten ihn fasziniert. Sarah war allerdings einige Male ins Stottern geraten, wenn es um Details wie Elektrizität, Computer, Telefon, Fernreisen, Transportmittel, unhöfliche Flugpassagiere oder unerwartete Hotelzimmerupgrades ging. Es stellte sich als gar nicht so einfach heraus, etwas über sich zu erzählen, wenn man jeglichen technischen

Fortschritt rauslassen musste. Sarah kam sich etwas lächerlich vor, aber sie war sich nicht sicher, ob ein Zusammenhang bestand zwischen den Geschehnissen in der Vergangenheit, der Gegenwart und der Zukunft. Jedenfalls wollte sie keine Schuld daran haben, dass die bisher bekannte Weltgeschichte durcheinandergebracht wurde, wenn sie einem Wikinger davon erzählte, dass sie aus dem 21. Jahrhundert stammte. Sarah hoffte, sich nicht allzu sehr in Widersprüche verstrickt zu haben, und war jedes Mal erleichtert, wenn Ragnar nicht weiter auf diverse Unstimmigkeiten einging. Die wenigen Fragen, die Sarah ihm gestellt hatte, waren hingegen weitestgehend unbeantwortet geblieben.

Verlegen blickte sie ihn an. »Es tut mir leid, dass ich dich um deinen Schlaf gebracht habe. Bestimmt habe ich dich zu Tode gelangweilt.«

»Keineswegs. Wie könnte das Leben eines Menschen, seine Ahnen, seine Ängste, Wünsche und Träume langweilig sein?«

Na toll, jetzt plagt mich auch noch das schlechte Gewissen. Ich habe meinem Gastgeber ein paar beträchtliche Lügen aufgetischt. Er ist so dermaßen undurchschaubar. Dieser fürsorgliche und einfühlsame Charakterzug steht ganz im Gegensatz zu dem traurigen und verschlossenen Mann des vergangenen Tages. Von seiner kriegerischen Seite gar nicht zu reden. Dieser Mann ist ein wandelndes Rätsel.

Sarah war hin und hergerissen, ob sie ihm die ganze Wahrheit sagen sollte, aber irgendetwas sagte ihr, dass es noch nicht an der Zeit war. Er war ein völlig Fremder, noch dazu aus einer längst vergangenen Zeit – so weit war sich Sarah mittlerweile sicher – und dennoch fühlte sie sich unendlich wohl in seiner Gegenwart. *Es fühlt sich manchmal an, als kenne ich ihn schon ewig. Und dann gibt es wieder die Momente, in denen er mich ignoriert oder barsch an-knurrt, wenn ich ihn etwas frage. Wie wird er erst darauf rea-gieren, dass ich aus einem anderen Jahrhundert stamme? Aber vermutlich würde er mich einfach nur für verrückt halten.*

Nach ihrem langen Gespräch beschlich Sarah allerdings das Gefühl, dass Ragnar bereits ahnte, dass sie ihm etwas verheimlichte.

»Ist dein Mann wirklich gestorben oder war das nur eine Geschichte, um dich und das Mädchen vor dem Jarl zu schützen?« *Die Frage kam unerwartet.*

Sarah überlegte wie viel vom Beziehungsleben in der Zukunft sie einem Mann aus dem Mittelalter zumuten konnte, ohne dass er darüber empört sein und ein schlech-tes Bild von ihr haben würde. *Warum ist es mir nur so wich-tig, was dieser Mann über mich denkt? Es kann mir doch kom-plett egal sein. Ist es aber nicht. Verdammt.*

»Nein. Das war nur eine erfundene Geschichte. Ich wusste nicht, was ich sonst sagen sollte. Ich will nicht, dass dem Mädchen etwas geschieht. Sie hat schon genug durchmachen müssen und ich möchte für sie sorgen, für sie da sein. Aber ja, es gab einen Mann. Wir wollten bald heiraten, aber er hatte es sich wohl anders überlegt. Er verschwand sozusagen über Nacht aus meinem Leben.«

Ragnar blickte bestürzt drein. »Ist ihm etwas zugestoßen?«

»Wohl eher nicht. Er ist noch am selben Abend bei einer anderen Frau eingezogen, wie ich später durch Zufall erfahren habe. Wir hatten danach noch ein, zwei Mal telefoniert, ähm, ich meine, miteinander gesprochen, um einige Dinge zu klären. Seitdem habe ich nichts mehr von ihm gehört. Er war wie vom Erdboden verschluckt. Sogar bei seinen Freunden hat er sich nicht mehr gemeldet. War aber vermutlich auch besser so, mein Vater hätte ihn mit Sicherheit umgebracht, wenn er ihn in die Finger bekommen hätte.«

Ragnar war entrüstet. »Soll das heißen, dass er bereits verheiratet war und er dich ohne dein Wissen als Zweitfrau nehmen wollte? Oder konnte er keinen angemessenen Brautpreis zahlen? Ist es bei euch üblich, eine Zweitfrau zu haben? Jedenfalls verstehe ich deinen Vater, dass er deine Ehre verteidigen wollte« *Mist.* Sarah fühlte sich bestätigt, dass es wohl besser gewesen wäre, ihn anzulügen. *Vermutlich sollte ich jetzt besser gar nichts mehr sagen, ehe ich mich nur noch mehr in etwas hineinplappere, aus dem ich nicht mehr herauskomme. Bestimmt gelte ich nach seinen Maßstäben entweder als alte Jungfer, deren armer Vater noch immer für ihren Unterhalt aufkommen muss, oder als Dirne. Aber was hätte ich ihm sonst sagen sollen? Dass es in meiner Zeit üblich ist, als unverheiratetes Paar zusammenzuleben oder einfach sein Singleleben auszukosten? Oder dass sich viele junge Männer und Frauen zuerst auf ihre Ausbildung und Karriere konzentrieren wollen, bevor sie eine Familie gründen, falls sie das überhaupt taten? Sex nur zum Vergnügen? Von gleichgeschlechtlichen Beziehungen? So oder so. Er würde das vermutlich weder verstehen noch gutheißen. Vermutlich war es besser, als alte Jungfer zu gelten, als sich noch weiter in Ausflüchten zu verstricken…* Sarah merkte, wie sie wieder rot anlief.

»Nein. Äh, ich denke, für heute haben wir hinreichend über mich geredet.«

Ragnar hatte offenbar genug Anstand, um zumindest für den Moment keine weiteren Fragen zu diesem Thema zu stellen. Die beiden beschäftigten sich nun mit der Frage, wie Sarah hierhergekommen war. Allerdings war Sarah nun diejenige, die überrascht war, denn für Ragnar schien eine übernatürliche Ursache mehr als wahrscheinlich. Nicht nur das, er war sogar felsenfest davon überzeugt, dass hier Magie im Spiel sein musste.

»Nach all dem, was du gerade gehört hast, bist du kein bisschen überrascht und fragst dich nicht, wie das alles überhaupt sein kann? Wie ich hierher gelangt bin? Dass es sich möglicherweise um Magie handelt, die mich hierhergeführt hat? Weshalb wir uns miteinander unterhalten können, ohne im Grunde dieselbe Sprache zu sprechen? Das kommt dir nicht alles höchst sonderbar, nahezu unglaublich vor?«

»Wieso sollte es? Gibt es in deinem Land keine Götter, Magie, Seher, Hexen und Zauberer? Wo Zauber doch in jedem Stein, jeder Pflanze und jedem Tier spürbar ist?«

Sarah stutzte. *Will er sich etwa über mich lustig machen?*

»Herauszufinden gilt es meiner Ansicht nach nur, wer dahintersteckt und aus welchem Grunde du hier bist. Ich habe mich gefragt, ob du mich in den nächsten Tagen vielleicht zu unserem Seher begleiten möchtest? Möglicherweise kann er dir ein paar Antworten auf deine Fragen geben. Ich weiß, dass du nicht ganz glücklich damit bist, aber es wäre zumindest ein Anfang.«

Sarah blickte ihn ungläubig an.

»Du glaubst wirklich an das alles, oder?«

»Was meinst du damit?«

»Na ja, Götter, Vorsehung, Magie, Zeichen und Wunder und so was alles?«

»Du etwa nicht? Wenn du nicht geflohen bist oder entführt wurdest, welche Erklärung hast du sonst für dein plötzliches Auftauchen inmitten unseres Aufenthalts in einem fremden Land?« *Touché*. Dabei fiel ihr ein, dass sie ihm noch eine Antwort schuldig war.

»Übrigens, um deine Frage auf dem Schiff zu beantworten: Es gibt in meiner Welt viele Religionen. Manche Menschen glauben nur an einen, manche an mehrere Götter.«

»Aber du gehörst nicht dazu?«

»Nicht wirklich. Ich bin eher der Wissenschaft zugeneigt. Ich tat mir schon in der Schule mit Dingen, die man sehen, hören, riechen, fühlen und schmecken kann, leichter. Aber wenn du so willst, glaube ich auch an etwas. Ich glaube an Ursache und Wirkung.«

Ragnar sah sie verständnislos an. Es war offensichtlich, dass er ihr nicht folgen konnte.

Sarah fuhr fort: «Alles, was man sagt oder tut, fällt irgendwann auf dich zurück, und zwar genau in ähnlicher Weise, je nachdem, ob du gut oder schlecht gehandelt hast."

Sarah machte eine kurze Pause, aber da Ragnar ihren Ausführungen so aufmerksam zuhörte, fuhr sie fort. «Auch, dass jede Frau eine gewisse schöpferische Kraft in sich trägt und man wiederum aus der Natur Kraft zurückgewinnen kann, ist zumindest denjenigen bekannt, die Yoga praktizieren oder Meditieren." *Oje*. An seinem

Stirnrunzeln erkannte sie, dass Ragnar bereits neue Fragen auf der Zunge lagen. Eilig kam sie ihm zuvor. «Ich erkläre dir später, was das alles ist."

Sarah hatte das Gefühl, sich um Kopf und Kragen zu reden. Sie musste aufpassen, in seiner Gegenwart nicht alle Vorsicht fallen zu lasen. Ob es ihr gefiel oder nicht, Ragnars Argument hatte durchaus etwas für sich. Sarah beschloss, das Thema vorerst auf sich beruhen zu lassen, obwohl es ihr ein wenig Unbehagen bereitete, dass er womöglich Recht haben könnte, was seine Magie-Theorie anging. Dennoch weigerte sie sich, dies als einzige Erklärung für ihre Reise in die Vergangenheit gelten zu lassen. Trotz allem war sie auch gespannt, wie so ein Seher wohl aussehen würde und was er zu sagen hätte. Erschöpft ließ sie den Kopf sinken.

»Ich wollte dich nicht vor den Kopf stoßen. Vielen Dank, gerne nehme ich das Angebot an. Es wäre wundervoll, wenn du mich zu eurem Seher bringen könntest.«

Ragnar wirkte ehrlich erfreut. »Gut, dann werde ich den Seher bitten, uns zu empfangen.«

»Es gibt so viele Fragen. Ich hoffe, er kann mir dabei helfen, ein paar Antworten zu finden. Schließlich ist Recherchieren hier nicht so einfach wie in meiner Zeit, äh Heimat.«

»Recher… was?«

Wie blöd von mir. »Das bedeutet Nachforschungen anstellen. Als deine Sklavin, kann ich mich hier vermutlich auch nicht einfach allein und frei bewegen und mit den Leuten sprechen, oder?«

»Das stimmt, aber ich werde einen Weg finden.«

Sarah ließ den Kopf zwischen ihre Knie fallen. *Ragnar kann wirklich sehr nett sein, wenn er will.*

»Eigentlich habe ich gar nicht so viele Fragen. Nur eine ist wirklich wichtig: Wie komme ich wieder zurück? Ist das schlimm? Ich meine, ich würde das Mädchen natürlich mitnehmen. Ich würde nicht von dir verlangen, dich weiterhin um sie zu kümmern. Glaubst du, sie würde das wollen? Wäre es schlimm für sie? Ist es falsch, dass ich einfach nur nach Hause will?«

»Keineswegs.«

Sarah rieb sich die Stirn. »Ich meine, ich weiß schon, dass ich sie ja jetzt auch einfach mitgenommen habe, also warum nicht auch mit zu mir, aber …« Sarah stockte, denn sie konnte ihm nicht sagen, was ihr daran wirklich Kopfzerbrechen bereitete. Sie wollte diesen Gedanken fürs Erste verdrängen und versuchte ihrerseits, Ragnar mit Fragen zu löchern. *Mal sehen, wie viel ich aus ihm herauskitzeln kann.*

»Darf ich dich etwas fragen?«

»Natürlich.«

»Woher sind die Kleider, die das Mädchen und ich tragen? Ich meine, wenn du keine Frau und Kinder hast, woher hast du sie?«

Ragnars Gesichtsausdruck verdüsterte sich wieder.

Oje, es ist kaum zu übersehen, wie unangenehm ihm dieses Thema ist. Also bloß schnell weiter im Text.

»Hättest du vielleicht Nähzeug für mich? Besonders der Kleinen sind die Kleider viel zu groß.«

Ragnars Mine hellte sich etwas auf. »Ich habe es bemerkt. Ich werde sehen, was ich tun kann.«

»Danke. Warum hilfst du mir? Ich meine, du hättest mich auch einfach sterben oder dort zurücklassen können.«

»Ich weiß nicht, ich wollte es einfach. Braucht es einen Grund?«

»Eigentlich nicht. Aber ich bin froh, dass du mich gerettet hast.«

»Ich auch.«

Ragnars Blick war unergründlich. Als sie sich bewusst wurde, wie nah sie sich waren, machte Sarahs Herz unweigerlich einen Satz. Sie spürte die angenehme Wärme seines Körpers, konnte den Drang, ihn zu küssen, kaum zügeln. Da trafen sich ihre Lippen. Sie wusste nicht, wer damit angefangen hatte. Aber das war egal, denn es fühlte sich unglaublich gut an. Zuerst ganz sanft, aber binnen Sekunden entbrannte ein Feuer. Es war, als ob ihre Küsse die einzige Möglichkeit wären es zu löschen. Sanft ließ sie ihre Hände über seine Arme und Schultern gleiten. Die gespannten Muskeln seines sehnigen Körpers fühlten sich aufregend an, hart und weich zugleich. Schwungvoll schloss er sie in seine Arme und drückte sie an sich. Sarah fühlte sein Herz pochen. Seine Küsse wurden immer intensiver. Gierig, fordernd, unglaublich sexy. Sarah rang nach Atem, aber sie würde einen Teufel tun und jetzt aufhören. Sein heißer Atem auf ihrer Haut ließ ihre Hormone hochkochen. *Ob er weiß, wie gut er küssen kann?* Sarah vergrub ihre Hände in seinem Haar und ergab sich ganz dem Augenblick. Das erste Mal, seit sie in der Vergangenheit gelandet war, konnte sie die ewig fragende Stimme in ihrem Kopf ausschalten. Außer ihnen beiden existierte in diesem Moment nichts anderes mehr. Keine Sorgen, keine Fragen, nichts.

Seine Lippen und seine Zunge forderten immer mehr. Sarah seufzte genussvoll. Und dann – hörte er unvermittelt auf.

»Wir sollten das nicht tun.«

Sarah rang nach Atem. Ungläubig riss sie die Augen auf. *Was?* Sie fühlte sich, als hätte ihr jemand einen Eimer Wasser über den Kopf gekippt.

Abrupt sprang Ragnar auf. Im nächsten Moment war er bereits wieder auf dem Weg zurück zum Haus, hielt im Weggehen jedoch kurz inne.

»Die Nacht ist schon bald vorüber. Du solltest versuchen, noch etwas Schlaf zu finden. Eigentlich würde ich jetzt bald aufstehen und meiner Arbeit nachgehen, aber ich glaube, die Tiere und die Feldarbeit können angesichts der ungewöhnlichen Umstände noch ein wenig länger warten.« Sarah nickte. Wieder einmal hatten sein Verhalten und sein Körper widersprüchliche Signale ausgesandt.

»Gute Nacht Sarah.«

Zu sehr war sie verblüfft und außer Atem, als dass sie mehr als ein »Gute Nacht Ragnar« hätte erwidern können. Aber er war ohnehin bereits im Haus verschwunden.

KAPITEL 9
—
ALTE SEELE

Sarah blinzelte in die ersten Sonnenstrahlen. Das Meer murmelte einen sanften Rhythmus und die Vögel zwitscherten vergnügt. Es versprach ein schöner Tag zu werden.

Als Ragnar sich letzte Nacht verabschiedet hatte, war sie noch sitzen geblieben. Die geschwollenen Lippen pulsierten von seinen Küssen. Trotz der vielen Fragen, die ihr im Kopf umherschwirrten, war sie an Ort und Stelle irgendwann eingeschlafen. Doch schon mit dem Öffnen ihrer Augen ging das Kopfkino wieder los. *Ich muss diese nervigen Stimmen endlich mal zum Schweigen bringen, wenigstens für ein paar Minuten entspannen.*

Sarah beschloss, die Gunst der Stunde zu nutzen und im Fluss hinter dem Haus ein kurzes Bad zu nehmen. Vielleicht würde sie das ein wenig von ihren chaotischen Gedanken ablenken. Ragnar hatte ihr in der vergangenen Nacht von einer Stelle im Wald erzählt, an der der Bach in einem kleinen Teich mündete.

Der kühle Sand kitzelte angenehm zwischen ihren Zehen und weckte ihre Lebensgeister. Rasch schlich sie sich durch die Tür ins Haus, holte in Windeseile ein paar frische Kleider und eine Decke und machte sich auf den Weg. Die Kleine schlief noch tief und fest. Es galt jetzt keine Zeit zu verschwenden, jede Minute zählte und war eine, die sie für sich allein hatte. Sarah seufzte. *Ach, wie schön wäre es, wenn ich jetzt meine neue Yasmin-Haarseife dabeihätte. Aber das kalte Wasser wird auch so das Übrige tun.*

Die Luft im Wald war kühl und roch nach Nadeln und Laub und Sarah fühlte sich mit jedem Schritt ein wenig ruhiger und ausgeruhter. Geerdeter.

Es dauerte gar nicht lange, bis sie das Plätschern des Wassers zum Bachlauf und der beschriebenen Stelle geführt hatte. Schnell schlüpfte sie aus ihren Sachen und sprang beherzt ins Wasser. Sarah begann zu prusten. *Brrrr. Das ist alles andere als eine warme Dusche!* Als sie sich an die Temperatur gewöhnt hatte, schwamm sie ein paar Runden, um sich aufzuwärmen, ehe sie anfing Haare und Körper von Schmutz und verkrustetem Blut zu reinigen. Die Katzenwäschen der vergangenen Tage hatten ihr nicht das Gefühl vermittelt, sauber zu sein. Sarahs Schulter fühlte sich bereits besser an und auch ihre übrigen Schrammen und blauen Flecken waren dank Ragnars Salbe kaum noch zu sehen. *Mmh, das tut so gut, langsam beginne ich mich wieder wie ein Mensch zu fühlen.* Es war zwar kein Vergleich mit der gewohnten Körperhygiene im 21. Jahrhundert, aber besser als nichts. Ihre Unterwäsche hatte auch schon bessere Tage gesehen. Sorgsam machte sie sich daran, sie zu waschen, ehe sie sie auf einen Stein zum Trocknen legte.

Ein Knacken im Dickicht ließ Sarah erstarren. Waren hier wilde Tiere unterwegs? Noch ein Knacken. Sarah wurde nervös. *Vielleicht wäre es besser gewesen, Ragnar vorher danach zu fragen? Oder ihm wenigstens Bescheid zu geben, dass ich baden gehen würde? Oh, Mann! Soll ich lieber im Wasser bleiben oder ans Ufer waten? Wo wäre ich sicherer, in der Mitte des Teichs oder würde ein Raubtier, das hungrig genug ist, mir bis dorthin folgen?* Die Aussicht nackt im Wasser ausharren zu müssen oder gar zu sterben war alles andere als erbaulich. Sarah entschied sich, ihrem Ende lieber an Land entgegenzusehen. Langsam begann sie sich in Richtung Ufer zu bewegen, um möglichst wenig Lärm zu machen, und schnappte eilig ihre Sachen. Wieder hörte sie ein Geräusch. Sarahs Herz raste in ihrer Brust. Fürs Anziehen war jetzt keine Zeit, sie würde sich im Laufen einfach in die Decke wickeln. Im Gebüsch begann es zu rascheln. Sarah ließ einen schrillen Schrei los, als plötzlich Ragnar aus dem Dickicht trat. Ihr blieb beinahe das Herz stehen. Die Kleider vor sich zu einem Bündel zusammengeknüllt stand sie wie versteinert da. Dann schlug ihre Angst in Empörung um. »Bist du verrückt! Du hast mich beinahe zu Tode erschreckt! Ich bin kurz davor, einen Herzinfarkt zu bekommen! Ich dachte schon, ich würde zum Frühstück für einen Bären oder sonst irgendein wildes Tier!!!«

Ragnar blickte sie amüsiert an. »Hier gibt es keine Bären.«

»Du brauchst gar nicht so zu lachen! Woher soll ich denn wissen, ob es hier Bären, Wölfe oder sonst was gibt!?" *Was starrt er mich denn so blöd an, hat er noch nie jemanden beim Baden gesehen?* Erst jetzt wurde Sarah bewusst, dass sie vor ihm stand, wie Gott sie geschaffen hatte. Hastig drehte sie sich um und versuchte, ihren Körper zu bedecken. Verärgert über sich selbst, zischte sie ihn an. »Würdest du dich bitte umdrehen, damit ich mich anziehen kann!«

Ragnar grinste nur noch breiter. Gemächlich drehte er sich zur Seite. Er hatte es nicht eilig, ihm schien zu gefallen, was er sah.

Sarah nestelte immer noch wütend an ihren Kleidern herum und schaffte es nicht, sich anzuziehen. »Was willst du überhaupt hier?«

»Du warst weg, also habe ich dich gesucht.«

Seine Antwort ergab durchaus Sinn, machte Sarah aber nur noch wütender. »Und wenn du mich also gesucht hast, wieso habe ich dich gar nicht rufen gehört? Wieso schleichst du dich an und versteckst dich im Gebüsch wie ein Spanner?«

»Wie ein was?«

»Ah! Das darf doch nicht wahr sein!« Sarah stieß einen wütenden Schrei aus und klatschte sich mit der flachen Hand an die Stirn. »Tu bloß nicht so! Du weißt genau, was ich meine! Habt ihr Männer aus dem Mittelalter denn kein Fünkchen Anstand! Du hast mich zu Tode erschreckt. Wirklich eine sehr komische Art, jemanden zu suchen.«

»So, so, du willst mich also beschimpfen?« Mit einem Mal stand er unmittelbar vor ihr und zog sie an sich. »Ich denke, mir fällt da etwas Besseres ein, als uns anzuschreien.« Er gab ihr einen langen, leidenschaftlichen Kuss. Überrascht ließ sie das Kleiderbündel fallen. Der raue Stoff seiner Kleidung rieb angenehm auf ihrer Haut. Sarahs Körper war ihrem Verstand einen Schritt voraus. Sie spürte, wie sich ihre Brustwarzen aufrichteten.

Sarah schnappte nach Luft. Sie kochte immer noch vor Wut. Auf ihrem Hals und Ausschnitt bekam sie rote Flecke. Die Tatsache, dass ihr Körper ganz andere Emotionen zum Ausdruck brachte, machte sie nur noch wütender auf sich selbst.

Zufrieden grinsend fragte er: »Und, willst du mich immer noch beschimpfen?«

Für Ihren Geschmack kostete Ragnar ihre hilflose Lage allzu sehr aus. Dennoch hatte ihr der Kuss gefallen. *Sehr sogar. Verdammt. Reiß dich gefälligst zusammen! Wo bleibt deine Selbstbeherrschung?*

»Na warte, dir wird dein dümmliches Grinsen schon noch vergehen!« Ehe Ragnar sich versah, hatte Sarah sich zum Teich hinuntergebückt und ihm eine Ladung Wasser ins Gesicht gespritzt. Seine Überraschung hielt jedoch nicht lange an. Blitzschnell packte er Sarah bei den Armen und hielt sie lachend fest. »Na, wer von uns beiden weiß sich nun nicht anständig zu benehmen? Wirst du mich wieder nass spritzen oder kann ich dich jetzt loslassen?«

Sarah war immer noch auf hundertachtzig, dennoch musste sie sich eingestehen, dass sie ihm körperlich unterlegen war. Sie hatte keine Chance. Trotzig schüttelte sie den Kopf. Langsam ließ er Sarah los und hob beschwichtigend die Arme. Unvermittelt brach es aus Sarah heraus. »Wo bitte schön soll ich denn hin? Ich wollte einfach nur ein bisschen Privatsphäre, ähm, ich meine, in Ruhe ein Bad nehmen. Du selbst hast mir doch vergangene Nacht von dieser Stelle erzählt! Außerdem würde ich das kleine Mädchen nie im Stich lassen! Und wenn wir schon bei letzter Nacht sind, ich dachte wir dürfen das nicht tun!«

Ragnars Vergnügen an ihrer Wut und Verlegenheit verärgerte sie nur noch mehr.

»Ich sagte, wir sollten das nicht tun, nicht, dass wir es nicht dürfen.«

»Ah, der Herr hängt sich an Spitzfindigkeiten auf! Und was bitte hat sich im Gegensatz zu heute Nacht geändert?«

Verärgert bückte sie sich zu dem Kleiderbündel und schüttelte es aus.

»Das habe ich auch nicht erwartet.«

»Was?« Ragnars abrupter Themenwechseln nahm Sarah allen Wind aus den Segeln. »Was hast du nicht erwartet?«

»Dass du so einfach wegläufst.«

»Und trotzdem hast du mich gesucht?«

Ragnar zwinkerte Sarah zu. »Nicht dass du dich schon wieder verirrst.« Ragnar hatte es mittlerweile aufgegeben so zu tun, als ob ihm ihr Anblick kein Vergnügen bereiten würde.

»Ich habe nicht erwartet, dass ich mich zu dir hingezogen fühle, aber es ist so.« Sarah tat innerlich einen Freudenschrei. *Er fühlt es auch!* Behutsam legte er seine Hand auf ihre Schultern und ließ sie sanft über ihre Arme und ihren Rücken gleiten. Es war beinahe unwirklich, seine Arme auf ihrer nackten Haut zu spüren, wie er sie langsam an sich zog. Jede seiner Berührungen vertrieb nach und nach die Kälte aus ihren Gliedern. Eine wohlige Wärme breitete sich in ihrem Körper aus. Sein Atem ging schwer. Sarah spürte deutlich seine Erregung. Nur wenige Millimeter Stoff trennten ihre beiden Körper voneinander. Vorsichtig bedeckte er ihre blauen Flecken und Wunden mit zarten Küssen.

»Hast du noch Schmerzen?« Der Versuch zu sprechen scheiterte. Ein Kopfschütteln musste als Antwort genügen. Seine Lippen suchten die ihren. Sarah ließ ihn gewähren. Sie war unfähig, klar zu denken. Diese Situation war selbst in ihrer aktuellen Lage einfach zu surreal. Seine Küsse schienen ihre Lippen in Brand zu setzen. Gierig suchte seine Zunge einen Weg durch ihre Lippen. Seine Finger glitten über ihren Körper. Sarah hatte das Gefühl den Verstand zu verlieren. Ihr entglitt die Kontrolle über ihren Körper. Das Kleiderbündel, das sie bis eben noch krampfhaft festgehalten hatte, landete wieder auf dem Boden. Es hatte keinen Sinn, sich etwas vorzumachen. Sie hatte sich nach seiner Berührung gesehnt, gehofft, dass sie beide da weitermachen würden, wo sie gestern aufgehört hatten. Ihre Wut hatte sich in Verlangen gewandelt. Ihre Hände wanderten seinen Bauch hinunter und begannen sein Hemd auszuziehen. Der Anblick seines muskulösen Oberkörpers erinnerte Sarah an eine marmorne Götterstatue. Seine Berührungen brachen wie eine Naturgewalt über sie herein. Ragnars Arme zogen sie mit sich auf die kühle, feuchte Erde. Er streifte hastig seine Hose ab. Sein betörender, erdiger Körpergeruch mischte sich mit dem von Tannennadeln und nassem Laub. Sarah stockte der Atem, als sie fühlte, wie sein Körper auf ihren niederglitt. Sein harter muskulöser Körper, seine Wärme und sein Atem auf ihrer Haut. Ragnars Zunge umspielte ihre Brustwarzen. Sarah spürte ein Ziehen in ihrem Unterleib. Seine Küsse waren von einer solchen Intensität, sie wünschte, sie würden nie enden. Ausgiebig erkundete Ragnar jeden Quadratzentimeter von Sarahs Körper. Sie war wie elektrisiert. Atemlos. Jede seine Berührungen ließ kleine Blitze und warme Schauer über ihren Körper laufen. Die Spannung war kaum noch auszuhalten. Begehrlich ließ sie ihre Hände über seinen Rücken bis zu seinem Hintern gleiten. Ungeduldig presste sie ihren Körper seinem entgegen. Seine Finger glitten ihre Oberschenkel hinauf. Sarah entfuhr ein heiseres Stöhnen. Mit einem Mal wich alle Anspannung von ihr. Erregt ließ sie ihren Händen freien Lauf. Streichelte und liebkoste ihn. Auch Ragnar konnte sich nicht länger beherrschen. Seine Finger wanderten immer höher. Sarah spürte die Nässe zwischen ihren Beinen. Einen Moment hielt er inne, auch er war kaum fähig zu sprechen. Sarah seufzte. Sie würde nicht mehr lange widerstehen können. Es war, als ob sie eine Ewigkeit auf diesen Moment gewartet hätte, und nun konnte sie ihre Lust kaum noch zügeln. Tonlos formten seine Lippen ihren Namen. Er hauchte ein heiseres «Sarah». Sarah fühlte sich wie von einer fremden Macht gesteuert. Ihr Körper gehorchte nicht mehr ihrem Verstand. Ihre Beine umschlangen seinen Körper, pressten den seinen an ihren, hießen ihn willkommen.

»Ragnar.« Er nahm sie hart und fordernd.

Ihr gegenseitiges Verlangen wollte ohne Umschweife gestillt werden. Sarahs Körper steuerte mit Topgeschwindigkeit auf einen Orgasmus zu. Sie hatte nicht die geringste Chance, ihn hinauszuzögern. Ihr Körper hatte seinen eigenen Willen. Der Höhepunkt brach mit einer enormen Wucht über sie herein. Sie wusste nicht, ob sie gestöhnt, geschrien oder geschluchzt hatte. Die Intensität ließ ihren Körper beben. Zwischen ihren Beinen pulsierte es im Rhythmus ihres Herzens. Aber Ragnar schien es nicht anders zu ergehen. Sie spürte, wie er den Atem anhielt, ehe er sich seufzend in ihr ergoss. Für einen Moment lastete sein gesamtes Körpergewicht auf ihr und ließ ihren Atem ebenso stocken, wie zuvor Ragnars.

Die beiden lagen auf der Decke, die Sarah als Handtuch mitgebracht hatte. Sarah räkelte sich genüsslich. Sie hatte das Gefühl zu träumen. Sie hatte noch nie Sex mit einem Mann gehabt, mit dem sie vorher nicht wenigstens einige Male ausgegangen war. Genauer gesagt, hielt sich die Anzahl der Männer, mit denen sie bisher überhaupt geschlafen hatte, in Grenzen. Noch nie hatte sie eine solch sinnliche Erfahrung gemacht. Es fühlte sich an, wie auf einer Welle des Glücks zu reiten. *Dieser Wikinger mag vielleicht nicht über dasselbe Wissen wie ein Normalbürger meiner Zeit verfügen, aber eines muss man ihm lassen, über umfassende anatomische Kenntnisse einer Frau verfügt er. Mannomann. Ragnar wusste definitiv, was er tat.* Jetzt da ihr Verstand langsam wieder anfing zu arbeiten, drohte ihr das schlechte Gewissen die ausgelassene Stimmung zu verderben. Sarah war klar, dass sie mit einem mehr oder weniger Fremden geschlafen hatte, dennoch hatte es sich für Sarah in dem Moment keine Sekunde lang falsch angefühlt. Sie hatte Ragnar vom ersten Moment an attraktiv gefunden und ihre animalischen Instinkte pfiffen offensichtlich darauf, was vernünftig war und was nicht. Ihr Körper hatte zweifelsfrei die Kontrolle übernommen und ihm signalisiert, was er sich wünschte. Ein angenehmes Prickeln durchfuhr sie, als sie seine Berührungen auf ihrem Rücken spürte.

Ragnars Finger fuhren die Konturen ihres farbenfrohen Rücken-Tattoos entlang. »Nahezu alle Krieger hier sind tätowiert. Aber diese Muster sind ausschließlich schwarz und blau. Noch nie habe ich so viele Farben auf dem Körper eines Menschen gesehen, und schon gar nicht auf dem einer Frau.« *Ja, noch so etwas, dass mich in Teufels Küche bringen könnte. Die Tatsache, dass es sich um eine weibliche Gottheit aus einer fremden Glaubensrichtung handelte, faszinierte ihn besonders.* Er hatte ihr in der kurzen Zeit, die sie hier lagen, bereits unzählige Fragen gestellt, wie in der Nacht zuvor. Sarah konnte nicht widerstehen es ihm gleich zu tun und ihn zu streicheln und liebkosen. Sie hatten sich gerade erst geliebt, dennoch fühlte es sich an, als ob sie jeden Moment aus einem Traum erwachen würde. Sie wollte diesen Augenblick so lange wie möglich auskosten. Sie musste diesen wunderschönen Körper einfach berühren. Rasch rollte sie sich herum und legte sich auf seine Brust. Er war einfach zu schön, um wahr zu sein. Die Kratzer und Narben, die von seinen Kämpfen zeugten, taten seiner Schönheit keinen Abbruch. Ragnars Körper war mit vielen blau-grünen Linien, Mustern und Symbolen geschmückt. Vorsichtig streichelte sie darüber, strich mit den Fingerspitzen über seine Lippen, seinen Hals und seine Brust, als ihr Blick auf ihre Fingernägel fiel. Belustigt blickte sie an sich herunter. In der Hitze des Gefechts war ihr gar nicht aufgefallen, dass sie sich während ihres Liebesspiels auf dem Waldboden wieder schmutzig gemacht hatte. Auch nicht, dass sie dringend etwas Nagellackentferner gebrauchen könnte. »Ich glaube, ich muss mein morgendliches Bad noch einmal wiederholen.«

Ragnar war sofort Feuer und Flamme. »Darf ich dir dabei Gesellschaft leisten?«

Ehe Sarah auch nur den Mund aufmachen konnte, war Ragnar bereits aufgesprungen und hatte sich Sarah wie einen Sack über die Schulter geworfen. Sarah kreischte und zappelte, als Ragnar sich anschickte, sie mit einem Ruck in den Bach zu werfen. In letzter Sekunde hielt er jedoch inne und ließ sie sanft ins Wasser gleiten. Behutsam begann er Sarah abzuwaschen. Beinahe ehrfürchtig tat sie es ihm gleich. Es war aufregend seinen Körper zu berühren. *Das Leben ist manchmal wirklich ungerecht, sogar Blut, Schweiß, Dreck und Narben tun der Schönheit dieses Mannes keinen Abbruch. Gut, dass ich keinen Spiegel zur Hand habe, ich möchte gar nicht so genau wissen, wie ich aussehe.*

Als sie damit fertig waren, sich gegenseitig zu waschen, meldete sich allmählich wieder Sarahs Verstand zu Wort und erinnerte sie daran, dass in Ragnars Haus jemand auf sie wartete. »Wir sollten langsam zurückgehen. Womöglich ist die Kleine schon aufgewacht und sucht uns.« Aber Ragnar hörte gar nicht mehr richtig zu. Seine Berührungen ließen keinen Zweifel darüber, dass er eine Wiederholung ihres Liebesspiels wünschte. Im Nu waren Sarahs Hormone wieder entflammt und ihre Ermahnung vergessen. *Das Frühstück wird wohl ausfallen, aber ein Brunch ist ja auch etwas Schönes. Bei diesen Küssen fällt es nicht schwer, alles rings herum zu vergessen.*

Danach meldete sich Sarahs schlechtes Gewissen allerdings umso heftiger. *Wie konnte ich die Kleine nur so lange allein lassen? Was ist, wenn sie aufgewacht ist und keinen von uns beiden vorfinden konnte?*

Verwundert beobachtete Ragnar Sarah dabei, wie sie ihre Unterwäsche anzog. Sie bekam prompt eine Gänsehaut, denn der Stoff war noch nicht vollständig getrocknet. »So seltsame Kleider habe ich noch nie gesehen.« Neugierig zog er zuerst an ihren BH-Trägern und dann an ihrem Slip herum. »Tragen alle Frauen bei euch so etwas? Der Stoff sieht sehr kostbar aus.« *Mist. Daran habe ich überhaupt nicht gedacht. Natürlich gibt es im Mittelalter noch keine Spitzenunterwäsche. Ich muss künftig besser darauf achten, dass mir solche Fehler nicht mehr unterlaufen, sonst wird mir bestimmt niemand abkaufen, dass ich aus derselben Zeit stamme. Ich muss ihm wohl oder übel bald reinen Wein einschenken, bevor die ganze Sache noch komplizierter wird.*

»Hm. Das ist Unterwäsche. Ja, ich denke schon, dass die meisten Frauen bei uns so etwas unter ihrer Kleidung tragen. So kostbar ist sie allerdings auch wieder nicht.« So schnell es der schwere Stoff und die Schnüre zuließen, streifte sie sich das Kleid über, das Ragnar ihr gegeben hatte. Sarah hoffte, dass sie fürs Erste mit dieser ausweichenden Antwort davonkommen würde. Sie hasste es jetzt schon, ihn ständig anlügen zu müssen, aber sie hatte wohl keine andere Wahl. Zumindest vorerst nicht. *Tatsächlich habe ich mir noch gar keine Gedanken darüber gemacht, welche Unterkleidung die Frauen dieser Zeit trugen. Ich sollte mich vermutlich rasch mit einigen ihrer Gepflogenheiten vertraut machen, schließlich habe ich keine Sachen zum Wechseln dabei und die Spitzenwäsche wird bei täglichem Gebrauch und Reinigung auch nicht ewig halten. Allerdings wäre es mir lieber, solche Themen mit einer Frau zu besprechen.*

Als die beiden gerade an Ragnars Haustür traten, kam ihnen auch schon das kleine Mädchen mit einem schlaftrunkenen, aber strahlenden Lächeln und ihrer Decke im Schlepptau entgegen. Sarah hob sie hoch und gab ihr einen Kuss auf die Wange.

»Sie ist so unglaublich süß und hat so ein sonniges Wesen. Trotz allem, was sie erlebt hat, sieht man sie fast immerzu nur lächeln. Ich hoffe, dass sie sich später nicht an diese schrecklichen Dinge erinnern wird.«

Ragnar nahm ihr die Kleine ab und schritt mit ihr voran zum großen Tisch. »Ich glaube, solange es ihr gut geht und sie so viel lacht, musst du dir darüber keine Sorgen machen.«

»Mama?« Sarah blickte erschrocken zu Ragnar. Das Mädchen hatte bisher zwar viel gelacht und sich so weit ganz gut entwickelt, aber kaum gesprochen. *Die Frage musste ja irgendwann kommen.* Mit traurigem Blick begann Sarah den Versuch einer Erklärung. »Deine Mama ist leider nicht da, mein Schatz.«

»Ich glaube, du verstehst das falsch, Sarah. Ich denke, sie hat dich damit gemeint.«

Sarah schüttelte ungläubig den Kopf. »Was? Das kann doch gar nicht sein. Sie ist zwar noch sehr klein, aber sie weiß sicherlich, dass ich nicht ihre Mutter bin.«

»Wissen vielleicht, aber es ist sonst niemand da und es ist müßig, sich darüber den Kopf zu zerbrechen. Sie hat sich zu dir umgedreht und Mama gesagt.«

»Aber …« Sarah kämpfte mit den Tränen. Sanft nahm sie Ragnar das Mädchen ab und drückte es an sich. »Aber ich bin doch gar nicht ihre Mutter.«

»Du wurdest es in dem Moment, als du dich ihrer angenommen hast. Du hast dich in den letzten Tagen um sie gekümmert, so gut es ging. Du bist nicht von ihrer Seite gewichen. Hast sie getröstet, gehalten, gefüttert und gewaschen. Du hast dem Jarl gesagt, sie wäre dein Kind. Du bist nun ihre Mama.« Sarahs Gefühle schlugen Purzel-

bäume. Das war zu dieser frühen Tageszeit ziemlich viel Auf-
regung. Noch nie zuvor hat es in meinem Leben ein kleines
Wesen gegeben, das mich Mama genannt hat. Ich sage zwar
scherzhaft zu meinen beiden Katzen immer meine Kinder, aber
die können ja nicht reden und das ist etwas anderes. Ich bin mir
von Anfang an sicher gewesen, dass ich mich um die Kleine
kümmern will. Aber ich habe mir keine Gedanken darüber ge-
macht, wie meine Familie reagieren würde, wenn ich plötzlich
wie aus dem Nichts wieder auftauche und ein Kind dabei habe.
Auch nicht, ob es überhaupt möglich ist, die Kleine mitzunehmen.
Mama. Dieses Wort zu hören hat mich jetzt doch ganz schön
aus der Fassung gebracht. Dieser Tag hat noch nicht einmal
richtig begonnen und schon überschlagen sich die Ereignisse.

Sarah versuchte, auf andere Gedanken zu kommen und
ließ sich von Ragnar zeigen, wo sich seine Vorräte und Kü-
chenutensilien befanden, musste aber feststellen, dass ihr
Versuch ein Frühstück zuzubereiten kläglich scheiterte.
Nicht nur, dass sie keine Ahnung hatte, was Wikinger eigentlich zum Frühstück aßen, so musste sie auch erkennen,
dass sich die Haushaltsführung im frühen Mittelalter
grundlegend von der im 21. Jahrhundert unterschied. Beispielsweise beschränkten sich Sarahs Kenntnisse im Feuer
machen bisher auf das Anzünden von Grillanzündern oder
Kerzen mithilfe eines Streichholzes oder Feuerzeugs. Weder
das eine noch das andere standen ihr hier zur Verfügung.
Vermutlich würden sich in den unendlichen Weiten ihrer
Handtasche sogar ein Feuerzeug oder Streichhölzer finden

lassen, allerdings konnte sie die ja schlecht herausholen und benutzen. Glücklicherweise schwelte noch das Feuer im Küchenkamin von der vergangenen Nacht und Sarah musste es nur schüren. Wieder einmal kam Sarah dadurch ein wenig in Erklärungsnot und entfachte Ragnars ursprüngliche Vermutung, sie könnte von edler Herkunft sein, neu. Immerhin lernte sie noch vor dem Mittagessen wie man mit Feuerstein und Schlageisen ein Feuer entzündet und was ein Wikinger unter einem Tagessen versteht.

Nach dem Frühstück nahm Ragnar sie mit in den Ziegenstall, um ihr zu zeigen, was es dort alles zu erledigen gab. Während Ragnar sich an die Feldarbeit machte, versuchte Sarah im Laufe des Vormittags aus den wenigen Zutaten, die sie zur Hand hatte, ein einigermaßen gelungenes Mahl zuzubereiten. Sie hatte einige Pilze gebraten, die Ragnar ihr gebracht hatte. Außerdem Fladenbrot gebacken und aus Joghurt, Knoblauch und einigen Kräutern eine Art Dip hergestellt. Sarah bemühte sich, Ragnar in Haus und Hof zur Hand zu gehen, so gut sie konnte. Immerhin gab er ihr zu essen und ein Dach über den Kopf und Sarah hatte das Bedürfnis sich dafür erkenntlich zu zeigen. *Außerdem bin ich schließlich seine Hausklavin, oder nicht? Das gehört wohl zu meinen Aufgaben.* Sarah verdrehte die Augen. *Hast heute wohl in der Witzkiste geschlafen was, Sarah? Immerhin hat er mich bis jetzt kein einziges Mal wie eine behandelt.* Dennoch verspürte Sarah den Drang, dieses Thema mit Ragnar zu einem späteren Zeitpunkt zu erörtern. *Immerhin müssen wir nach*

außen hin den Schein wahren und ich habe absolut keine Ahnung, was meine Pflichten wären und von mir erwartet wird, falls uns jemand Fremdes sieht. Abgesehen davon muss ich ihm bei Gelegenheit noch irgendwie verklickern, dass ich Vegetarierin bin.

Während sie kochte, hatte Sarahs schlechtes Gewissen wieder die Oberhand gewonnen. *Wie konnte ich nur so leichtsinnig sein und ungeschützten Sex mit ihm haben? Anderseits wie hätte ich dem Nordmann wohl erklären sollen, dass er ein Kondom anlegen soll? Abgesehen davon, dass ich ohnehin keines zur Hand gehabt hätte.* Sie bereute keine Sekunde des vergangenen Morgens, dennoch machte sie sich Gedanken, ob Ragnar sie nun möglicherweise für leicht zu haben hielt? Von ihrem Gefühlschaos gar nicht zu reden. *Warum zum Teufel ist es mir überhaupt so wichtig, was der Wikinger über mich denkt? Sarah seufzte. Offenbar bin ich dabei, mich Hals über Kopf in diesen Mann zu verlieben, obwohl dies mit Sicherheit eine Kamikaze-Aktion ist. Noch dazu kann ich ihm ja nicht einmal die komplette Wahrheit erzählen, geschweige denn aus dem Weg gehen. Ich bin ihm sozusagen ausgeliefert. Wo sollen die Kleine und ich denn hin, falls er übergriffig werden sollte? Nach deren Gesetzen bin ich sein Eigentum. Und überhaupt, glaubst du wirklich, dass eine Beziehung mit einem Mann aus dem Mittelalter eine gute Idee sein könnte, Sarah? So ein Quatsch! Beziehung. Jetzt bin ich wohl schon komplett übergeschnappt! Als ob eine Beziehung mit einem Mann aus der Vergangenheit überhaupt eine Zukunft hätte.*

Sarah überschlug sich wieder einmal in Gedanken – was wäre, wenn? Sie musste dringend einen klaren Kopf bekommen? *Nur wie? Wie, wenn man keine Ahnung hat, wie das alles überhaupt rational zu erklären ist?*

✧

Falls das Essen Ragnar nicht schmeckte, so ließ er sich zumindest nichts anmerken. Schweigsam nahm er sein Mahl zu sich. *Bestimmt ist er müde von der Arbeit auf dem Feld?* Sarah war für ihre Verhältnisse ebenfalls sehr ruhig. Da war einfach zu viel, worüber sie nachdenken musste. Dem kleinen Mädchen schien es jedenfalls zu schmecken. Genüsslich schob sie sich alles, was sie zu fassen bekam, in den Mund. Sarah musste bei diesem niedlichen Anblick herzhaft lachen.

»Hast du schon einen Namen für sie ausgesucht?« Ragnar sah Sarah fragend an.

»Für wen?«

»Für wen wohl? Das Mädchen natürlich! Oder willst du sie ewig Kleine, Süße oder Mädchen nennen?«

Verwirrt schüttelte Sarah den Kopf. Sie war so mit sich selbst, der wundersamen Zeitreise und ihrem Gefühlschaos beschäftigt gewesen, dass sie noch gar nicht darüber nachgedacht hatte. »Nein, noch nicht. Ich weiß nicht, ich dachte, sie wird uns ihren vielleicht sagen können.«

»Ich denke nicht, dass sie das schon kann. Aber selbst, wenn, kannst du ihre Sprache?«

»Nein, aber eigentlich kann ich deine ja auch nicht und dennoch können wir uns unterhalten, nicht wahr?«

»Da hast du allerdings Recht.", erwiderte Ragnar lächelnd. »Sie beginnt ein neues Leben, da sollte sie auch einen neuen Namen bekommen.«

Ragnars Einwand hatte durchaus seine Berechtigung. *Ich sollte dem Mädchen wirklich einen Namen geben.* »Sie hat so ein freundliches und sonniges Wesen. Ihr Name sollte dazu passen.«

»Wie wäre es mit Sunna?«

»Das klingt schön. Was bedeutet das?«

»Es heißt Sonne. Es ist der Name einer Göttin.«

Sarah strahlte Ragnar an. »Perfekt.«

»Welch seltsame Wörter du manchmal benutzt!«

Sarah lachte. »Ich wollte damit sagen, dass mir der Name sehr gut gefällt. Ich denke, er passt hervorragend zu ihr.«

»Und das alles kannst du nur mit diesem einzigen Wort?«

»Ja.«

»Perfekt.« Ragnar schenkte Sarah ein umwerfendes Lächeln. Zu Sarahs Erstaunen bedankte sich Ragnar bei ihr für das Essen, ehe er wieder zur Feldarbeit aufbrach. *So gute Manieren hätte ich einem Mann aus dem Mittelalter gar nicht zugetraut. Aber was weiß ich schon? Immerhin habe ich mich schon einige Male in ihm getäuscht. An diesem Mann ist mehr dran, als man vom ersten Eindruck her vielleicht glauben würde.*

Nachdem sie Wasser vom Fluss geholt und das Geschirr abgewaschen hatte, hatte sie den ganzen restlichen Nachmittag über Ragnar bei der Feldarbeit geholfen, während Sunna neben ihnen herumgetollt war. Ragnar hatte sie ein weiteres Mal überrascht und eine kleine Kiste mit Spielsachen hervorgezaubert. Sunna machte sich quietschend und glucksend daran, nach und nach den Inhalt auszuleeren und zu erkunden. Besonders die kleinen Tierfiguren aus Holz und Ton schienen ihr gut zu gefallen.

Auf Ragnars Hof gab es viel zu tun. Wie Sarah erfahren hatte, war es eigentlich Sache der Frauen und der Sklaven sich um den Hof zu kümmern, während die Männer auf Raubzug waren. Wieder brannte ihr die Frage nach seiner Familie auf der Zunge. Sarah befand aber, dass Ragnar etwas gut bei ihr hatte. Immerhin war er so nett gewesen und hatte die Sache mit ihrer Beziehung oder ihrer Unfähigkeit, ein Feuer zu machen, ohne viele Fragen auf sich beruhen lassen.

Sarah hatte erst ein paar Stunden auf dem Feld gearbeitet und schon fühlte sie sich erschöpft. Ihre Hände und Fingernägel waren voller Erde, der Lack war stellenweise abgeplatzt und ein paar Schwielen machten sich bereits bemerkbar. Nichtsdestotrotz war es ein sehr befriedigendes Gefühl gewesen, mit den eigenen Händen die Felder zu bestellen und bereits erntereifes Getreide und Gemüse einzubringen, das sie später auch selbst verarbeiten und verzehren würden.

Abends hatten sie wieder zum gemeinsamen Mahl am großen Tisch gesessen. Während Sarah das Geschirr gereinigt und aufgeräumt hatte, hatte Ragnar das große Feuer in der Mitte des Raumes neu entfacht. Sie brachte Sunna in der kleinen Kammer zu Bett, die Ragnar ihnen abgetreten hatte. Als sie wieder herauskam, lud er sie mit einer Handbewegung ein, sich zu ihm zu setzen. Im Schein des Feuers schienen seine Augen förmlich zu glühen.

»Ich muss mich bei dir entschuldigen Sarah.«

Sarah blickte ihn mit großen Augen an. »Wofür denn?«

»Für mein ungebührliches Verhalten.«

Sarah prustete los. »Oh, das war dein Ernst?«

Ragnar blickte säuerlich, fuhr aber, ohne darauf einzugehen, fort. »Ich hätte heute Morgen nicht so über dich herfallen dürfen. Ich habe mich hinreißen lassen.«

Sarah biss sich auf die Unterlippe. *Reiß dich zusammen Sarah. Ragnar scheint es mit seiner Entschuldigung wirklich todernst zu meinen.* »Nun ich denke, dafür ist es jetzt wohl etwas zu spät, nicht wahr? Außerdem hätte ich als deine Sklavin ohnehin keine Wahl gehabt, ob ich will oder nicht, oder?« Ragnar runzelte die Stirn und sein Blick verfinsterte sich noch mehr. *Dies war wohl nicht der richtige Zeitpunkt für Ironie. Ragnar ist schon wieder dabei, seine Stimmung zu wechseln.* Hastig ergriff Sarah seine Hand.

»Jetzt musst du mir verzeihen. Ich wollte dich nicht kränken. Es war ein schlechter Scherz, es tut mir leid. Du musst dich aber wirklich nicht rechtfertigen. Ich meine, es gibt nichts, wofür du dich entschuldigen musst. Es gehören schließlich zwei dazu. Ich hätte ja auch nein sagen können, aber ich wollte es genauso wie du und es war wirklich eine sehr sinnliche Erfahrung.« Sarah merkte, wie ihr die Röte ins Gesicht stieg. Es war ein seltsames Gefühl, mit Ragnar über ihr morgendliches Liebesspiel zu sprechen. Sarah machte eine Pause. Ragnar hatte es verdient, dass sie ihm gegenüber, soweit in ihrer Situation möglich, ehrlich war.

»Das ist alles neu und fremd. Ich bin mir nicht sicher, ob das so eine gute Idee war. Versteh mich bitte nicht falsch. Es war wunderschön, wenn auch etwas überstürzt. Ich bereue es nicht. Ich habe jede einzelne Minute genossen.« Sarah versuchte, ruhig und sachlich zu bleiben, obwohl sich ihre Gefühle und Gedanken überschlugen. »Es war schon etwas unüberlegt. Es ist aber auch eine wirklich merkwürdige Situation. Ich meine, wir kennen uns ja kaum. Wir wissen so gut wie nichts voneinander. Was bin ich für dich? Dein Gast? Deine Sklavin? Auch wenn ich das nicht glaube und du mich nicht so behandelst, bleibt diese Unsicherheit und so viele Fragen. Muss ich dir, wie soll ich sagen, aus Dankbarkeit zu Diensten sein, wann immer dir danach ist? Kann ich mich frei bewegen? Steht es mir frei zu gehen, wohin ich will? Wie soll ich herausfinden, wie ich hierhergelangt bin, wenn ich eine Gefangene bin? Was passiert, wenn ich wieder nach Hause zurückkehren kann? Lässt du mich dann gehen? Lässt dein Jarl mich dann gehen?«

Ragnars seufzte resigniert. Es schien Sarah beinahe, dass ihm ihre Sorgen nicht so neu waren, wie sie vielleicht geglaubt hatte. Auch er hatte sich offenbar Gedanken darüber gemacht.

»Für alle anderen bist du meine Sklavin. Es steht mir frei, mit dir zu tun und zu lassen, was ich will. Ich kann dich sämtliche Arbeiten allein machen lassen, ich kann dich nach Lust und Laune besteigen, bestrafen oder schlagen. Jeder meiner Gäste darf dies alles mit dir machen, vorausgesetzt, ich stimme zu. Knuds einzige Bedingung war, dich nicht zu verstümmeln oder zu töten.« Sarah schluckte angesichts Ragnars ehrlicher Antwort. »Fürchtest du, ich könnte das tun? Ich würde dir gerne sagen, dass es dir freisteht zu gehen, wohin du willst, aber ich fürchte, dass mich das in ernsthafte Schwierigkeiten bringen würde. Knud hat dich meiner Obhut überlassen. Unter der Bedingung, dass ich ihm umgehend berichten muss, wenn es etwas Neues von deiner Familie gibt oder du dich an etwas erinnerst, besonders wenn es ihm zu seinem Vorteil gereichen würde. Ich habe zwar nicht vor, das zu tun, aber er soll es zumindest weiterhin glauben. Bis auf weiteres giltst du als meine Sklavin. Natürlich bist du nicht wirklich meine Gefangene und auch nicht meine Sklavin, aber ich muss dich dennoch bitten, dich nicht allein ins Dorf zu begeben oder wegzugehen. Ich kann dich nur beschützen, solange du als mein Eigentum giltst. Ich werde dir nie etwas antun und ich möchte auch nicht, dass du dich zu irgendetwas gezwungen fühlst.«

Prompt hatte Sarah ein schlechtes Gewissen, dieses Thema überhaupt angesprochen zu haben. *Ich glaube beinahe, ihm ergeht es mit seinen Gefühlen ähnlich wie mir.* Sanft strich sie über seinen Handrücken.

»Ich habe keine Ahnung, welches Schicksal hier auf mich wartet, ob, wie und wann ich wieder nach Hause kann, aber ich bereue jedenfalls nicht, dich kennengelernt zu haben. Es macht mir Angst, nicht zu wissen, was mit mir passiert ist und womöglich noch passieren wird, und ob ich jemals wieder in meine Heimat zurückkehren kann. Und ja, es macht mir auch Angst, dass ich dabei bin mich Hals über Kopf in dich zu verlieben, obwohl ich dich so gut wie überhaupt nicht kenne. Aber ich habe weit weniger Angst, seit ich dir begegnet bin, und ich mache dir keinen Vorwurf.« Sanft drückte sie seine Hand und suchte nach einem Zeichen der Bestätigung in seinem Gesichtsausdruck. Ragnar hatte allerdings wieder einmal sein Pokerface aufgesetzt. Zögerlich fuhr sie fort. »Du hast mir, ohne zu zögern, geholfen, obwohl ich eine Fremde bin. Du bist in Wort und Tat stets aufrichtig zu mir gewesen. Ich bin froh, dich getroffen zu haben, und ich danke dir für alles, was du bisher für mich getan hast. Ich habe, mit Ausnahme des vielen Bluts, der Toten und der grauenvollen Schiffsfahrt, bisher wirklich jede Minute mit dir genossen. Dass wir uns so nahegekommen sind, ist nur eine logische Konsequenz.« Sarah musste bei diesen, ihren eigenen Worten, kurz innehalten. Sie versuchte, sich rationaler und vernünftiger darzustellen, als sie tatsächlich gewesen war.

Es war ihr nur zu schmerzlich bewusst, dass sie bisher nicht allzu ehrlich zu ihm gewesen war. Aber sie hatte keine Wahl. Noch nicht. Es war zu früh, ihm die volle Wahrheit zu sagen.

Für den Bruchteil einer Sekunde spiegelten sich viele widersprüchliche Emotionen in Ragnars Augen und seinem Gesicht, so als ob er einen innerlichen Kampf ausfocht, ehe er Sarah in den Arm nahm und zärtlich küsste. Sanft ließ er ihren Oberkörper auf dem Boden nieder und beugte sich über sie.

»Logische Konsequenz …", hauchte er Sarah schmunzelnd ins Ohr. »Ich weiß zwar nicht was diese Worte genau bedeuten, aber meine volle Aufmerksamkeit hast du damit jedenfalls.«

Sie liebten sich im Schein des Feuers. *Mann oh Mann, dieser Wikinger war wirklich unersättlich.* Sarah beschloss, ihre Bedenken fürs Erste über Bord zu werfen. Sie war so glücklich wie schon lange nicht mehr. *In seinen Armen fühle ich mich so richtig als Frau und zudem vollkommen sicher. Das erste Mal, seit ich ihm begegnet bin, schien er sich mir zu öffnen.*

Immerhin hat er mit mir über unser Liebesabenteuer im Wald gesprochen. Er hat sich offenbar wirklich gesorgt, dass ich davonlaufen oder er gegen meinen Willen gehandelt haben könnte.

Ragnar war ein feuriger und nahezu unersättlicher Liebhaber und nun offenbarte er eine weitere Seite von sich.

Atemlos lagen sie, eingewickelt in Felle und Decken, am Boden und betrachteten den flackernden Schein des Feuers, als er unvermittelt begann von seiner Familie zu erzählen.

Seine Frau und seine Tochter waren während seiner Abwesenheit von Plünderern getötet worden. Er war außer sich vor Wut und Trauer gewesen. Stundenlang war er am Boden gesessen und hatte den leblosen Körper seiner kleinen Tochter in den Armen gewiegt. Sie hatte gerade erst ihren achten Sommer erlebt. Ragnar war wie von Sinnen gewesen, als er aus seiner Starre erwacht war. Jeden Winkel seines Hauses hatte er nach Hinweisen und Spuren abgesucht, die ihn zu den Mördern führen könnten. Es waren zwei Männer gewesen. Er hatte genug Erfahrung in der Jagd und im Lesen von Spuren und es war nicht allzu schwer gewesen, dies herauszufinden. Auch ihre Fährte aufzuspüren, war ihm leichtgefallen. Also war er ihnen gefolgt. Ohne jemandem zu sagen, was passiert war, ohne um Hilfe zu bitten. Er hatte sie nicht einfach nur gesucht, er hatte sie gejagt, diese feigen Hunde. Stunde um Stunde, Tag um Tag. Nicht einmal eine Minute Ruhe hatte er sich gegönnt. Unablässig war er den Spuren der Männer gefolgt. Trotz ihres Vorsprungs hatte es nicht lange gedauert, bis er sie gefunden hatte. Ragnar hatte sich geschworen, dass er ihnen gegenüber ebenso unbarmherzig sein würde, wie sie es gegenüber seiner Familie gewesen waren. Und dann war es endlich so weit. Er wusste, dass er die richtigen Männer gefunden hatte. Der Augenblick der Vergeltung war gekommen. Sein einziges Erbarmen sollte darin bestehen, ihnen kurzerhand einfach die Kehlen durchzuschneiden. Ein schneller Tod, kaum ehrenhafter als das Ableben, das seiner Familie gewährt worden war. Und dann war etwas geschehen, womit er nicht gerechnet hatte. Sein Sinnen nach Rache, seine einzige Hoffnung, sich durch den Tod dieser hinterhältigen Mörder endlich etwas besser zu fühlen, war ein Trugbild gewesen.

Sarah war von Ragnars Erzählung gleichsam gefesselt und schockiert. Unter normalen Umständen hätte sie sich vermutlich davongemacht, wenn ihr ein Kerl unmittelbar nach einer Liebesnacht von seiner verstorbenen Frau erzählt hätte und der Jagd nach ihrem Mörder.

Aber nichts an unserem Kennenlernen war bisher ,normal' gewesen. Ich hatte ihn ja nach seiner Familie gefragt.

Er blickte sie undurchdringlich an.

»Du hast dich dadurch nicht besser gefühlt, nicht wahr?«

»Das ist es ja gerade. Ich hatte nicht einmal die Gelegenheit, es herauszufinden.«

»Wie meinst du das?«

»Als ich die beiden fand, waren sie bereits tot. Jemand hatte sie im Schlaf getötet. Du kannst dir nicht vorstellen, wie ich mich gefühlt habe. Ich war enttäuscht, Sarah! Jemand hatte mich um die Rache für den Tod meiner Familie gebracht. Gleichzeitig verspürte ich diese Erleichterung. Das war alles andere als ein ehrenvoller Tod gewesen.« Ragnar schlug mit der Faust auf den Holzboden. Der Gedanke daran machte ihn augenscheinlich immer noch wütend.

»Und dennoch, dieser jemand hat mich davor bewahrt, die Gesetze meines Volkes zu brechen und dadurch Schande über meine Familie zu bringen.« Sarah konnte nicht genau sagen warum, aber sie war erleichtert zu hören, dass er die beiden nicht ermordet hatte. Obwohl sie seine Wut, Verzweiflung und Trauer bis zu einem gewissen Grad durchaus nachvollziehen konnte. Auch wenn es angesichts der vielen Rohheit und Bluttaten, die sie in den letzten Tagen miterlebt hatte, wohl etwas paradox erschien, war sie trotzdem froh nicht mit einem Mörder geschlafen zu haben. Über die Menschen, die während seiner Raubzüge gestorben waren, wollte sie lieber nicht nachdenken.

»Aber, wenn du sie nicht getötet hast, wer war es dann? Und warum hast du es niemandem erzählt? Weshalb hältst du es geheim? Du bist unschuldig, also hast du doch nichts zu befürchten.«

»Ich weiß es nicht. Niemand hätte mir geglaubt. Ich bin aufgebrochen, ohne jemandem zu sagen, wohin ich gehe oder wann ich wieder zurückkomme. Die beiden Verbrecher waren noch nicht lange tot, als ich sie fand, ihre Körper waren noch warm. Ihr Mörder war ebenso erbarmungslos mit ihnen umgesprungen, wie ich es gewesen wäre. Ihre Körper verstümmelt, die Gesichter vor Schmerz und Entsetzen zu hässlichen Fratzen erstarrt. Alles hätte danach ausgesehen, dass ich es war, der sie getötet hat. Auch, wenn ich bis zu diesem Moment keine Sekunde lang gezögert hätte, so verlangt es mich, nicht für einen Mord hingerichtet zu werden, den ich nicht begangen habe. Also habe ich sie an Ort und Stelle begraben und alle Spuren beseitigt, so gut ich konnte.« Er war sich absolut sicher, dass es diese beiden gewesen waren. Auch wenn ihre hingerichteten, mit Blut und Dreck beschmierten Leiber und Gesichter schwer zu erkennen gewesen waren, die Beschreibung der beiden Männer, die in der Vergangenheit schon einige Male in dieser Gegend gestohlen, geschändet und gemordet hatten, passte genau. Für Ragnar bestand kein Zweifel daran, dass sie es gewesen waren. Die erbeuteten Gegenstände und Waffen, die sie bei sich trugen, ließen keinen Zweifel daran.

»Wie hätte ich beweisen sollen, dass nicht ich es war, der sie getötet hatte?« *Nun, das war allerdings eine gute Frage.* Sein Alibi war mehr als dürftig, denn Ragnar war allein unterwegs gewesen. Er hatte keine Zeugen. Sein Wort allein hätte wohl nicht gereicht. Und er hatte ein Motiv: Rache. Jedermann könnte es nachvollziehen, auch wenn es moralisch fragwürdig war. Forensische Ermittlungsmethoden gab es zu dieser Zeit noch nicht. Sarah musste zugeben, dass Ragnar wirklich keine andere Wahl gehabt hatte. Sie selbst hätte vermutlich kaum anders gehandelt, obwohl sie sich beim besten Willen nicht vorstellen konnte, wie sie jemals in eine solche Situation hätte kommen sollen. Allerdings hätte sie auch nie gedacht, dass sie über Nacht in einer gänzlich anderen Welt landen würde….

»Also wird diese Form der Selbstjustiz nach euren Gebräuchen ebenso als Mord betrachtet?«

Ragnars Augenbraue wanderte nach oben.

»Ja. Die Art und Weise wie du sprichst fasziniert mich immer wieder. Hast du in deiner Heimat bereits Erfahrung mit Rechtsprechung gemacht?«

Nein. Ich bin nur ein Film- und Serienjunkie. Ich kenne so ziemlich jede Folge von C.S.I. Las Vegas auswendig…. Sarah war froh darüber, dass sie in der Vergangenheit gelandet war und nicht in einer Welt, in der jedermann die Gedanken des anderen lesen konnte, …

»Nein, das nicht gerade. Aber ich interessiere mich für viele Dinge.« Sarah hoffte, dass Ragnar auch in diesem Fall das Thema zumindest vorerst auf sich beruhen lassen würde. Schnell versuchte sie, mit einer weiteren Frage ihrerseits abzulenken. »Was wäre schlimmstenfalls passiert?«

»Meinst du mit mir?".

Sarah nickte.

»Tod.«

Auch wenn Sarah mit dieser Antwort gerechnet hatte, so schnürte ihr Ragnars knappe, sachliche Antwort dennoch die Kehle zu. Lebenslängliche Haftstrafen waren vermutlich erst im Laufe der späteren Geschichte eingeführt worden. Zudem gab es auch in ihrer Zeit nach wie vor Länder, in denen die Todesstrafe verhängt wurde, auch wenn sie solche Tatsachen gerne verdrängte.

»Auch wenn mir Unrecht widerfahren ist, so hatte und habe ich kein Recht darauf in meinem Namen Vergeltung zu üben. Nach den Gesetzen meines Volkes hätte ich beim darauffolgenden Thing ein Gerichtsurteil durch den Jarl und die Dorfbewohner einfordern müssen. Womöglich hätte man mir sogar gestattet, das Urteil selbst zu vollstrecken. Aber nach dem Fund der toten Männer wäre ich ebenso zum Verbrecher geworden wie die beiden. Ich hatte keine Wahl, ich musste die Leichname verschwinden lassen und meine Spuren so gut wie möglich verwischen.«

»Und obwohl du das wusstest, hattest du dennoch vor die beiden zu töten?«

Ragnar zuckte mit den Achseln. »Sie wären einfach geflohen, hätten sich versteckt. Sie wären ihrer gerechten Strafe entkommen. Das konnte ich nicht zulassen und mein Durst nach Rache war zu groß. Ich stehe für alle meine Taten ein, Sarah. Aber ich lasse mich nicht als Mörder hinrichten für ein Verbrechen, das ich nicht begangen habe.« Dem war wohl nichts hinzuzufügen. Auch wenn er im Kampf bereits viele Männer getötet hatte, so wäre diese Tat anders gewesen. Seine Strafe hatte er erhalten. Die Befriedigung, die Mörder seiner Familie mit eigenen Händen zu töten, war ihm nicht zuteilgeworden. Sarah konnte nach diesem Gespräch Ragnars Stimmungsschwankungen besser verstehen. Im Grunde war er in ein ebensolches Gefühlschaos verstrickt wie sie selbst, nur war die Ursache eine andere. Der Schmerz tiefer und zwei geliebte Menschen unwiederbringlich verloren. Dieser große, starke Mann hatte schlimme Zeiten durchgemacht und litt noch immer. Sarahs Gefühlen ihm gegenüber tat dieses Geständnis keinen Abbruch. Sie glaubte Ragnar. Und seine Erzählung brachte sie ihm nur noch näher. Sie hatte auch keinen Grund, seine Geschichte anzuzweifeln. Er hätte es ihr auch gar nicht erzählen müssen. Alles, was Sarah bisher erlebt hatte, kam ihr mit einem Mal total lächerlich vor. Sicher, sie befand sich anscheinend in ihrer eigenen kleinen Science-Fiction Geschichte, aber was war das im Vergleich zu solch einem tragischen Verlust seiner Familie? Trotz all dem, was er durchgemacht hatte, hatte er Sarah kein einziges Mal das Gefühl gegeben, dass ihre Gefühle, Ängste und Sorgen weniger wert seien als die seinen. »Du liebst sie noch immer, nicht wahr?« Sarah schnürte es beinahe die Kehle zu, als ihr bewusst wurde, dass sie diese Frage soeben laut gestellt hatte.

»Natürlich liebe ich sie noch immer. Hedda und ich waren beinahe noch Kinder, als wir uns kennenlernten, und unsere Liebe hatte viele Jahre Zeit, um zu reifen. Unsere Familie war noch jung und mir wurde keine Zeit geschenkt, um mich von ihnen zu verabschieden.«

Sarah fühlte, wie Übelkeit in ihr hochstieg. Ragnar blieb Sarahs Verunsicherung nicht verborgen.

»Ich will kein Mitleid von dir. Die Zeit der Trauer ist vorbei. Ich weiß nicht, ob es gut war, dir davon zu erzählen, aber ich will offen zu dir sein.« Ragnar streichelte sanft über Sarahs Wange. »Wir sind uns gerade erst begegnet, Sarah, und ich weiß, dass du wieder zurück nach Hause möchtest. Mir ist nicht bekannt, in welcher Weise die Nornen meine Schicksalsfäden verwoben haben und wann sie sie abschneiden. Sie brachten mir bereits Heil wie auch Unheil und unsere Aussichten auf eine gemeinsame Zukunft sind denkbar schlecht, aber ich will meine Gefühle dir gegenüber nicht länger verstecken. Die Zeit ist zu kostbar. Ich denke, unser Zusammentreffen geschah aus einem bestimmten Grund, Sarah. Ich glaube, dass unsere Begegnung vorherbestimmt war. Ich habe versucht, gegen diese Gefühle anzukämpfen, aber ich fühlte eine Verbindung zu dir, seit dem Moment, als ich dich das erste Mal sah.«

Sarah liefen Tränen über die Wangen. Sie vermisste ihr vertrautes Leben. Ihre Familie und Freunde und die Annehmlichkeiten, mit denen ihr Leben in ihrem Jahrhundert verbunden waren. Sie hatte ein schlechtes Gewissen, wie konnten ihre Gefühle diesem nahezu fremden Mann gegenüber so stark sein, ja sogar beinahe stärker als die zu ihrer Familie? Sie fühlte sich zerrissen. Er hatte ja recht. Spielte sie womöglich mit seinen Gefühlen? War es fair sich zu verlieben, wo sie doch hoffte, sich bald wieder in ihrer Zeit und ihrem gewohnten Leben zu befinden? Ja, sie hatte Heimweh und dennoch hatte sie mehr und mehr das Gefühl, dass sie hierhergehörte. Dass sie hier etwas gefunden hatte, das sie in ihrer Zeit so lange gesucht hatte. Ragnar wirkte trotz seines Liebes-Geständnisses sehr überlegt und reflektiert auf Sarah. Seine Ehrlichkeit war entwaffnend und beschämend. Er vertraute ihr mehr als sie ihm. Sie musste ihm bald die ganze Wahrheit über sich sagen. Sarahs Gedanken kreisten um ihre Zuneigung zu Ragnar, dem Tod seiner Familie, um die so gänzlich verschiedenen Leben, die sie beide führten, und die seltsamen Umstände ihres Aufeinandertreffens. Wie so oft hatte sie bereits wieder unendlich viele Fragen im Kopf und auf einmal sprudelte es nur so aus ihr heraus. »Du gibst dir die Schuld am Tod deiner Familie, nicht wahr? Dabei warst du gar nicht hier, als es geschah. Aber du hattest ja auch keine andere Wahl, oder? Alle jungen Männer müssen mit auf Fahrt gehen.« Ehe Ragnar etwas erwidern konnte, fuhr Sarah fort. »Wieso macht ihr das eigentlich? Oder vielmehr, warum machst du das? Ich meine, es ist ja nicht gerade wie bei Robin Hood, dass ihr den Reichen nehmt und den Armen gebt.«

Ragnar sah Sarah verständnislos an. »Robin wer?«

»Im Grunde sind es ja nur eure Grafen, Jarls, Könige, na ja jedenfalls die Reichen, die von euren Raubzügen profitieren, oder nicht? Außer ein paar Brotkrumen, die euch Kriegern hingeworfen werden, bekommt ihr von den

Schätzen, die ihr nach Hause bringt, nicht wirklich viel ab, oder doch? Und in dem Dorf, in dem ich Sunna fand, gab es überhaupt nicht viel zu holen, oder irre ich mich?«

Ragnar nickte. »Ich verstehe. Nun ja, wir haben eine Wahl. Wir können uns entscheiden, ob wir unsere Bräuche und Traditionen ehren und im Schutz der Gemeinschaft leben wollen, oder ein hartes Leben als Ausgestoßener. Meine Männer und ich waren schon mehrmals in dieser Gegend. Kein Wunder also, dass es dort nicht allzu viel zu holen gab. Die beste Beute findet sich immer in diesen sogenannten Klöstern und Kirchen eures seltsamen Gottes. Ich versuche seit Jahren, Knud davon zu überzeugen, dass es sich nicht mehr lohnt unsere Raubzüge nach Osten zu machen. Wir sollten endlich anfangen, in den Norden oder Süden vorzustoßen. Ich habe schon Krieger getroffen, die es gewagt haben und von ergiebigen Fahrten berichteten.« Eine gefühlte Ewigkeit betrachtete er Sarah schweigend, ehe er weitersprach.

»Du bist wirklich eine sehr eigenartige Frau. Bitte versteh mich nicht falsch. Ich halte dich für äußerst wissbegierig und klug; du sprichst wahrlich nicht, wie eine vom gemeinen Volk es tun würde. Die meisten Frauen, mit denen ich zu tun habe, sind Bäuerinnen oder Kriegerinnen; sie reden, gehen und kämpfen beinahe so wie wir Männer. Aber auch die Frau des Jarls würde nicht in dieser Weise sprechen und sie ist die Tochter eines Adeligen. Du gibst mir viele Rätsel auf. Du scheinst sehr gebildet zu sein und hast viele eigenartige Ansichten. Du bist mutig; vielleicht etwas unerfahren bei so mancher Arbeit, aber zögerst nicht lange und packst an. Du sagst, du glaubst nicht an die Götter meines Volkes, dennoch trägst du den Hammer Thors um den Hals und es scheint mir manchmal fast so, als ob eine uralte Seele in dir wohnt. Hat dein Vater dich wirklich nicht gegen deinen Willen an einen Geschäftspartner verheiratet oder bist du wütend auf ihn, weil er dich noch nicht gefunden hat? Ich vermute allerdings, dass ich ihm, mit meiner Entscheidung dich hierher mitzunehmen, die Suche nach dir nicht gerade erleichtert habe.«

Sarah schüttelte vehement den Kopf. *Keine Ahnung wie er es jetzt wieder geschafft hat, das Thema von sich auf mich zu lenken.* Sie haderte mit dem Wunsch ihm einfach alles zu erzählen und der Angst, Ragnar könnte sie für eine Irre halten. Die Aussicht, ihn noch länger anlügen zu müssen, war nicht unbedingt verlockend.

»Nein, nichts dergleichen. Ich glaube, ich fange gerade an, mich an ein paar Einzelheiten zu erinnern, bin mir aber nach wie vor nicht ganz sicher, was Wirklichkeit und was Traum ist. Aber das erzähle ich dir später.« *Alte Seele? Ja, vielleicht hatte Ragnar damit in gewisser Weise sogar Recht! Ich komme aus der Zukunft und bin schätzungsweise tausend Jahre nach ihm geboren. Von diesem Standpunkt aus gesehen ist er im Vergleich zu mir ein Jungspund. Ich verfüge tatsächlich über Kenntnisse und Wissen, über das Ragnar nicht verfügt, und mag daher in seinen Augen als weise gelten.* Sie glaubte an Reinkarnation und der Gedanke, dass ihre Seele bereits mehrmals auf dieser Erde geweilt hatte, machte sie gleichermaßen froh wie traurig. *Er ist so ein toller Mann und seiner Zeit weit voraus, aber ich kann ihm doch nicht einfach vor den Latz knallen, dass ich eine Zeitreisende bin. Ich muss irgendeine schonende Möglichkeit finden, ihm das beizubringen.*

»Darf ich dich noch etwas fragen Ragnar?«

»Gewiss. Warum denn nicht?«

»Warum hegt der Jarl solch eine Abneigung gegen dich?«

Sarah hätte nie für möglich gehalten, das zu schaffen, aber Ragnar war tatsächlich die Kinnlade heruntergefallen. Seine undurchdringliche Miene war zerbröckelt. »War das so deutlich zu sehen?«

»Nun ja, ich meine, so herablassend wie er mit dir gesprochen hat?«

»Würdest du Knud kennen, wüsstest du, dass das kein Beweis für seine Abneigung ist, sondern lediglich sein Wesen. Das ist seine Art, seine Überlegenheit zu zeigen. Du musst wissen, er ist kein Jarl von Blutes wegen. Er ist kein Adeliger, aber er versucht, diese Tatsache gerne mit einer überschwänglichen Ausdrucksweise und einer ebensolchen Gehässigkeit zu überspielen.«

»Also wird man nicht zum Jarl gewählt?«

»Ja und nein, man erbt diesen Titel gewöhnlich von seinem Vater. Knud hatte das besondere Glück, ein Günstling des Königs zu werden, und dieser hat ihm das Land mitsamt Titel als Zeichen seiner Gunst überlassen. Seither ist er ebenso bemüht einen Nachfahren zu zeugen, dem er seinen Titel vererben kann, wie seine unadelige Herkunft zu verdrängen. Allerdings hat ihm seine Frau bisher keine Söhne geschenkt. Es kommt aber auch vor, dass man zum Jarl gewählt wird oder durch den Sieg bei einem Kampf auf Leben und Tod Anspruch auf den Titel erheben kann.«

»Okay, wenn du meinst. Aber es schien mir so, als ob er einen persönlichen Groll gegen dich hegt.«

»Wir hatten nie eine Auseinandersetzung, wenn du das meinst. Wir sind uns ebenso unähnlich wie uneinig. Es passt ihm nicht, dass ich es wage seine Entscheidungen, was die Ziele und Orte unserer Raubzüge anbelangt, in Frage zu stellen. Ebenso, dass ich es nicht zulasse, dass die Männer, die mit mir zusammen auf Fahrt gehen, nach Lust und Laune morden, schänden und brandschatzen.«

Ragnar bemerkte Sarahs betretenen Gesichtsausdruck. «Ich weiß, der Ruf meines Volkes eilt uns voraus. Man kann davon halten, was man will, es ist Teil unserer Lebensart. Ob du es glauben willst oder nicht, ich wage, von mir zu behaupten, dass ich ein ehrenhafter Mann bin, und ich achte die Gesetze meines Volkes ebenso wie die unserer Götter. Ich halte es für ebenso unehrenhaft, unschuldige Frauen, Kinder und Greise dahin zu metzeln, wie ich es fürchte als ruhmloser, kranker alter Greis in meinem Bett zu sterben."

Sarah hatte schon wieder vergessen oder verdrängt, wie wichtig es für die Krieger dieser Zeit wohl gewesen sein musste, einen ehrenhaften und ruhmreichen Tod zu erlangen. Sie war sich allerdings nicht sicher, ob ihr der Gedanke gefiel.

»Wie kommt es, dass du in vielerlei Hinsicht so fortschrittlich, also ich meine, anders denkst als deine Landsleute?«

»Vermutlich liegt es daran, wie Sven und ich aufgewachsen sind. Wir haben früh unsere Eltern verloren und ich habe darum gekämpft als Erwachsener behandelt zu werden; eigenständig sein zu dürfen. Was mir auch zugestanden wurde, und somit hatte ich plötzlich nicht nur die Verantwortung für Haus und Hof unserer Familie, sondern auch für meinen kleinen Bruder. Das, was ich an Unterstützung, Erziehung und Wissen erhalten habe, habe ich Björns Eltern zu verdanken. Sie haben Sven und mich wie ihre eigenen Kinder behandelt und uns alles gelehrt, was sie konnten, vom Kochen bis zum Schmieden, was es heißt, füreinander zu sorgen und Verantwortung für seine Taten zu übernehmen.«

»Wow. Wirklich?«

»Das erstaunt dich?«

»Ganz ehrlich? Ja, ein wenig schon. Du kannst kochen und so?«

Ragnar lachte sein tiefes, unwiderstehliches Lachen. »Björns Mutter hielt es für wichtig zu wissen, wie man die erlegte Beute zubereitet, die man zuvor gejagt und ausgeweidet hat.« Sarah verzog das Gesicht. Aber der Ansatz von Björns Mutter war durchaus vernünftig und nachhaltig. Davon verstanden die Menschen damals ohnehin mehr als heute, wie Sarah fand. Alles wurde verarbeitet oder als Futter oder Dünger benutzt. Es gab noch keine Globalisierung, keine Einwegprodukte oder Wegwerfgesellschaft. Sarah hätte gerne noch weiter darüber gesprochen und Fragen gestellt, aber Ragnar hatte Sarahs Nachdenkpause genutzt und war bereits dabei, einzuschlafen. Trotz Ragnars Beteuerungen war sie sich in Hinblick auf Knud nicht sicher, ob Ragnar hier nicht etwas Wichtiges übersah. Sein abfälliges Verhalten gegenüber Ragnar war für sie einfach nicht zu übersehen oder vielmehr überhören gewesen.

Kapitel 10
–
Der Jarl von Silfrhaf

Wie jeden Morgen saß Knud in seinem Stuhl auf der Altane und hing seinen Gedanken nach, während ein Sklave sich um die Pflege seines Bartes kümmerte. Dies war eine der Annehmlichkeiten, die er neben einem ausgiebigen Bad in Begleitung von Met und Frauen, außerordentlich genoss. Es war noch früher Morgen und somit bestand, mit Ausnahme von einigen Sklaven und Bediensteten, kaum Gefahr von jemandem belästigt zu werden. Eine kühle Brise wehte und der Geruch des vom Morgentau bedeckten Waldbodens stieg ihm in die Nase. Gemächlich streckte er seine müden Glieder. Mit den Jahren waren gutes Essen, Ruhe und Schlaf an die Stelle von Kampf und Frauen getreten. Er übte sich zwar immer noch ab und an im Schwertkampf, um nicht zur Gänze einzurosten, allerdings nicht mit derselben Beharrlichkeit wie früher.

Der Tag, an dem er vom König zum Jarl ernannt und somit in den Adelsstand erhoben worden war, war die Krönung seiner Laufbahn gewesen, dies kostete er in vollen Zügen aus. Als Sohn eines Händlers hatte er davon nicht zu träumen gewagt. Bereits in frühester Jugend stellte sich jedoch heraus, dass er ein äußerst gewandter Kämpfer war. Im Kampf beobachtete er seine Gegner genau und konnte gut vorausahnen, wie sie als Nächstes angreifen würden. Schon als junger Grünschnabel erwies er sich bei seinen ersten Vikingfahrten als äußerst hart im Nehmen und geschickter Stratege. Es dauerte nicht lange, bis er dem damaligen Jarl und später dem König höchstpersönlich ins Auge fiel und seine Gunst gewann. Schon bald darauf war er zum jüngsten Heerführer des Königs aller Zeiten geworden. Bestimmt wäre das Leben am Hof des Königs um einiges prunkvoller und bequemer gewesen, aber als sich die Möglichkeit ergab, als Jarl in seine alte Heimat zurückzukehren, war dies viel zu verlockend gewesen. Zu groß war seine Gier nach Anerkennung, Reichtum und Macht. Er wollte sein eigener Herr sein und nicht Handlanger des Königs. Jeder sollte sehen, was er erreicht hatte, und vor Neid erblassen. Kein Mann spann Intrigen so raffiniert wie er und so gut wie kein Mann in seiner Heimat konnte von sich behaupten, eine andere Sprache zu beherrschen. Es bereitete ihm ein höllisches Vergnügen, seine Widersacher gegeneinander auszuspielen. Mit Ausnahme des Sehers gab es hier so gut wie niemanden, der ihm das Wasser reichen konnte.

Ein Klopfen an der Tür riss ihn aus seinen Gedanken. Ein Sklave betrat auf Zehenspitzen den Raum und legte Jarl Knud frische Kleider bereit. Jedermann wusste, wie überempfindlich der Jarl zuweilen reagierte, wenn er sich in seiner morgendlichen Ruhe gestört fühlte. Der Sklave konnte sich glücklich schätzen, denn der Jarl war augenscheinlich mit seinen Gedanken beschäftigt. Freudig nahm er zur Kenntnis, dass der Jarl ihn mit einem Nicken entließ und machte sich schleunigst wieder aus dem Staub.

Jarl Knuds Gedanken waren unterdessen zu Ragnar und dieser eigenartigen Frau gewandert. Bei der Erinnerung an den gestrigen Tag krallten sich seine Hände in die Armstützen seines Stuhls und das Blut in seinen Adern begann zu brodeln. Am liebsten hätte er alles um sich herum kurz und klein geschlagen. Es hatte ihn all seine Beherrschung gekostet, vor den Anwesenden nicht die Fassung zu verlieren. Jetzt, da er alleine war und seine Gedanken zurück zur Ankunft der Krieger wanderten, bestand keinerlei Veranlassung mehr an sich zu halten. Die Ausbeute war gut ausgefallen. Er konnte eigentlich zufrieden sein. Aber beim Eintreten Ragnars war sein Lächeln für eine Sekunde verschwunden. Ihre Abneigung beruhte auf Gegenseitigkeit. Knud war sehr wohl darüber informiert, dass Ragnar seine Anweisungen manchmal etwas ausdehnte und dies zum Teil Unwillen unter seinen Männern auslöste. Er wusste aber auch nur zu gut, dass die Männer Ragnar für seine Kenntnisse und Fähigkeiten schätzten und achteten. Er hatte also keine Handhabe, um gegen ihn vorzugehen. Noch nicht. Aber dann das! So lange war er auf der Suche nach dem Amulett gewesen und da war es plötzlich aus heiterem Himmel aufgetaucht. Am Hals einer Fremden war es genau vor seiner Nase gebaumelt. Es hätte jetzt schon in seinem Besitz sein können, so einfach. Er hatte es bereits in Händen gehalten. Er hätte als Jarl lediglich Anspruch darauf erheben müssen als seinen Anteil der Beute und Ragnar hätte nichts dagegen unternehmen können. Aber die Überraschung war so überwältigend gewesen. Zu spät, jetzt musste er einen anderen Weg finden, es in seinen Besitz zu bringen. Möglicherweise war es an der Zeit, Frode einmal auf den Zahn zu fühlen? Jedermann im Dorf wusste um die väterliche Beziehung zwischen Frode und Ragnar. Vielleicht konnte der Seher Hinweise zu dieser Frau liefern, die den anderen Sehern und Weissagern verborgen blieben. Sofort rief er einen seiner Untergebenen herbei.

»Birger!« Knuds Ruf schreckte einige Vögel auf. Lautstark stoben sie auf und flatterten protestierend der Morgensonne entgegen.

»Ja, Herr?«

»Überbringe Nachricht an Frode. Richte ihm aus, dass ich ihn zu sehen wünsche. Er möge mir die Ehre eines Besuchs erweisen, um mit den Göttern zu sprechen. Noch heute.«

»Ja. Herr.« Der junge Mann machte eine leichte Verbeugung. »Bitte verzeiht, Jarl Knud, ich weiß es steht mir nicht zu, aber ihr wolltet Euch heute mit den Kaufleuten aus dem Süden besprechen, die vor vier Tagen hier eintrafen.«

Mit zusammengekniffenen Augenbrauen nahm er die Worte seines Hausdieners zur Kenntnis. Er hätte gute Lust gehabt, seine schlechte Laune an ihm auszulassen, aber der Sklave hatte recht. »Das habe ich in der Tat vergessen. Nun gut, dann soll er eben morgen kommen", entgegnete er ihm zähneknirschend. »Schick mir die Sklavinnen, sie sollen mich waschen und ankleiden.«

Birger machte eine tiefe Verbeugung und war im Bruchteil einer Sekunde ebenso lautlos verschwunden, wie er hereingekommen war. Knud fürchtete, dass sein Gehör zwischenzeitlich etwas nachgelassen hatte, denn Birger war nicht die einzige Person, deren Eintreten er nicht bemerkt hatte.

»Torhild!« Überrascht riss Knud die Augen auf.

»Dir auch einen guten Morgen, Liebster.«

»Verzeih meine Gemahlin. Guten Morgen. Was verschafft mir die Ehre deines frühen Besuchs?«

»Darf denn eine Frau nicht ihren Mann besuchen und ihm etwas Gesellschaft leisten?«

»Natürlich darfst du das. Aber du besuchst mich kaum jemals hier in meinen Gemächern, besonders nicht um diese Stunde.«

Torhild nickte. »Nun, nennen wir es Neugier. Gewiss wirst du deiner Gattin kaum ein Gespräch verweigern?«

»Selbstredend nicht. Worüber möchtest du dich denn so dringend unterhalten?«

»Nun, mich beschäftigt da eine Sache. Nichts Großartiges, aber dennoch anscheinend wichtig genug um mich früh morgens um diese Stunde hier bei dir einzufinden, wie du es ausgedrückt hast.«

Knuds Lippen kräuselten sich. Er kannte seine Frau. Wenn sie behauptete, es wäre nichts Großartiges, wurde es genau das. »Was ist es, das dir den Schlaf raubt, Teuerste?«

»Diese Frau.«

»Welche Frau?« Knud verzog säuerlich das Gesicht. *Nicht schon wieder.* »Du weißt, dass ich schon seit langer Zeit keine Frau mehr in mein Bett geholt habe. Das Vergnügen, mich von einer Sklavin waschen und verwöhnen zu lassen, wenn mir der Sinn danach steht, lasse ich mir dennoch nicht verleiden.«

»Ich spreche nicht von einer deiner Bettgeschichten, sondern von der Frau, die Ragnar mitgebracht hat.« Knuds Augen weiteten sich. »Was soll mit ihr sein?«

Torhild funkelte ihren Mann wütend an. »Denkst du vielleicht, ich hätte nicht bemerkt, wie du sie angesehen hast? Du hast dir alle Mühe gegeben, es dir nicht anmerken zu lassen, aber ich kenne dich. Ich habe gesehen, dass dich ihr

Anblick aus der Bahn geworfen hat, was mir zwar ein Rätsel ist, denn sie ist keine solche herausragende Schönheit, dass es allen Anwesenden die Sprache verschlagen hätte, aber Geschmäcker sind bekanntlich ja verschieden. Ich konnte förmlich sehen, wie du dir in Gedanken schon ausmalst, wie du sie besteigst.« Knud war beeindruckt und verärgert zugleich. Er hatte seine Frau wieder einmal unterschätzt. Ihrer Aufmerksamkeit entging nichts. Es ärgerte ihn, dass er offenbar leichter zu durchschauen war, als er dachte, auch wenn sie sich bei seinen Beweggründen täuschte.

»Du irrst meine Liebe. Mein Interesse war rein geschäftlicher Natur. Immerhin hat dieser Bauerntrottel ihretwegen auf seinen Anteil verzichtet. Ich traue keinem Mann, der wegen einer Frau sein hart erkämpftes Gold und Silber aufgibt. Dennoch war es nicht zu meinem Nachteil.«

»Rede doch keinen Unsinn! Da war noch etwas anderes.«

»Und dennoch habe ich sie an Ragnar übergeben, oder etwa nicht? Nur zu, sieh nach! Siehst du sie irgendwo in meinem Schlafgemach? Vielleicht versteckt sie sich unter meiner Bettdecke.«

Torhilds Augen verengten sich zu schmalen Schlitzen. »Vorsicht, mein Lieber. Halte mich nicht für dumm, ich weiß, was ich gesehen habe. Irgendetwas an dieser Frau hat dich erregt. Mag sein, dass es keine Lust war, wie du behauptest, dennoch schien mir dein Interesse an ihr mehr als offenkundig zu sein. Du magst die anderen täuschen, aber mich nicht.« Knud verfluchte in Gedanken den Tag seiner Heirat mit dieser Frau. Ihr Gespür für solche Angelegenheiten war sehr ausgeprägt. Er hätte wissen müssen, dass sie ihn beobachtete wie ein Wachhund, sobald eine fremde Frau seine Hallen betrat. Ihr entging einfach nichts.

Erneut schweiften seine Gedanken in die Vergangenheit. Die Gunst der einst so schönen Torhild zu gewinnen, war eine weitere Errungenschaft, auf die er besonders stolz war. Sie hatte viele Verehrer am Hofe des Königs gehabt, aber er hatte das Feld weit hinter sich gelassen und mehr als nur heimliche Küsse erhalten. Es war zu seiner Überraschung wesentlich leichter gewesen, sie in sein Bett zu bekommen, als er dachte. Ebenso ihre Eltern davon zu überzeugen, dass er ein angemessener Ehemann für sie wäre. Umso mehr sich ihre Eltern zierten, desto hartnäckiger wurde er in seinem Bestreben, sie für sich zu gewinnen, und umso leichter war sie bereit gewesen ihn zu wählen. Es hatte ihn eine beachtliche Aussteuer gekostet, sie umzustimmen. Liebesheiraten waren überbewertet. Alles, was zählte, war eine gute Partie zu machen. Das galt nicht nur für Frauen. Knud wusste das und er beherrschte dieses Spiel mehr als perfekt. Er war nicht nur ein hervorragender Stratege, sondern auch ein äußerst geübter Blender, obwohl er zu dieser Zeit tatsächlich noch der Meinung gewesen war, dass Torhild womöglich seine große Liebe sei. Die Hochzeit wurde auf ihr Drängen hin schnell arrangiert, wäre es doch unschicklich gewesen, hätte man entdeckt, dass sie bereits in anderen Umständen war. Da Torhild von adeliger Herkunft war, war es nur eine weitere Demonstration seines Erfolgs gewesen, sie zur Frau zu nehmen. Ein Zweckbündnis, durch das sich profitable Handelsbeziehungen und potente Verbündete im Falle eines Krieges ergaben. Das anfängliche Verlangen Knuds war bald verebbt und mit der Geburt ihres Sohns beinahe gänzlich erloschen, hatte er doch genügend Sklavinnen und Dirnen zur Verfügung, die ihm zu Willen sein mussten. Die Nornen hatten die Schicksalsfäden des Knaben allzu früh durchtrennt und er erlag bereits wenige Wochen nach der Geburt den Folgen eines Fiebers. Zu früh, um bereits Zuneigung für dieses schwächliche, kleine Wesen zu empfinden, jedoch eindeutig zu spät, um das Geschehene zu vertuschen. Knud wollte dennoch um jeden Preis einen Erben in die Welt setzen. Kinderlos zu bleiben hätte die erste Niederlage seines Lebens bedeutet. Die Schuld für den Tod seines Sohnes gab er seiner Frau und ihrer degenerierten Adelslinie. Tatsächlich gebar sie ihm zwei Jahre später noch eine Tochter. Weitere Nachkommen waren ihm kein weiteres Mal vergönnt gewesen, egal wie viele Opfer er den Göttern brachte und wie oft er das Lager mit seiner Frau auch teilte. Mit ihrer Unfähigkeit, ihm einen Nachfolger zu schenken, erlosch auch das Interesse an seiner Frau. Der ursprüngliche Zweck ihrer Ehe war für ihn die einzig verbliebene Verbindung. Der Umstand hatte sich nicht geändert. Die exponierte Lage Silfrhafs in einer abgelegenen Bucht lieferte nur für begrenzte Zeit im Jahr Ertrag und verlangte ebenso nach einer guten Bewirtschaftung wie auch einem stabilen Handelsabkommen mit seinen Nachbarn. Eine geregelte Erbfolge war für das wirtschaftliche Überleben ebenfalls von höchster Wichtigkeit. Natürlich hätte er sich eine neue Frau nehmen können. Theoretisch wäre es auch möglich gewesen, sich eine Zweitfrau zu nehmen. Er hätte es sich leisten können. Es sprach nichts dagegen, außer der glühenden Eifersucht seiner Frau. Dies hätte womöglich die Bande mit Torhilds Familie zerrissen. Im Gegensatz zu seinen früheren Ansichten, hätte ihm mittlerweile sogar der Bastard einer Sklavin oder Dirne als Nachfolger gereicht, jedoch Torhilds krankhafte Eifersucht weiter angefeuert und die Situation nur verschlimmert. Sie hatte stets dafür gesorgt, dass Knud sich nicht zu lange mit ein und demselben Weib vergnügte. Torhild hätte sich ebenso scheiden lassen können wie er, wenn ein Grund dafür vorgelegen wäre. Es wäre ein recht einfacher Akt gewesen, der kein gegenseitiges Einverständnis voraussetzte. Sowohl Knud als auch Torhild hätten sich vor Zeugen voneinander lossagen können, wenn sie es gewollt hätten. Es gab nach ihrem Recht einige Gründe, die eine Scheidung zugelassen hätten. Nichts davon traf aber zu. Nie hatte er sie offenkundig schlecht behandelt. Mit einer Sklavin oder Dirne zu schlafen war kein Verbrechen. Es fehlte Torhild an nichts Materiellem und sie hatte alle Freiheit zu tun und zu lassen, was sie wollte. Knud fuhr sich mit den Händen über das Gesicht. Wieso zum Kuckuck hing er solchen Erinnerungen nach? Ein Räuspern seiner Frau brachte ihn in die Realität zurück. Sie war noch da und wartete auf eine Antwort.

»Wie ich bereits erwähnt habe, mein Interesse an dieser Frau war rein geschäftlich.«

»Nun gut, wenn du dieses Spiel noch weiterspielen möchtest, bitte. Vielleicht änderst du ja früher oder später noch deine Meinung.« Wortlos drehte sich Torhild um und verließ Knuds Gemächer.

»Ach verdammt, jetzt ist meine Laune endgültig dahin. BIRGER! Bring mir Bier und lass die Sklavinnen ein Bad für mich bereiten, ich muss mich etwas zerstreuen.«

Kapitel 11
–
Seelenstriptease

Gegen Mittag des nächsten Tages, Ragnar und Sarah arbeiteten gerade auf dem Feld, sahen sie, wie sich ein Boot näherte. Es war Sven. Lachend schritt ihm Ragnar entgegen. Da Ragnar im Gegensatz zu Sarah wenig überrascht wirkte, schloss sie daraus, dass es sich wohl um einen angekündigten oder bereits lange im Voraus geplanten Besuch handeln musste.

»Hattest du eine gute Reise, Bruder?« Herzlich umarmte Ragnar sein Beinahe-Ebenbild. »Meinen Bruder Sven kennst du ja bereits. Er kommt jedes Jahr, um mir zum Erntemonat zur Hand zu gehen. Ich konnte ja nicht ahnen, dass ich in diesem Jahr zusätzliche Hilfe haben würde.« Dankbar drückte Ragnar Sarah an sich. Sarah war diese, wenn auch gut gemeinte Geste in Gegenwart von Sven sichtlich unangenehm. Sie grüßte Sven nur flüchtig, ehe sie die Gelegenheit nutzte, um die kleine Sunna auf den Arm zu nehmen, die neugierig um die drei herumtanzte.

Svens Augen waren bis auf die unterschiedliche Augenfarbe mit denen seines Bruders identisch. Sein Blick war aber weniger traurig. Ganz im Gegenteil, viele Lachfalten umsäumten sie und hatten einen fröhlichen Zug. *Ein richtiger Schlawiner. Aufgrund seiner Größe aber definitiv auch respekteinflößend.* Erst jetzt fiel ihr auf, dass Ragnars kleiner Bruder etwas größer war als er.

Argwöhnisch musterte Sven zuerst Sarah und dann seinen Bruder, ehe wieder sein heiteres Lachen ertönte. An rationaler und emotionaler Intelligenz mangelte es diesen Brüdern keinesfalls, wie Sarah fand. Auch wenn er bei ihrer ersten Begegnung am Schiff nicht gerade zimperlich mit ihrem Hals und ihrer Kette umgegangen war. Sarah hatte unverzüglich begriffen, dass Sven bereits ahnte, dass sich mehr zwischen ihr und Ragnar abspielte als bloße Gefälligkeit und Gastfreundschaft. Aber immerhin hatte er offenbar genug Anstand oder Respekt gegenüber seinem Bruder, dass er dies einfach mal so stehen ließ.

An diesem Abend brachte Ragnar Sarah zu Frode. Da Sven nun einige Tage hier sein würde, konnten sie ihm getrost Haus und Hof überlassen und auch ein »Babysitter« für Sunna war somit gefunden.

Der Seher wohnte, ebenso wie Ragnar, etwas außerhalb des Dorfes. Frode. Sarah musste angesichts der Namensähnlichkeit mit ihrem Kater schmunzeln. Da sie aber ein großer Tolkien-Fan war, waren ihr die Wurzeln der von ihm erfunden Sprachen und Namen und die damit verbundene Ähnlichkeit mit dem altenglischen und nordischen Vokabular durchaus bewusst. Sie seufzte leise und hoffte, dass Jana oder ihre Familie sich gut um ihre beiden Katzen kümmern würde.

Ragnar wies Sarah an, sie solle dem Seher zuerst mit gesenktem Haupt gegenübertreten und darauf warten, dass er ihr den Arm entgegenstreckte. Auf diese Weise brachte man seinen Respekt zum Ausdruck. Sarah verdrehte die Augen. »Man könnte meinen, ich hätte eine Audienz bei der Queen oder dem Papst.«

»Was?«

»Ach nichts. Okay, mach ich. Soll ich ihm etwa einen Handkuss geben?«

Ragnar schüttelte verwundert den Kopf. »Nein, er wird dein Haupt berühren.«

Obwohl es draußen bereits dämmerte, mussten Sarahs Augen sich erst an die Dunkelheit in Frodes Hütte gewöhnen. Die einzige Lichtquelle war eine Feuerstelle in der Mitte des Raumes, die allerdings mehr Rauch als Licht spendete. Mit zusammengekniffenen Augen blickte sie sich um. An den Wänden und von der Decke hingen Felle, Federn und Hörner und allerlei anderer Krimskrams und seltsame Gegenstände. Geschnitzte Figuren aus Holz und Knochen. Es wirkte unordentlich, aber Sarah vermutete ein System dahinter. Hinter einem deckenbehangenen Holzgestell lugte ein Bett hervor und neben der Feuerstelle stapelten sich Töpfe und Schalen zu wackeligen Türmen. Immer wieder musste sie sich ducken und Schlangenlinien laufen, um nirgends anzustoßen. Ungläubig starrte sie Ragnar an, wie dieser katzengleich zwischen all dem Inventar hindurchmarschierte, als ob es gar nicht vorhanden wäre. *Er ist wie Neo in der Matrix, wohingegen meine Rolle wohl eher die der tollpatschigen Bridget Jones ist. Das Leben ist manchmal wirklich ungerecht, aber vermutlich war er einfach schon ziemlich oft hier.*

»Sei gegrüßt Frode. Danke, dass du uns empfängst.«

»Ah, Ragnar! Da seid ihr ja.« Die faltige Haut des hageren, kleinen Sehers erinnerte an gegerbtes Leder. Auf seinem kahl rasierten Schädel tanzten die Lichtreflexe des Feuers und unter buschigen weißen Augenbrauen verbargen sich zwei kleine schmale Augen. Ihre Farbe war in diesem schummrigen Licht schwer zu erkennen. Sarah erschienen sie beinahe schwarz. Frode wirkte müde, als er ihnen kraftlos seinen Arm entgegenstreckte, aber sein Blick war wachsam.

»Es freut mich, dich kennenzulernen. Du hast eine weite Reise hinter dir, wie ich hörte?«

»Das können Sie aber laut sagen!« Sarah reichte ihm automatisch die Hand, zuckte aber augenblicklich zusammen, als ihr Ragnars Anweisung wieder einfiel. Der seltsame Tonfall an Frodes scheinbar harmloser Bemerkung ließ sie aufhorchen.

Bevor sie noch reagieren konnte, ergriff Frode ihre Hand und zog sie so nah an sich heran, dass sie seinen Atem auf ihrer Haut spüren konnte. Seine wachsamen Augen schienen etwas in ihren zu suchen. Nach ein paar schweigsamen Augenblicken legte er Sarah seine flache Hand auf ihren Scheitel. Frode war kaum größer als sie und so wirkte die von Ragnar zuvor angekündigte Geste des Handauflegens etwas seltsam auf Sarah. *Vermutlich wäre es höflicher gewesen, sich wie Ragnar zu verbeugen.* Frode musterte Sarah von oben bis unten. Augenblicklich fühlte sie sich wieder an ihre Ankunft in Silfrhaf und die Halle des Jarls erinnert. Er mochte alt und träge wirken, aber sein Äußeres konnte Sarah nicht täuschen. Sein Blick zeugte von Urteilskraft und Scharfsinn. Er war keineswegs unhöflich oder herablassend. *Und dennoch, Scharlatane wie er, und dessen bin ich mir sicher, sind mit allen Wassern gewaschen und verstehen es ausgezeichnet, aus der Mimik und Gestik ihres Gegenübers zu lesen. Ich muss also besonders auf der Hut sein.*

Höflich bedeutete er Sarah, sich hinzusetzten.

»Ragnar, es besteht kein Grund zur Sorge, ihr wird nichts geschehen. Bitte geh nun und warte draußen. Dieses Gespräch ist nicht für deine Ohren bestimmt. Sarah wird selbst entscheiden, was von dem Gesprochenen sie an dich oder andere weitergeben wird.«

Ragnar schnappte hörbar nach Luft. Die Bitte des Sehers schien ihn zu überraschen. Aber an seiner Reaktion war deutlich zu erkennen, dass es offenbar besser war, dem Seher nicht zu widersprechen. Mit einem kurzen Nicken überließ er Sarah der Obhut Frodes und marschierte in seiner beneidenswerten Ninja-Manier schnurstracks aus der Hütte. Sarah hatte ein mulmiges Gefühl, als Ragnar sie verließ.

»Du musst keine Furcht vor mir haben, Kind. Mein Leben, Schaffen und Tun dient einzig und allein den Göttern. Ich habe schon auf dich gewartet.«

Sarah betrachtete ihn aufmerksam, aber er schien über dieselbe Fähigkeit wie Ragnar zu verfügen, denn sie blickte in ein völlig emotionsloses Gesicht.

Der Seher des Dorfes war offenbar schon sehr alt, keiner wusste genau, wie viele Winter er bereits erlebt hatte. Das hatte ihr Ragnar zumindest erzählt. Dabei wirkte er auf Sarah gar nicht so betagt. Die Haut an Gesicht und Händen war verwittert, aber wenn man ihn länger beobachtete, wirkten seine Bewegungen sehr agil. Egal wie alt er war, er hatte sich gut gehalten. *Alles in allem zwar komplett anders, als ich ihn mir vorgestellt hatte, aber nicht unsympathisch oder furchteinflößend. Der hat mit Sicherheit noch ein paar Asse im Ärmel. Lassen wir die Spiele beginnen, mal sehen, was er draufhat.*

»Ich habe so unendlich viele Fragen.«

»Ich weiß, mein Kind. Allerdings kann man im Vorfeld nie so genau sagen, wie sich ein Gespräch mit den Göttern entwickeln wird. Ob sie in Stimmung für Spielchen oder in Geberlaune sind. Um deine erste und dringendste Frage zu beantworten, ja, du wurdest durch Magie hierher in die Vergangenheit gebracht. Dein ganzer Körper ist noch immer umgeben davon, man kann die Magie beinahe greifen, so spürbar ist sie für mich.«

Sarah fiel aus allen Wolken. Sie besann sich aber augenblicklich wieder und bemühte sich um Contenance. Immerhin hatte sie sich ja fest vorgenommen, es diesem Hochstapler nicht zu einfach zu machen. Dennoch war das eine Information, die er unmöglich aus ihrer Körpersprache hatte schließen können.

»Also gut, ich spiel mal mit. Du weißt, dass ich aus der Zukunft komme? Ist es in Ordnung, wenn ich du sage?«

»Spiel?«

»Ach, ist nicht so wichtig. Bitte, sprich weiter.« Frode nickte. »Ich habe bereits vor deinem Eintreffen mit den Göttern gesprochen. Wie viele Jahre bist du in die Vergangenheit zurückgereist?«

»Ich weiß nicht genau, was ich sagen soll. Ich habe das Gefühl, dass ich besser nicht allzu viele Informationen darüber preisgeben sollte.«

»Warum?«

»Kausalität. Großvaterparadoxon.«

»Wie bitte?«

»Schon gut. Sagen wir mal, es könnte ungeahnte Folgen nach sich ziehen, wenn ich zu viel ausplaudere. Aber dafür ist es vermutlich ohnehin schon zu spät.« Sarah nahm einen tiefen Atemzug. Ein Teil in ihrem Innersten weigerte sich immer noch dies als Tatsache anzunehmen. »Schätzungsweise so um die tausend Jahre.«

Diese Information brachte den Seher zum Straucheln. Hastig tastete er nach einer Stütze.

»Tausend Jahre? Unfassbar! Weiß Ragnar davon?«

»Noch nicht. Ich bin mir nicht sicher, wie man eine solch bedeutungsvolle Information halbwegs schonend vermitteln soll. Und wie gesagt, ich habe keine Ahnung, welche Auswirkungen es womöglich auf mein zukünftiges Ich haben könnte.«

»Es ist kaum zu glauben. Die Welt, aus der du kommst, muss erstaunlich sein. Gerne würde ich mehr darüber erfahren, auch was du mit Kausalität meinst.«

Das gehörte nun nicht unbedingt zu Sarahs Prioritäten, aber sie nickte zustimmend.

»Aus welchem Grund bin ich hier? Warum ich?« Sarah wollte sich zuerst einmal anhören, was Frode zu der ganzen Sache zu sagen hatte und später entscheiden, wie glaubwürdig seine Ausführungen waren.

»Würdest du mir für einen Augenblick deinen Schmuck überlassen?«

Sarah runzelte die Stirn. »Wieso macht ihr alle so einen Wirbel um diesen Anhänger?«

»Alle?«

»Ragnar, Sven, Knud. Jetzt auch du.«

Wieder antwortete Frode nur mit einem knappen Nicken.

Konzentriert rieb er sich sein Kinn, während er das Schmuckstück von allen Seiten betrachtete. »Interessant. Wirklich interessant. Du kennst seine Bedeutung?«

»Ja. So ungefähr.«

Wieder vergingen einige Minuten, ehe der Seher erneut das Wort ergriff. »Wie ich vermutet habe. Das Schmuckstück um deinen Hals birgt einen sehr starken Zauber in sich.«

Sarah war dermaßen überrascht von Frodes plötzlicher Antwort, dass sie gar nicht richtig realisierte, was er zu ihr sagte.

»Es wirkt beinahe so, als ob ein äußerst starker Wille, eine Seele, in ihm wohnt. Ich nehme an, dass es sich um eine Art Schlüssel handelt, der ein magisches Portal geöffnet hat. Aus irgendeinem Grund wurde diese Kraft freigesetzt und hat das getan, was es tun sollte: seinen Träger an einen bestimmten Ort bringen. Dass dieser Ort etwa tausend Jahre in der Vergangenheit liegt, kann beabsichtigt gewesen sein oder auch nicht.«

»Wie, so etwas wie eine Fehlfunktion?«

Frode zuckte mit den Achseln.

Das muss ich erst einmal verdauen. Ragnar hatte zwar schon so etwas Ähnliches angedeutet, aber jetzt noch einmal in aller Deutlichkeit und mit voller Überzeugung gesagt zu bekommen, dass ich tatsächlich durch einen Zauber in die Vergangenheit transportiert wurde, ist schon ein ziemlich harter Brocken.

»Also Magie. Ein magisches Portal?«

»Ja. Ist das so schwer zu glauben?«

»Nun, ja. Schon. Aber lassen wir das. Das Thema Glaube, Magie und so weiter hatte ich bereits mit Ragnar. Das musste natürlich ausgerechnet mich erwischen. War ja klar. Toll. Wundervoll. Einfach toll. Sind das nicht großartige Neuigkeiten? Und es war reiner Zufall? Ich meine, ich habe nicht zufällig in irgendeinem früheren Leben ein-

mal etwas wirklich Schlimmes getan und muss nun dafür
büßen, oder so?«

Verwirrt sah Frode Sarah zu, wie sie aufsprang und
wie ein wütender Bär in seiner Hütte herumstapfte.

»Was meinst du damit, mein Kind?«

*Ironie war noch so etwas, womit man im Mittelalter nichts
anfangen konnte. Und von Reinkarnation haben sie natürlich
auch noch nichts gehört.* Resignierend warf Sarah ihre Arme
in die Luft.

»Bitte entschuldige, ich wollte dir nicht ins Wort fallen.
Das soll also heißen, meine Kette ist verzaubert worden?
Bevor oder nachdem sie in meinen Besitz gelangt ist? Und
der Umstand, dass ich hier bin, hat nicht zwangsläufig etwas mit meiner Person zu tun? Es war purer Zufall? Es
hätte absolut jeden treffen können, der zu diesem Zeitpunkt im Besitz dieses Amulettes gewesen wäre? Aber
wie wurde dieses Portal denn plötzlich aktiviert? Es ist ja
nicht so, dass sich das Amulett erst seit gestern in meinem
Besitz befindet. Ich trage es schon seit Wochen und mir ist
nie etwas Ungewöhnliches daran aufgefallen.«

»Nun, das kann ich dir noch nicht genau sagen. Aber
es sieht, auf den ersten Blick, ganz danach aus und passt
zu dem, was man mir über dich erzählt hat. Ich werde
noch einmal die Götter danach befragen. Allerdings drücken sie sich äußerst rätselhaft aus.«

Sarah raufte sich die Haare. Sie musste definitiv ihre
Erwartungen herunterschrauben. Hatte sie tatsächlich geglaubt, dass sich alle ihre Fragen und Probleme mit einem
einzigen Besuch bei einem Hellseher, Medium oder was
auch immer er war, lösen lassen würden?

»Wie ich sagte, ich vermute es. Solange ich aber nicht weiß, zu welchem Zweck dieser Zauber wirklich geschaffen wurde und von welcher Quelle, kann ich nur mutmaßen. Vielleicht lässt es sich herausfinden, ob dieser Zauber auf dich bezogen ist, oder nicht. Es könnte genauso gut sein, dass ein Fluch darauf lastet. Es ist ein äußerst starker Zauber. Nun da du hier bist, lass mich noch einmal einen Blick in die Runen werfen. Allerdings muss ich dich vorwarnen, die Götter haben nicht immer die allerbeste Laune. Sie sind trickreich und sprechen gerne in Rätseln. Nicht immer sagen sie dir das, was du gerne hören würdest.«

Der Seher warf einen Beutel mit Steinen neben die Feuerstelle und wies Sarah an, sich davon nach der Reihe die ersten drei zu nehmen, die ihr ins Auge stachen. Sarah entschied sich für eine Rune, die wie ein auf der Seite liegendes V oder auch U aussah. Der schwarze glänzende Stein fühlte sich ganz glatt und eben an, sodass die Konturen der eingeritzten Rune beinahe wie eine Verletzung wirkten.

»Die erste Rune steht für die Vergangenheit. Uruz. Wenn die eigenen Kräfte nicht immer bestmöglich eingesetzt wurden, hat man sich wohl selbst geschwächt. Interessant. Nimm die nächste Rune, Kind.«

Sarah griff nach dem zweiten Runenstein. Das Schriftzeichen darauf sah aus wie ein R.

»Die gegenwärtige Zeit. Es scheint, als ob die Götter wirklich erwarten, dass du hier etwas zu lernen hast. Raidho. Es steht für neue Erfahrungen, Reisen oder auch den Wandel in der Zeit.«

Sarah nahm den dritten Stein. Es war eine Art stumpfwinkeliges Dreieck hineingeritzt.

»Die Zukunft. Kenntnisse über unsere Welt helfen dabei das Leben mit seinen Herausforderungen zu meistern. Das Gleiche gilt für gute Eingebungen.«

Sarah musste das alles erst einmal sacken lassen. Frodes Interpretation passte gut auf ihre Situation. *Aber was sollte eine stinknormale Frau aus dem 21. Jahrhundert wohl hier im tiefsten Mittelalter lernen? Ob das nicht vielleicht doch absoluter Blödsinn war? Aber was hätte der alte Seher davon, ihr etwas vorzulügen?*

Frodes Blick fiel nochmals auf Sarahs Halsschmuck.

»Dieses Amulett kommt mir so seltsam vertraut vor. Wenn es dir recht ist, würde ich es mir gerne zu einem späteren Zeitpunkt nochmals genauer ansehen und die Runensteine dazu befragen. Ich will die Geduld der Götter nicht über die Maße hinaus strapazieren.«

Sarah zuckte mit den Schultern. »Alles, was dabei hilft meine Fragen zu beantworten oder mich sogar wieder zurück nach Hause bringen könnte, soll mir recht sein. Aber warum war ich verletzt? Kann dies möglicherweise passiert sein, bevor ich in der Zeit zurückgereist bin, und werde ich jemals in mein altes Leben, in die Zukunft zurückkehren?«

»Es ist durchaus möglich, dass es sich um eine Art Schutzzauber handelt, der in Gang gesetzt wurde, als dir Gefahr drohte. Oder vielleicht ist es auch geschehen, als der Zauber eingesetzt hat. Möglicherweise wurdest du besinnungslos und bist gestürzt, das vermag ich alles nicht genau zu sagen. Ob du jemals zurückkehren wirst, hängt vermutlich von der Art des Zaubers ab. Solltest du aus einem bestimmten Grund hierhergeschickt worden sein, dann kann es durchaus sein, dass du erst zurückkehren kannst, wenn du die dir auferlegte Bestimmung erfüllst. Wenn es allerdings nur Zufall war, wer weiß, dann vielleicht auch nicht. Möglicherweise ist es dein Schicksal, für immer hierzubleiben. Es tut mir leid, wenn du meine Antwort nicht besonders zufriedenstellend findest. Aber es hat auch keinen Sinn wahllos zu raten. Ich weiß, du traust mir nicht. Noch nicht. Du wirst noch Zeit und Gelegenheit haben herauszufinden, wem du trauen kannst und wem nicht. Aber eines sei dir gewiss: überlege gut, wem du dein Geheimnis anvertraust. Ragnar ist ein aufrichtiger und anständiger Mann, aber das gilt leider nicht für alle Bewohner dieses Dorfes.«

Sarah war augenblicklich alarmiert. »Soll das so etwas wie eine Drohung sein?«

»Nein, nur eine Warnung. Ein gut gemeinter Rat. Die Umstände deines Hierseins sind rätselhaft genug. Dir droht allein schon deshalb Gefahr, da du nicht aus unserer Zeit stammst und mit unseren Gebräuchen nicht vertraut bist. Die Abstammung aus einem anderen Land kann zwar die Erklärung für viele Unstimmigkeiten sein, aber nicht für alles.«

»Warum versteht ihr mich und warum verstehe ich eure Sprache?«

»Diese Frage kann ich dir nicht beantworten. Ich vermute, dass dies auch mit dem Zauber in Zusammenhang steht.«

Sarah öffnete den Mund, schloss ihn aber sogleich wieder. Vertrauen hin oder her, sie wollte Antworten. Auch auf Fragen, die nicht ihre Zeitreise betrafen.

»Du hast noch eine Frage, nicht wahr?«

»Nun, nicht direkt. Ich mache mir Gedanken, wie es weiter gehen soll. Sollte ich nach Hause zurückkehren, wird das, was hier möglicherweise gerade seinen Anfang nimmt, vorbei sein. Sollte ich hierbleiben müssen, bleibt immer noch das Problem, dass ich eine Fremde bin und in den Augen der Leute nicht viel mehr als eine Sklavin. Ich habe keinerlei Freiheiten zu tun und zu gehen, wohin ich will, keine Familie.«

»Außer deinem Kind.«

Mist. »Ähm, ja genau. Aber das Kind braucht mehr als eine Mutter und ein Leben in Sklaverei.«

»Ich denke nicht, dass du dich darüber sorgen musst. So-lange du in Ragnars Obhut bleiben kannst, wird dir kein Leid geschehen. Er ist ein Mann von Ehre, er hält sein Wort. Er wird euch beschützen. Was das Leben hier in dieser Zeit und die anderen Bewohner anbelangt, sie werden sich schnell an dich gewöhnen. Was deinen Status als Sklavin anbelangt, nun ich fürchte, das liegt in der Hand des Jarls und wird sich vorerst nicht ändern. Aber was meinst du mit Anfang? Was nimmt hier möglicherweise seinen Anfang?«

»Ach nichts.« Sarah seufzte. *Ach verdammt, was soll das Ganze eigentlich? Ich mache mir doch wahrhaftig Gedanken über eine mögliche Beziehung mit einem Mann aus der Ver-gangenheit, obwohl ich noch nicht einmal weiß, ob ich wirklich für immer hier festsitze. Was, wenn ich morgen oder in ein paar Tagen schon wieder in mein Leben zurückkehren kann?*

Frodes Stimme riss Sarah aus ihren Gedanken. »Das Schicksal von uns allen ist ungewiss. Nach unserem Glau-ben wird unser Schicksal zum Zeitpunkt unserer Geburt bestimmt. Dennoch kann jede Entscheidung, jede unserer Taten unseren augenblicklichen Pfad ändern. Die Nornen spinnen unablässig an den Fäden unserer Schicksale. Alles ist mit allem verbunden. Deshalb kann auch ich nur schwer sagen, welches Los uns erwartet. Alles, was ich dir jetzt vorhersage, kann morgen bereits wieder ganz anders sein. Das Leben ist eine stete Veränderung. Ich schlage vor, dass wir uns zu einem späteren Zeitpunkt noch einmal darüber unterhalten. Vielleicht kann ich dir dann schon mehr dazu sagen. Möglicherweise sind die Götter geneigt, mir in den nächsten Tagen den Grund deines Hierseins mitzuteilen.« Sarah nickte. Sie war sich nicht sicher, was sie von all dem halten sollte.

»Wärst du so freundlich und würdest Ragnar zu mir hereinschicken, wenn du hinausgehst?«

»Natürlich.« Sarah verabschiedete sich mit einer knappen Verbeugung. »Danke, dass du mich empfangen hast.« So richtig überzeugt von Frodes Theorien war sie jedoch nicht gerade. *Aber andererseits, welche alternative Hypothese habe ich schon?*

Gedankenverloren drehte sie den Anhänger zwischen ihren Fingern hin und her während sie draußen vor Frodes Hütte auf Ragnar wartete. Er hatte ihr noch an Bord eine neue Kette für das Amulett besorgt, nachdem sein Bruder sie zerrissen hatte.

Als Ragnar die Hütte betrat, war Frode gerade dabei neuerlich die Runensteine zu werfen. Schweigend nahm er am Feuer Platz und wartete, bis Frode ihn anblickte.

»Du wolltest mich sprechen, Seher?«

»Welches Bestreben verfolgst du, Ragnar?«

»Was meinst du damit?«

»Ich habe es gesehen, Ragnar. Das Amulett. Ein wahrhaft außerordentlicher Zufall, nicht wahr? Hast du die Frau deshalb hergebracht?«

Ragnar schüttelte verzweifelt den Kopf.

»Nein. Natürlich nicht. Ich weiß auch nicht. Ihr alle denkt, dass ich den Verstand verloren habe, aber so ist es nicht.«

»Alle? Du sprichst von Sven?«

»Wem sonst? Hör zu Frode, ich weiß selbst, wie verrückt es klingt, aber es kann kein Zufall sein. Es ist beinahe unmöglich, dass ein zweites solches Schmuckstück existiert. Ich hatte den Anhänger schließlich eigens nach meinen Anweisungen von Björn für Hedda anfertigen lassen. Ein wundervolles Stück. Einer tapferen Schildmaid wahrhaft würdig. Gerade jemand wie du, sollte mir doch glauben.«

»Jemand wie ich?« Frode lächelte mild.

»Du weißt, was ich meine. Du stehst doch ständig in Kontakt mit den Göttern und willst mir weismachen, dass das reiner Zufall ist?«

»Sondern? Schicksal, Fügung, Vorherbestimmung? Wie immer gehst du davon aus, dass die Götter ausgerechnet an dir und deinem Leben ein besonderes Interesse haben, nicht wahr Ragnar? Schon als Kind hast du immer mit ihnen gesprochen und auf Antworten gehofft. Vielleicht hätte ich dich doch in die Lehre nehmen sollen. Glaubst du etwa, das Amulett oder die Götter bringen dir Hedda zurück?«

»Nein. Natürlich nicht. Aber ich bin nicht dumm. Du hast es auch erkannt.« Ragnar strich sich mit der Hand über die Stirn. »Sie wird immer ein Teil von mir bleiben, aber ich habe nun lange genug getrauert.«

»Weiß Sarah von dem Amulett?«

»Nein. Ich habe ihr noch nichts davon erzählt.«

»Warum nicht?«

»Ich weiß nicht.« Ragnar seufzte. »Sie wird mich genauso für verrückt halten wie ihr anderen auch. Vermutlich wird sie sogar wütend auf mich sein. Ich glaube dennoch nicht an einen Zufall.«

»Weshalb ist es dir wichtig, was sie von dir hält?« Frode sah Ragnar fragend an. Ragnar konnte dem eindringlichen Blick seines Mentors nicht lange standhalten. Hilflos blickte er auf den Boden. »Diese Frau, Sarah, sie verwirrt mich.«

»Ach ja? Inwiefern?«

»Sie ist so anders als unsere Frauen hier. Alles an ihr ist so ungewöhnlich. Ihr Name, ihre Kleidung, ihre Sprache, ihr Gebaren. Es gibt so viele Fragen und dennoch ist es, als ob ich sie kennen würde. Sie übt eine ungeheure Anziehung auf mich aus, der ich mich einfach nicht entziehen kann.«

»Du glaubst, sie hat dich verhext?«

»Du machst dich über mich lustig.«

»Ein wenig. Immerhin sollte dir klar sein, was die Ursache für deine Verwirrung ist und vor allem, was es für Folgen haben könnte, wenn Knud erfährt, dass du mit ihr das Lager teilst.«

Ragnars Gesicht verlor etwas an Farbe. »Hat sie dir von uns erzählt?«

»Das musste sie gar nicht, das hast du soeben getan.« Ragnars Unbehagen ließ nach und wich seinem ehrlichen, tiefen Lachen. Frode mochte alt sein, aber er war gewiss nicht auf den Kopf gefallen.

»Fragst du mich, ob meine Absichten dieser Frau gegenüber ehrenhaft sind, oder was genau möchtest du wissen, Frode?«

Frode lächelte ihn freundlich an. »Nun ja, wenn du mich so fragst, das auch. Aber ich glaube, du weißt, was ich dir sagen will, Ragnar. Diese Frau ist fremd in diesem Land, allein und ohne Schutz der Familie. Sie ist ganz der Laune und Willkür des Jarls ausgeliefert. Du weißt, welche Schwierigkeiten es mit sich bringen kann, wenn man sich auf eine Liebschaft mit einem Leibeigenen einlässt. Die Heilerin Ida hätte es beinahe ihre Stellung innerhalb der Sippe gekostet. Und noch viel unbesonnener wäre es, es sich mit Knud zu verscherzen.«

Konsterniert blickte Ragnar Frode an. »Was hat sie dir wirklich erzählt?«

»Wie gesagt. Gar nichts, was euch beide betrifft. Das musste sie auch gar nicht. Ihre Fragen und ihr sorgenvolles Gesicht waren Hinweis genug. Überdies haftet der Geruch eurer Fleischeslust noch an euch beiden. Überlege dir gut, was du tust, ansonsten könnte es euch beide ins Verderben stürzen. Zweifelsohne steht es dir zu, mit deiner Sklavin zu tun, was du willst. Aber ich denke nicht, dass sie für dich nur eine Sklavin ist, nicht wahr? Im Übrigen würde euch ein Bad nicht schaden.« Ragnar blickte schmunzelnd zu Boden.

»Sie ist kein kleines Mädchen mehr. Sie ist eine Frau. Sie ist mutig, hilfsbereit, klug und wissbegierig. Ich kann einfach nichts dagegen tun. Ich kann es nicht erklären. Diese Frau hat etwas an sich, das mich jeglicher Vernunft beraubt. Ich kann mich nicht dagegen wehren. Ich fühle, dass es richtig ist. So habe ich mich schon lange nicht mehr gefühlt. Ich kann nichts Schlechtes daran erkennen. Bist du anderer Meinung? Denkst du, dass sie mich mit einem Zauber geblendet hat?«

Frode schüttelte den Kopf. »Ganz im Gegenteil. Ich freue mich für dich. In einen Zauber mögt ihr beide verstrickt sein. Aber nicht sie hat dich verzaubert, nein. Die junge Frau hat rein gar nichts Böses an sich, soweit ich das beurteilen kann. Ihre Gefühle für dich scheinen ebenso rein wie die deinen zu sein. Es freut mich, dass dein Herz im Begriff ist zu heilen, aber eines solltest du bedenken: Sie ist nicht von hier und du weißt ebenso wenig über sie wie sie über dich. Und letztlich entscheidet Knud, was weiter mit ihr passieren wird. Und was noch viel wichtiger ist, sie ist nicht Hedda.«

Ragnar war wie vom Blitz getroffen. Wütend sprang er auf. »Nein, natürlich ist sie nicht Hedda! Glaubst du, das weiß ich nicht? Aber es ist Zeit an die Zukunft zu denken, findest du nicht, Frode?« Ragnar stürmte aus der Hütte.

»Ja, es ist Zeit an die Zukunft zu denken, Ragnar. Aber anders als du denkst.«

Ragnar hatte Frodes letzte Worte nicht mehr gehört. Irritiert blickte Sarah Ragnar hinterher, als er an ihr vorbeistürmte. »Ragnar! Warte bitte! Allein finde ich im Dunkeln doch nie den Weg zu deinem Haus!«

Ragnar wurde etwas langsamer, er hatte vor lauter Wut gar nicht daran gedacht, dass Sarah noch vor Frodes Hütte stand. Er vermochte kaum zu sprechen.

»Beeil dich, Sven wird schon auf uns warten!«

Sarah musste beinahe rennen, um mit Ragnar Schritt zu halten. Sie hätte ihn gerne gefragt, was zwischen ihm und

Frode vorgefallen war, aber sie hatte den leisen Verdacht, dass es keinen Sinn machen würde ihn jetzt danach zu fragen.

✧

Als sie Ragnars Haus betraten, fanden sie Sven und Sunna schlafend vor. Sarah kicherte wie ein kleines Mädchen. Der riesige, bärtige Krieger und das kleine Mädchen zusammengekuschelt in dem kleinen Bett. Sogar der eben noch vor Wut schäumende Ragnar konnte sich eines Lächelns nicht erwehren. *Endlich. Ragnar lacht wieder sein unwiderstehliches Lachen.*

»Geht es dir gut?", erkundigte sich Sarah vorsichtig.

»Ja, warum nicht?«

»Du schienst aufgeregt zu sein, als wir Frodes Hütte verlassen haben.« Sarah hatte jedes Wort mit Bedacht gewählt. Sie fürchtete, Ragnar könnte sich wieder aufregen oder vor ihr verschließen.

»Lass uns bitte morgen darüber reden. Ich bin müde.« Fragend sah Sarah zu ihrem Bett hinüber.

»Na toll, jetzt muss ich wohl wirklich im Stall oder auf dem Boden schlafen. Dabei fällt mir ein, wo wolltest du Sven eigentlich einquartieren, wenn ich mit Sunna in diesem Bett schlafe?«

»In meinem Bett, aber ich denke, dann wirst du heute Nacht wohl oder übel bei mir schlafen müssen.« Ragnars Laune hatte sich um hundertachtzig Grad gedreht.

Sarah wurde augenblicklich knallrot bis zu den Haarwurzeln, als Ragnar sie mit einem schiefen Grinsen anblickte.

»Du glaubst doch nicht wirklich, dass ich mit dir das

Bett teile, während dein Bruder nebenan schläft, oder? Wofür hältst du mich?«

»Wieso denn nicht? Daran wäre nichts Verwerfliches.«

»Ach so, wenn das so ist…« Sarah verdrehte die Augen. »Sven kennt mich besser als jeder andere. Er weiß längst, was vor sich geht.«

»Ich glaub, ich spinne! Du bist ja ziemlich von dir eingenommen, was? Aber, wenn wir schon beim Thema sind: Was genau geht denn vor sich? Wir haben miteinander geschlafen. Ok, Fakt. In einem Moment bist du charmant und verführerisch und im nächsten bist du verschlossen wie eine Auster und würdigst mich kaum eines Blickes! Auch Fakt. Wie soll man sich da denn bitte auskennen? Ich habe eigentlich ganz andere Dinge, über die ich mir den Kopf zerbrechen sollte, und nicht, ob du gerade in Stimmung bist oder nicht. Ob du etwas für mich empfindest oder nicht! Und selbst wenn Sven weiß, was vor sich geht. Danke, ich steh nicht so auf Zuschauer!« Empört schnappte Sarah sich eine Decke und stapfte nach draußen. Sie kochte vor Wut. Ragnar schüttelte lachend den Kopf. Immer noch belustigt war er Sarah nach draußen gefolgt.

»Bitte komm wieder ins Haus, Sarah. Ich verstehe wirklich nicht, warum du dich so aufregst. Was denkst du, wo die Männer und Frauen hier im Dorf schlafen? Zusammen in einem Raum, in einem Bett. Und sie schlafen dort auch miteinander, egal ob Kinder oder andere Angehörige daneben schlafen oder nicht. Teilen Männer und Frauen bei euch kein Lager?«

Sarah sah Ragnar entgeistert an. Sie war immer noch stinksauer und zuckte lediglich mit ihren Schultern.

»Streng genommen sagte ich ja nur, dass du in meinem Bett schlafen, nicht, dass du dich von mir beschlafen lassen musst. Das war doch nur ein Scherz. Auch wenn ich den Gedanken, dass du mir von jetzt an jede Nacht zu Diensten bist, äußerst verlockend finde!«

Mit einem Mal hatte Sarahs Gesicht wieder die Farbe einer Tomate und ihre Hormone begannen augenblicklich verrückt zu spielen. Einerseits war sie empört über seine Dreistigkeit, andererseits konnte sie seinem frechen Grinsen und vor allem seinen lächelnden Augen nicht widerstehen.

»Du hast ja vielleicht Nerven! Du bist wohl unersättlich was? Was genau geht denn eigentlich zwischen uns vor? Und was soll das überhaupt heißen, dir zu Diensten sein? Wir hatten ein paar Mal unglaublich tollen Sex und weiter? Wie soll es jetzt deiner Meinung nach weiter gehen? Ach ja, ich hatte vergessen, das gehört bestimmt zu meinen »Pflichten« als Sklavin. Sorry. Mein Fehler.« Sarah malte mit ihren Fingern Gänsefüßchen in die Luft.

Lachend zog Ragnar Sarah in seine Arme und küsste zärtlich ihre Schulter. »Wir hatten ein paar Mal was? Und was bedeutet dieses seltsame Zeichen, das du mit deinen Händen gemacht hast?« Dieses Mal bedeckte er nach und nach ihre Augen und Wangen mit sanften Küssen, eher er ihre Lippen suchte. Schmollend drehte Sarah ihren Kopf zur Seite. *Was erlaubte der Kerl sich eigentlich?*

»Ich wollte damit sagen, dass du wohl kaum am Boden schlafen möchtest und in meinem Bett genug Platz für uns beide ist, sonst nichts. Aber, wenn du willst, ich habe nichts dagegen, wenn du dich mir hingeben möchtest. Aber bevor du dich wieder aufregst – niemand wird schlecht von dir denken, wenn wir beide mehr tun, als nur nebeneinander im selben Bett zu liegen und zu schlafen.« Ragnars Körper war bereits Feuer und Flamme. Leidenschaftlich bedeckte er ihren ganzen Körper mit Küssen.

Sarah schnappte nach Luft. »Ich meine das ernst, Ragnar! Ich will nicht mit dir schlafen, während dein Bruder nebenan sein Quartier hat. Es ist mir unangenehm.«

»Gut, wenn du nicht willst, dann wünsche ich dir eine gute Nacht.« Aber ich kann mir nicht vorstellen, dass du den Ziegenstall dem hier vorziehst.« Sein Gute-Nacht-Kuss wirkte nicht gerade einschläfernd auf Sarah.

Sarah rang nach Luft. »Mistkerl!«

»Wie bitte?« Ragnar grinste Sarah unverhohlen an.

»Das ist ungerecht.«

»Ich weiß.« Sein Blick war herausfordernd.

Wenn du nur einen Funken Selbstbeherrschung hast, lässt du ihn jetzt stehen und gehst schlafen, Sarah. Mist. Du bist so ein elender Schwächling.

»Also gut. Der Punkt geht an dich. Wenn ich die Wahl zwischen dem Ziegenstall und dir habe, dann lieber Letzteres.«

Ragnar heuchelte Empörung. »Sehr gewagt, so mit deinem Herrn zu sprechen!«

»Ich dachte, du wärst nicht mein Herr?« Sarahs Wut schlug in Lust um. Ehe Ragnar antworten konnte, küsste sie ihn. Ihre Zunge erkundete die seine und nun war es Ragnar, der nach Atem rang. »Das ist verrückt, aber ich kann nichts dagegen tun. Ich will dich. Jetzt.« *Himmel, holt einen Exorzisten. Ich bin besessen von diesem Mann. Ich habe mich definitiv nicht mehr unter Kontrolle.* Sarah steckte ihre Hand in seinen Hosenbund. Ragnar entfuhr ein tiefes Stöhnen.

Begierig erkundeten seine Hände ihren Körper, suchten einen Weg sich ihres Kleides zu entledigen. »Du bringst mich um den Verstand Weib. Ich will dich auch. Dann sind wir also beide verrückt.« Mit einem Ruck hob er Sarah hoch und drückte sie gegen die Hausmauer.

Sarah schwebte von einem Orgasmus in den nächsten und in ihrer Leidenschaft entschlüpfte ihr ein »Ich liebe Dich". In der nächsten Sekunde fühlte Sarah, wie ihr Gesicht zu glühen begann, und sie war schlagartig wieder »nüchtern". *Oh Mann, Sarah, du führst dich auf wie ein dummer Teenager! Ich hoffe, er hat es in der Hitze des Gefechts nicht mitbekommen. Ich will nicht die Erste sein, die es sagt und schon gar nicht beim Sex. Aber was will ich mir eigentlich vormachen? Ich fühle wesentlich mehr für diesen Mann als nur pure Lust und Verlangen. Wesentlich mehr, als ich sollte, für einen Mann aus einer längst vergangenen Epoche. Ich bin bis über beide Ohren in ihn verliebt. Mehr als das. Es fühlt sich stärker und leidenschaftlicher an als alles, was ich jemals zuvor für einen Mann empfunden habe. Es fühlt sich richtig an und das macht mir mehr Angst als die Tatsache, dass ich durch Magie unfreiwillig ins Mittelalter befördert wurde.* Sollte Ragnar ihr Liebesgeständnis gehört haben, so ließ er sich jedenfalls nichts anmerken. Er hatte wieder diesen verschmitzten Gesichtsausdruck und raunte Sarah ins Ohr: »Schläfst du jetzt bei mir oder müssen wir das Ganze wiederholen?«

Sarah nickte lächelnd. »Soll das etwa eine Drohung sein?«

Ragnar bedachte Sarah mit einem leidenschaftlichen Kuss und trug sie ins Haus.

KAPITEL 12
–
DIE WAHRHEIT

Ragnar hatte im Schlaf Arme und Beine um sie geschlungen und schnarchte genüsslich. Aber Sarah konnte einfach keine richtige Entspannung finden. Ständig wälzte sie sich von einer Seite auf die andere und versuchte, sich sachte aus Ragnars Umarmung zu lösen. Ein beständig pochender, dumpfer Kopfschmerz hinter ihrer Stirn war auch nicht gerade förderlich für einen erholsamen Schlaf. Das Gespräch mit Frode war alles andere als zufriedenstellend verlaufen und sie hatte das ungute Gefühl, dass der Seher ihr womöglich Informationen vorenthalten hatte. Auch wenn ihr nicht klar war, warum er das tun sollte. Immer wieder stellte sie sich die gleichen Fragen und fand keine Antworten. *Frode behauptet, das Amulett sei ein Schlüssel oder Portal? Wie wurde es aktiviert? Wenn ich es Jana geliehen hätte, wäre sie dann an meiner Stelle hier gelandet? Oder hat es doch etwas mit mir zu tun? Ragnar hat angedeutet, dass es etwas mit Magie zu tun haben könnte, aber da er nicht die ganze Wahrheit kennt und er und Sven so davon fasziniert, oder eher irritiert, waren, muss es noch etwas anderes sein. Es muss noch irgendetwas anderes an dem Thors Hammer sein, was mir keiner sagen kann oder will.*

Es dauerte lange, bis Sarah endlich eingeschlafen war, und ihre Nachtruhe war unterbrochen von seltsamen Träumen.

Der darauffolgende Morgen begann für Sarah mit einem verräterischen Ziehen im Unterleib. Aber sie hatte keine Lust, sich darüber den Kopf zu zerbrechen, nicht jetzt. Sie erwachte in Ragnars Armen. Sie war, trotz aller Fragen und Ungewissheit glücklich. So durfte ruhig jeder Morgen beginnen. Abgesehen von den Bauchschmerzen natürlich. Sarah beobachtete den schlafenden Mann neben ihr. Sie verlor sich in Tagträumen, begann sich eine Zukunft auszumalen, hier in der Vergangenheit.

Aus der Küche hörte sie Sunnas vergnügtes Kichern und Quietschen. Umgehend wurde sie in die Gegenwart zurückgeholt und ihr wurde bewusst, dass da jetzt jemand war, der auf sie angewiesen war. Um den sie sich kümmern musste. Aber auch ihre Neugier wurde geweckt. Sie hauchte Ragnar einen Kuss auf seine muskulöse Brust und schlüpfte aus dem Bett. Eilig suchte sie ihre Kleider zusammen und huschte in die Küche, um Sunna etwas zu essen zu machen. Als die Kleine Sarah bemerkte, sprang sie ihr fröhlich lachend entgegen. Ein dumpfes Klirren ließ darauf schließen, dass etwas auf den Boden gefallen war, aber Sarah konnte nicht erkennen, was es gewesen war. Lächelnd begrüßte sie Sunna mit einem Schmatz auf die Wange, der mit einem weiteren fröhlichen Quietschen kommentiert wurde.

Sven saß am Boden neben Sunna und taxierte Sarah bei ihrem Eintreten. Sarah konnte Svens Blick nicht standhalten. Mit gesenktem Kopf und einem heiseren »Guten Morgen« versuchte sie, sich so schnell wie möglich an Sven vorbei zur Feuerstelle zu huschen.

»Na, gut geschlafen?« Sven schenkte ihr ein breites Grinsen. *Kein Zweifel, diese beiden Männer müssen miteinan-*

der verwandt sein. Das dämliche Grinsen haben sie jedenfalls gemeinsam. Sarah antwortete in bester ‚Angriff ist die beste Verteidigung' - Manier.

»Bestimmt nicht so gut wie du.« Lächelnd zwinkerte sie in Sunnas Richtung. »Ihr habt richtig süß ausgesehen, ihr beiden, so zusammengekuschelt wie zwei kleine Kätzchen.« Sven lachte, aber ein Blitzen in seinen Augen verriet, dass da noch etwas war, dass er loswerden wollte. Er fasste Sarah am Handgelenk und zog sie näher zu sich heran. Kaum hörbar flüsterte er ihr ins Ohr. »Ich weiß nicht, was genau zwischen euch beiden vorgeht, und es steht mir nicht zu, darüber zu urteilen. Offenbar vergnügt ihr euch sehr. Aber was noch viel wichtiger ist, ich habe Ragnar seit langer Zeit nicht mehr so glücklich gesehen und das freut mich ungemein. Aber sei vorsichtig, ich bin mir nicht sicher, ob Ragnar wirklich bereit ist, ob er weiß, worauf er sich einlässt und welche Auswirkungen eure Liebelei haben könnte.«

Sarah ließ Svens Warnung unkommentiert. Immerhin waren seine Gedanken nicht neu für sie. Es war nichts, worüber sie oder Ragnar sich nicht schon den Kopf zerbrochen hätten. Mit einem Nicken machte sie sich an die Vorbereitungen für das Frühstück.

Der Vormittag ließ Sarahs böse Vorahnung vom Morgen Realität werden. Häufiger Harndrang und ein Brennen beim Wasserlassen. *Mist! Vermutlich habe ich wieder einmal einen Harnwegsinfekt. Ist aber auch kein Wunder. Immerhin habe ich in den letzten Tagen so viel Sex gehabt wie im ganzen*

letzten Jahr nicht mehr. Ich muss eine passende Gelegenheit finden, um in meiner Handtasche nach Schmerztabletten zu suchen. Ich habe so gut wie in jeder Tasche und für alle Fälle etwas dabei.

In einer ruhigen Minute zog sie ihre Handtasche aus ihrem Matratzenversteck und machte eine Bestandsaufnahme. Leider stellte sich ihre »Handtaschen-Apotheke« als nicht sehr ergiebig heraus, weshalb Sarah beschloss, die wenigen Schmerztabletten, die sich bei sich hatte, aufzusparen und Ragnar um Hilfe zu bitten. Da Sven für ein paar Tage bei Ragnar zu Gast war, wollte sie einen passenden Augenblick abwarten, um mit Ragnar unter vier Augen darüber zu sprechen. Als Sven sich nach dem Essen draußen vor dem Haus die Sonne auf den Bauch scheinen ließ, nutzte Sarah die Gunst der Stunde.

»Was ich dich fragen wollte? An wen wendet ihr euch, wenn ihr euch unwohl fühlt oder krank seid. Habt ihr so eine Art Medizinmann oder Heiler?«

Ragnar war augenblicklich alarmiert. »Medizinmann? Ich weiß nicht, was das ist, aber einen Heiler haben wir im Dorf. Fühlst du dich etwa krank?«

»Ach, mach dir keine Sorgen. Ich fühle mich nur ein wenig unwohl und hätte einfach gerne mit einem Arzt, ähm, ich meine Heiler oder so gesprochen.« Fragend zog er die Augenbrauen hoch. Er fürchtete, dass die Aufregungen der letzten Tage möglicherweise Sarahs Gesundheit geschadet hatten, und machte sich Vorwürfe, dass er ihr nicht mehr Zeit gegeben hatte, sich hier einzugewöhnen.

»Dann wäre es wohl am besten, wenn ich dich gleich zu Frode bringe.«

Frode. War ja klar. Hätte ich auch selbst draufkommen können.
Ragnar verlor keine Zeit. Augenblicklich klärte er Sven
über Sarahs Gesundheitszustand auf und dass er Sarah
gleich zu Frode bringen würde. Sarah war die ganze Angelegenheit mehr als peinlich. Wie immer fühlte sie, wie
ihr das Blut in ihre Wangen schoss. Das war genau die Art
von Aufmerksamkeit, die sie überhaupt nicht mochte, und
schon gar nicht, dass jeder über ihre Befindlichkeiten informiert war und sie Umstände bereitete. Allerdings fühlte
sie sich im Augenblick zu krank, um deshalb einen Streit
vom Zaun zu brechen. Mit hochrotem Kopf stolperte sie
Ragnar hinterher, der sie förmlich zu Frode zerrte.

In Frodes Hütte konnte man kaum den Unterschied zwischen Tag und Nacht erkennen. Das obligatorische Feuer
brannte und es roch nach getrockneten Kräutern.

Frode begrüßte Sarah mit einem freundlichen Lächeln,
das aufrichtig wirkte.

»Ah, schön dich wieder zu sehen, Sarah. Was kann ich
für dich tun?«

*Ach, wie jetzt, dass ich aus der Zukunft komme, wusste er,
aber einen einfachen Harnwegsinfekt kann er nicht vorhersagen?
Oder soll das so etwas wie höfliche Diskretion sein? Ich traue
dem alten Kauz noch immer nicht ganz über den Weg, aber augenblicklich steht mir nun wirklich nicht der Sinn nach Diskussionen.* Sarah schilderte Frode kurz ihre Symptome. Mit
einem wissenden Nicken begann Frode ein paar Kräuter
und Beeren zu mischen. »Gieße diese Kräuter mit kochen-

dem Wasser auf und trinke mehrmals täglich davon. In ein paar Tagen sollte es dir besser gehen, vorausgesetzt ihr beide könnt so lange die Finger voneinander lassen.«

Sarah stutzte. »Hat Ragnar dir von uns erzählt?«

Frode brach in schallendes Gelächter aus. »Genau wie Ragnar! Ihr jungen Leute! Ihr denkt doch tatsächlich wir Alten wären blind und taub, besonders wenn es um heimliches Geturtel und Liebesspiele geht. Ragnar kann kaum die Augen von dir lassen und so wie es aussieht auch einiges andere nicht.«

Sarah fiel im wahrsten Sinne des Wortes die Kinnlade herunter. Mit offenem Mund stand sie da und starrte den Seher an. Als sie sich von ihrem Schock erholt hatte, konnte sie sich selbst kaum ein Schmunzeln verkneifen. *Da bleibt wirklich nichts mehr zu sagen, außer: Chapeau! Der alte Kauz hat doch tatsächlich Sinn für Humor und ist alles andere als auf den Kopf gefallen.*

»Solltest du die Hilfe einer Frau bevorzugen, kannst du auch Ida aufsuchen. Sie ist Heilerin und hilft üblicherweise den Frauen aus der Umgebung bei der Geburt ihrer Kinder. Sie wohnt zwar auch etwas außerhalb des Dorfes, aber die Strecke ist kaum weiter als bis zu mir. Ragnar kann es dir zeigen.«

Schade, dass ich das nicht vorher gewusst habe. Sarah begann zwar langsam ihre Vorbehalte gegenüber Frode zu verlieren, dennoch wäre es ihr lieber gewesen dieses Thema mit einer Frau besprochen zu haben. Sie nutzte aber die Gelegenheit und berichtete Frode, dass sie vergessen hatte ihm zu erzählen, dass sie in den letzten Tagen oft Albträume hatte, deren Bedeutung sie aber nicht kannte. »Immer wieder taucht eine Gestalt mit einer Kapuze darin auf, die meinen Anhänger in ihren Händen hält. Der Kleidung nach zu schließen, muss es sich um eine Frau handeln.« *Nun, man musste kein Experte in Psychologie oder Traumdeutung sein, um zu ahnen, dass dies wohl einfach die Art und Weise ihres Unterbewusstseins war, ihre ganzen Erlebnisse und Informationen zu verarbeiten.* Trotzdem. Sie hatte das Gefühl, dass es wichtig sein könnte, Frode davon zu berichten. Der Teil ihres Gedächtnisses, wie sie hierhergekommen war, war nach wie vor wie ausradiert.

»Hattest du schon Gelegenheit, nochmals mit den Göttern über meine Situation zu sprechen oder darüber nachzudenken?«

»Gelegenheit, ja. Antworten, leider keine. Ich kann dir noch nichts Neues berichten, mein Kind. Die Götter hüllen sich nach wie vor in Schweigen. Die Runensteine geben mir nur rätselhafte Antworten.«

Sarah verabschiedete sich und dankte Frode für seine Hilfe. Da sie ohnehin nicht mit Antworten auf ihre Fragen gerechnet hatte, hielt sich ihre Enttäuschung in Grenzen.

»Ach Frode, kann ich dich noch um etwas bitten?«

»Natürlich.«

»Bitte erzähle niemandem von Ragnar und mir, ich will nicht, dass er Schwierigkeiten bekommt.«

»Das geht nur euch beide etwas an.«

Draußen vor Frodes Hütte empfing sie Ragnar mit besorgter Mine. »Und? Was fehlt dir?«

»Honeymoon-Syndrom.«

»Was?«

»Es ist halb so schlimm", beruhigte ihn Sarah. »Mach dir bitte keine Sorgen. Allerdings wurde uns angeraten, für die nächsten Tage etwas Enthaltsamkeit zu üben.« Ragnar sah Sarah finster an.

»Was hast du ihm erzählt?«

»Gar nichts. Wirklich. Ich habe ihm nichts über uns erzählt. Der Mann ist nicht blöd. Er ist von ganz allein draufgekommen. Immerhin hat er ja schon das letzte Mal solche Andeutungen gemacht. Ich soll eine gewisse Ida aufsuchen, wenn meine Beschwerden schlimmer werden sollten.«

Mit einem Mal entgleisten Ragnars Gesichtszüge vollends. Beim Anblick von Ragnars verdattertem, beinahe verängstigtem Gesichtsausdruck musste Sarah laut losprusten.

»Was hast du denn plötzlich?« Es dauerte einen Moment, ehe sie begriff. Ida war auch Hebamme.

»Oh. Bitte entschuldige, ich hätte mich wohl klarer ausdrücken müssen. Keine Sorge, ich bin nicht in anderen Umständen, wenn du das befürchtest.«

»Du sprichst schon wieder Kaudervælsk, Sarah.«

Sarah seufzte. Ihr war durchaus klar, dass sie immer so redete, wie ihr der Schnabel gewachsen war, und bei Ragnar vergaß sie manchmal, dass sie mit einem Mann aus dem Mittelalter sprach.

»Ich wollte damit sagen, dass ich kein Kind von dir erwarte.« Sarah konnte nicht sagen, ob Ragnar erleichtert war, das zu hören, oder nicht. Er hatte schon wieder sein Pokerface aufgesetzt. Sarahs Verstand tadelte sie einmal mehr, etwas vorsichtiger zu sein. Immerhin hatte sie ungeschützten Verkehr mit Ragnar. *Abgesehen davon, dass es also durchaus passieren könnte, dass ich schwanger werde, könnte ich mir womöglich sogar noch irgendeine Geschlechts-krankheit einfangen. Oh Gott! Schwanger! Und dann? Wäre ich immer noch schwanger, wenn ich wieder in meine Zeit zu-rückkehre? Alleinstehend, ohne festen Job und dann gleich mit Kleinkind und Baby? Allerdings fällt mir, außer Abstinenz, keine zeitgemäße Verhütungsmethode ein und ich bezweifle ernsthaft, dass ich oder Ragnar uns lange genug beherrschen können. Es ist mehr als offensichtlich, dass wir beide nicht die Finger voneinander lassen können.*

Den Weg nach Hause legten sie größtenteils schwei-gend zurück. Offenbar hatten sie beide nun etwas, worü-ber sie nachdenken mussten.

Dank Frodes Kräutertee fühlte sich Sarah nach drei Tagen schon wieder fit. Am Abend nach dem Besuch bei Frode hatte Sarah ihren Entschluss gefasst. Sie fand, dass ihre Beziehung zu Ragnar einen Punkt erreicht hatte, an dem sie ihm die Wahrheit sagen musste. Auch wenn sie viel-leicht nicht so weit gehen würde, das, was zwischen ihnen beiden war, bereits als Beziehung zu bezeichnen, so war es zweifelsohne mehr als nur Sympathie und guter Sex. Sarah hatte bisher keinerlei Grund gehabt, ihm zu miss-trauen. Er hatte Sarah von seiner Familie erzählt, der Jagd nach deren Mörder und er hatte ihr gestanden, dass er et-was für sie empfand. Es war also höchste Zeit, ihm das-selbe Vertrauen entgegenzubringen.

＊

Sarah holte zum Beweis ihrer Geschichte ihre Handtasche aus dem Versteck und legte Ragnar ihr Mobiltelefon und andere Gegenstände zur Untermauerung ihrer Behauptungen vor. Auch wenn er keinen Grund hatte, ihr nicht zu glauben, so fühlte sie sich selbst dadurch ein wenig glaubwürdiger. Zu Sarahs Erleichterung war Ragnar nicht böse auf sie, dass sie ihm nicht von Anfang an die ganze Geschichte erzählt hatte. Ragnar hatte bereits geahnt, dass Sarah etwas verheimlichte, und er verstand ihre Beweggründe. Dennoch brachte die Information über ihre wahre Herkunft Ragnar etwas aus der Bahn. Heute ließ sein stoischer Gesichtsausdruck ihn bereits zum zweiten Mal im Stich. Ein Altersunterschied von etwa tausend Jahren war schon etwas, dass man erst einmal verdauen musste.

»In welchem Jahr sagtest du nochmal, bist du geboren?«

»Man fragt eine Frau nicht nach ihrem Alter.«

»Was?«

Triumphierend grinste sie Ragnar an. »Sorry, den konnte ich mir nicht verkneifen. Ich weiß, dass das alles schwer zu glauben ist. Ich versuche ja selbst immer noch, das alles zu begreifen.«

»Wie? Warum?«

»Tja, auch diese Frage beschäftigt mich seit dem Tag, an dem du mich gefunden hast. Und ich kann es dir nicht sagen. Aber offenbar ist da, wie du bereits vermutet hast, tatsächlich irgendeine Art von Magie oder magischen Portal im Spiel. Frode konnte mir da bis jetzt nicht wirklich weiterhelfen.«

Nachdem Ragnar sich etwas von der Flut an Informationen erholt hatte, löcherte er sie mit Fragen. Sarah war erstaunt, wie gut der Wikinger die Tatsache, dass sie aus dem 21. Jahrhundert stammte, weggesteckt hatte. Ganz im Gegenteil. Einmal in Fahrt, war er kaum zu bremsen. Er stellte Fragen über Fragen. Und Sarah haderte wieder einmal mit ihrer Sorge, den zeitlichen Verlauf womöglich zu beeinflussen, wenn sie ihm zu viel verriet. Auf die Fragen nach dem wie und warum wusste sie ja nach wie vor selbst keine Antwort. Außer Frodes Vermutung, dass sie durch ein magisches Portal gereist war, gab es keine Theorien.

Ragnar drehte und wendete ihr Smartphone in seinen Händen und betrachte die Fotos, die sie ihm gezeigt hatte, mit der gleichen Faszination, wie es wohl ein Paläontologe getan hätte, der gerade ein komplettes Dinosaurierskelett freilegte. Und das, obwohl Sarahs Vorführung mit Sicherheit ein weitaus effektvolleres Spektakel geworden wäre, wenn sie ihm beispielsweise ein Telefonat, Video oder einen WhatsApp-Anruf vorführen hätte können. Nichtsdestotrotz hatte Sarah alle Mühe, Ragnar seine Fragen zu beantworten. Obwohl sie über ein relativ breit gefächertes Allgemeinwissen verfügte, so wünschte sie, sich doch manches Mal auf ihrem Smartphone nachprüfen zu können, ob sie alles richtig erklärte. Natürlich versuchte sie, alles so einfach wie möglich zu schildern, aber es war ja ohnehin schon schwierig genug, jemandem aus ihrem Jahrhundert klarzumachen, wie z. B. Elektrizität funktionierte, aber erst einem Wikinger? Ihr Mobiltelefon und der Gedanke, damit von irgendwo unterwegs mit seinen Leuten zuhause Kontakt aufnehmen zu können, gefielen ihm sehr gut. Bei dieser Gelegenheit hatte Sarah auch nachgesehen, ob ihre SMS-Nachricht wider Erwarten vielleicht doch angekommen war oder sie vielleicht eine Kurzmitteilung erhalten hatte. Leider zeigte das Telefon, nebst einem fast leeren Akku, immer noch an, dass sie kein Netz hatte.

Ragnar teilte Sarahs Auffassung, dass es besser wäre, zumindest vorerst, niemandem sonst davon zu erzählen und ein besseres Versteck für ihre Habseligkeiten zu finden. Sarah hatte, was Zeitreisen anging, keinerlei wissenschaftliche Referenz. Beinahe ihr gesamtes Wissen zu diesem Thema beschränkte sich auf Filme, Serien und Science-Fiction Literatur. Sie hielt sich mit Berichten über geschichtliche Ereignisse zurück. Sie hatte keine Ahnung, ob es eine allzu gute Idee gewesen war, Ragnar diese Dinge zu zeigen. Ob ihre Taten oder zu viele Informationen möglicherweise schlimme Konsequenzen nach sich ziehen könnten oder vielleicht sogar eine Änderung der historischen Geschehnisse hervorrufen könnten. *Aber dafür war es jetzt vermutlich ohnehin schon zu spät.* Ragnars Gier nach Wissen war beinahe ebenso groß wie die nach Sarahs Körper. Die Tatsache, dass Frode Kenntnis über Sarahs tatsächliche Herkunft hatte und Sarahs Halsschmuck vermutlich in irgendeiner Art und Weise damit in Verbindung stehen könnte, hatte ihn wenig überrascht. Die Bemerkung, dass Frode sich nicht erklären konnte, warum die Götter ihm keine konkreten Antworten gaben hingegen, überraschte ihn sehr. Ragnar war, trotz seiner Schicksalsschläge, immer noch fest von seinem Glauben an die Götter und deren Wohlwollen den Menschen gegenüber überzeugt, dass er die Möglichkeit, dass sie den Menschen womöglich gar nicht helfen wollten, überhaupt nicht in Betracht zog. Ebenso stellte er Frodes Fähigkeiten keine Sekunde lang in Frage. Er hatte viele Stunden mit diesem Mann verbracht und wusste um viele Geheimnisse und Praktiken, die nur mündlich von Seher zu Seher weitergegeben werden durften. Und er wusste auch, dass Frode keiner dieser Betrüger war, die Edelmännern und Königen das erzählten, was sie hören wollten, und ihnen das Geld aus der Tasche zogen.

»Sarah?«

»Ja?«

»Du hast mir immer noch nicht erzählt, wer du eigentlich wirklich bist. Ich meine, ich weiß jetzt, dass du aus einer Zeit weit nach der meinen kommst und dass du klug bist und lesen kannst und vieles mehr, aber noch immer nicht, wer du wirklich bist.«

»Ich weiß ehrlich gesagt nicht, was es da groß zu erzählen gibt. Ich bin eine ganz normale Frau meiner Zeit, nichts Besonderes. Ich weiß auch gar nicht, ob ich dir das alles erzählen soll und darf. Möglicherweise ist es besser, wenn du so wenig wie möglich weißt. Ich will nicht, dass ich dich dadurch vielleicht in Gefahr bringe oder du dann möglicherweise sogar schlecht von mir denkst. Außerdem habe ich dir, mit ein paar Abänderungen, bereits sehr viel von mir erzählt. Das war nicht alles frei erfunden.«

»Warum sollte ich das? Bist du verheiratet? Hast du Kinder?«

Sarah seufzte. »Nein. Ich bin weder verheiratet, noch habe ich Kinder. Ich bin sozusagen das schwarze Schaf in meiner Familie. Ich arbeite gerade immer lange genug, um mir meine nächste Reise zu finanzieren. Denn das ist es, was mir wirklich Freude macht. Ich halte es zuhause nie lange aus. Es zieht mich immer in die Ferne. Auch wenn das mitunter ein Grund ist, warum ich als schwarzes Schaf meiner Familie gelte, so verdiene ich dennoch mein eigenes Geld und kann für mich selbst sorgen. Auch wenn mir meine Familie nie Vorwürfe gemacht hat und immer für mich da ist, wenn ich sie brauche, so weiß ich doch, dass sie sich im Grunde wünschen würden, dass ich mein Studium abgeschlossen hätte und ein beständigeres Leben führen würde, so wie meine Schwester Sophie. Unsere leibliche Mutter starb, als ich gerade so richtig von zuhause ausgezogen war, und ich habe das Gefühl sie nie wirklich kennengelernt zu haben. Ich habe mich als junges Mädchen wohl auch zu wenig für die Vergangenheit meiner Mutter interessiert. Das bereue ich heute zutiefst. Aber sie war auch selten daheim. Für sie gab es nur ihr Pflichtgefühl. Sie kümmerte sich zuerst immer um alle anderen. Ihre Arbeit, die Nachbarn und Gemeindemitglieder.«

Die gedankliche Reise in ihre Kindheit dauerte nur wenige Sekunden, entließ Sarah aber ein klitzekleines Bisschen unsicher und traurig zurück in das Gespräch mit Ragnar.

Ragnars Augenbraue schnellte bei Sarahs Worten nach oben. »Weshalb war deine Mutter selten daheim? Hat sie sich denn nicht um das Haus und euch Kinder gekümmert? Und welcher Arbeit gehst du nach? Machen das alle Frauen bei euch?«

Sarah zuckte zusammen. Es war geradezu gefährlich, eine Unterhaltung mit diesem Mann zu führen, ohne sich in Ausreden und Lügen zu verstricken. Er war einfach zu aufmerksam. Kein Detail entging ihm. *Und ich doofe Kuh*

plappere mal wieder wie ein Wasserfall und denke nicht daran,
dass ich mit einem Krieger spreche, der es gewohnt ist, dass die
Frau Heim und Kinder versorgt, und Sklaven alltäglich sind.
Keine Ahnung wie ich jetzt noch die Kurve kriegen soll?

»Ähm, nun, sie hat eben viel gearbeitet.«

Ragnar sah Sarah ernst an. »Du sagtest, dein Vater hat
ein Gasthaus, nicht wahr?«

»Ja, genau.« Die Worte schossen nur so aus Sarah heraus. Sarah war sichtlich erleichtert. Ragnar hatte ihr das
passende Stichwort geliefert. »Sie hat dort in der Küche
gearbeitet und sich um die Fremdenzimmer gekümmert.
Da war eben nicht viel Zeit für uns.« Ihr stand nun wirklich
nicht der Sinn danach, jetzt mit einem Wikinger über die
Beziehung zu ihrer Mutter und die Rolle der Frau zu diskutieren. Sie versuchte, das Thema so schnell wie möglich
zu beenden. »Ich betrachte aber auch Vaters zweite Frau
Mia als meine Mutter. Ich habe eine bezaubernde Nichte
namens Lilly und zwei Katzen, die ich immer sehr ver-
misse, wenn ich unterwegs bin. Ich lasse mich nicht gerne
in Schubladen stecken. Ich komme aus einer Zeit und einem Land, wo jedes Kind die Möglichkeit hat, eine Schule
zu besuchen und Lesen und Schreiben zu lernen, egal ob
Mädchen oder Junge. In der man einfach zu einem Kauf-
mann gehen kann und sich so gut wie alles kaufen kann.
Man muss selbst kein Feld mehr bestellen, keine Tiere jagen und schlachten oder Fische fangen können. Es gibt
unzählige Berufe. Man kann mit weit entfernten Verwandten kommunizieren, sich fremde Länder in bewegten Bil-
dern ansehen oder sogar dorthin reisen, jede Musik hören,
die einem gefällt, Konzerte besuchen, Museen, Ausstel-

lungen und Lesungen von allen möglichen Künstlern und Autoren besuchen. Es steht uns frei, egal ob Mann oder Frau, zu heiraten oder auch nicht, einen Partner gleichen oder auch anderen Geschlechts zu wählen, je nachdem wo die Liebe hinfällt. Man muss weder verheiratet sein noch als Jungfrau in die Ehe gehen, mit Ausnahme einiger Kulturen und Religionen, die das nach wie vor so wünschen. Es geht uns im Grunde wirklich gut. Einiges hat sich jedoch nicht geändert. Noch immer gibt es viele sehr arme und wenige sehr reiche Menschen und viele dazwischen. Hunger, Krankheiten, Kriege und eine Menschheit, die einfach nicht aus der Geschichte lernen will, die immer wieder die gleichen Fehler macht und so handelt, als ob ihr die Zukunft ihrer Kinder egal wäre. Wir vergeuden unsere Ressourcen und haben keinerlei Ehrfurcht vor anderen Lebewesen oder Mutter Natur. Aber bevor ich mich jetzt in zu vielen Einzelheiten verstricke, höre ich lieber auf. Ich weiß, dass du vieles davon nicht verstehst, aber bitte lass mich alles Weitere ein anderes Mal erklären. Ich bin froh, nun keine Geheimnisse mehr vor dir haben zu müssen, aber jetzt bin ich wirklich müde. Immerhin erzähle ich nun schon wieder gefühlt seit Stunden.«

Ragnar blickte Sarah lange an. »Warum sollte ich jetzt schlecht von dir denken? Du lebst in einer gänzlich anderen Zeit und Welt als der meinen. Ich verstehe nicht einmal die Hälfte von dem, was du sagst, und die andere vermag ich mir kaum vorzustellen. Du kannst Dinge tun und Orte sehen, von denen ich und besonders die meisten Frauen meiner Zeit, nur träumen können. Mein Leben muss dir schrecklich gewöhnlich und unbedeutend erscheinen.«

»Siehst du und genau deshalb wollte ich lieber nichts mehr sagen. Dein Leben ist aus meiner Sicht ebenso aufregend und neu wie das meine für dich. Du kannst ebenso lesen wie ich, nur eure Schrift sieht anders aus. Du verfügst über viele Fähigkeiten, die ich nicht besitze. Ich kann ja alleine noch nicht einmal Feuer machen. Du bist ein wundervoller Mensch, Ragnar. Stelle dich nicht als geringeren Mann dar, als du bist. Ich bin sehr dankbar, dass ich dich kennenlernen durfte.« Sarah begann ihre müden Glieder zu strecken und ein herzhaftes Gähnen wies sie darauf hin, dass es wohl an der Zeit wäre zu Bett zu gehen.

»Ich glaube, wir sollten dieses Gespräch für heute beenden.«

»Du hast recht. Wir haben heute genug über Vergangenheit und Zukunft gesprochen. Kümmern wir uns um das Heute.« Ragnar fand, dass es an der Zeit war, ein geeignetes Versteck für Sarahs Besitztümer zu suchen, ehe Sven von seinem Besuch bei Björn zurückkam. Sarah sollte selbst entscheiden, ob und wann sie Sven in ihr Geheimnis einweihen wollte. Sarah hatte zuerst rein instinktiv gehandelt, ihre Tasche zu verstecken, auch aus Gewohnheit während ihrer Fernreisen. Aber je länger sie darüber nachdachte, desto mehr wurde ihr bewusst, dass ihr der Inhalt ihrer Handtasche tatsächlich zum Verhängnis werden könnte. Auch wenn in seinem Land keine Hexenverbrennung praktiziert wurde und Magie ein Teil des Glaubens war, so könnte das rätselhafte Auftauchen Sarahs und diese seltsamen Gegenstände womöglich trotzdem als eine Art böses Vorzeichen gedeutet werden und Sarah oder sogar Ragnar womöglich verurteilt werden.

✧

Die Art, wie Sven sie behandelte und auch mit Sunna umging, veranlasste Sarah dazu, ihm bereits ein paar Tage später ebenfalls ihre Geschichte zu enthüllen. Sie war sich sicher, dass sie ihm vertrauen konnte. Sven wusste nun also im Großen und Ganzen auch über Sarahs Geschichte Bescheid. Sarah stolperte ab und an immer noch über die Tatsache, dass sie eine »Zeitreisende« war. Sie konnte es nicht in Worte fassen, aber je länger sie hier war, desto mehr fühlte sie ihre Verbindung zu ihrer Zeit schwinden. Der Gedanke, jemals wieder in ihr Jahrhundert zurückzukehren, kam ihr immer unwahrscheinlicher und abstrakter vor.

Dennoch. An jedem Tag, an dem Sarah Wasser aus dem Brunnen holen oder Feuer machen musste, wurde sie sich bewusst, wie gut es die Menschen im 21. Jahrhundert eigentlich hatten. Dinge wie elektrisches Licht, Strom, fließendes Wasser oder eine Zentralheizung zu haben, waren in ihrem Leben so selbstverständlich, dass man deren Nutzen und die damit verbundenen Annehmlichkeiten erst dann zu schätzen wusste, wenn man sie nicht mehr hatte. Es war schon irgendwie frustrierend. Diese Hilflosigkeit. Keine Möglichkeit der Kontaktaufnahme mit zuhause, etwas im Internet zu googeln, ja noch nicht einmal eine Bibliothek, in die man hätte gehen können, um etwas zu recherchieren. Aber es stand ihr nicht zu, sich zu beschweren. Sie hätte es definitiv schlechter treffen können. Was waren schon der Verzicht auf ein paar technische Errungenschaften im Vergleich zu den Ängsten und Entbehrungen eines Krieges oder ein wirkliches Leben als Sklave, entrissen aus dem Familienverband, verschifft wie ein Tier in ein fremdes Land und jeglicher Menschenrechte beraubt? Einfach unvorstellbar und doch hätte nicht viel gefehlt und Sarah hätte womöglich genau dieses Schicksal ereilt. Um sich abzulenken, vergrub sich Sarah in Arbeit und schöpfte auch sonst jede Möglichkeit, neue Fertigkeiten und Kenntnisse zu erlangen, aus. Sarah konnte zwar kochen, ein bisschen nähen und stricken - sie hatte in der Grundschule sogar gelernt, wie man webt - und sie war handwerklich recht geschickt, jedoch reichten diese Kenntnisse keinesfalls aus, um beispielsweise Stoffe für Kleidung, Geschirr oder Werkzeuge herzustellen. Dass sie keine Tiere jagen und schlachten oder Fische ausnehmen würde, hatte sie Ragnar unmissverständlich klar gemacht und ihm bei dieser Gelegenheit erklärt, dass sie keinerlei Fleisch aß, lediglich in Ausnahmefällen etwas Fisch.

Belustigt belehrte Ragnar sie, dass sie das ohnehin nicht machen müsste. Tiere wurden von den Männern gejagt, geschlachtet, gehäutet und vorbereitet. Die Zubereitung der Mahlzeiten hingegen wäre Aufgabe der Frauen und Mädchen. Im Wesentlichen wären die Hauptaufgaben einer Frau das Gebären und Aufziehen von Kindern und die Haushaltsführung. Letzteres schloss das Spinnen und Weben sowie die Herstellung von Kleidung ein. Sarah fand diese klischeehaften Geschlechterrollen zwar mehr als überholt, war aber erleichtert, ihre Prinzipien nicht verraten zu müssen. Außerdem wusste sie, dass Ragnar sie mit diesem Vortrag nur aufziehen wollte und es auch Frauen gab, die sich für ein Leben als Kriegerin entschieden. Für ein Leben im frühen Mittelalter waren aber definitiv noch einige andere Fertigkeiten und Kenntnisse von Nöten. Sarah wurde mehr und mehr klar, dass sie eine Art Lehrer, oder vielmehr Lehrerin, benötigte. Jemanden, der ihr diese handwerklichen Dinge beibrachte, aber auch Kenntnisse in Kräuterkunde für die Küche und die Hausapotheke und die Monatshygiene im Mittelalter vermitteln könnte. Ragnar hatte ihr zwar bereits vieles gezeigt und Sarah war immer wieder erstaunt, über welche Fähigkeiten Ragnar tatsächlich verfügte, dennoch gab es Dinge, die man lieber von Frau zu Frau besprach. Björns Mutter musste eine erstaunliche Frau gewesen sein und Sarah bedauerte, sie nicht mehr kennengelernt zu haben. Ragnar war ein ebenso geduldiger Lehrer wie aufmerksamer Zuhörer, wenn es darum ging, Sarah weitere Berichte aus ihrem Leben zu entlocken und zu erfahren, über welche Errungenschaften und Erfindungen die Menschen der Zukunft verfügten. Sarah wusste, dass sie sich glücklich schätzen konnte, dass ein so freundlicher, aufgeschlossener und wissbegieriger Mann wie Ragnar sie gefunden hatte. *Wer weiß, welches Los mich ereilt hätte, wenn beispielsweise ein Mann wie Einar mich gefunden hätte.* Sarah erschauderte. *In diesem Fall wäre wohl der Tod ein gnädigeres Schicksal gewesen.* Dennoch wünschte sich Sarah hin und wieder auch etwas mehr Kontakt zu anderen Leuten. Ihr fehlten ihre Familie, Freunde und Arbeitskollegen, ihre Hobbys und der Austausch mit anderen Menschen. Sarah erinnerte sich an Frodes Vorschlag, Sarah könne sich bei »Frauenangelegenheiten« an Ida wenden und bat Ragnar an einem der darauffolgenden Tage, ob er ihr den Weg dorthin zeigen könnte.

Es hatte zwar einige Zeit gedauert, Ragnar davon zu überzeugen, dass sie weder krank war, noch von sonstigen Beschwerden geplagt wurde und sie Ida nur aus Interesse aufsuchen wollte. Aber schließlich hatte er sich Sarahs Wunsch gebeugt und ihr den Weg gezeigt. Der Marsch zu Idas Hütte erwies sich als nicht allzu weit, führte jedoch durch unwegsames Gelände. Ragnar hatte Sunna huckepack genommen und schritt gut gelaunt voran. Es war Ragnar anzumerken, dass er sich darüber freute, wie gut Sarah mit dieser ungewöhnlichen Situation zurechtkam und wie sie sich bereits auf ihn und das Leben hier eingestellt hatte.

Das Gelände stieg stetig an und Sarah fragte sich, wie es eine hochschwangere Frau wohl dort auf diesen Hügel hinaufschaffen sollte, ehe ihr einfiel, dass Ida in ihrer Funktion als Hebamme vermutlich auch Hausbesuche machen würde. Die Frau hinter dem Namen erwies sich als eine sehr aufgeschlossene und liebenswürdige Frau ungefähr in Sarahs Alter, äußerst gesprächig und witzig, wie Sarah fand. Ida freute sich augenscheinlich über Ragnars Besuch, denn sie umarmte ihn lange und herzlich. Sie begrüßte Sarah ebenso höflich, wirkte aber nach der ersten Begrüßung dennoch etwas distanziert, wie Sarah fand. Ganz so, als ob sie etwas an Sarah störte. Aber vielleicht bildete sie sich das auch nur ein. Immerhin kannte sie die Frau erst seit fünf Minuten. Ida hatte bereits von Frode erfahren, dass es ein neues Gesicht im Dorf oder vielmehr auf Ragnars Hof gab, und hatte darauf gehofft, dass sie sie vielleicht bald einmal besuchen kommen würde. Da es zurzeit wenig für sie zu tun gab, stimmte sie einem längeren Besuch Sarahs zu. Ragnar verabschiedete sich und bot an, Sarah und Sunna in ein paar Stunden wieder abzuholen.

Es dauerte nicht allzu lange, da waren die beiden Frauen bereits in tiefe und persönliche Gespräche verwickelt. Die anfängliche Skepsis war schnell verflogen und es stellte sich heraus, dass zwischen den beiden einfach die Chemie stimmte. Ida war zehn Jahre lang mit einem Sklaven verheiratet gewesen, der von seinem ehemaligen Herrn in die Freiheit entlassen wurde. Was jedoch nicht bei allen Dorfbewohnern auf Zustimmung gestoßen war. Ida hielt prinzipiell nichts von dem Gedanken, dass manche Menschen weniger wert seien als andere und ihnen zu Diensten sein müssten, auch wenn dies Teil ihrer Kultur war. Daher hatte sie auch kein einziges Mal gefragt, wie es käme, dass Ragnar eine Sklavin mitsamt Kind aufgenommen und auch noch allein hier bei ihr zurückgelassen hatte. Generell schien sie Ragnar recht gut zu kennen. Ida wurde Sarah von Minute zu Minute sympathischer. Sarah beschloss, dass es nur eine Bereicherung sein konnte, wenn man eine Frau wie Ida zur Freundin hatte. Sarah kam ohne Umschweife zum Thema und erkundigte sich, ob Ida bereit wäre, sie zu unterrichten. Ida bot Sarah bereitwillig an, sie unter ihre Fittiche zu nehmen, und die beiden Frauen vereinbarten, sich nach Möglichkeit ein bis zwei Mal pro Woche zu treffen. Sunna lief vergnügt zwischen den beiden Frauen herum und sah sich neugierig alles an, was es rund um und innerhalb von Idas Haus zu entdecken gab. Zu keinem Zeitpunkt war Ida misstrauisch gegenüber Sarah und hatte kein einziges Mal hinterfragt, wie es kam, dass Sarah all diese Dinge nicht beherrschte oder wusste. Sie hatte generell kaum Fragen gestellt und Sarah einfach erzählen lassen. Sarah war sich dieser Tatsache sehr wohl bewusst und war dankbar, nichts erklären zu müssen. Lediglich ein grübelnder Blick hier und ein etwas zu langes Lächeln da ließen Sarah wieder an Idas etwas steife Begrüßung zurückdenken. Ida schien eine sehr einfühlsame Person mit einem sehr guten Gespür für Menschen zu sein. *Ihre ‚Berufswahl' hätte nicht besser ausfallen können. Ich denke, jede Frau kann sich glücklich schätzen, so jemanden wie Ida während einer Geburt an ihrer Seite zu haben.* Die Zeit verging wie im Flug und es war bereits Abend geworden, als sich Sarah und Sunna gut gelaunt auf den Weg nach Hause machten. Bestimmt war Ragnar schon auf dem Weg, um sie abzuholen. Obwohl es Sarah mittlerweile keine Angst mehr machte, allein durch die Wälder rund um Ragnars Haus zu gehen, so war ihr dieser Weg doch noch fremd und sie konnte sich des Eindrucks nicht erwehren, dass sie und Sunna nicht allein waren. Immer wieder drehte sie sich vorsichtig um, um Sunna nicht zu beunruhigen. Im Zwielicht des beginnenden Nachteinbruchs konnte sie allerdings nichts Auffälliges erkennen. Zudem überwog noch die ausgelassene und entspannte Stimmung, die der Besuch bei Ida hinterlassen hatte. Trotzdem war sie mehr als erleichtert, als sie kurz darauf Ragnar auf sie zukommen sah, der die beiden freudig begrüßte. Seine Freude über ihre Rückkehr nach den wenigen Stunden signalisierte Sarah deutlich, dass er ihre ständige Anwesenheit schätzte und sich vermutlich, ebenso wie sie selbst, Gedanken darüber machte, was wäre, wenn sie zurück nach Hause gehen oder der Jarl ihn und seine Leute wie gewöhnlich wieder zur See schicken würde.

Sarah nahm in den nächsten Tagen jede Gelegenheit dankend wahr, in der sie, entweder allein oder zusammen mit Sunna, Ida aufsuchen konnte. Idas praktische Veranlagung und ihre direkte, unkomplizierte Art imponierten ihr. Ragnar ließ sie ohne Einwände gewähren.

KAPITEL 13
–
HEILIGE RITUALE IM ERNTEMOND

An diesem Morgen war Ragnar schon früh aufgestanden. Er wollte jagen gehen, auch wenn er nichts gegen Sarahs fleischlose Lebensweise einzuwenden hatte, so wollten er und sein Bruder nicht gänzlich darauf verzichten und hin und wieder etwas Fleisch zwischen die Zähne bekommen. Sven arbeitete bereits auf dem Feld. Er ging seinem Bruder während seines Besuchs bei allen Tätigkeiten entschlossen zur Hand, sogar wenn es darum ging, dass er für eine Weile auf Sunna aufpassen sollte. Sarah fragte sich, wer sich in der Zwischenzeit wohl um sein Land und seine Familie kümmerte.

Sarah hatte Sunna Frühstück gemacht und war gerade auf dem Weg in den Stall, um die Ziegen zu melken. Ragnar hatte ihr gezeigt, wie man die Milch richtig abnahm, und Sarah war irrsinnig stolz darauf, dass sie es mittlerweile ganz ohne Hilfe bewerkstelligen konnte. Als sie sich gerade aus dem Stall auf den Rückweg zum Haus machen wollte, wäre sie beinahe in Einar hineingelaufen, der plötzlich vor ihr stand. *War er gerade aus Ragnars Haus gekommen?* Etwas steif grüßte er sie und erkundigte sich nach dem Herrn des Hauses. Sarah erwiderte, er sei auf Jagd, aber sein Bruder wäre bei der Feldarbeit, wenn er etwas Dringendes zu besprechen wünsche. Sarahs Magen zog sich zu einem Knoten zusammen, als sie an ihre unerfreuliche Begegnung in dem Dorf dachte, in dem sie Sunna gefunden hatte. Sarah hatte augenblicklich ein ungutes Gefühl. Sie hatte alle Mühe, den Drang zu unterdrücken an ihm vorbeizulaufen und sich im Haus zu verbarrikadieren. Sie hatte Einar das letzte Mal in der großen Halle des Jarls gesehen. Er war wie ein kleines Hündchen neben Jarl Knud herumscharwenzelt. Es konnte sich kaum um einen Zufall handeln, dass er hier auftauchte. Entweder war er von Jarl Knud geschickt worden oder er wollte sich für die Abfuhr, die Ragnar ihm in dem Dorf erteilt hatte, revanchieren. Sarahs Bauchgefühl irrte sich in solchen Dingen leider selten.

»So, dein Herr ist also nicht zuhause, das ist bedauerlich. Ich nehme wohl an, dass du nach unserer Sitte seine Gäste trotzdem bewirten wirst?«

Sarah war von Ragnar ausführlich instruiert worden, was sie tun und sagen müsste, wenn jemand in seiner Abwesenheit hier auftauchen würde. Sarah deutete auf den Eimer mit Ziegenmilch, ehe sie ihn vorsichtig abstellte. »Wenn Ihr Hunger oder Durst habt, so kann ich Euch gerne etwas zur Stärkung anbieten, um die Wartezeit zu verkürzen, bis mein Herr wieder zuhause ist. Er müsste bald wieder hier sein. Soll ich seinen Bruder Sven wirklich nicht holen?« Einar schnaubte verächtlich.

»Von Sven will ich nichts. Außerdem was, wenn es kein Hunger oder Durst ist, den ich verspüre?« Brutal packte der Kerl Sarah an den Haaren und warf sie zu Boden. Sein fieses Grinsen offenbarte seine ungepflegten, braunen Zähne und einige Lücken. Sarah wollte sich gerade wieder aufrichten, als er sich auf sie warf und versuchte, ihre Beine auseinander zu drücken. Sarah strampelte und trat nach ihm, aber er war einfach zu stark. Sie schrie und wehrte sich nach Leibeskräften und hoffte inständig, dass Sven sie hören würde. Sie spürte Einars Atem an ihrem Hals und ihrem Gesicht. Ein fauliger Geruch stieg ihr in die Nase. Gierig versuchte er, ihr seine Zunge in den Mund zu stecken, während er ihr Kleid an der Schulter zerriss. Sarah erinnerte sich an Ragnars Worte über ihren Status als Sklavin. Augenblicklich stieg Panik in ihr hoch. Sie schloss die Augen und bemühte sich, einen kühlen Kopf zu behalten. Als Einar ihr wieder seine Zunge in den Mund stieß, zögerte sie kurz, aber ihr Ekel und ihre Wut verliehen ihr ungeahnte Kräfte. So fest sie konnte, biss sie zu und schmeckte im nächsten Moment Blut. Mit einem wütenden Schrei fuhr Einar hoch und griff nach einem Messer in seinem Stiefel. Aus seinen Mundwinkeln tropften kleine rote Rinnsale. Wutentbrannt stürzte er auf Sarah zu und riss sie an ihren Haaren auf die Knie. Doch ehe er mit dem Messer ausholen konnte, versetzte ihm Sven von hinten einen Tritt in die Nieren. Eine Staubwolke stob vom sandigen Boden auf, als Einar mit dem Gesicht voran aufprallte. Er japste und schnappte nach Luft.

»Du Schweinehund! Na, warte! Dir werde ich es zeigen!«

»Was wirst du mir zeigen?«

Einar stockte, als er in seinem Angreifer Sven erkannte. »Ist das die Art und Weise, wie ihr hier Besuch empfangt?«

Sven ignorierte Einars Protest. »Kann ich dir behilflich sein, Einar? Ich glaube, das ist das Eigentum meines Bruders, an dem du dich da gerade ohne sein Einverständnis zu schaffen machst.« Mit einem Ruck zog er Einar hoch. Sven stand nun hinter ihm und hielt seinen Arm so hoch, dass Einar gerade noch mit seinen Zehenspitzen den Boden berührte. Schweißtropfen liefen über seine Stirn und hinterließen braune Rinnsale auf seinem staubigen Gesicht.

»Ja, ja. Du hast ja recht. Schon gut. Du kannst mich jetzt wieder loslassen.«

Sven tat Einar den Gefallen, aber nicht ohne ihn merken zu lassen, dass er ihm körperlich überlegen war. »Schön dich zu sehen, Sven. Ich wusste gar nicht, dass du hier bist.« Scheinbar unbeeindruckt von Svens Kraft spuckte er aus. Während er weitersprach, klopfte Einar den Schmutz von seiner Kleidung. Er versuchte sichtlich, seinen Stolz zu wahren, obwohl Sarah bezweifelte, dass er über einen solchen verfügte.

»Ich hatte dieses kleine Miststück im Sinne der Gastfreundschaft lediglich nach einer kleinen Stärkung gefragt, aber nur eine freche Antwort erhalten.«

»Das ist doch gar nicht wahr!« Sarah kochte vor Wut. *Diese falsche Schlange. Zuerst greift er mich an und dann lügt er auch noch.* Geladen schoss sie mit erhobener Hand auf Einar zu. Aber Sven war schneller. Noch im Schlag hielt er Sarahs Arm fest wie ein Schraubstock. Dennoch hätte Sarah schwören können, dass sie Einar erwischt hatte. Ihre Handfläche glühte und pulsierte, als ob sie ihm eine schallende Ohrfeige verpasst hätte. *Hatte Einar eben einen elektrischen Schlag bekommen? Hat sich unsere Kleidung etwa statisch aufgeladen?*

Einar zuckte zusammen. »Bei Thor, was war denn das? Wie ein purpurner Blitz!«

»Na, na, na. Wir wollen doch nicht vergessen, wie man sich als Leibeigene zu verhalten hat, oder muss ich dir das verdeutlichen.« Sven blickte Sarah eindringlich an. Sarah wurde umgehend bewusst, dass sie Ragnar in Schwierigkeiten bringen konnte, wenn sie sich auffällig verhielt. Schmollend blickte sie zu Boden. Sarah wusste, dass sie sich still verhalten musste, oder jeder würde denken, dass der verweichlichte Ragnar es nicht einmal schaffte, eine Sklavin im Zaum zu halten, dennoch hätte sie dem Kerl gerne eine geballert. Aber Einar würde Knud vermutlich ohnehin alles berichten, was er gesehen und gehört hatte. Sven war die Coolness in Person.

»Und was dich angeht, Einar, bist du in aller Frühe schon betrunken? Purpurne Blitze. Pah.« Theatralisch spuckte er auf den Boden. »Ich hatte bisher noch keine Gelegenheit ins Dorf zu gehen. Was willst du hier, Einar?«

»Der Jarl wünscht zu erfahren, ob es Neuigkeiten von der Familie der Sklavin gibt. Hat sich jemand nach ihr erkundigt oder kann sie sich inzwischen entsinnen, wer sie entführt hat oder was ihr zugestoßen ist?«

»Und die Antwort auf diese Frage hoffst du, unter ihrem Kleid zu finden? Merkwürdige Art, sie danach zu fragen, findest du nicht?«

Einar grinste Sarah anzüglich an. »Nun, sie sagte, Ragnar wäre nicht da, also warum die Wartezeit nicht mit etwas Unterhaltsamen überbrücken?«

Sven packte Einar an der Gurgel.

»Für mich sah das nicht sehr unterhaltsam aus. Hat es dir Vergnügen bereitet Sarah?«

Betreten schüttelte Sarah den Kopf.

»Seit wann interessiert es, ob es einer Sklavin Vergnügen bereitet? Und ausgerechnet du Weiberheld willst mir sagen, dass du nicht auch die eine oder andere Sklavin gepackt hast, wann immer es dich gejuckt hat?« Einars Hände klammerten sich um Svens und versuchten, sie von seiner Kehle zu lösen. Sven antwortete mit einem Lächeln, aber seine Finger drückten fester zu. Einar rang nach Luft.

»Es mag sein, dass ich früher ein Weiberheld war. Allerdings haben bisher alle Frauen ihre Beine freiwillig für mich breitgemacht. Ich musste keine dazu zwingen. Aber das war, bevor ich verheiratet war, und die ein, zwei Mal, da es mich bei einer Sklavin gejuckt haben mag, habe ich sie mir nie mit Gewalt oder ohne Einverständnis des Gastgebers genommen.« Angewidert stieß er Einar zu Boden. Sven drehte sich zu Sarah um. Sein Blick machte jedoch klar, dass er stinksauer war, und zwar nicht nur auf Einar. Der hatte sich inzwischen wieder aufgerappelt und schien sich ebenso unsicher zu sein, auf wessen Seite Sven nun eigentlich stand, wie Sarah.

»Wenn du willst, kannst du sie zuerst haben.« Sarah traute ihren Ohren nicht. *Was hat der ekelhafte Kerl da gerade gesagt? Ich bin mir nicht sicher, ob mir der Verlauf dieses Gesprächs gefällt.*

Svens Gesicht verlor an Farbe. Blitzschnell drehte er sich um und packte Einar erneut an der Gurgel.

»Mir reicht es jetzt. Knud hat Ragnar diese Frau in Verwahrung gegeben. Sie ist seine Leibeigene. Du vergreifst dich somit an seinem Eigentum und das werde ich ganz sicher nicht zulassen. Du kannst gerne auf Ragnar warten und ihn um Erlaubnis fragen, wenn du dich traust, und Jarl Knud kannst du ausrichten, dass es bedauerlicherweise noch nichts Neues zu berichten gibt. Sollte sich daran etwas ändern, wird er umgehend Nachricht erhalten. Allerdings gehe ich davon aus, dass ein Bote ihrer Familie vermutlich ohnehin zuerst beim Jarl vorsprechen würde. Somit wird Jarl Knud sicher noch vor uns anderen alle Neuigkeiten erfahren, die es zu erfahren gibt. Du kannst jetzt gehen und deine Nase wieder zurück in Knuds Hintern stecken « Sven setzte Einar wieder auf dem Boden ab und klopfte demonstrativ den Staub von Einars Kleidung. »So, das dürfte reichen. Wir wollen ja nicht, dass du dich dreckig machst.« Mit zusammengebissenen Zähnen presste er hervor: »Sollte ich dich nochmals erwischen, wie du Hand an sie legst, war es das letzte Mal, dass du damit etwas angefasst hast, hast du mich verstanden?«

»Wie kannst du es wagen, so mit mir zu sprechen?« Aus Einars Mund spritzte Speichel. Er spie seine Worte geradezu aus. Er zischte und keifte wie ein tollwütiger Hund. Im Gegensatz zu Sven wirkte Einar wie das Rumpelstilzchen, dessen Namen man gerade enthüllt hatte.

»Wie ich es wagen kann? Wer bist du denn? Du hast mir keine Befehle zu erteilen! Schon gar nicht auf dem Land meiner Familie! Du warst schon als Kind ein jämmerlicher Dummkopf und Widerling. Das ist das Heim meines Bruders. Wie kannst du es wagen, sein Land in seiner Abwesenheit zu betreten und dich ohne seine Zustimmung an seinem Eigentum vergehen? Auch Gäste und die Handlanger Knuds haben sich an gewisse Regeln zu halten, oder hast du das etwa vergessen?«

Einar dämmerte es, dass er sich in einer Pattsituation befand, und zog empört von dannen. Im Gehen wandte er sich noch einmal um und warnte Sven:

»Das wird ein Nachspiel haben, Sven.«

Sven würdigte Einar keines weiteren Blickes und wandte sich an Sarah: »Bist du verletzt?«

Sarah war die ganze Zeit über wie angewurzelt stehengeblieben. Sie hatte kaum gewagt zu atmen.

»Alles gut so weit. Ich danke dir.«

Sven nickte ihr zu. »Nichts zu danken.«

»Bist du sauer auf mich?«

Sven zog seine Augenbraue auf dieselbe Weise hoch wie sein Bruder. »Du meinst, ob ich verärgert bin?«

Sarah nickte zerknirscht.

»Ein wenig, aber in erster Linie auf Einar.«

Wieder antwortete Sarah mit einem Kopfnicken. »Ich glaube, es wäre vermutlich besser, wenn wir Ragnar nichts davon erzählen würden, was meinst du Sven?«

Svens Miene verdüsterte sich. Die Ähnlichkeit der beiden Brüder war in vielerlei Hinsicht frappierend. »Ich halte nichts davon meinen Bruder anzulügen. Zweifle nie an meiner Aufrichtigkeit und Treue meiner Familie gegenüber. Ob es dir gefällt oder nicht, du bist offiziell eine Sklavin. Einar wird nicht der Erste und nicht der Letzte sein, der sich mit dir vergnügen will, und im Grunde steht dem, außer Ragnar und der Tatsache, dass deine Herkunft noch nicht geklärt ist, nichts im Wege.«

»Das wurde mir gerade ziemlich eindrucksvoll veranschaulicht. Ragnar hat bisher so viel für mich getan. Soweit er mir erzählt hat, hat ihn sein hitziges Temperament in der Vergangenheit bereits ein paar Mal in Schwierigkeiten gebracht. Da er in Hinblick auf mich und meine verzwickte Lage bisher immer sehr besonnen gehandelt hat, will ich nicht, dass er meinetwegen nun Schwierigkeiten bekommt. Bitte Sven, sag Ragnar vorerst nichts davon. So, wie es aussieht, ist das mein Problem. Ein Problem mit dem ich als Sklavin leben muss, solange ich hier bin, und es ist an mir, damit klarzukommen oder auch nicht.«

✧

»Du hast vermutlich Recht. Es wäre klüger, wenn wir diese Sache vorerst für uns behalten, bevor Ragnar etwas Unüberlegtes tut. Er würde wahrscheinlich ins Dorf gehen und Einar halbtot prügeln und sich damit großen Ärger einhandeln. Du solltest allerdings in den nächsten Tagen besser nicht allein ins Dorf oder zu Ida gehen.« Stirnrunzelnd beäugte er Sarah. »Geh und wechsle rasch dein Kleid, denn ich wüsste nicht, wie ich das Ragnar erklären soll, und sieh nach Sunna.« Erst jetzt wurde Sarah bewusst, dass sie vermutlich ein erbärmliches Bild abgab mit ihrem zerzausten Haar, dem zerrissenen Kleid. Überall voller Dreck und Einars Blut.

»Sunna!« *O mein Gott! In der Hitze des Gefechtes habe ich gar nicht daran gedacht, was die Kleine womöglich gesehen oder gehört hat und ob es ihr gut geht.* Der Gedanke, dass Einar womöglich bei ihr im Haus gewesen sein könnte, behagte ihr gar nicht. So schnell sie konnte, rannte Sarah ins Haus. Beim Betreten der dunklen Stube flackerten kleine Lichtblitze vor Sarahs Augen. Sunna saß spielend am Boden. Erleichtert schlang sie ihre Arme um das kleine Mädchen.

»Gott sei Dank, es geht dir gut! Ich bin so froh, dass ich dich im Haus gelassen habe!« Sarah war kurz davor, in Tränen auszubrechen. »Ich danke dir für deine Hilfe, Sven. Bitte entschuldige, ich wollte dich nicht beleidigen. Natürlich will ich weder dich noch Ragnar in Schwierigkeiten bringen.«

»Es gibt weder etwas, wofür du dich bedanken noch entschuldigen musst. Ich war einfach wütend auf Einar. Er ist der reinste Abschaum. Er ist Knuds Spitzel und versteht sich blendend darauf, Ragnar noch mehr Schwierigkeiten zu bereiten, als er ohnehin schon hat, und das schon lange, bevor du hier aufgetaucht bist. Ich halte nichts davon Ragnar zu belügen, aber ich stimme dir zu, dass es besser ist, ihm nichts davon zu sagen. Ragnar liegt sehr viel an dir. Also will ich es vorerst dabei belassen. Allerdings befürchte ich, dass dieser Vorfall Folgen haben wird. Einar gehört nicht zu der Sorte Mensch, die eine Sache auf sich beruhen lassen. Er war immer schon ein schlechter Verlierer.« Sarah fühlte sich ebenso wie Sven nicht gut dabei, Ragnar etwas vorzuenthalten, und es kostete sie einiges an Überwindung so zu tun, als ob nichts passiert sei. Svens Warnung, dass die Sache vermutlich ein Nachspiel haben würde, machte das Ganze nicht unbedingt besser. Dennoch erwähnte sie den Vorfall mit keinem Wort, als Ragnar von der Jagd zurückkehrte. Als er sein Haus betrat, fand er das gewohnte Bild der letzten Tage vor. Sven hatte sich gerade von der Feldarbeit gesäubert und Sarah war dabei das Essen anzurichten. Alles ging, zumindest dem Anschein nach, seinen gewohnten Gang.

Die Tage verflogen geradezu und ebenso rasch, wie die Erntezeit zu Ende gegangen war, hatte sich auch der Sommer verabschiedet. Die Tage waren kürzer geworden. Morgens und in den Abendstunden war es bereits sehr kühl und Sarah war bemüht das Herdfeuer ständig am Brennen zu halten, denn sie hatte keine Lust zu frieren.

Am letzten Abend vor Svens Abreise erbat Ragnar Sarahs und Svens Anwesenheit bei einer Opferzeremonie für die Götter. Als Dank für die ertragreiche Ernte, aber auch als Segen für Svens gute Heimreise, wie Ragnar erklärte. Sarah war zwar gespannt darauf, ein richtiges Erntedankfest miterleben zu können, jedoch hatte es einen bitteren Beigeschmack, denn Sarah vermutete zum einen, dass sich Ragnars Laune durch Svens Abschied wieder verdüstern würde, und zum anderen war sie nicht sehr erpicht darauf, womöglich in den nächsten Minuten dabei zusehen zu müssen, wie Tiere geopfert werden würden. Aber sie wollte Ragnar keinesfalls kränken. Also machte sie gute Miene zum bösen Spiel und folgte den beiden Brüdern in das kleine Wäldchen. In Sarahs Wange stieg hitzige Röte, als sie an die Wasserstelle kamen, wo sie und Ragnar sich das erste Mal geliebt hatten. Sie hatte das Gefühl, dass es ihr geradezu auf der Stirn geschrieben stand, was sich hier vor einiger Zeit abgespielt hatte. Sarahs mulmiges Gefühl verflog allerdings rasch, als sie erstaunt feststellte, dass dort bereits eine Art Altar aus Steinen aufgebaut worden war. Dahinter stand ein Priester oder Druide, wie Sarah vermutete. In einem Pferch hinter dem Altar befanden sich eine Ziege, zwei Schweine und ein Schaf. Sarah sah sich bereits mit ihren schlimmsten Befürchtungen konfrontiert und vor ihrem geistigen Auge erneut in Ragnars Gegenwart erbrechen.

»Laufen eure Erntedankfeste immer so ab?«

»Psst«, Sven legte seinen Finger auf seine Lippen. Im Flüsterton erklärte er Sarah, dass eine solche Zeremonie normalerweise im Dorf oder an heiligen Plätzen stattfand. Auf den einzelnen Höfen sei aber jeder Hausherr für die Ausübung und die Durchführung religiöser Handlungen verantwortlich und Ragnar hatte offenbar einen Druiden gebeten, das Ritual hier durchzuführen. Trotz ihrer Vorbehalte war sie fasziniert von der Atmosphäre und den vielen Opfergaben. Rund um den Altar häuften sich diverse Schüsseln, Töpfe und Fässer. Sehr zu ihrer Erleichterung wurde aber zumindest vorerst in ihrer Anwesenheit kein Tier getötet, sondern Ragnar »schenkte« den Göttern die Tiere. Eine Ziege für Thor, eine Sau für Freyja, einen Eber für Freyr und einen Widder für Heimdall, wie er ihr leise erklärte, um den Priester nicht zu stören. Dadurch würden die Tiere zu heiligen Tieren werden. Sarah war gerührt. Sie wusste nicht, ob dies üblich war, aber sie war sich ziemlich sicher, dass Ragnar dies aus Rücksicht auf sie arrangiert hatte. Sarah verstand kaum ein Wort von dem, was gesprochen wurde, und ihr brannten schon wieder unzählige Fragen auf der Zunge. Sie wagte es nach Svens Ermahnung jedoch nur noch ein, zwei weitere Male, sich bei Ragnar oder Sven zu erkundigen, da sie die Zeremonie nicht unterbrechen wollte. Gebannt beobachtete sie den Ablauf. Vorsichtig nahm Sven Ragnar zur Seite. Sarah war so in ihre Gedanken und Sinneseindrücke vertieft, dass sie das Gespräch zwischen den beiden nicht bemerkte.

»Ich weiß, was du vorhast. Bist du dir sicher, Bruder?«

Ragnar nickte zustimmend. »Das nehme ich doch an. Ja, ich bin mir sicher.«

»Wann hast du sie denn gefragt?«

»Um ehrlich zu sein gar nicht.«

Sven war wie vom Donner gerührt. »Bist du verrückt geworden, Ragnar? Das kannst du nicht tun. Hast du wenigstens Knuds Einverständnis eingeholt?«

»Nein.«

»Das wird Ärger geben.«

»Mag sein. Ich entlasse sie als meine Sklavin. Sie ist nun eine freie Frau und du bist mein Zeuge.«

»Hab Dank, dass du mich da auch noch mit hineinziehst. Nur gut, dass ich morgen zurück zu meiner Familie fahre. Dann muss ich wenigstens nicht dabei zusehen, wie sie dir den Kopf waschen wird, wenn sie es erfährt, und Knud ihn dir anschließend abschlagen lässt.« Sven musste sich zusammenreißen, um einerseits nicht in schallendes Gelächter auszubrechen und andererseits seinen Bruder so lange zu schütteln, bis er wieder zur Vernunft kommen würde. Kopfschüttelnd stellte er sich an seinen Platz zurück. Er wusste, dass es keinen Sinn hatte, weiter darüber zu reden. Wenn Ragnar sich erst einmal etwas in den Kopf gesetzt hatte, dann konnte ihn so gut wie nichts mehr umstimmen. Besorgt blickte er zu Sarah und murmelte noch einige Male das Wort ,verrückt' vor sich hin. Mit einem Ruck schnappte er sich die kleine Sunna und setzte sie auf seine Schultern. Wenigstens sie sollte einen unbeschwerten Abend haben.

Ganz ohne Blut ging das Ritual zu Sarahs Leidwesen jedoch nicht vonstatten. Als der Priester alle Anwesenden mit einem in Blut getauchten Tannenzweig besprenkelte, hätte Sarah am liebsten losgekreischt, aber schon im nächsten Moment reichte Ragnar ihr ein Schwert. Verdutzt sah sie ihn an. Sven schien sichtlich Vergnügen an dem Spektakel zu haben. Abwechselnd glucksend und kopfschüttelnd legte er Sarah ebenfalls ein Schwert in die Hand und bedeutete ihr, es wiederum an Ragnar weiter zu reichen. Sunna schien ebenfalls eine Menge Spaß zu haben. Sie quietschte vergnügt und hüpfte auf Svens Schultern auf und ab. Nach dem Tausch der Schwerter wies der Priester Sarah und Ragnar an, sie ihm nun entgegenzustrecken, und steckte jeweils einen zierlichen Ring auf die Schwertspitzen. Danach mussten die beiden sich gegenseitig die Ringe übergeben, ohne dass diese dabei von den Schwertspitzen zu Boden fielen. Sven erklärte flüsternd, dass wenn einer der beiden oder gar beide Ringe dabei auf den Boden fallen würden, es als ein böses Omen gelten würde. Sarah glaubte zwar nicht an dergleichen, sie wollte aber keinesfalls Schuld daran haben, dass Ragnars nächste Ernte womöglich von einer Ungezieferplage oder Schlimmerem heimgesucht wurde. Sie fühlte sich dadurch nur noch mehr unter Druck gesetzt die Zeremonie ja nicht zu ruinieren. Mit aller Kraft versuchte sie, das Schwert in Balance zu halten und den Ring nicht fallen zu lassen, obwohl es ihr schon Mühe genug bereitete das Schwert überhaupt hochzuhalten. Nach einer gefühlten Ewigkeit nahm der Zeremonienmeister die beiden Ringe entgegen und steckte sie Ragnar und Sarah an. Sarah fand das Ganze mehr als merkwürdig und fragte diesmal in normaler Lautstärke, was das zu bedeuten hatte. Ragnar erklärte knapp, dass der Ring als Symbol für die Kraft des schützenden und bannenden Kreises stand, der sein Land und deren Bewohner darin schützen sollte. Beide Ringe waren sehr schlicht und dennoch wunderschön. Sie bestanden aus drei goldenen ineinander verschlungenen Linien, die beinahe wie ein geflochtener Zopf anmuteten. Als Sarah sich zu fragen begann, wann dieses Spektakel wohl endlich ein Ende haben würde, erklärte Ragnar, dass sie nun ein kurzes Wettrennen zurück zum Haus veranstalten würden, da die Zeremonie Sunna bestimmt schon gelangweilt hätte. Danach gäbe es ein abschließendes Festmahl in seinem Haus. Alles ging so schnell und Sarah fragte sich insgeheim, wie um alles in der Welt sie auf die Schnelle ein Festmahl zubereiten sollte.

Sunna hatte sichtlich Spaß an dem Wettlauf. Freudig hüpfte sie auf Sven Schulter herum und quietschte vor Vergnügen. Sarah rang unübersehbar nach Atem, als sie Ragnars Haustür erreichten. Sie war ohnehin nie besonders sportlich gewesen, aber in den letzten Wochen bestand ihr einziger Sport aus Haus- und Feldarbeit. An so etwas wie Yoga, Joggen oder Kardiotraining nicht zu denken. Sicher, hier gab es keine Fernsehabende auf der Couch, an denen sie sich mit Süßigkeiten vollstopfen konnte. Überhaupt war Honig, das einzige Süßungsmittel und sie war von morgens bis abends auf den Beinen. Vermutlich hatte sie abgenommen. Ohne Spiegel und Waage war das schwer zu sagen.

»Komm, ich trage dich ins Haus.«

»Ein bisschen spät, findest du nicht? Mir wäre es lieber gewesen, nicht mitten in der Nacht durch den Wald, Gestrüpp, Wiesen und Felder laufen zu müssen und dann zu erfahren, dass ich jetzt noch ein Festmahl aus dem Ärmel schütteln soll.« Ragnar gab lediglich ein kleines Grunzen von sich und ehe Sarah sich versah, hatte Ragnar sie sich bereits über seine Schulter geworfen und durch die Haustür hineingetragen. Richtig verärgert war sie allerdings nicht. Sie hatte zu sehr Freude daran, Ragnar so glücklich zu sehen. Als sie die Stube betraten, waren Björn und seine Familie bereits dabei eine prachtvolle Festtafel herzurichten. Freudig begrüßten sie Ragnar und Sarah und die aus Sven und Sunna bestehende Nachhut. Ragnar zwinkerte Sarah zu. »Daran habe ich natürlich gedacht.«

Sarah war sprachlos. Der Tisch war mehr als reichlich gedeckt. Die Teller und Schüsseln waren voll mit allerlei gebratenem Fleisch und Fisch, frischem, duftendem Fladenbrot, gekochtem Kohl, Rüben und Erbsen. Björns Frau hatte den Tisch sogar mit einigen getrockneten Hafer- und Gerstenähren und bunten Wiesenblumen geschmückt. Alles sah einfach zauberhaft aus. Sarah erschrak, als Ragnar plötzlich mit dem Schwert ausholte und es tief in den Stützbalken des Daches rammte. »Was sollte denn das?«

»Auch nur wieder eine unserer Traditionen.«

Die anwesenden Gäste schien dies nicht weiter zu verwundern, ganz im Gegenteil sie honorierten diese Geste mit jubelndem Applaus, weshalb Sarah nicht weiter darauf einging.

Grinsend trat Sven mit einem Bierfass an den Tisch.

»Nun lasst uns aber ordentlich feiern!« Svens Aufforderung wurde ebenso freudig begrüßt. Das Bier wurde angezapft und auch Sarah ein Horn gereicht.

»Gib ihn an Ragnar weiter, wenn du den Trunk nicht willst.« Etwas überrumpelt folgte Sarah der Anweisung

Björns, auch wenn sie nach der ganzen Rennerei ganz schön durstig war. Lächelnd nahm Ragnar das ihm gereichte Horn entgegen und führte mit seiner Hand eine Bewegung in Form eines Kreuzes darüber aus.

»Auf die Götter, die Ahnen, Disen und Alven!«, rief er und leerte das Horn in einem Zug. Wiederum folgte Beifall und lautes Gejohle. Reihum folgten nun viele Danksagungen, Toasts und gute Wünsche. Sarah war zwar immer noch verwundert wie ausgiebig dieses »Erntedankfest« hier gefeiert wurde, freute sich aber für Ragnar, dass er so gute Freunde hatte, die ihn unterstützten und ihm Gesellschaft leisteten. Sie kannte Vergleichbares sonst nur aus amerikanischen Filmen. Ragnar reichte auch Sarah ein Horn und bat sie um einen Segen. Etwas verlegen murmelte Sarah etwas von Dankbarkeit für Nahrung, Heim, Familie und gute Freunde und stürzte, von ganz und gar nicht gespieltem Durst getrieben, den Becher hinunter. Alle Anwesenden jubelten. Es wurde ausgiebig gespeist, getrunken, geredet und gelacht. Bis in die frühen Morgenstunden wurden die verschiedensten Geschichten und Göttersagen erzählt und Lieder gesungen. Sarah war sich sicher, dass, was auch immer die Zukunft bringen würde, sie diesen Abend für immer in guter Erinnerung behalten würde. Sarah konnte kaum noch ihre Augen offenhalten, als Björn und seine Frau auch schon ihre Kinder schnappten und sich verabschiedeten. Sunna schlief bereits seit Stunden in ihrem Bett und Sarah freute sich schon darauf, auch unter die Decke zu schlüpfen. Da tauchte plötzlich Sven mit einer Kerze vor Ragnars Bett auf. Auf seinem Gesicht ein fettes Grinsen. »Brauchst du einen Zeugen?«, flüsterte er Ragnar zu.

»Das wird wohl nicht nötig sein.« Lachend stieß er Sven in Richtung der Nische, die er sich mit Sunna teilen musste.

»Was war denn das?", erkundigte sich Sarah, die nicht verstanden hatte, was die Brüder geflüstert hatten.

»Ach nichts. Sven hat es wohl etwas übertrieben mit Bier und Met.«

An diesem Morgen liebten sich Ragnar und Sarah das erste Mal seit Tagen wieder und Sarah empfand es als noch schöner als bisher.

KAPITEL 14
–
ZAUBERGESANG

Sarah saß auf Ragnars Bett und hielt ihr Mobiltelefon in der Hand. Eine ganz banale Beschäftigung, wäre sie in ihrer Wohnung und in ihrem Zeitalter. War sie aber nicht. Traurig blickte sie auf das Display. Ihr Akku war mittlerweile bei 2 Prozent und es gab weder Empfang noch eine Nachricht im Posteingang und schon gar kein Ladegerät, keine Powerbank oder sonstige Stromquelle. Somit war jede, wenn auch noch so unwahrscheinliche und kleine Hoffnung auf eine Möglichkeit, mit ihrer Familie und Freunden zu kommunizieren, dahin. Sie hatte in den letzten Wochen bereits Zeit gehabt, um sich mit dem Gedanken anzufreunden, dass sie vermutlich nicht mehr zurück nach Hause kommen würde, dennoch war sie noch nicht bereit ganz aufzugeben. Selbst, wenn sie hierbleiben musste, so wollte sie sich wenigstens an den Hoffnungsschimmer klammern, ein Lebenszeichen an ihre Lieben zu senden. Der Gedanke, dass Jana und ihre Familie womöglich davon ausgingen, dass sie tot sei und um sie trauerten, war ihr unerträglich. Mit dem Wissen, dass sie diese Nachricht vermutlich nie erhalten würden, begann Sarah zu tippen. Als sie geendet hatte, kam die übliche Meldung: Nachricht nicht gesendet. Sarah war traurig und erleichtert zugleich. Würde es tatsächlich dazu kommen, dass ihre Nachricht wieder erwarten ankäme, was würde es helfen? Sie würde bei ihrer Familie womöglich nur falsche Hoffnungen erwecken oder noch mehr Sorge, dass sie anscheinend übergeschnappt war und am Stockholm-Syndrom oder Ähnlichem litt. Tränen rannen ihr über die Wange. Frustriert pfefferte sie ihr Smartphone ans andere Ende des Bettes. *Wie gerne würde ich jetzt mit Jana besprechen was ich tun soll!* Sarah beschloss, dass es an der Zeit war, ein weiteres Mal Frode aufzusuchen, und begann ihre Habseligkeiten wieder zurück in ihre Handtasche zu räumen, als sie plötzlich bemerkte, dass sich ihr Mobiltelefon wie ein Luftballon aufblähte und schließlich mit einem ohrenbetäubenden Knall in Flammen aufging. Sarah stieß einen Schrei aus und wollte gerade Ragnar zu Hilfe rufen, als sie bemerkte, dass ihre Handflächen glühten. Mitten im Ruf hielt sie inne. »Was zum? Ich habe das Telefon doch noch gar nicht berührt!« Panisch überprüfte sie ihre Hände und Arme auf Verbrennungen, aber sie konnte nichts entdecken. Als sie sich wieder besann, dass sie lieber schleunigst das Feuer löschen sollte, stand auch schon Ragnar neben ihr und starrte fassungslos auf sein Bett.

»Was?« Noch ehe er den Satz beendete, griff er zur Waschschüssel und leerte sie beherzt auf sein Bett und das, was einmal Sarahs Handy gewesen war. »Bei meinem Barte! Was ist passiert? Das stinkt vielleicht abscheulich! So etwas habe ich noch nie gesehen!«

»Ich habe keine Ahnung! Vermutlich ist der Akku meines Telefons explodiert! Ich weiß es nicht.« Sarah stand noch immer unter Schock. Abwechselnd blickte sie zwischen ihren Händen und Ragnars Bett hin und her.

»Du hättest mir auch sagen können, dass dir mein Bett nicht gefällt. Du hättest es nicht gleich in Brand setzen müssen. Den Dreh mit dem Feuermachen hast du jetzt jedenfalls raus.«

Ragnars Witzeleien holten Sarah aus ihrer Starre. »Offenbar habe ich bereits auf dich abgefärbt.«

»Was? Wie bitte?« Ragnar besah sich verdutzt seinen Körper und Kleidung.

Lachend küsste Sarah ihn auf die Wange. »Danke, dass du mich zum Lachen bringst. Entschuldige bitte, ich gehe gleich los und besorge neue Decken und Stroh. Wenn es dir recht ist, schaue ich noch kurz bei Frode vorbei. Es wird Zeit, mal Klartext mit dem alten Kauz zu sprechen. Ich bin mir ziemlich sicher, dass er mehr weiß oder zumindest vermutet, als er bei unseren bisherigen Gesprächen zugegeben hat.«

»Ich habe zwar wieder einmal nicht alles verstanden, was du gesagt hast, aber geh nur. Soll ich dich begleiten?«

Sarah schüttelte den Kopf und war im nächsten Moment auch schon zur Tür hinaus. Entgegen Svens Rat nach Einars Überfall, zog Sarah allein los, um den Seher aufzusuchen. Ragnar blieb mit Sunna zuhause und entsorgte die angebrannten Laken und Decken. Sven war bereits wieder abgereist und so beschloss Ragnar während Sarahs Abwesenheit mit Sunna in den Wald zu gehen, um mit ihr gemeinsam Tiere zu beobachten und Beeren und Pilze zu sammeln.

Frodes Hütte war dieselbe wie immer, jedoch wirkte sie mittlerweile nicht mehr so unheimlich auf Sarah wie beim ersten Mal. Da er auch nach mehrmaligem Klopfen nicht antwortete, öffnete sie zögerlich die Tür und schlüpfte hinein. Sehr zu Sarahs Erstaunen war der Seher nicht zuhause. Sie nutzte die Wartezeit und sah sich in aller Ruhe um. Neugierig betrachtete sie die vielen seltsamen Gegenstände und Utensilien. Nach einer Weile wurde ihr bewusst, dass sie sich mehr als nur unhöflich benahm und Frodes Privatsphäre missachtete. Hastig ging sie aus der Hütte hinaus und schaute sich nach ihm um. Weit und breit war nichts von dem alten Knaben zu sehen oder zu hören. Nachdem Sarah schon den Weg auf sich genommen hatte, beschloss sie stattdessen, Ida einen Besuch abzustatten.

Ida begrüßte sie freundlich wie immer. Sarah hatte keine Lust mehr auf das Versteckspiel und erzählte Ida zunächst von dem Vorfall mit Einar auf Ragnars Hof. Sie hatte das Gefühl, mit jeder Minute, in der sie sich wieder eine Ausrede oder Lüge ausdenken musste, nur kostbare Zeit zu verschwenden. Und sie verabscheute es, Menschen anzuschwindeln, die ihr etwas bedeuteten. Schließlich betrachtete sie Ida nicht nur als Freundin, sie war auch der Auffassung, dass jedes noch so kleine Detail vielleicht ein fehlendes Puzzlestück ergeben könnte, das sie der Lösung näherbrachte, und jede Meinung und Idee hilfreich sein könnte. Sie setzte alles auf eine Karte. Sie gab sich einen Ruck und weihte Ida in alles ein, was bisher ungesagt geblieben war. Sie erzählte ihr in Kurzfassung alles, was bis zum Tag ihrer Ankunft hier passiert war, stellte Fragen und erkundigte sich nach Gegebenheiten und alten Geschichten aus dem Leben Ragnars, Knuds und anderer Personen aus Ragnars Umfeld. Sie erzählte sogar von ihrem Findelkind Sunna. Sie machte keinen Hehl aus ihren

Gefühlen gegenüber Ragnar, offenbarte viele ihrer Sorgen, Ängste und Hoffnungen. Auch erzählte sie Ida von ihrem Mobiltelefon und den Nachrichten an ihre Familie und der bisher vergebenen Hoffnung auf Antwort. Als Sarah ihren Bericht beendet hatte, war Ida zunächst lange einfach schweigend dagesessen. In ihrem Gesicht waren die unterschiedlichsten Emotionen zu lesen gewesen von totalem Unglauben bis hin zu aufrichtigem Wohlwollen. Sie honorierte Sarahs Mut und Aufrichtigkeit.

»Ich bin mir nicht sicher, ob dir Frode Antworten auf deine Fragen geben kann.«

Sarah sah Ida erstaunt an.

»Was, wenn es die Götter nicht wissen, weil es überhaupt gar nichts mit ihnen zu tun hat? Ich will damit sagen, wissen die Götter tatsächlich über jeden einzelnen Schritt eines jeden einzelnen Menschen auf der Erde Bescheid? Sind wir Menschen und unser Schicksal tatsächlich so interessant für sie? Vielleicht, aber …« Ida stockte. »Frode hat sich in seinem ganzen Leben bestimmt noch nie eine solche Frage gestellt. Für ihn ist es unumstößlich, dass die drei Schicksalsfrauen die Geschicke der Menschen und Götter lenken, dass Odin die Menschen geschaffen hat und Hugin und Munin ihm alles berichteten, was auf der Welt geschieht. Bestimmt hat Frode sich noch niemals gefragt, ob es tatsächlich möglich wäre, dass Odin nicht alles über jeden wissen könnte. Ragnar ebenso wenig. Ich jedoch schon.«

»Was willst du mir damit sagen, Ida? Du benimmst dich heute irgendwie seltsam. Offenbar hat dich mein Geständnis weit mehr aus der Fassung gebracht, als ich gedacht hätte.«

»Ach, nein, ein wenig schon. Aber das ist es nicht. Ich weiß auch nicht. Das ist alles höchst verworren und sonderbar.« Ida war keine Seherin und auch keine Priesterin. Die Gespräche, die sie führte, unterlagen grundsätzlich keiner Geheimhaltung oder Verschwiegenheitsklausel, dennoch war sie an bestimmte Versprechen gebunden. »Dies erschwert es mir, dich bei deinen Nachforschungen so zu unterstützen, wie ich es gerne tun würde. Allerdings bin ich sowohl Ragnar als auch dir sehr zugetan und ich hadere mit meinem inneren Zwiespalt.« Unschlüssig beäugte sie Sarah von oben bis unten.

»Ida was ist nur mit dir los? Du benimmst dich heute wirklich höchst sonderbar. Du siehst aus, als hättest du ein Gespenst gesehen?«

»Weißt du Sarah, du erstaunst mich immer wieder. Nicht, dass ich nicht schon geahnt hätte, dass du mehr zu verbergen hast als nur deine Zuneigung für Ragnar, nein, du hast ein wirklich gutes Gespür für die Menschen in deiner Umgebung und du bist ziemlich klug.«

»Danke, aber worauf willst du hinaus, Ida?« Ida atmete tief ein.

»Ich hoffe, dass jetzt nicht gleich Thor höchstpersönlich hier auftaucht und mich mit seinem magischen Hammer erschlägt oder Ähnliches, aber …«

»Aber was? Was ist denn los?«

»Was wenn es Hedda selbst war?«

»Wie meinst du das? Was war Hedda selbst? Was hat Hedda damit zu tun?« Sarah war perplex. Dieser Gedanke wäre ihr niemals gekommen. Ida schnitt Sarah das Wort ab.

»Das, was ich dir jetzt sage, darf Ragnar niemals erfahren. Ich habe ein Versprechen gegeben, aber mein Schweigen zu brechen ist vielleicht der einzige Weg herauszufinden, was wirklich geschehen ist.«

Na toll, schon wieder etwas, dass ich vor Ragnar geheim halten soll. Das muss dringend aufhören. Trotz ihrer Vorbehalte nickte Sarah zustimmend.

Ida setzte ihre Erzählung fort. »Hedda wusste, dass sie in Gefahr war, und sie hatte einen Plan. Sie hatte schon seit ihrer Kindheit Visionen. Sie traten in den letzten Wochen vor ihrem Tod immer häufiger auf und wurden immer grausamer und wahrhaftiger. Sie begann Vorkehrungen zu treffen, wie sie es nannte.«

»Vorkehrungen? Wofür oder vielmehr wogegen?«

»Sie bereitete sich auf ihren Tod vor. Sie nahm ihr Schicksal an, wollte aber Juna um jeden Preis schützen.«

Sarahs Augen weiteten sich. »Woher weißt du das?«

»Hedda kam eines Abends zu mir und bat mich um Hilfe, aber die Art von Hilfe, die sie von mir wollte, konnte ich ihr nicht geben. Es hätte bedeutet, entgegen dem Willen der Götter zu handeln. Zudem hätte es meine Kräfte bei Weitem überstiegen.«

Ich kann einfach nicht fassen, was ich da höre.

Sarah platzte beinahe vor Ungeduld und Neugier.

»Kräfte? Was für Kräfte? Bist du etwa eine Zauberin oder so was? Wieso hast du mir das nicht schon viel früher gesagt? Hör schon auf, in Rätseln zu sprechen, und sag mir endlich alles, was du weißt.«

»Nun, das könnte ich wohl auch zu dir sagen, nicht wahr? Nach deiner Reise und all dem, was du erlebt hast? Hast du denn noch gar nicht bemerkt, dass ich deine Gefühle sehr gut lesen kann? Ich sehe die Ausstrahlung und Stimmung der Menschen. Ich kann noch ein paar andere kleine Kunststücke, aber nichts Besonderes. Ich weiß auch gar nicht, warum. Niemand in meiner Familie hatte eine solche Gabe. Nicht so wie bei dir. Aber wie dem auch sei, Hedda hatte versucht sich auf ihren Tod vorzubereiten und, wenn möglich, zumindest Juna vor diesem Schicksal zu bewahren, aber wie wir wissen, leider vergebens. Sie wollte, dass ich einen Zauber wirke, der die beiden vor Feinden warnt oder noch besser vor Angreifern schützt oder in Sicherheit bringt. Aber das überstieg nicht nur meine bescheidenen Fähigkeiten, es hätte auch bedeutet, das Schicksal überlisten zu wollen. Einen einfachen Warnzauber hätte ich mit etwas Übung vielleicht sogar geschafft, aber das, was Hedda vorschwebte, war einfach zu außergewöhnlich. Hedda hatte Großes erhofft und zu viel gewagt. Die Götter und die Nornen kann man nicht täuschen. Außer vielleicht, man ist ein Gott. Aber auch den Göttern ist ihr Schicksal vorherbestimmt, soweit ich weiß. Ich kann dir nicht sagen, was sie nach ihrem Besuch bei mir alles gemacht hat, sie war furchtbar wütend und verzweifelt. Sie bat mich um Hilfe und ich konnte sie ihr nicht geben.« Ida schluchzte. »Ich habe vorgeschlagen, sie solle vielleicht Frode um Rat bitten und für einige Tage bei mir bleiben oder zu Björns oder Svens Familie gehen, aber das wollte sie nicht. Sie sagte, sie scheue keinen Kampf, sie wolle nur ihr Kind beschützen.« Hastig wischte sich Ida eine Träne weg, die sich über ihre Wange schlängelte.

»Wie gesagt, ich weiß nicht genau, was danach passiert ist. Hedda war meine Freundin. Sie hatte mich um Hilfe gebeten und ich habe sie abgewiesen. Auch ich war verzweifelt, ich wollte ihr unbedingt helfen, wusste aber nicht wie. Ich glaube, ich habe einen schrecklichen Fehler gemacht, Sarah.«

Sarah legte ihren Arm um Idas Schulter. »Das glaube ich nicht. Was ist dann geschehen?«

»Ich kann es nur vermuten. Aber ich wusste, dass Hedda zutiefst entschlossen war, ihren Plan weiter zu verfolgen.« *In diesem Punkt waren Hedda und ich uns eindeutig sehr ähnlich.*

»Offenbar hatte sie später versucht, Kontakt mit einer Völva namens Valpu aufzunehmen.«

»Warte mal. Jetzt, noch mal ganz langsam von vorne. Das heißt also, dass Hedda Visionen von ihrem eigenen Tod hatte und jemanden suchte, der ihr mit Hilfe von Zauberei Schutz vor ihren vermeintlichen Angreifern bot? Hedda wusste, dass sie überfallen werden würde, und sie hat auch dich um Hilfe gebeten, weil sie wusste, dass du über magische Fähigkeiten verfügst?«

Ida nickte.

»Gut. Und Ragnar hatte von all dem keine Ahnung? Seine Frau sagte ihm nichts davon? Oder womöglich doch?«

»Nein, Ragnar wusste, beziehungsweise weiß nichts davon. Er war gemeinsam mit den anderen Kriegern des Dorfes auf Fahrt. Meines Wissens hat ihm Hedda nie von ihrer Gabe erzählt. Sie sah vieles, aber nicht alles. Sie wusste von ihrer ersten Begegnung mit Ragnar an, dass sie ihn heiraten würde. Eigentlich schon viel früher, auch, wenn sie sich da noch gar nicht kannten. Ihre Eltern waren gegen die Verbindung, aber Hedda wusste immer schon, ihren Willen durchzusetzen. Sie hätte ihn so oder so geheiratet, mit oder ohne Einverständnis ihrer Eltern. Sie liebte ihn, aber ihr Geheimnis behielt sie zeit ihres Lebens für sich. Hedda hatte mir das heilige Versprechen abgenommen Ragnar nichts von ihren Visionen und unserem Gespräch zu erzählen.«

Sarah schüttelte ungläubig ihren Kopf. *Ich bin offenbar nicht die Einzige, die Geheimnisse vor Ragnar hat.* »Sie hat sich also anderweitig Hilfe gesucht. Was ist denn eine Völva?«

»Eine Völva ist eine Zauberin, Hexe, Seherin mit Kenntnis über Magie. Nenne es, wie du willst.« Idas Blick war voller Trauer und Schmerz. »Zu gerne hätte ich Hedda geholfen, aber es ist so, wie ich sagte, es überstieg einfach meine Fähigkeiten.«

»Hast du mit dieser Völva gesprochen?«

»Nein. Nun, ich habe sie wider besseres Wissen gesucht, aber das ist alles völliger Unsinn gewesen, reine Zeitverschwendung. Eine so mächtige Hexe kann gar nicht gefunden werden, wenn sie es nicht will. Außerdem gibt es seit Jahren keine Völva mehr hier in der Nähe. Und selbst wenn sie bei dieser sagenumwobenen Valpu war, was hätte eine Völva schon gegen den Tod ausrichten sollen? Heddas und Junas Schicksalsfäden waren längst gesponnen, niemand hätte den Lauf der Dinge ändern können. Selbst wenn sie vielleicht meinen Rat befolgt und bis zu Ragnars Heimkehr bei Freunden Schutz gesucht hätte, wer weiß, dann hätte sie das ihnen vorherbestimmte Los vielleicht lediglich hinausgezögert. Aber wie dem auch sei, so eine mächtige Hexe gibt es hier schon lange nicht mehr.«

»Und trotzdem hast du sie gesucht und weißt du bestimmt, dass Hedda sie gefunden hat?«

»Ich habe sonst keine andere Erklärung dafür. Es muss so gewesen sein. Es wurde ein Zauber gesprochen, von wem auch immer. Heddas Amulett beweist es.«

Sarah fiel aus allen Wolken.

»Moment. Du meinst mein Amulett?«

»Ja, aber früher gehörte es Ragnars Frau. Wann hat er es dir gegeben?«

Idas Worte schlugen bei Sarah ein wie eine Bombe.

»Aber das ist doch völlig unmöglich! Ich habe es auf einem Flohmarkt gekauft. Im 21. Jahrhundert. Wie kommst du darauf, dass das Heddas Amulett sein soll?«

»Was für ein Markt?«

»Nicht so wichtig. Was also meinst du mit Heddas Amulett? Es gehört mir.«

Ida geriet ins Stottern. »Na ja, jetzt schon, aber früher gehörte es eben Hedda.«

Nach und nach sackten Idas Worte ein. »Du glaubst wirklich, dass das Heddas Halskette ist?«

»Ich glaube nicht, ich weiß es. Ragnar hat es eigens für sie anfertigen lassen. Alle Frauen im Dorf beneideten sie um dieses schöne Stück.«

»Aber das ist völlig unmöglich! Du täuschst dich! Ich habe es schon besessen, bevor ich überhaupt hierhergekommen bin.«

Ida schüttelte energisch den Kopf. »Dieses Amulett gibt es kein zweites Mal, das ist völlig unmöglich.« Ida saß mit betretenem Gesicht neben Sarah. »Ich dachte, du wüsstest es.«

Sarah schluckte. Ungläubig schüttelte sie den Kopf. Ihr Magen krampfte sich zusammen. Sie war sich nicht sicher, ob ihr der Gedanke gefiel, das Schmuckstück von Ragnars Frau zu tragen und noch weniger der Verdacht, der Ursache für Ragnars Hilfsbereitschaft auf die Schliche gekommen zu sein. Sarah verbannte diese Gedanken in die hinterste Ecke ihres Verstandes, es gab jetzt Wichtigeres, worüber sie sich den Kopf zerbrechen konnte.

»Also gut, das erklärt, warum alle so einen Wirbel darum gemacht haben. Frode hat so etwas schon angedeutet, dass es eine Art Portal geöffnet haben könnte. Aber was hat das Ganze denn mit mir zu tun? Wie erklärt das, warum ich hierher gelangt bin? Wieso wurde der Zauber tausend Jahre später aktiviert?« Sarahs Stimme überschlug sich fast. Ida zuckte mit den Schultern. »Es tut mir leid, ich dachte, Ragnar hätte es dir gegeben.«

»Nein, hat er nicht. Hätte ich auch nicht haben wollen. Aber gut, es ist, wie es ist. Mit Ragnar werde ich später noch ein Hühnchen zu rupfen haben. Jetzt geht es um Hedda und Valpu und wie und warum ich hier bin. Nehmen wir also an, es ist wirklich Heddas Amulett und es ist, wie Frode bereits angedeutet hat, eine Art magisches Portal, das mich hierhergebracht hat. Wer verfügt über solche enormen, magischen Fähigkeiten? Diese Valpu vielleicht? Weshalb wurde das Amulett verzaubert und wieso hat es mich hierhergebracht? Wir müssen herausfinden, wer dahintersteckt, dann erklärt sich vielleicht auch das Warum und wieso ausgerechnet ich. Frode hat einmal zu mir gesagt, dass ich vielleicht eine Aufgabe zu erfüllen hätte. Was könnte das wohl sein? Ich verfüge über keinerlei Zauberkräfte oder sonstige außergewöhnlichen Fähigkeiten, die jemandem von Nutzen sein könnten. Ich habe keine Verwandten, die von hier stammen. Auch Frode meinte, dass das Amulett geradezu aufgeladen sei mit Magie und auch ich von dieser Kraft regelrecht durchdrungen sei, das aber vermutlich auf den Transport zurückzuführen sein würde.« *War das Zufall? Konnte es wirklich möglich sein, dass ausgerechnet ich beinahe tausend Jahre später Heddas Amulett erstanden habe?* Sarah erinnerte sich wieder an die alte Frau am Marktstand und wie beharrlich sie darauf bestanden hatte, dass Sarah genau diesen Anhänger kaufen sollte, obwohl ihr tendenziell ein anderer besser gefallen hatte. Sie war also wieder einmal bei dem Thema Zufälle, die es eigentlich gar nicht gibt, angelangt. Sarahs Magen spielte verrückt. Der Gedanke, dass Ragnar sie womöglich nur wegen des Amuletts mitgenommen hatte und alle darüber Bescheid wussten, ließ sich nicht so leicht verbannen wie gewünscht. Mit einem Mal wurde ihr heiß und kalt zugleich. Schweißperlen bildeten sich auf ihrer Stirn und über ihren Lippen.

»Ida, hast du vielleicht etwas zu trinken für mich? Ich muss das alles erst mal verdauen.«

»Aber natürlich! Ich hole dir etwas Wasser.«

»Nein, ich denke, ich könnte definitiv etwas Stärkeres vertragen.« *Das alles ist einfach zu prekär. So viele Geheimnisse und verworrene Gedanken.* Ida reichte Sarah einen Becher mit Met. Die Fürsorge ihrer Freundin gegenüber und die Sorge, dass sie ihr vielleicht zu viel erzählt hatte, war ihr deutlich anzumerken.

Sarahs Gedanken drehten sich im Kreis. Sie hatte das Gefühl, ihr Gehirn würde jeden Moment explodieren. »Warte mal, das alles will mir nicht so recht in meinen Kopf. Ich habe absolut keine Ahnung, wie es ist, wenn man hellseherische

Fähigkeiten hat, aber du sagst, Hedda wusste, dass sie überfallen würde? Sie wusste, wo, wann und wie sie sterben würde?« Sarah erschauderte bei ihren eigenen Worten.

»Warum ist sie dann nicht zur Polizei gegangen? Äh, ich meine, warum hat sie nicht Hilfe beim Jarl oder anderen Freunden und Familie gesucht?«

»Hat sie ja, bei mir.«

»Nein, was ich sagen will, ist, wieso dachte sie, dass Magie ihr einziger Ausweg wäre? Gibt es keine Wachmänner oder Ähnliches? Ist niemand da, der auf die Bewohner des Dorfes achtgibt, wenn die Krieger auf Viking sind?« Sarah hielt einen Moment inne. »Schon gut schon gut. Ich weiß selbst, wie blöd diese Frage gerade eben war. Bestimmt hätte ihr niemand geglaubt.«

»Vielleicht. Ich weiß nicht genau, was Hedda alles vorhergesehen hat. Sie wird ihre Gründe gehabt haben. Hedda hat nie lange gefackelt. Wenn sie sich erst einmal etwas in den Kopf gesetzt hatte, dann hat sie das auch gemacht.« Nicht, dass das, was sie soeben gehört hatte, Sarah nicht aufgewühlt hatte, ganz im Gegenteil. Es schmerzte sie zu erfahren, dass Hedda offenbar gegen einen Feind zu kämpfen versucht hatte, den sie nicht besiegen konnte. Trotzdem hatte sie Hedda nicht gekannt. Sie war ihr fremd. Ganz im Gegensatz zu Ida. Sie hatte bereits einige Zeit mit Ida verbracht und es bereitete ihr etwas Unbehagen, dass sie nun ein Geheimnis über Ragnars verstorbene Frau hüten sollte, von dem er nicht die geringste Ahnung hatte. Schon wieder etwas vor Ragnar geheim halten. Abgesehen davon erfuhr man nicht jeden Tag, dass man mit einer Hexe befreundet ist. In Sarahs Hirn feuerten ihre Synapsen wieder mal auf Hochtouren.

»Aber dennoch hast du vorhin gesagt, was wenn es Hedda selbst war, beziehungsweise eine Völva? Du hast also selbst keine andere Erklärung dafür. Nehmen wir an, es wäre Hedda wirklich gelungen, diese Valpu zu finden oder jemanden der mächtig genug war, das Amulett zu verzaubern, damit es sie oder zumindest Juna beschützen würde. Wäre es möglich, dass dieser jemand eine Art Teleportationszauber gewirkt hätte, der Juna einfach irgendwohin in Sicherheit bringen sollte, und dass dieser Zauber vielleicht einfach nicht richtig funktioniert hat? Wäre es möglich, dass diese Magie nach all den hunderten von Jahren noch immer so stark ist, dass sie mich in die Vergangenheit bringen konnte? Haben Zaubersprüche so etwas wie ein Ablaufdatum? Obwohl ich mir nicht erklären kann, warum. Und wieso zum Kuckuck bin ich dann nicht gleich hier in Silfrhaf gelandet, sondern in einem ganz anderen Land sozusagen mitten am Schlachtfeld vor Ragnars Füßen? Ist ein Schlachtfeld etwa ein sicherer Ort?« Ida blickte Sarah mit einer Mischung aus Trauer und Erstaunen an. »Nun, möglich wäre es. Was weiß ich. In Heddas Augen vermutlich schon. Ich nehme an, dass der Grund hierfür vielleicht ein ganz spezieller Wunsch von Hedda war. Vermutlich sollte Juna bei Gefahr direkt zu ihrem Vater geschickt werden, egal wo er sich gerade befindet. Sie wusste, Ragnar würde das Leben seiner Tochter mit seinem eigenen beschützen. Und Ragnar wäre auch nicht allein gewesen. Dutzende Krieger hätten ihm zur Seite gestanden, um eine der ihren zu verteidigen. Ich habe eine gewisse Gabe. Nicht nur, dass ich eine hervorragende Hebamme bin, ich habe schon seit meiner Kindheit ein Gespür für Kräuter und Zaubersprüche und die Auren der Menschen. Mein Talent reicht aber höchstens zum Brauen einiger Heilmittel und Elixiere, dem Zutun zu einer schnellen, sicheren Geburt oder dem Auffinden kleinerer Gegenstände. Das Einzige, was ich für Hedda tun konnte, war, das Amulett mit etwas schützender Energie zu füllen. Es mit so viel Magie versorgen, dass es ein Portal öffnen könnte, dass jemanden an einen anderen Ort oder gar eine andere Zeit bringt, dazu wäre ich niemals im Stande. Ich glaube auch nicht, dass das beabsichtigt war und man den Zauber so präzise hätte steuern können. Er war vermutlich einfach nur dazu gedacht, Juna zu ihrem Vater zu bringen, egal wo er sich gerade befand. Nicht mehr und nicht weniger. Aber was weiß ich schon.«

Dann schoss Sarah ein Gedanke durch den Kopf. »Aber weißt du, was mich an der ganzen Sache etwas stört? Sollte Hedda wirklich all diese ganzen Wagnisse und Mühen auf sich genommen haben und diese Vorbereitungen getroffen haben, nur um sich und ihre Tochter vor ein paar Plünderern zu schützen? Ich meine, nach all dem, was ich über sie gehört habe, war sie alles andere als ein hilfloses Hausmütterchen, sondern eine mutige Frau. Eine geübte Kriegerin und Schildmaid. Findest du nicht, dass sie mit zwei dahergelaufenen Wegelagerern fertig geworden wäre? Dass das allein sie wirklich dazu veranlasst haben könnte, solche Mittel zu ergreifen? Ich meine, ich weiß natürlich nicht, welcher Art ihre Visionen waren, was genau sie gesehen hat, aber könnte hier nicht vielleicht mehr dahinterstecken?«

Ida rannen bei der Erinnerung an Heddas und Junas Tod immer noch Tränen herunter. »Du bist wirklich eine kluge Frau, Sarah. Tatsächlich hat mir dieser Gedanke auch schon die eine oder andere schlaflose Nacht beschert. Ich weiß leider auch nicht, was Hedda genau in ihren Traumbildern zugestoßen ist. Ob sie wusste, von wem ihr Gefahr drohte.« Ida war am Boden zerstört.

»Ich habe Hedda im Stich gelassen. Und vermutlich trage ich auch noch Schuld daran, dass du aus deinem Leben gerissen und in die Vergangenheit gebracht wurdest.«

Sarah tätschelte sanft Idas Schulter. »Was redest du denn da? Nein, das hast du bestimmt nicht. Du hast sie nicht im Stich gelassen. Du hast ihr all die Hilfe zukommen lassen, die du ihr geben konntest. Und du sagst selbst, dass deine Kräfte nicht ausreichten, um einen so starken Zauber wirken zu können. Wie also solltest du Schuld daran haben, dass sie starb und ich jetzt hier bin? Glaubst du, Frode weiß von der ganzen Sache?«

»Nein, ich glaube nicht, dass Hedda ihn aufgesucht hat. Frode ist ein vertrauenswürdiger und verschwiegener Mann, aber er besitzt nur die Gabe des Sehens. Er spricht mit den Göttern und ist darin sehr erfahren, aber ich glaube nicht, dass Hedda zu ihm gegangen wäre. Da er ein Freund und Vertrauter von Ragnar ist, hätte sie bestimmt befürchtet, dass er Ragnar davon erzählen würde.« Ida stieß einen tiefen Seufzer aus. »So, nun fühle ich mich ein klein wenig besser, aber immer noch schuldig. Auch ich will endlich wissen, was damals geschehen ist, ich bin es Hedda schuldig.«

»Sind diese Kräfte, die du hast, mittlerweile vielleicht stärker geworden? Glaubst du, dass du vielleicht herausfinden könntest, wer den Zauber gesprochen hat und wo diese Person zu finden ist, oder du mich vielleicht sogar wieder in meine Zeit zurückschicken könntest?«

Ida schüttelte energisch den Kopf. »Völlig ausgeschlossen. Wie sollten sie gewachsen sein? Vielleicht, wenn ich eine Art Lehrmeisterin gehabt hätte, die mich ausgebildet und mich Neues gelehrt hätte, aber einfach so? Völlig unmöglich.«

»Würdest du es vielleicht trotzdem versuchen? Vielleicht könntest du wirklich herausfinden, ob es tatsächlich diese Valpu war und wo sie sich befindet?« Ida schüttelte nachdrücklich den Kopf. »Ich habe es versucht. So eine mächtige Hexe kann nicht gefunden werden, wenn sie es nicht möchte. Das kann nur jemand, der ihr ebenbürtig ist.«

»Bitte Ida. Es mag ein schwieriges Rätsel sein, aber da halte ich es ganz wie Hedda, ich gebe nicht so einfach auf. Ich habe das Gefühl, dass wir kurz davor sind das Geheimnis zu lüften. Oh …«

Ida erschrak.

»Sarah was ist dir, geht es dir nicht gut? Du bist ja leichenblass.« Sarah hob beschwichtigend ihre Hand.

»Alles gut. Es geht bestimmt gleich wieder. Aber hast du bitte vielleicht doch etwas Wasser oder Tee für mich, mir ist etwas schwindlig. Vielleicht hätte ich lieber keinen Met auf leeren Magen trinken sollen.«

»Ja, womöglich war der Met doch keine so gute Idee. Ich war so aufgewühlt, dass ich ganz vergessen habe, dir besser Tee oder Wasser anzubieten! Das ist alles sicher zu viel für dich, zu aufwühlend.« Hektisch sprang Ida auf und schob den Haken mit dem Kessel über das Feuer. Zischend protestierten die Flammen, als sich einige Spritzer Wasser in die Glut ergossen.

»Übrigens, wann wirst du es ihm eigentlich sagen?«
»Wem was sagen?«

»Wann du Ragnar sagen wirst, dass du ein Kind von ihm erwartest?« Sarah hatte das Gefühl, jemand hätte ihr den Boden unter den Füßen weggezogen. »WAAASSSS?« Beinahe wäre sie vor Überraschung mitsamt ihrem Hocker umgekippt. »Was redest du denn bloß?«

»Es ist doch von Ragnar oder nicht?«

Sarah war immer noch wie versteinert. Ida reichte Sarah eine Schale warmen Tee.

Angewidert stieß Sarah die angebotene Schale zurück.

»Kaltes Wasser wäre mir lieber. Danke.«

»Willst du mir etwa einreden, dass du noch gar nicht bemerkt hast, dass du ein Kind erwartest?«

Sarah stand da wie der sprichwörtliche Ochs vorm Scheunentor. Ihr verwirrter Gesichtsausdruck erheiterte die eben noch am Boden zerstörte Ida ungemein.

»Nein. Ich bin nicht schwanger. Wie kommst du bloß darauf? Ich hatte doch erst meine Blutungen.« *Oder etwa nicht? War das nur vom Harnwegsinfekt gewesen?*

»Sarah, ich bin Hebamme, schon vergessen? Ich sehe so etwas und ich sehe, dass deine Aura sich mit der eines anderen Menschen überschneidet. Und ich finde, du bist auch etwas rundlich um die Hüften geworden.« Schockiert sprang Sarah auf und besah sich ihren Körper.

»Wann hast du das letzte Mal geblutet?« Sarah begann im Kopf nachzurechnen. Nun, sie hatte, seit sie hier war, tatsächlich nicht so genau darauf geachtet. Immerhin hatte sie andere Sorgen und ihre anfänglichen Bedenken wegen dem fehlenden Verhütungsmittel nach dem ersten Geschlechtsverkehr mit Ragnar hatte sie rasch über Bord geworfen. Sarah fühlte, wie das Blut in ihren Ohren zu rauschen begann. *Mist. Ida hatte vermutlich wirklich recht. Das letzte Mal habe ich nur einige Tropfen Blut verloren, was mir zwar etwas seltsam vorgekommen war, aber ich hatte es eben auf den Stress und die ungewöhnlichen Umstände geschoben und auch der Blasenentzündung zugeschrieben.* Sarah griff sich an die Stirn. Sie hatte dann gar nicht weiter darüber nachgedacht. ÜBERHAUPT NICHT DARAN GEDACHT! *Oh Mann Sarah. Wie blöd bist du eigentlich? Hast Bedenken schmutziges Wasser zu trinken, aber dass du womöglich schwanger werden könntest, wenn du regelmäßig ungeschützten Geschlechtsverkehr hast, das macht dir keine Sorgen?* Sarah begann zu zittern. Schwanger? Sie wusste nicht so recht, ob sie sich darüber freuen sollte oder nicht. *Was würde Ragnar dazu sagen? Ob es ihm Freude bereiten würde? Könnte es ihn in Schwierigkeiten bringen, wenn er seine Sklavin und mögliches Druckmittel für ein Lösegeld, wie Knud mich bezeichnet hatte, geschwängert hatte? Nun eigentlich wäre es wirklich nicht weiter verwunderlich, wenn es so wäre, schließlich haben Ragnar und ich in den letzten Wochen beinahe täglich miteinander geschlafen.* Körperliche Nähe gehörte mittlerweile ebenso zu ihrem Alltag wie die Arbeit am Feld und dennoch war es jedes Mal aufregend und anders, als beim letzten Mal. Ragnar wurde nicht müde, jeden Quadratzentimeter von Sarahs Körper zu erkunden.

»Aber das ist unmöglich! Ich hatte zwar nur eine leichte Blutung, aber trotzdem. Im Übrigen ist es für eine Frau gar nicht so einfach, hier auf ihre Monatsblutung zu achten. Darüber wollte ich ohnehin schon öfter mit dir sprechen, habe es dann aber immer wieder vergessen.«

»Na dafür ist es jetzt zu spät. Los, schieb dein Kleid etwas nach oben und leg dich da drüben auf mein Bett.« Sarah sah Ida mit großen Augen an.

»Na los, mach schon.« Sarah tat, wie ihr geheißen wurde. Mit raschen, geübten Bewegungen wusch sich Ida ihre Hände, ehe sie Sarahs Bauch und Unterleib befühlte und sie untersuchte.

»Weißt du, ich kenne einige Frauen, die dachten, sie hätten ihre Blutung und dann stellte sich heraus, dass sie guter Hoffnung waren.« Als sie ihre Untersuchung beendet hatte, schritt sie erneut zur Waschschüssel, ehe sie sich wieder an Sarah wandte. »Herzlichen Glückwunsch, Sarah.« Bis vor wenigen Minuten war Sarah noch voller Ideen und Tatendrang gewesen, doch jetzt war ihr Kopf wie leergefegt. Sie war sprachlos.

»Du liebst ihn wirklich sehr, nicht wahr? Mach dir keine Sorgen, ich kenne Ragnar, er wird sich außerordentlich freuen. Im Übrigen gibt es nichts, was einen Mann stolzer macht, als Vater zu werden. Zu zeigen, wie fruchtbar er ist. Ich glaube nicht, dass es für ihn eine Rolle spielt, wer und woher du bist. Ich habe gesehen, welche Blicke er dir zuwirft und wie er dich behandelt. Er liebt dich ebenso wie du ihn. Ich bin mir sicher, dass Ragnar jubeln wird.«

Sarah fragte sich, ob sie tatsächlich so ein offenes Buch war oder ob das mit Idas Fähigkeiten zusammenhing, dass sie das alles wusste. Ihre Augen füllten sich mit Tränen.

»Ja. Ich weiß es klingt seltsam, da wir uns ja erst vor ein paar Wochen, oh Gott, es sind tatsächlich bereits einige Monate. Egal, jedenfalls kennen wir uns noch nicht allzu lange, aber ich liebe ihn wirklich. Ich empfinde mehr für ihn als jemals für irgendjemand anderen. Mehr, als ich es nach meiner letzten Trennung überhaupt für möglich gehalten hätte, nochmals zu empfinden. Wochenlang habe ich einen innerlichen Kampf ausgefochten. Ich hatte und habe noch immer ein schlechtes Gewissen. Wie kann ich mich einfach so verlieben? Wie kann ich es wagen, glücklich zu sein, immerzu nur an den Geschmack seiner Lippen und seine Berührungen zu denken und an die kleine Sunna, wo ich doch ganz genau weiß, dass in etwa tausend Jahren meine Familie vor Sorge um mich ganz krank sein wird. Sie werden sich bei meinen Freunden und meiner Arbeit erkundigen, die Polizei zu Hilfe holen, Suchmannschaften mobilisieren. Mich vermissen, um mich trauern. Und ich weiß nicht einmal, ob ich nicht womöglich ebenso unversehens wieder in meine Zeit zurückversetzt werden könnte, wie ich hierher gelangt bin. Und das Schlimmste daran ist, ich bin mir nicht sicher, ob ich überhaupt zurückkehren wollen würde, wenn ich die Möglichkeit dazu hätte. Zu keiner Zeit war ich jemals so glücklich wie hier und jetzt. Ich würde alles für ihn tun. Hier nur herumzusitzen, macht mich wahnsinnig. Ich fühle mich hilflos und nutzlos zugleich. Ich bin ein furchtbarer Mensch, nicht wahr?« Ida nahm Sarah in den Arm und drückte sie, so fest sie konnte. »Du bist kein furchtbarer Mensch Sarah. Ich habe dir gerade gesagt, dass ich womöglich schuld an Heddas Tod bin und daran, dass du hier bist und das Einzige was du erwidert hast, war, dass ich Hedda bestimmt eine gute Freundin war. Du denkst zuerst an alle anderen, sowohl an deine alte als auch deine neue Familie. Ich bin froh, deine Freundin zu sein.«

»Danke für deine lieben Worte. Ich bin auch froh, dass ich eine Freundin in dir gefunden habe.«

Draußen war es bereits stockdunkel geworden und Sarah wurde bewusst, dass Ragnar dachte, sie wäre bei Frode. *Hoffentlich ist er nicht schon auf der Suche nach mir.*

»Oh mein Gott, wie spät ist es eigentlich? Ragnar wird krank vor Sorge sein. Ich wollte doch Frode besuchen und jetzt bin ich so lange hier bei dir gewesen und habe ganz die Zeit vergessen!« Hastig verabschiedete sich Sarah von Ida und stürmte zur Tür. »Wir sollten unser Gespräch so bald wie möglich fortsetzen. Es ist schon spät, ich muss jetzt leider gehen.« Gerne hätte sie noch länger mit Ida gesprochen, denn ihr schwirrten immer noch unzählige Fragen im Kopf herum. Andererseits hatte sie die Nachricht über ihre Schwangerschaft und die frühere Besitzerin des Amuletts etwas aus der Bahn geworfen. Sie fühlte sich plötzlich müde und sehnte sich nach ihrem warmen Bett. Gedankenversunken schritt sie den steilen Waldpfad hinab. Plötzlich hörte Sarah ein Knacken. Sie blieb kurz stehen, um besser hören zu können. Nichts. Sarah hatte ein ungutes Gefühl und beschleunigte ihre Schritte. Und wieder hörte sie ein Rascheln im Dickicht. Schlagartig erinnerte sie sich an ihr erstes Liebesspiel mit Ragnar, wie er sie damals erschrocken hatte, und blieb stehen. »Das ist nicht lustig, hörst du Ragnar! Komm schon raus und zeig dich!«

Aus dem Dickicht ertönte ein gehässiges Gelächter. Das hörte sich nicht nach Ragnar an oder doch? Die eigene Fantasie konnte einem ja manchmal wirklich Streiche spielen, zumal es schon ziemlich dunkel war und Ragnar sie schon zweimal überrascht hatte.

»Ragnar, bitte lass das! Sei nicht so albern. Du hattest deinen Spaß! Okay?«

»Oh, der Spaß fängt doch gerade erst an, wie ich finde.« Sarahs Nackenhaare richteten sich auf, als sie Einars Stimme erkannte. Sie verlor keine Sekunde und rannte los. Das unwegsame Gelände machte es allerdings nicht gerade einfach und es war noch ein gutes Stück, bis sie in Hörweite des Dorfes kam. Sarah rannte, was das Zeug hielt, aber Einar war schnell. Ehe sie sich versah, hatte er sie eingeholt und schnappte sie beim Arm. »So, du kleines Miststück. Jetzt machen wir da weiter, wo wir das letzte Mal unterbrochen wurden. Dieses Mal ist niemand da, um dir zu helfen.«

»Lass mich in Ruhe du Scheißkerl! Was hast du eigentlich für ein Problem? Hast du sonst niemanden, auf dem du herumhacken kannst?« Sarah wehrte sich mit Leibeskräften, sie zappelte, wand sich, trat und schlug hin, wo es nur ging. Aber sie hatte keine Chance, Einar war einfach zu stark. In Sekundenschnelle hatte er ein Messer herausgeholt und Sarahs Oberteil hing in Fetzen an ihr herunter. Mit seiner linken Hand drückte er Sarahs Kehle zu und klemmte sie mit seinem Körper gegen einen Baumstamm. Ungeduldig tastete er Sarahs Körper ab, so als ob er sie durchsuchen würde. Einar hatte seine Hose bereits geöffnet und zog ungeduldig an Sarahs Slip herum. Sarah hatte sich bis jetzt nicht dazu durchringen können, nur mit einem Unterkleid herumzulaufen, auch wenn ihr Slip mittlerweile schon fadenscheinig geworden war.

»Was bei Odins Bart ist denn das?« Mit einem Ruck riss er ihn ihr einfach von den Hüften. Ein brennender Schmerz durchfuhr Sarah. Jeder ihrer Muskeln war zum

Bersten angespannt. Sie versuchte zu schreien und zu treten, aber umso mehr sie sich wehrte, umso stärker drückte er seine Hand um ihren Hals. Mehr als ein klägliches Krächzen brachte ihre Kehle nicht zustande. Er grinste Sarah boshaft an und drückte ihr nun seine Klinge an den Hals, damit sie stillhielt. Sarah wurde bereits schwindlig, als Einar plötzlich seinen Griff lockerte und sein Grinsen mit einem Mal erstarb. An Einars Kehle blitzte nun ebenfalls eine Klinge im Mondlicht auf. Sarah war mehr als erleichtert, als sie Ragnars Gesicht hinter Einar auftauchen sah. Langsam wanderte Ragnars Klinge in Richtung Einars Hosenstall. »Was soll das Einar? Muss ich dir etwa schon wieder erklären, dass man eine Frau so nicht behandelt? Du siehst lieber zu, dass das das letzte Mal war, dass ich dich in der Nähe von Sarah erwischt habe, wenn dir etwas an deiner Männlichkeit und deinem Leben liegt! HAST DU MICH VERSTANDEN? Solltest du ihr noch ein einziges Mal zu nahekommen, werde ich dir mit Freuden ein paar Körperteile abschneiden und mit deinem Gemächt fange ich an! Ich fragte, ob du mich verstanden hast, Einar?« Ragnars Körper war angespannt wie der einer Raubkatze, die zum Sprung ansetzt. Er lachte, dass es Sarah eiskalt den Rücken herunterlief. Er wartete nur darauf, dass Einar sich zur Wehr setzen würde.

Ich vergesse immer wieder, wie gefährlich Ragnar sein kann.

Einar nickte. Dennoch grinste er Sarah mit seinem widerwärtigen, feindseligen Lächeln an. »Ich weiß, du glaubst, dass du ein alleiniges Recht auf das Weib hast, aber da irrst du dich! Knud wird eurem Treiben ein Ende bereiten. Es sind bereits Monate vergangen und es hat kein

Hahn nach ihr gekräht. Was glaubst du, wie lange Knud noch warten wird?«

Sarah fühlte sich gleichsam erschöpft und unfassbar wütend. Mit aller Kraft, die sie aufbringen konnte, versetzte sie Einar einen Tritt in seine Weichteile. Einar sackte in sich zusammen. Mit krächzender Stimme schrie sie Einar an. »Was zum Teufel ist nur los mit dir? Das geht dich einen Dreck an! Warum lässt du mich und Ragnar nicht in Ruhe? Nur zur Info: Ein Nein ist ein Nein! Da gibt es nichts zwischen den Zeilen zu lesen!«

In Ragnars Blick schwang beinahe etwas wie Stolz mit, obwohl sie an seinem Ausdruck nur zu deutlich erkennen konnte, dass er sauer auf sie war. »Du hast gehört, was meine, ich meine die Frau, gesagt hat. Los, hau endlich ab.« Angewidert versetzte er Einar einen Tritt. Sobald Einar sich im Stande sah, wieder aufzustehen, suchte er, mit immer noch heruntergelassener Hose, das Weite.

»Das wirst du bereuen du kleine Dirne!« Ragnar wollte Einar schon nachsetzen, aber Sarah hielt ihn zurück. »Nicht. Dieser Kerl ist es nicht wert, dass du als Mörder verurteilt wirst. Immerhin bin ich ja nur eine Sklavin.« Ragnar knurrte wie ein wildes Tier.

»Trotzdem hätte ich ihm zumindest seine Eier abschneiden sollen dafür, dass er dich angefasst hat. Was um alles in der Welt machst du eigentlich hier?« Ragnar war noch immer außer sich vor Wut. Sein Blick fiel auf die Klinge seines Jagdmessers. Angewidert ließ Ragnar es zu Boden fallen und wischte sich die Hand an seiner Hose ab.

Besorgt blickte er in Sarahs bleiches Gesicht. Einars Angriff hatte ihr offenbar doch mehr zugesetzt, als sie es sich anmerken ließ. »Geht es dir gut, Liebste?« Sarah stand noch immer unter Schock. Mechanisch rieb sie sich ihren schmerzenden Hals. Sie konnte kaum sprechen. Die Erlebnisse der vergangenen Tage, Wochen und Monate brachen über sie herein wie ein Tsunami. Sie hatte Ragnar bereits am Tag ihres Kennenlernens im Kampf gesehen, wusste um seine Stärke, Geschicklichkeit und sein Bestreben, sie immerzu beschützen zu wollen. Innerhalb der Zeit, da sie hier war, war sie bereits mehrfach bedrohlichen Situationen und Angriffen ausgesetzt gewesen. *Einar hat mir zweifelsohne Angst gemacht, aber dieser Ausdruck in Ragnars Augen. Sein Blick war eiskalt gewesen. Es war klug von Einar gewesen das Weite zu suchen, ansonsten hätte Ragnar ihn mit Sicherheit getötet. Offenbar hing der Kerl doch noch ein wenig an seinem Leben. Ich würde mir wünschen, diesen Kerl nie wieder sehen zu müssen, auch wenn das in einem relativ kleinen Dorf wie Silfrhaf völlig unmöglich ist.* Erst jetzt dämmerte es ihr. *Hatte Ragnar mich gerade Liebste genannt?* Sarahs Herz machte einen Satz. Das hatte er noch nie gemacht.

Ragnars besorgte Stimme riss Sarah aus ihren Gedanken. »Liebste, geht es dir gut? Hat er dich verletzt? Ich schwöre, ich bringe den Kerl um, wenn er dir auch nur einen Kratzer zugefügt hat.« *Oh! Schon wieder.* Sarah war noch etwas heiser, aber sie versuchte Ragnar zu beruhigen. »Es geht mir gut. Mir ist nichts passiert. Auch wenn das Ganze nicht spurlos an mir vorübergegangen ist, ist das Schlimmste, was mir passiert ist, dass mein Kleid und mein schöner Spitzenslip ruiniert sind.« Krampfhaft versuchte sie, die an ihr herabhängenden Fetzen mit beiden Händen zusammenzuhalten. »Du bist gerade noch rechtzeitig gekommen. Ich verstehe nicht, was der widerliche Kerl von mir will. Warum spioniert er hinter mir her? Aber eigentlich will ich gar nicht so genau darüber nachdenken. Was meinte er überhaupt damit, wie lange Knud noch warten wird? Was interessiert euren Jarl eigentlich so brennend an einer unbedeutenden Sklavin?« Sarah war sich der Abstrusität ihrer Worte bewusst und auch der Tatsache, dass immerhin Ragnar derjenige gewesen war, der einen Finderlohn in Aussicht gestellt hatte, um Knud dazu zu bewegen Sarah in seine Obhut zu geben. *Dennoch finde ich sein Interesse mehr als ungewöhnlich und er kann doch wohl auf eine vergleichsweise geringe Abfindung im Gegensatz zum hohen Wert der Schätze von ihren Raubzügen wohl kaum angewiesen sein, oder?*

Sie hätte sich gefreut, Ragnars Sicht der Dinge zu hören. Aber Sarahs Frage blieb unbeantwortet.

Vorsichtig hob Ragnar sie hoch. »Komm, ich bringe dich jetzt nach Hause.«

»Ich kann schon selbst gehen Ragnar, ich bin nicht so schwer verletzt.«

»Kommt ja gar nicht in Frage!«

Ragnar ignorierte Sarahs Einwand und trug sie den ganzen Weg bis zu seinem Haus. Behutsam setzte er sie neben dem Feuer ab, gab ihr dabei aber einen leichten Klaps auf den Hintern.

»Au, was soll das?« Sarah rieb schmollend ihren Po.

»Das war dafür, dass du mir so einen Schreck eingejagt hast.« Sarah bemerkte, wie Ragnar seine Augenbrauen zusammenzog. *Oh, oh. Jetzt kommt also die Standpauke, die ich schon im Wald erwartet hatte.*

»Weißt du was, Sarah, ich bin stinksauer auf dich.« Wäre Sarah nicht durchaus bewusst gewesen, dass Ragnar ihr vermutlich gerade wieder einmal das Leben gerettet und sein Zorn eine gewisse Berechtigung hatte, hätte sie auf Grund seiner Wortwahl tatsächlich ein wenig lachen müssen. Es war ihm gar nicht klar, denn so sehr sich Sarah auch bemühte, sich an die Sprechweise dieser Zeit anzupassen, so passierte es ihr dennoch immer wieder, dass ihr einige Redewendungen und Ausdrücke aus Gewohnheit herausrutschten, und Ragnar hatte tatsächlich einige davon angenommen. Ragnars todernster Gesichtsausdruck ließ Sarahs Schmunzeln allerdings im Keim ersticken.

»Als es dämmerte, bin ich mit Sunna aufgebrochen, um dich bei Frode abzuholen. Jetzt stell dir einmal meine Überraschung vor, als ich erfahren habe, dass du gar nicht da warst!« Ragnar schnaufte vor Wut. »Also habe ich Sunna bei Björn abgeliefert und bin aufgebrochen, um dich zu suchen. Weißt du, welche Sorgen ich mir gemacht habe? Glücklicherweise gab es nicht allzu viele Möglichkeiten, wo du hingegangen sein konntest, also habe ich mich auf den Weg zu Ida gemacht. Ist dir klar, was hätte passieren können, wenn ich dich nur einige Augenblicke später gefunden hätte?«

Sarah nickte betreten. *Dem war nichts hinzuzufügen. Ich weiß es. Es bedurfte keiner allzu großen Fantasie, sich das auszumalen. Ragnar hatte recht. Leider gab es nicht die Möglichkeit, ihn am Mobiltelefon anzurufen, um ihm Bescheid zu geben oder ihn um Hilfe bitten zu können, als Einar plötzlich auftauchte.* Sarah wusste, dass Ragnar einen ausgeprägten Beschützerinstinkt hatte, aber ihn aus Sorge um sie erneut so in

Rage zu erleben, war beängstigend und erotisierend zugleich. Auch Sven hatte sie schon einmal vor Einar gerettet, aber es hatte sich anders angefühlt. Sarah plagte das schlechte Gewissen. Sie hätte Ragnar schon längst erzählen müssen, dass es nicht das erste Mal war, dass Einar sich an ihr vergriffen hatte. Als Sarah ihre Stimme wiedergefunden hatte, beschloss sie ohne Umschweife, Ragnar von dem Vorfall vor seinem Haus zu erzählen. Sie wusste, dass er sich aufregen würde, hielt es aber für kaum möglich, dass er noch wütender werden könnte, als er augenblicklich ohnehin schon war.

Wie sich herausstellte, konnte er. Sarah befürchtete, Ragnar würde zuhause alles kurz und klein schlagen vor lauter Wut. Die Anspannung, Sorgen, Ängste und Geheimnisse. Alles, was passiert war, seit die beiden sich das erste Mal begegnet waren, entluden sich in einer gigantischen Zerstörungswut Ragnars. Tisch, Stühle, Waschschüsseln; alles flog durch den Wohnraum, wurde zerschlagen oder zertreten. Nichts war vor ihm sicher und als er endlich damit fertig war, seine ohnehin spärlichen Einrichtungsgegenstände zu Kleinholz zu verarbeiten, war Ragnar schweißgebadet und atemlos und Sarah hin und her gerissen zwischen Sorge und Furcht.

»Ich bringe den widerlichen Kerl um. Ich hätte ihm gleich an Ort und Stelle seine Eingeweide herausreißen und den Wölfen zum Fraß vorwerfen sollen!« Ragnar hatte zwar aufgehört um sich zu schlagen, schäumte aber immer noch vor Wut. Sarah sah sich geistig schon Frode oder Ida um Unterschlupf bitten, da sie befürchtete Ragnar würde sie nun auch noch vor die Tür setzen. *In seinen Augen waren*

das Stillschweigen und Verheimlichen vermutlich der größere
Verrat und noch abscheulicher als das, was Einar getan hatte.

»Bitte, sieh mich nicht so vorwurfsvoll an. Ich weiß, dass es falsch war, dir nicht sofort davon zu erzählen, als Einar hier das erste Mal aufgetaucht ist und mich bedrängt hat. Und ich weiß auch, dass ich nicht einfach so zu Ida hätte gehen dürfen, ohne dich darüber in Kenntnis zu setzen. Es tut mir leid. So wie du damals mit ihm in dem Dorf gesprochen hast, als ich Sunna gefunden habe, war mir klar, dass ihr keinesfalls Freunde seid. Aber nachdem, was du mir über Blutrache und Selbstjustiz erzählt hast, hatte ich Angst, dass du womöglich etwas, na ja, Unüberlegtes tun könntest. Ich wollte nicht, dass du meinetwegen Schwierigkeiten bekommst. Du hast schon so viel für mich getan. Und bitte sei nicht sauer auf Sven. Er wollte dir davon erzählen, aber ich habe ihn angefleht, dir nichts zu sagen.« Erschöpft ließ sie ihren Kopf sinken. »Ich bin müde. Ich will mir einfach nur den Schmutz und Gestank von Einar abwaschen und ins Bett. Können wir bitte morgen darüber weiterreden? Bitte?«

Ragnar zog seine Augenbraue hoch. Genauso wie er es immer tat, wenn er zwar nicht genau verstand, was Sarahs Worte bedeuteten oder er nicht ganz ihrer Meinung war, aber einen Teufel tun würde, sie jetzt danach zu fragen oder ihr zuzugestehen, dass sie recht hatte. Er war ohnehin intelligent genug, um den Sinn ihrer Worte auch ohne genaue Erklärung zu erfassen. Sarah fand diesen Gesichtsausdruck äußerst sexy. Ragnar nickte und ließ sich erschöpft in den letzten verbliebenen Stuhl am Feuer fallen. Geduldig wartete er, bis Sarah Wasser vom Herdfeuer und die Waschschüssel aus seiner Schlafkammer geholt hatte, die er nicht zertrümmert hatte. Schweigend saß er da und wartete, bis sie sich gewaschen hatte. Als sie aus dem Nebenzimmer zurückkam, ergriff er umgehend das Wort.

»Das, was du zu Einar gesagt hast, bedeutet das, dass ich zu spät gekommen bin? Oder womöglich Sven, als Einar es gewagt hat, auf meinem Grund und Boden über dich herzufallen?«

»Was?« Sarah verstand kein Wort.

»Hat er sich doch an dir vergangen?«

»Um Himmelswillen, nein! Es ist wirklich nichts passiert!«

Ragnar schnaubte verächtlich. »Nichts passiert.«

»Das ist es, was dir Sorgen bereitet?«

»Natürlich mache ich mir darüber Sorgen. Um dich.« Sarah war immer wieder überrascht, wie einfühlsam Ragnar sein konnte, und es machte sie froh und traurig zugleich, dass er sich offenbar ständig um sie zu sorgen schien. »Nein, es ist wirklich alles in Ordnung.«

»Ich weiß genau, dass du jetzt versuchst, den Vorfall unbedeutender darzustellen, als er wirklich war. Aber das ist todernst. Einar besaß tatsächlich die Frechheit, sich in meiner Abwesenheit auf meinem Land an meinem Eigentum vergehen zu wollen. Es war dein Glück, dass mein Bruder gerade auf dem Feld gearbeitet hat. Und nun stellte er dir erneut nach.«

»Mir ist nichts geschehen. Ich weiß durchaus, was hätte passieren können.«

»Dennoch werde ich mit Sven ein ernstes Wörtchen reden müssen und ich muss wissen, ob Einar einfach nur nicht seinen Lümmel in der Hose behalten kann oder ob hier mehr dahintersteckt. Was wollte er überhaupt hier?«

»Er wollte wissen, ob es etwas Neues gibt in Bezug auf mein Gedächtnis. Knud hatte ihn geschickt.«

»Das kann unmöglich alles gewesen sein.«

Sarah zuckte mit den Schultern.

»Möglicherweise hat ihn jemand beauftragt, dich oder uns zu beobachten? Immerhin wusste er, dass zwischen uns …«

»Ja, was?«

»Dass wir miteinander das Lager teilen. Dass da etwas zwischen uns ist.«

»Oder er hat einfach nur geraten oder versucht, dich aus der Reserve zu locken. Was ihm ja beinahe auch gelungen wäre.«

Ragnar ließ den Kopf auf seinem Schoß sinken.

»Wie soll ich jemandem vertrauen, der mir so wichtige Nachrichten vorenthält.« *Autsch. Eins zu null für ihn.*

»Ich hatte nie die Absicht, dich zu verletzen.« Sarah konnte nicht dagegen ankämpfen, ihr schossen die Tränen in die Augen. »Ich weiß es klingt lächerlich, aber ich wollte dich beschützen. Ich habe nur versucht, weitestgehend ‚unsichtbar' zu bleiben.« Wieder malte sie mit ihren Fingern diese seltsamen Zeichen in die Luft. »Ich wollte nicht auffallen und keine weiteren Fragen und Nachforschungen, was meine Person und mein Leben anbelangt, heraufbeschwören. Und ich wollte nicht, dass du meinetwegen Schwierigkeiten mit dem Jarl bekommst. Ich hatte Angst, du würdest möglicherweise etwas Unüberlegtes tun und den Kerl umbringen! Hätte immerhin ja vorhin nicht viel gefehlt. Das Letzte, was ich will, ist dich zu verlieren. Bitte verzeih mir Ragnar und bitte sei nicht wütend auf Sven. Er wollte dir davon erzählen, aber ich habe ihn angefleht, Stillschweigen zu bewahren.«

»Siehst du denn nicht, dass ich mir Sorgen um dich mache? Du gehörst zu mir. Keinesfalls werde ich zulassen, dass mir ein weiteres Mal meine Familie genommen wird.« Ragnar packte Sarah an den Schultern und begann sie zu schütteln, so als ob er meinte, sie würde seine Worte dadurch besser verstehen.

Sarah sah Ragnar erstaunt aus verweinten Augen an. »Du betrachtest Sunna und mich als deine Familie?« Ragnar war wie vom Blitz getroffen. »Gewiss. Ich dachte, das wäre offenkundig?«

Sarahs Schweigen war ihm Antwort genug. Sanft zog er sie an sich.

»Ich bin mir durchaus im Klaren darüber, dass das alles bestimmt aus bester Absicht heraus geschehen ist, aber es wäre mir lieber, wenn du von jetzt an keine Geheimnisse mehr vor mir haben würdest.« Ragnars Worte konnten Sarahs Tränen nicht stoppen. Im Gegenteil. Zu sehr war sie von sich selbst enttäuscht. Erneut rannen sie in Strömen ihre Wange hinunter. Hatte sie doch bereits wieder Neuigkeiten und wusste nicht so recht, wann und wie sie ihm diese beibringen sollte.

»Das werde ich. Du hast mir das Leben gerettet. Du bist mein Freund und Vertrauter. Niemand weiß so viel über mein Leben, meine Gefühle, Ängste, Sorgen und Hoffnungen wie du. Nicht einmal meine Familie. Ich bin es, die dich um Verzeihung bitten muss und die in deiner Schuld steht. Niemals hätte ich dir das alles verschweigen dürfen. Mir war nicht klar, dass du mich als Teil deines Lebens betrachtest, was du eigentlich genau für mich empfindest. Aber andererseits …«

»Aber was?«

Sarah rang mit sich, aber es musste einfach alles aus ihr heraus. »Auch du sagst mir nicht immer alles.«

Ragnar suchte bereits nach Worten der Erklärung für ihre Heirat, als Sarah fortfuhr.

»Ich weiß von dem Amulett.«

»Was weißt du von dem Amulett?«

Sarah zog eine Augenbraue hoch.

»Ich weiß jetzt, warum ihr alle so ein Aufhebens darum gemacht habt. Das hättest du mir ruhig sagen können.«

Ragnar nickte.

»Aber ich verstehe auch, warum du es mir nicht gesagt hast, und ich weiß, dass es alles nur schlimmer macht, umso länger man damit wartet jemandem die Wahrheit zu sagen. Ich weiß, wie lange ich damit gehadert habe dir zu sagen, dass ich rund tausend Jahre nach dir geboren wurde.«

Ragnar räusperte sich. Aber es waren ohnehin keine weiteren Worte notwendig. Er hatte sich ebenso schnell wieder beruhigt, wie er in Rage geraten war. Er atmete wieder ruhiger und der Ausdruck in seinem Gesicht, während er die Möbel zertrümmert hatte, war verschwunden. Im Gegenteil, seine Konturen wurden ganz weich, wenn er Sarah ansah. »Wir beide hatten Geheimnisse, taten Dinge und verschwiegen Informationen, um uns gegenseitig zu schützen. Du bist mir wichtig, Sarah.«

Entschlossen stapfte er zur Waschschüssel. Schwungvoll tauchte er seine Hände ein und schaufelte sich das lauwarme Wasser ins Gesicht.

»Darf ich dir helfen?« Sanft streifte sie mit ihrer Hand über Ragnars Schultern und massierte seinen steifen Nacken.

»Ah, das tut gut. Nicht aufhören!«

Kichernd setzte Sarah ihre Massage fort.

»Was auch immer du da tust, hör nicht auf.« Ragnar grunzte zufrieden.

»Setz dich am besten oder leg dich hin, dann komme ich besser an deinen Nacken heran.«

»Und warum hast du das bisher noch nie gemacht?« Ragnar warf Sarah einen gespielt vorwurfsvollen Blick zu, tat aber, wie ihm geheißen wurde, und setzte sich auf den Boden.

Sarah zuckte mit den Schultern. »Es hat sich bisher eben nie ergeben. Ich dachte, du könntest ein wenig Entspannung gebrauchen.«

In Ragnars Augen blitze es vielsagend auf und er wackelte aufreizend mit seinen Augenbrauen. »Ach ja?«

Sarah schmunzelte. »Das ist nicht dein Ernst?«

»Warum?« Ragnars Grinsen reichte fast von einem Ohr zum anderen.

»Ich glaube, das ist jetzt kein so guter Zeitpunkt. Ich fühle mich müde und erschöpft, du hast beinahe das gesamte Haus zu Kleinholz verarbeitet …«

Ragnars Blick verdüstere sich. »Ich kann den Gedanken nicht ertragen, dass er dich berührt hat.«

Sarah nickte. »Ah, ich verstehe. Du willst dein Revier markieren.«

»Was?« Blitzschnell hatte er sich umgedreht und zog Sarah auf seinen Schoß. »Was will ich?« Ragnars Hände glitten sanft über Sarahs Körper, als versuchte er, sich zu überzeugen, dass sie wirklich da war, dass alles so war wie immer. Die Anspannung des Abends entlud sich. Forsch zog er sie an sich. Seine Lippen suchten die ihren und er bedachte sie mit einem der zärtlichsten Küsse, die sie je bekommen hatte. Einem Kuss von der Sorte, die geradezu süchtig machte. Ein süßes Versprechen auf mehr. Seine rhythmischer werdenden Bewegungen ließen keinen Zweifel daran. Sarah spürte wie die Hitze in ihr aufstieg. Seine Berührungen waren ihr mittlerweile so vertraut und dennoch immer wieder neu und aufregend. Seine Lippen lechzten förmlich nach den ihren, bedeckten ihren Hals mit heißen Küssen.

Als er die Male an ihrem Hals sah, erinnerte er sich für einen kurzen Augenblick wieder an die erschreckenden Geschehnisse des Abends. Leidvoll schloss er die Augen.

»Hast du noch Schmerzen?«

Sarahs Gehirn war bereits auf Autopilot. Ihre Hormone hatten ihren Körper längst unter Kontrolle. Jede Zelle ihres Körpers sehnte sich danach, von Ragnar berührt zu werden. Mechanisch schüttelte sie den Kopf.

Mit sanften Küssen versuchte er die geröteten Stellen an ihrem Hals und die Erinnerung an die Geschehnisse des Abends fortzuküssen. Begierig sog er den Duft ihres Haares ein, während seine Hände ihr Kleid hochstreiften.

»Ich wünschte, du würdest für immer bei mir bleiben.«

Kapitel 15
–
Honigmond

Ragnar erwachte mit dem unbändigen Drang, Sarah und der kleinen Sunna etwas Gutes zu tun. Sein Stolz hatte eine leichte Kerbe erhalten, aber diese Frau und das kleine Mädchen waren alles für ihn. Er liebte Sarah, dennoch schaffte er es nicht, diese Worte auszusprechen. Er begehrte sie. Der Gedanke, je wieder ohne sie sein zu müssen, machte ihn beinahe verrückt. Er war seit einer ganzen Weile endlich wieder glücklich und mit sich selbst zufrieden, dennoch nagten Zweifel an ihm. *Es ist kaum zu glauben. Ich bin seit Ewigkeiten wieder wahrhaft glücklich. Ich habe richtig gehandelt. Sarah ist meine Zukunft, das spüre ich. Es ist ein Neubeginn für uns beide. Zwar habe ich mit Sarah bereits vor unserer Hochzeit das Lager geteilt, aber Svens Anwesenheit bei der Zeremonie und Nächtigung unter meinem Dach sollte als Zeugnis unserer Eheschließung ausreichen.* Ihn plagte immer noch das schlechte Gewissen, weil er Sarah verschwieg, dass sie nun verheiratet waren, weshalb er sie trotz Vorbehalte allein gehen hatte lassen. Er fühlte sich mitschuldig für die Geschehnisse des vergangenen Abends. *Sie hatte ja recht. Wenn er Einar verstümmelte oder tötete, würde er alles verlieren, was er gerade erst wieder gewonnen hatte. Die Hoffnung auf eine neue Familie, ein neues Leben gemeinsam mit Sarah und der kleinen Sunna.* Im blassen Licht der ersten Sonnenstrahlen betrachtete er seine schlafende Frau. Keinesfalls wollte er sie wieder verlieren. Jeder Tag, der verging, machte es ihm nur umso deutlicher. *Ich weiß, dass ich eigennützig gehandelt habe und sie zu nichts zwingen kann, aber ich hoffe wirklich, dass Sarah dadurch ein freies Leben führen kann. Unsere Verbindung soll nicht länger verheimlicht werden. Ich wünsche mir, dass sie bei mir bleibt, auch wenn ich ihr das nicht sagen kann. Ich habe bereits einmal eine große Liebe verloren, ich bin nicht bereit noch eine gehen zu lassen.* Er spielte mit den beiden goldenen Ringen, die er für sie hatte anfertigen lassen, und wünschte, er könnte Sarah ihren an den Finger stecken. *Sven hat recht. Ich hätte sie fragen müssen, aber dafür ist es jetzt zu spät.* Ragnar hatte bereits einige Tiere erstanden und auch ein weiteres kleines Schmuckstück von Björn anfertigen lassen und freute sich schon darauf, Sarah seine Morgengabe zu überreichen. Allerdings war er sich über den geeigneten Zeitpunkt hierfür noch nicht klar. Er brannte darauf, Sarah nach ihren Träumen in ihrer Hochzeitsnacht zu fragen, galten diese doch als sicheres Zeichen dafür wie viele Kinder sie ihm gebären würde und wie glücklich es sonst um ihre Ehe beschieden war. *Sicher, streng genommen waren wir nie verlobt und sie hat mir bestenfalls ihre stillschweigende Zustimmung erteilt, dennoch bin ich sicher, also gut, hoffe ich, dass sie mir diese Feinheiten nachsehen wird. Ich weiß, sie liebt mich ebenso.* Wenigstens haben wir so gut wie alle wichtigen Rituale der Hochzeit durchgeführt, rein formal kann uns das niemand absprechen. Umso mehr er darüber nachdachte, umso weniger war er sich allerdings sicher, wann und wie er Sarah am besten sagen sollte, dass sie nun seine Ehefrau war. Svens Worte vor der Zeremonie hatten ihn verunsichert und er wusste nur zu gut, wie hitzig auch Sarah manchmal reagieren konnte.

Er fand, dass es an der Zeit war, Sarah und Sunna mehr von seinem Land zu zeigen. Die beiden hatten schon genug Schlimmes erlebt. Er wollte ihnen die Schönheit seiner Heimat aufzeigen. Erwartungsvoll blickte er zu seiner schlafenden Frau. Er wollte, dass sie sich ausruhte, brannte aber gleichzeitig darauf, ihr von seiner Idee zu berichten. Sanft streichelte er über ihr Haar und ihre Wange. Als sie darauf nicht reagierte, stupste er Sarah leicht an.

»Los raus aus den Federn, Liebste! Genug geschlafen. Pack ein paar Sachen für dich und Sunna und ein wenig Proviant für uns ein. Ich kümmere mich um den Rest.« Schlaftrunken blickte Sarah Ragnar an.

»Was soll das heißen, wo gehen wir denn hin?«

»Wir machen eine kleine Wanderung.«

»Wie, eine kleine Wanderung? Wohin denn und für wie lange?«

»Nicht lange. Nur heute.«

»Sind wir nicht gerade am Abschluss der Erntezeit und dabei, Vorräte für den Winter anzulegen? Und wer bitte schön soll sich denn um die Tiere kümmern, während wir weg sind?«

Ragnar prustete los, er konnte sich beinahe nicht mehr einkriegen vor lauter Lachen.

»Keine Sorge Liebste, ich sagte ja, dass ich mich um alles kümmere.«

Sarah war ein wenig gekränkt. Sie war wirklich in Sorge um die Tiere und die Arbeit, die getan werden musste. Außerdem passte dieser spontane Einfall irgendwie so gar nicht zu Ragnar.

»Du redest wahrlich bereits wie die Herrin des Hauses. Man könnte meinen, du wärst es immer schon gewesen. Was meinst du denn, wer sich hier um alles kümmert, wenn ich auf Fahrt bin?«

»Nun, um ehrlich zu sein, wollte ich dich das bereits fragen. Bitte verzeih mir, ich wollte dich nicht herumkommandieren, ich meine, will dir natürlich keine Vorschriften machen. Es ist dein Haus und Hof, du wirst schon wissen, was zu tun ist. Aber das kommt alles so plötzlich. Wo willst du denn mit uns hin?«

Ragnar nahm Sarah in seine Arme. »Du verstehst mich falsch. Es freut mich wirklich sehr, dass du dir um solche Angelegenheiten Gedanken machst, aber es ist meine Aufgabe, mich um dich zu kümmern, nicht umgekehrt.«

Sarah verdrehte die Augen.

»Ich werde Sunna bei Björns Familie abholen und sie bitten, ein Auge auf das Haus und die Tiere zu haben. Und um deine Frage zu beantworten, während der Abwesenheit der Krieger kümmern sich normalerweise die Frauen und die Sklaven um den Hof. Die im Dorf verbleibenden Greise und Frauen achten darauf, dass alles seine Ordnung hat. Aber es gefällt mir wirklich, dass du bereits wie eine von uns denkst.«

Sarahs Wangen färbten sich rosa.

»Ich möchte dir gerne die Schönheit meiner Heimat zeigen, Sarah. Du hast bisher nur Arbeit, Kampf, Blut und Tod gesehen. Du sollst nicht denken, dass mein Leben ausschließlich daraus besteht.«

»Machst du Werbung, damit ich lieber hierbleibe?«

Ragnar war so euphorisch, dass er Sarahs spitzzüngige Bemerkung gar nicht hörte.

Ungerührt fuhr Ragnar fort. »Ich will dir eine Freude machen und ich würde dir gerne die schönsten Plätze meiner Kindheit zeigen. Ein paar schöne Stunden mit meiner Familie verbringen.« Sarah war gerührt und auch, wenn dies äußerst selten der Fall war, so fehlten ihr in diesem Augenblick die Worte. Er hat mich und Sunna als seine Familie bezeichnet! Sarah schenkte Ragnar ein strahlendes Lächeln.

»Also gut. Was soll ich mitnehmen? Wird das für die kleine Sunna nicht zu anstrengend werden?«

Ragnar lachte. »Nein, wir werden das Boot nehmen und alles, was ich dir zeigen möchte, ist innerhalb kürzester Zeit zu Fuß zu erreichen.«

Es fühlte sich beinahe an wie Urlaub. *Urlaub.* Sarah hätte niemals für möglich gehalten, dass sie dieses Wort hier im Mittelalter einmal gebrauchen würde. Ragnar gefiel das Wort. Ständig hatte er es wiederholt. Streng genommen war es zwar kein richtiger Urlaub, sondern nur ein kleiner Ausflug, aber Ragnar war sich sicher, dass ein paar Stunden abseits des Dorfes und der ständig um sie kreisenden offenen Fragen und Sorgen ihnen guttun würden. Ragnar hatte sich gleich nach dem Frühstück auf den Weg ins Dorf gemacht und Sunna bei Björn geholt, während Sarah die Hühner und Ziegen gefüttert und alles für ihren Ausflug vorbereitet hatte.

Sie fuhren mit Ragnars Boot flussabwärts und passierten wunderschöne Buchten und kleine Inseln, die zum

Teil nur aus ein paar Sandhaufen oder großen Steinen bestanden. Sie waren so winzig, dass nicht einmal ein Haus darauf Platz gehabt hätte. Dennoch war es wunderschön. Als die Sonne ihren höchsten Punkt erreicht hatte, legten sie an einer kleinen sandigen Bucht an. Ragnar führte sie ein Stückchen in den Wald hinein. Das Gelände stieg stetig an und Ragnar verlangsamte seinen Schritt, als er bemerkte, dass Sarah etwas zurückblieb. »Geht es dir gut? Vielleicht war das mit dem Ausflug doch kein so guter Einfall? Schmerzt dein Hals noch?«

»Alles in Ordnung, bitte mach dir keine Sorgen. Ich bin nur etwas müde.« Verschwörerisch zwinkerte sie Ragnar zu. Ragnar lachte und hob Sunna auf seine Schultern. »Wir sind gleich da. Dann kannst du dich ausruhen.«

»Du hast mir noch gar nicht erzählt, was du gestern so lange bei Ida gemacht hast.« Sarah zuckte kaum merklich zusammen.

»Ach, nichts Besonderes. Da Frode nicht da war, dachte ich mir, ich gehe einfach zu Ida weiter, wenn ich schon mal unterwegs bin. Immerhin gibt es noch so viele offene Fragen und ich muss noch einiges lernen, was eure Bräuche und Kultur angeht. Dem Geheimnis meiner Zeitreise bin ich auch noch kein Stückchen nähergekommen.« Sarah geriet ins Stottern, als sie bemerkte, dass Ragnar darauf wartete, dass sie fortfuhr und sie argwöhnisch beäugte. »Wir haben vor lauter Schwatzen einfach nicht auf die Zeit geachtet. Tut mir leid, dass du dir meinetwegen Sorgen gemacht hast.« Und wieder lastete die Schuld auf ihr, Ragnar nicht die ganze Wahrheit erzählt zu haben.

»Lass gut sein, wir wollen nicht mehr darüber sprechen. Es freut mich, dass du eine Vertraute gefunden hast.« Ragnar deutete in Richtung Horizont.

»Sieh nur, wir sind fast da.«

Das Gelände war nun wieder flacher geworden. Die Bäume und das Dickicht begannen sich zu lichten und gaben einen atemberaubenden Blick auf das Meer frei. Sie befanden sich auf einer Art Klippe oder dem Gipfel eines Hügels. Unter ihnen nur grüne Heidelandschaft, Wiesen und Bäume und davor liegend die Meeresküste. Scharfkantige steile Felsen ragten aus dem aufschäumenden Meer. Das Geräusch der Brandung und das Kreischen von Möwen drang zu ihnen herauf. Man glaubte beinahe, die feinen Sprühnebel der Gischt zu spüren. Mit Stolz erfüllt, beobachte Ragnar Sarah dabei, wie sie die Landschaft betrachtete. Die Klippen waren, ebenso wie die Hügel, nicht allzu hoch, dennoch war der Ausblick spektakulär.

Sie waren etwas mehr als eine Stunde unterwegs und doch war die Landschaft bereits ganz verändert. Während Ragnars Land den Vorzug eines Sandstrandes hatte, gab es hier weit und breit nur Bäume und Laubwälder voller Buchen, Eichen, Haalsträucher, Ahornbäume, Linden und Kastanien. Bis auf die kleine Anlegestelle war hier kein Strand zu entdecken. Ragnar breitete eine Decke aus und die drei nahmen darauf Platz.

»Es ist wunderschön hier! Man möchte gar nicht mehr weg.«

Ragnars Augen funkelten. »Nicht wahr? Ich habe in meiner Kindheit viele Stunden hier verbracht. Ich kam nach dem Tod meiner Eltern oft hierher. Ich habe mir vorgestellt, wie es wohl wäre, hier ein Haus zu bauen und mit meiner Familie zu leben.«

»Ihr wart früh auf euch allein gestellt. Du hast mir nie erzählt, was passiert ist.«

»Mein Vater starb einen ehrenvollen Tod. Er ist im Kampf gefallen. Meine Mutter hat sich danach geweigert wieder zu heiraten und wurde schon bald nach dem Tod meines Vaters schwer krank.«

»Das tut mir sehr leid.«

»Das muss es nicht. Ihr war immerhin ein schneller Tod beschieden, sie musste nicht lange leiden.«

Ragnars Blick schweifte in die Ferne. Da er offenbar nicht weiter darüber sprechen wollte, wechselte auch Sarah wieder das Thema. »Die Aussicht von hier ist einfach unschlagbar. Stell dir vor, man könnte diesen Ausblick jeden Tag vom Schlafzimmer aus genießen. Die Menschen in meiner Zeit würden eine Menge Geld dafür zahlen. Aber es ist doch etwas weit weg vom Dorf, so ganz ohne Lebensmittelversorgung, Nachbarn und Freunde. Es hat eben alles seine Vor- und Nachteile. Es wäre bestimmt auch gefährlich. So nah an den Klippen, ohne Zaun, vermutlich gibt es hier auch wilde Tiere. Man müsste auch ständig ein Auge auf die Kinder haben.«

Ragnar sah Sarah erstaunt an. »Kinder?", fragte er. Sarah begann zu stottern. Sie war definitiv noch nicht bereit, es ihm zu sagen. Sie hatte ja noch nicht einmal selbst ganz realisiert, dass ein Kind in ihr heranwuchs. Ragnars und ihr Kind.

»Na ja, ich meine, wenn du hier dein Haus gebaut hättest. Bestimmt wolltest du noch viele Kinder haben, nicht wahr?« Sarah seufzte.

»Tut mir leid, das war sehr unbedacht von mir. Ich wollte keine alten Wunden aufreißen.«

»Das ist es nicht. Du sagst, was du denkst. Das gefällt mir. Man muss nicht erst lange herumraten, was wohl in dir vorgeht.«

Ragnar beugte sich zu Sarah und blickte ihr tief in die Augen. »Ja, ich hätte gerne viele Kinder.« Sarahs Wangen röteten sich, dennoch vermochte Ragnar Sarahs Reaktion nicht zu deuten. Betreten blickten beide zu Boden.

Nachdem Sunna ihren Mittagsschlaf unter den schatten-spendenden Bäumen gehalten hatte, zeigte Ragnar den beiden unweit noch einige alte Monolithe, Gräber und Dolmen. Der Anblick dieser riesigen, steinernen Gebilde war beeindruckend und furchteinflößend zugleich.

»Unglaublich, dass das von Menschen geschaffen wurde. Ich glaube ja nach wie vor nicht so recht an eure Theorien und Geschichten über Magie, aber dieser Ort hat definitiv etwas Magisches an sich. Das müssen sehr be-deutende Leute gewesen sein, denen man solch aufwen-dige Grabmäler gebaut hat.«

»Ich weiß, was du meinst. Sie sind wahrlich beein-druckend. Als Kind dachte ich immer, dass dies Wohn-stätten von Riesen oder Göttern seien. Viele davon sind aber einfache Familiengräber. Ich kann nicht sagen, ob es sich um wohlhabende Familien gehandelt hat.« Ragnar imitierte Sarah, indem er mit den Fingern Gänsefüßchen in die Luft malte.

Sarah lachte. Ihr selbst fiel es meist gar nicht mehr auf, aber sie wusste, dass sie beim Sprechen sehr viele Gesten gebrauchte. Ihre Freunde und Familienangehörigen scherzten oft, dass sie vermutlich gar nicht mehr sprechen konnte, wenn man ihr die Hände hinter dem Rücken fesselte.

Der Tag verging schnell und die Sonne stand bereits tief, als sie beschlossen, sich auf den Heimweg zu machen. Als sie gerade auf dem Weg zurück zu Ragnars Boot waren, sahen sie unweit einiger Dolmen plötzlich eine Frau stehen. Sie wirkte fast unwirklich mit ihrem langen weißen Haar und ihrem weißen Kleid. Sie sah aus wie ein Schwarzweißbild, das jemand hier abgestellt und inmitten dieser Farbenpracht vergessen hatte. Ihr langes, wallendes Haar und ihr schneeweißes Kleid wehten in der sanften Brise. Ragnar winkte ihr freundlich zu, was sie mit einem Nicken beantwortete.

»Kennst du die Frau?«

Ragnar schüttelte den Kopf. »Nein.«

»Wieso grüßt du sie dann?«

Ragnar blickte Sarah verständnislos an. »Ist es bei euch denn nicht üblich, dass man sich grüßt, wenn man sich unterwegs begegnet?«

»Hm, eigentlich nicht. In einem Dorf wo jeder jeden kennt bestimmt, aber in den Großstädten leben so viele Menschen, da kann man unmöglich mit jedem bekannt sein oder ein paar freundliche Grußworte wechseln.«

»Das ist ja seltsam. Aber, du hast in gewisser Weise recht. Ich habe hier bisher so gut wie nie eine Menschenseele getroffen. Hierher verschlägt es nur selten jemanden.«

Bei genauerer Betrachtung schien es beinahe so, als ob die Frau auf sie zukommen würde, ohne dass sie dabei ihre Beine bewegte. Bei Sarah läuteten augenblicklich die Alarmglocken. Die Frau wirkte keinesfalls unfreundlich, dennoch strahlte sie definitiv mehr als nur Respekt aus.

Ragnar erkannte nun ebenfalls, dass an dieser Fremden etwas Eigenartiges war.

Verwirrt blickte er zu Sarah. Die Frau musterte die drei aufmerksam, wobei sie ein besonderes Augenmerk auf Sarah zu richten schien. Als Ragnar gerade zu ihr hinüberrufen wollte, ob alles in Ordnung sei, war sie plötzlich verschwunden. Ragnar schüttelte verdutzt den Kopf und wandte sich wieder zum Gehen um. Im Gegensatz zu Sarah schien ihn die Begegnung nicht weiter zu beschäftigen. Als die drei endlich Ragnars Anlegestelle erreichten, war die rätselhafte Begegnung bereits vergessen. Sunna war während der Bootsfahrt auf Sarahs Schoß eingeschlafen. Seufzend hob sie die schlafende Sunna hoch und übergab sie zärtlich in Ragnars Hände.

In ihrem abgeschotteten Leben zu dritt auf Ragnars Land hatte sich nach ein paar Tagen bereits wieder die Routine in ihrem Alltag eingestellt. Auch der kleinen Sunna schien es von Tag zu Tag besser zu gehen. Sie hatte Sarah und Ragnar vollständig als ihre neue Familie akzeptiert, sie spielte, quasselte und tobte ausgelassen über Ragnars Hof. Vom Dorf hielten sich die drei, soweit es die Arbeit und Sarahs Nachforschungen zuließen, fern. Schnell war auch vergessen, dass es da ja eigentlich noch etwas Ungesagtes zwischen den beiden gab.

Der einzige Besuch, den sie ab und zu erhielten, war von Björn und seiner Familie. Auch für Sunna stellten diese Zusammenkünfte eine willkommene Abwechslung dar und sie spielte und tollte jedes Mal ausgelassen mit Björns Kindern umher und war mehr als traurig, wenn die beiden wieder gehen mussten. Auch Sarah freute sich jedes Mal über die Gesellschaft einer Frau, denn mit Ausnahme von ihren Besuchen bei Ida war Sunna ihre einzige weibliche Gesellschaft.

Ihr beinahe idyllisches Leben fand eine jähe Unterbrechung, als eines Abends ein Bote Knuds bei ihnen eintraf und mitteilte, dass der Jarl die beiden am Morgen des nächsten Tages zu sehen wünschte. Der Blick, den Ragnar Sarah zuwarf, verhieß nichts Gutes. Ragnar kannte Jarl Knud gut genug, um zu wissen, dass er für gewöhnlich sehr genau darüber Bescheid wusste, was in seinem Dorf vor sich ging. Knud hatte überall seine Zuträger, die ihm haarklein alles berichteten, und es gab strenggenommen nichts, was er Knud hätte mitteilen können. Es bestand also grundsätzlich keine Notwendigkeit für eine Berichterstattung.

»Was er wohl von uns will?«

»Sich vermutlich wichtigmachen, was sonst. Immerhin sind bereits Monate vergangen, seit du hier bist, und wir haben ihm nie etwas Neues über deine Gedächtnisstörung erzählt. Auch beim letzten Thing war ich nicht anwesend. Es ist also meine eigene Schuld und er wird mir vermutlich eine Rüge erteilen wollen. Ich war zu sorglos, es tut mir leid. Es ist natürlich auch möglich, dass Knud glaubt, Neuigkeiten in Hinblick auf deine Familie zu haben, oder auch nicht. Du stellst immerhin eine Ausnahme dar, denn darüber hinaus interessiert Knud sich üblicherweise kaum für die Sklaven und Knechte seiner Gefolgsleute. Es könnte ihm mittlerweile aber auch gleichgültig sein. Immerhin hat er weder einen Verlust erlitten, noch schadet es irgendjemandem, dass du hier bei mir bist.« Ragnar zuckte mit den Schultern. »Bei Knud kann man nie so genau wissen, was in seinem Kopf vorgeht.« *Aber Sarah war eben keine gewöhnliche Sklavin und das war vermutlich auch der Grund dafür, dass sie zum Jarl beordert wurden. Womöglich hatte auch Einar seine Finger im Spiel. Jedes Kind im Dorf wusste, dass Einar ein Zuträger Knuds war und ihm bei jeder sich bietenden Gelegenheit Honig ums Maul schmierte.*

Nachdem der Bote gegangen war, ließ sich Ragnar in seinem Stuhl neben der Feuerstelle nieder. Schweigsam blickte er ins Feuer. Er wirkte müde und erschöpft. Vorsichtig legte Sarah ihre Hand auf seine Schulter.

»Du denkst an morgen? Was bedrückt dich?«

»Ich frage mich, was den Jarl veranlasst hat, sich plötzlich wieder um unsere Belange zu kümmern. Es hat ihn jetzt wochenlang nicht interessiert. Er schert sich auch sonst nicht sonderlich um seine Leute, solange sie sich ruhig verhalten und tun, was er will. Und für deren Familien und Sklaven erst recht nicht. Wenn es ihm nur darum geht zu erfahren, ob es Neuigkeiten gibt, so kann er auch mit mir allein sprechen. Warum sollen wir beide dort erscheinen?«

»Findest du nicht, dass du dir zu viele Gedanken darüber machst? Vielleicht hättest du einfach mal bei ihm vorbeischauen sollen und ihm sagen, dass es nichts Neues gibt? Auch wenn es etwas seltsam klingen mag, das zu sagen, aber du hast schließlich nichts Falsches getan. Du hast mich gefunden und entschieden, mir zu helfen. Du hast darum gebeten, mich als deinen Anteil der Beute behalten zu dürfen. Das mag vielleicht ungewöhnlich sein, aber war für den Jarl nur von Vorteil, weil so mehr von den erbeuteten Schätzen für ihn und die anderen Männer blieb, richtig?« Sarah malte mit ihren Fingern Gänsefüßchen in die Luft, wie sie es so oft tat, wenn sie etwas erzählte. Ragnar wusste nach wie vor nicht genau, was es bedeutete, er hatte sie nie danach gefragt, es ihr nur nachgemacht. Es war aber auch nicht wichtig. Im Gegensatz zu der Frau selbst. Sie war ihm wichtig. Ihm wurde eine neue Familie geschenkt und er liebte sie über alles. Er konnte nicht erklären warum, aber er hatte das drängende Gefühl, dass ihm plötzlich wieder alles genommen werden könnte, was er liebte. Niemals wieder würde er das zulassen.

»Und wie du mir erklärtest", fuhr Sarah fort »kannst du mit deiner Sklavin machen, was du willst, theoretisch auch alle deine Familienmitglieder und Gäste. Knuds Bedingung war lediglich, dass du mich nicht allzu sehr schinden sollst, damit ich noch als Druckmittel tauge und genug Lösegeld einbringe, falls nötig. Und nichts anderes hast du getan. Wie genau lauteten denn seine Bedingungen? Ida war sogar mit einem ehemaligen Sklaven verheiratet, oder? Wie ist das möglich? Das Einzige, was er möglicherweise für nicht mehr glaubwürdig halten könnte, ist, dass ich mich noch immer an gar nichts erinnern kann. Möglicherweise sollten wir uns eine Geschichte zurechtlegen?«

Ragnar hatte wieder seine versteinerte Miene aufgesetzt, auch wenn es ihn innerlich fast zerriss. Sarah setzte sich rittlings auf Ragnars Schoß. Langsam begann sie Ragnar zu küssen, seinen Mund, seinen Hals. Sie öffnete sein Hemd und ließ ihre Lippen über seinen Oberkörper wandern, ehe sie erneut die seinen suchten. Gierig suchte seine Zunge den Weg in ihren Mund. Langsam begann sie ihr Becken in rhythmischen Bewegungen an seinem Schoß zu reiben. Ragnar fiel es schwer, seine Leidenschaft im Zaum zu halten, aber die Neugier war stärker. Beide hatten das unterschwellige Gefühl, dass es womöglich für lange Zeit das letzte Mal sein könnte, dass sie miteinander schliefen, aber keiner von beiden sprach es aus. Ragnar vergrub sein Gesicht in ihren Haaren und sog tief Sarahs Duft in sich ein. Es entsprach nicht seiner Gewohnheit, der tatenlose Mitspieler zu sein, aber es erregte ihn, Sarah dabei zuzusehen, wie sich ihr Körper an den seinen schmiegte, ihre Bewegungen immer schneller und fordernder wurden. Seine Frau überraschte ihn jeden Tag aufs Neue. Er war glücklich und stolz und er hätte es am liebsten in die Welt hinausgeschrien, aber er fürchtete die Laune und Willkür der Götter. Diese Furcht bereitete ihm die größte Sorge. Er fürchtete, seinen Platz in Walhall zu verlieren. Rasch suchte er diese Gedanken abzuschütteln. Er wollte jetzt nicht über so etwas nachsinnen, sondern ihr Zusammensein in vollen Zügen genießen und er tat es auch. Er wünschte, dieser Moment würde nie enden. Die ganze Nacht lagen sie ineinander verschlungen am Boden vor der Feuerstelle.

Gerne hätten Ragnar und Sarah die kleine Sunna bei Björn gelassen, aber Knud hatte darauf bestanden, dass sie alle kommen sollten. Bereits zum zweiten Mal stand Ragnar nun mit Sarah in der großen Halle des Jarls und wieder fühlten sie sich alles andere als behaglich. Knud kam ohne Umschweife und viele Worte des Grußes zum Punkt.

»Es freut mich, dass du meiner Einladung so rasch nachgekommen bist, Ragnar.« Ragnar hätte Knud am liebsten sein überhebliches Lachen aus dem Gesicht gewischt.

»Ich wollte mich erkundigen, ob es etwas Neues zu berichten gibt? Leidet deine Sklavin immer noch an Erinnerungsverlust oder ist ihr Gedächtnis bereits zurückgekehrt?«

Ragnar verneinte und erklärte, dass sich Sarah bisher jedoch sehr gut erholt und als sehr nützliche Hilfe und gute Köchin erwiesen hatte. Das anzügliche Grinsen in Knuds Gesicht verriet, dass er bereits wusste, was sich zwischen den beiden abspielte oder zumindest glaubte es zu wissen. Ragnar wurde langsam etwas ungeduldig. *Was soll dieses seltsame Verhör? Was führt Knud im Schilde?*

Die Antwort ließ nicht lange auf sich warten.

»Dir ist klar, dass es zwar eine Sache ist, was du mit deinen Leibeigenen treibst.« Knud machte eine Pause und wechselte den Tonfall, um seine überlegene Position noch mehr zu betonen. »Es jedoch gegen unser Gesetz verstößt, wenn du jemanden aus unserem Dorf angreifst.« *Aha. Also doch Einar.* Ragnar warf Einar einen vernichtenden Blick zu und verzog angewidert das Gesicht.

»Gar nicht davon zu reden, wenn du ohne vorherigen Schiedsspruch einfach jemanden tötest.« Damit hatte Ragnar nicht gerechnet. Sarah ebenso wenig. Ragnar hatte alle Mühe, seinen sonst so stoischen Gesichtsausdruck aufrecht zu halten.

»Wovon redest du?«

»Du hast eine Fehde mit einer anderen Sippe auf die unsere gezogen, mit der wir zwar nicht verfeindet waren, die aber auch nicht unbedingt zu unseren Verbündeten zählt. Ein Familienmitglied fordert Blutrache an dir und deiner Familie « Ragnars Gesicht blieb unbewegt, aber er presste seine Fäuste so fest zusammen, dass seine Knöchel weiß hervortraten.

»Ich habe nicht die geringste Ahnung, wovon du sprichst.«

Die Situation war alles andere als witzig, Sarah konnte ein kaum hörbares, nervöses Kichern trotzdem nicht unterdrücken.

Woher wusste Knud davon? Und warum kam er erst jetzt damit? Warum hatte man ihn nicht schon früher zur Verantwortung gezogen? Ragnar verdrängte diese Gedanken. Er hoffte immer noch, dass es nur um Einars verletzten Stolz ging und man ihm etwas anhängen wollte. »Wen habe ich angegriffen? Wen soll ich getötet haben?«

»Das weißt du nur zu gut!", knurrte Einar und trat keifend hinter Knuds Sessel hervor.

Ragnar lachte. »Und da rennst du zum Jarl, wie ein kleines Kind zu seiner Mutter? Hast du dem Jarl auch gesagt, warum ich dich angegriffen habe? Wen du zuerst ohne meine Erlaubnis angefasst hast? Und das nicht zum ersten Mal.« Der Jarl sah fragend zu Einar.

»Nun, das ist mir neu. Was also ist da vorgefallen, Einar? Gibt es da etwas, das du mir verschwiegen hast?« Schweigend blickte Einar zu Boden.

»Er hat ohne meine Zustimmung mein Land betreten und bereits zum zweiten Mal versucht, sich an meinem Eigentum zu vergehen.« Ragnar blickte Knud direkt in die Augen. *Wenn es also doch nicht um Einar geht, worum dann?*

»Du hast diese Frau in meine Obhut gegeben. Sie ist mein und soweit ich weiß, ist es immer noch mein gutes Recht zu entscheiden, wer Hand an sie legen darf oder nicht.«

»Von diesem Recht machst du ja reichlich Gebrauch, wie man so hört.« Knud lachte selbstzufrieden ob seiner geistreichen Aussage. Die Männer ringsum brachen in schallendes Gelächter aus. Aber Ragnars Blick war eiskalt. Mit einer Handbewegung brachte Knud die Anwesenden zum Schweigen. »Nun gut. Wo du recht hast, hast du recht, Ragnar.«

»Und warum treibt sich dein Eigentum nachts allein im Wald herum?", keifte Einar hinter Knud hervor.

»Das geht dich einen Dreck an und gibt dir noch lange nicht das Recht sich an ihr zu vergreifen. Was schleichst du hinter ihr her?«

Knud hob gebietend die Hand. »Also mir reicht es nun mit diesem Unsinn! Es ist nur eine kleine, dreckige Sklavin und so, wie es aussieht, interessiert es niemanden, wo sie ist oder ob sie noch lebt. Es sind bereits Wochen vergangen und es kam bisher keinerlei Nachricht. Niemand sucht nach einer Frau ihrer Beschreibung, niemand bietet einen Finderlohn oder Lösegeld. Ich denke mit deiner Einschätzung, sie könnte von Wert für uns sein, lagst du falsch Ragnar. Aber das Recht ist hier auf deiner Seite, ich habe sie dir überlassen und solange du ein freier Mann bist, kannst du allein entscheiden, wer sie besteigt und wer nicht. Sie hat keinerlei Wert für mich. Ihr Amulett hingegen sieht danach aus, als ob es mich für meine Geduld entschädigen könnte.« Einars Augen blitzen zufrieden auf. Knud hatte etwas sehr Entscheidendes für Einar gesagt und alle hatten es gehört.

Sarah griff an ihren Hals. Sie hatte die Kette seit dem Besuch bei Ida lange nicht mehr getragen.

Wortlos streckte er Ragnar und Sarah seinen Arm entgegen zum Zeichen, dass sie ihm nun das Schmuckstück übergeben sollten. Sowohl Sarah als auch Ragnar standen da wie versteinert. Ehe Sarah auch nur mit der Wimper zucken konnte, stand einer von Knuds Männern vor ihr und nahm ihr die Kette ab. Triumphierend nahm Knud sie entgegen, um sie umgehend in der Tasche seines Umhangs verschwinden zu lassen. »Aber nun zurück zum Wesentlichen. Du wirst beschuldigt, einen Mord begangen zu haben, Ragnar Larsson.«

Kaum merklich beugte sich Einar zu Knud und flüsterte ihm ins Ohr. »Was versprecht ihr euch davon Herr? Ihr habt doch, was ihr wolltet.«

Knud bedachte Einar über seine Schulter hinweg mit einem Blick, der vernichtender nicht sein konnte. »Schweig still. Lass das meine Sorge sein. Immerhin habe ich das, was du tun solltest, innerhalb weniger Augenblicke erledigt und ich bin noch nicht fertig mit den beiden.«

»Ja, Herr.«

Ragnars Blick war immer noch eisern.

»Wer behauptet das? Wen soll ich getötet haben und warum? Das Familienmitglied von wem fordert Blutrache? Ich sehe hier niemanden, der eine Anschuldigung erhebt und eine Anklage fordert.«

»Du solltest den Bogen nicht überspannen Ragnar. Deine Tat ist ein offenes Geheimnis für jedermann in diesem Dorf und bisher haben wir diese Gesetzesübertretung stillschweigend hingenommen. Alle wissen, dass du die

Mörder deiner Familie getötet hast. Nun aber, da jemand außerhalb unserer Gemeinschaft Blutrache fordert, können wir darüber nicht länger hinwegblicken.« *Woher weiß Knud, dass es zwei waren? Ich habe nie jemandem davon erzählt.*

»Ja, ich hätte diesen feigen Dreckskerl nur zu gerne bei lebendigem Leib aufgeschlitzt und seine Eingeweide herausgerissen, der kaltblütig eine Frau und ein kleines Mädchen getötet hat. Aber ich habe es nicht getan.«

»Gibt es einen Beweis für diese Anschuldigung?« Sarah konnte nicht länger an sich halten. Wie eine Raubkatze sprang sie vor Ragnar und starrte Knud herausfordernd ins Gesicht. »Gibt es Augenzeugen? Ich denke wohl, dass hier Aussage gegen Aussage steht!« Sarah war hochrot im Gesicht vor Aufregung, aber sie hatte es nicht länger ausgehalten. Das hier roch förmlich nach einem abgekarteten Spiel. »Da, wo ich herkomme, gilt ein Mensch so lange als unschuldig, bis seine Schuld bewiesen ist. Und weshalb wurde derjenige, der Ragnars Familie getötet hat, nicht zur Verantwortung gezogen? Wo sind denn die Beweise, dass jemand durch Ragnars Hand starb?«

Ragnar starrte Sarah fassungslos an, aber auch Knud war eindeutig verblüfft. Er schnappte hörbar nach Luft. »Wie kannst du es wagen, ungefragt das Wort zu ergreifen, Weib!« Knud schäumte regelrecht vor Wut. »Du solltest deiner Sklavin eine Lehre erteilen Ragnar, sonst werde ich es tun.« Ragnar ergriff Sarahs Hand und zog sie an sich. Er befürchtete, sie könne Knud sonst noch an die Gurgel springen. Obwohl, ein wenig erheiterte ihn der Gedanke schon.

»Ich werde gar nichts dergleichen tun. Es hat dich nicht gekümmert, als zwei unserer Sippe getötet wurden, meine

Ehefrau und mein Kind. Aber der vermeintliche Tod eines feigen, heimtückischen Mörders betrübt dich? Außer den Spuren im Haus und im Wald habe ich keine eindeutigen Beweise gefunden, keinen Hinweis auf die Person des Mörders. Und wer wäre so dumm und würde Blutrache für einen Verbrecher fordern? Wieso sprichst du überhaupt von ihnen? War es denn mehr als einer? Was verschweigst du uns? Und wiegen denn ihre Leben mehr als die zweier argloser Frauen? Warum jetzt? Fürchtest du um deinen Ruf als Jarl? Da muss ich dir leider sagen, dass dieser bereits jetzt nicht besonders gut ist. Du hast dich als schlechtes Oberhaupt erwiesen, Knud. Übrigens, Sarah ist nicht mehr meine Sklavin. Ich schenkte ihr die Freiheit. Sie ist fremd in unserem Land. Sie kennt unsere Sitten und Gebräuche nicht, aber sie ist nun dennoch eine freie Frau. Und was noch wichtiger ist, sie ist meine Frau.«

Der Jarl sah Ragnar an, als ob er den Verstand verloren hätte. »Was redest du da für einen Unsinn? Was soll das heißen, sie ist nicht länger deine Sklavin? Ich habe sie dir bis auf Widerruf in Besitz gegeben und ich kann mich nicht erinnern, dir erlaubt zu haben, sie zu verkaufen.«

»Du verstehst mich falsch Knud. Sarah steht es frei zu gehen, wohin sie will. Ich habe ihr die Freiheit geschenkt, schon vor Wochen und nun auch noch einmal hörbar vor allen Anwesenden. Ich hoffe jedoch, dass sie sich entschließt, bei mir zu bleiben, immerhin habe sie vor einiger Zeit zur Frau genommen. Wir wurden nach alter Sitte unter Anwesenheit von Zeugen getraut.« Ein Raunen ging durch die Halle. Perplex starrte Sarah Ragnar an. »Ragnar?« Der Versuch einer Erklärung wurde jedoch im Keim erstickt.

»RUHE!« Knuds Schrei hallte nach wie bei einem Echo. Seine Stimme überschlug sich beinahe. Er hatte alle Mühe, die Anwesenden zur Ordnung zu rufen.

»Hat dich dieses Weibsstück etwa um deinen Verstand gerammelt? Wie kannst du es wagen, Ragnar?«

»Ich kann und ich habe. Es steht mir frei, mit meinen Sklaven zu machen, was ich will. Oder etwa nicht? Und es steht mir erst recht frei, mit meiner Frau zu schlafen, wann, wo und so oft ich will. Und da Sarah zum Zeitpunkt von Einars Übergriff bereits meine Ehefrau war, gestattet mir unser Recht ihr Leben und ihre Ehre zu schützen, dennoch habe ich diesen feigen Schwächling laufen lassen.« Ragnar blickte in die Runde. Irgendjemand musste ihm doch zustimmen? Ringsum herrschte mit einem Mal betretenes Schweigen. Es war klar, dass er im Recht war, aber die Männer schienen unsicher zu sein, ob sie ihm beipflichten sollten oder nicht. Ragnars und Sarahs Worte hatten dennoch eine gewisse Verunsicherung unter den anwesenden Männern des Dorfes hinterlassen. Ringsum wurde immer wieder aufgeregt geflüstert und diskutiert. *Möglicherweise hatte der Jarl doch nicht so einen starken Einfluss, wie er glaubte.* Dieser Umstand entging Knud durchaus nicht.

»Ich habe entschieden, dass es sie noch lange nicht zu einer Sklavin macht, weil sie fremd ist in diesem Land. Ich habe sie in die Freiheit entlassen und zur Frau genommen.« Einar spuckte wütend zu Boden. Knud sah seinen Einfluss schwinden und hatte es sichtlich eilig dem ganzen Theater ein Ende zu bereiten.

»Genug! Für heute wurde wahrlich genug geredet. Du hast deine Befugnisse überschätzt und es steht dir nicht zu, dich über meine Anordnungen hinwegzusetzen und Recht zu sprechen. Aber hier ist weder der richtige Ort noch die richtige Zeit, um einen Schiedsspruch zu fällen. Wir werden beim Thing zusammen mit den anderen Jarls und dem Rat der Ältesten entscheiden, was mit euch geschehen soll. Ragnar, du bleibst so lange in Gewahrsam.« Bestürzt musste Sarah mitansehen, wie Ragnar abgeführt wurde.

»Was ist mit dem Weibsstück?". Fragend blickte Einar zu Knud. Knud knirschte mit den Zähnen. »Nun, wenn sie tatsächlich sein Eheweib ist, dann steht es ihr vorerst frei, zu gehen. Sie hat nichts verbrochen. Allerdings erst nachdem ihr eine Lektion erteilt wurde, wie man mit einem Jarl zu sprechen hat und dass man ungefragt lieber das Maul halten sollte.«

»Das kannst du nicht tun. Das steht dir nicht zu Knud! Sie hat gegen kein Recht verstoßen!« Ragnar schäumte vor Wut. Vergebens versuchte er, sich aus den Armen der Männer zu reißen, die ihn aus der Halle führten. Aber es war zwecklos, umso mehr er sich wehrte, umso mehr Männer von Knuds Leibwache eilten herbei, um ihn zu bändigen.

Knud winkte zwei weitere seiner Männer herbei. »Los, erteilt ihr ein paar Hiebe mit dem Stock.« Grinsend trat Einar auf Sarah zu. Endlich konnte er zumindest zum Teil da weiter machen, wo er aufgehört hatte. Mit einem Ruck riss er ihr Kleid auf und holte mit einem hölzernen Stock aus. Der erste Hieb fühlte sich wie brennende Nadelstiche an und hinterließ eine blutrote Strieme auf Sarahs Rücken. Keuchend sank sie auf die Knie. Sie biss sich auf die Unterlippe und unterdrückte einen Schrei.

»Ich schwöre dir, ich bringe dich um du mieses Schwein!« Ragnar hatte keine weitere Gelegenheit etwas zu tun oder zu sagen. Er spürte einen stechenden Schmerz am Hinterkopf und kurz darauf schwanden ihm auch schon die Sinne. Einer der Männer hatte ihm den Knauf seines Schwertes über den Schädel gezogen. Besinnungslos sackte Ragnar in sich zusammen und wurde aus der Halle geschleift.

Kapitel 16
—
Freund oder Feind

Sunna weinte und schrie wie am Spieß. Sie versuchte, sich an Sarah zu klammern, wurde aber immer wieder weggezerrt und gestoßen. Einige der Anwesenden erbarmten sich der Kleinen, versuchten, sie festzuhalten und zu beruhigen. Vergeblich. Auch sie versuchte sich permanent zu befreien. Schreiend strampelte sie sich immer wieder frei und suchte nach einer Möglichkeit, zu Sarah zu gelangen. Mit jedem Schlag wichen die Angst und Verzweiflung bei Sarah und verwandelten sich in Zorn. Mit aller Kraft versuchte sie sich aus dem eisernen Griff der Wachen zu befreien. Sie wand sich wie eine Schlange. Sie musste das Leben ihrer Kinder und ihr eigenes schützen. Aber es erging ihr nicht anders als Ragnar. Sie war chancenlos. Die Wut brodelte förmlich aus ihrem Bauch heraus und stieg ihr hitzig zu Kopf. Alles flackerte und flimmerte vor ihren Augen, sie begann heftig zu zittern. In ihrem ganzen Körper begann es zu kribbeln. In ihren Ohren surrte es und sie fühlte sich etwas benommen. Knud war das Theater leid.

»Ruhe! Dieses Geschrei strapaziert meine Geduld über die Maßen! Los, bringt sie zur Vernunft, alle beide!« Einer der Männer versuchte, sich Sunna zu greifen, aber das kleine Mädchen biss ihn in den Arm. Sarah nahm alles rings um sich herum nur mehr schemenhaft wahr. Erneut spürte sie eine Welle aus Übelkeit, Wut und Verachtung in ihr hochsteigen. Sie hätte Knud am liebsten mit Händen und Füßen geschlagen und getreten, aber sie bemerkte, dass nun auch ihre Sehfähigkeit schwand. Vor ihren Augen tanzten kleine Punkte wie Staubpartikel im Sonnenlicht. *Diese Symptome kenne ich nur zu gut. Ich werde jetzt doch wohl keinen Kreislaufzusammenbruch bekommen, oder? Nach all dem, was bisher geschehen ist, ist das jetzt so ziemlich der unpassendste Zeitpunkt, den man sich nur vorstellen kann.* Sarah hatte das schon oft genug erlebt, um zu wissen, was nun folgen würde. Es würde vermutlich nicht mehr allzu lange dauern und sie würde wehrlos am Boden liegen. *Das darf ich nicht zulassen! Ich muss mich zusammenreißen! Was soll sonst aus der kleinen Sunna werden?* Sarahs ganzer Körper schien mittlerweile zu beben und in einem grünlichen Licht zu schimmern. Ihr Atem ging schwer und unregelmäßig, sie hatte das Gefühl, ihre Lungen würden leer bleiben, egal wie tief sie einatmete. *Sind da gerade etwa kleine Blitze aus meinen Handflächen und Fingern gesprungen?* Das Surren in ihren Ohren ging in einen schrillen Pfeifton über und der Schwindel drohte sie zu übermannen. Mit letzter Kraft tastete sie nach etwas oder jemanden, an dem sie sich festhalten konnte. Vergebens.

Erneut sackte sie auf alle viere. Sie spürte, wie Knuds Untergebene immer noch an ihr herumzerrten, als sie plötzlich das Gefühl hatte der Boden unter ihr würde sich auflösen. Sie fiel in ein schwarzes bodenloses Nichts. Fiel und fiel. Nichts als Dunkelheit, Verzweiflung, Angst. Sie war sich sicher, dass sie nie wieder nach Hause zurückkehren würde. Sie spürte wie das Leben, das sie begonnen hatte anzunehmen und die Menschen, die sie lieben gelernt hatte, ihr wieder entglitten. Sie hörte erstaunte Rufe, angsterfüllte Schreie und dann auf einmal nichts mehr.

✧

Nur Schwärze und Stille. Sarah schrak hoch, bereute es jedoch noch im selben Augenblick, als ihr erneut übel wurde. Benommen blickte sie umher, versuchte herauszufinden, wo sie sich befand. Sie lag auf einem Bett in einer Hütte. Auf einem kleinen Tischchen flackerte eine Kerze. *Für meinen Geschmack passiert das deutlich zu oft, dass ich die Besinnung verliere und plötzlich an einem fremden Ort erwache.* Eine Frau kniete neben ihr und lächelte ihr freundlich zu. Es dauerte einige Sekunden, aber nach und nach ergaben die einzelnen Bilder ein Ganzes. Machten mit einem Mal Sinn.

»Ida!«

»Na, endlich. Ich dachte schon, du würdest noch einen weiteren Tag lang schlafen. Ich habe mir schon Sorgen gemacht.«

»Ida! Was ist passiert? Wo ist Sunna und wo ist Ragnar!?« Ida drückte Sarah wieder zurück ins Bett. »Nur nicht so hastig. Du hast da ein paar ganz schöne Schrammen abbekommen. Es ist nicht gut, wenn du dich in deinem Zustand so aufregst. Nicht, dass du gleich wieder umfällst.«

»Ist doch komplett egal, solange es dem Baby und Sunna gut geht. Jetzt sag endlich! Wo sind die beiden, geht es ihnen gut!?« Sarah wand sich aus Idas Armen und versuchte aufzustehen.

»Meine Güte, also gut, du stures Ding! Soweit ich sagen kann, geht es dir und dem ungeborenen Kind gut. Sunna spielt vor der Tür, ich hole sie.«

Kurz darauf stürmte freudestrahlend Sunna herein und sprang mit Anlauf auf Sarahs Schlafplatz. Mit aller Kraft klammerte sie sich an Sarah, die vor Freude mit den Tränen kämpfte.

»Übrigens, das war ja ein ganz schönes Schauspiel, das du da aufgeführt hast. Wie man so hört, hast du die unerschrockenen Nordmänner ganz schön aus der Fassung gebracht. Das hätte ich zu gerne gesehen. Ich muss schon sagen, ich hätte nie gedacht, dass mich jemand so schnell hinters Licht führen kann, aber bei deiner Aura scheine ich mich ja gründlich vertan zu haben. Aber vielleicht liegt es ja an der Aura deines Kindes?«

Sarah streichelte behutsam Sunnas Rücken. »Ist schon gut. Hab keine Angst meine Süße. Mir geht es schon wieder besser.« Sanft küsste sie das Mädchen auf die Stirn, ehe sie sich stirnrunzelnd an Ida wandte. »Was meinst du mit Spektakel?«

»Also gut, wenn du nicht bereit bist darüber zu reden, dann nennen wir es eben Zusammenbruch.«

»Ida, hör auf, in Rätseln zu sprechen, und sag mir, was los ist! Wo ist Ragnar?«

»Du erinnerst dich nicht?«

Sarah schüttelte verneinend den Kopf.

»Wirklich an gar nichts?«

Sarah sah Ida verständnislos an. »Nein. Wovon sprichst du? Was bedeutet das alles? Was soll die Frage und warum siehst du mich so komisch an? Was ist denn passiert?«

»Wirklich interessant. Was ist das Letzte, woran du dich erinnerst?«

Sarah verdrehte genervt die Augen. »Knud hat Ragnar beschuldigt, jemanden getötet zu haben. Dann herrscht wieder einmal Dunkelheit. Noch so etwas, was in letzter Zeit zur Gewohnheit zu werden scheint.«

»Das ist alles?«

»Ja.«

»Ganz sicher? Sonst gibt es nichts, was du mir erzählen willst?«

»Ida.« Sarah war kurz davor Ida an die Gurgel zu springen. »Komm endlich zum Punkt.«

Ida runzelte die Stirn. »Ich meine, dass du offenbar über stärkere Kräfte verfügst als ich. Willst du mir etwa weismachen, dass das alles reiner Zufall war?«

»Hast du den Verstand verloren? Kräfte, was für Kräfte? Wie kommst du nur auf so etwas? Sag mir endlich, was passiert ist!«

Ida stutzte, denn Sarah schien wirklich aufrichtig verdutzt zu sein.

»Du kannst dich an nichts erinnern?«

»Nein. Das habe ich doch schon gesagt. Es ist fast so wie damals, als ich mich plötzlich inmitten des Schlachtfelds wiedergefunden habe, auf dem Ragnar mich rettete.«

»Ich war zwar nicht dabei, aber nachdem was Björn mir erzählt hat, wird das Dorf noch mindestens einen Monat lang etwas zu reden haben. Das hätte ich zu gerne mit eigenen Augen gesehen.«

»Und was bitte?«

»Sarah, der Boden hat unter den Füßen der Leute gewackelt. Die riesige Halle bebte und zitterte. Die Flammen der Kerzen und Fackeln flackerten wie verrückt. Tische und Stühle fielen um und Lichtblitze zuckten durch die große Halle. Es schien, als ob ein gewaltiges Gewitter inmitten des Hauses toben würde. Björn sagte, ein strahlendes Licht, gefolgt von einer Art Druckwelle ging von deinen Händen aus. Menschen, Möbel, Teppiche und Waffen wurden allesamt umgeworfen und durch die Halle geschleudert. Es war, als ob sich ein riesiger Abgrund auftun würde, dem jeden Moment die Totengöttin Hel höchst persönlich entsteigen und Tod und Unheil über alle bringen würde. Die Leute suchten schreiend und fluchend das Weite.«

Sarah brach in schallendes Gelächter aus.

»Also, falls das ein Versuch war mich von Ragnars Verhaftung abzulenken und aufzuheitern, gratuliere, das hat bestens funktioniert. Selten so gelacht.«

Idas Blick ließ Sarah auf der Stelle verstummen.

»Das war kein Witz?«

»Nein.«

»Komm schon, Ida. Ich soll über magische Fähigkeiten verfügen? Weder ich habe bis jetzt irgendetwas davon bemerkt noch jemand wie Frode oder du.«

Ida zuckte mit den Schultern. »Offensichtlich.«

»Quatsch.«

»Vielleicht hat sich die Magie des Amuletts irgendwie auf dich übertragen?«

»Was?! Willst du sagen die Magie des Amuletts, ist in mir? Eine gefährliche, unberechenbare Kraft ist jetzt in meinem Körper?« Automatisch fasste Sarah sich an den

Hals, aber das Amulett war nicht mehr da. »Aber Knud hat das Amulett an sich genommen.«

»Ich will weiter nichts sagen, als dass ich mir nicht so sicher bin, dass diese magische Aura, die Frode überall an dir wahrgenommen hat, ausschließlich von dem Amulett stammte. Ich meine du trägst es jetzt schon einige Zeit nicht mehr, nicht wahr? Und dennoch spüre ich eine Art magischen Schleier an dir, doch ich vermag nicht hindurchzusehen. Ich glaube, dass du vielleicht doch über gewisse Kräfte verfügen könntest. Womöglich hast du das Portal sogar selbst in Gang gesetzt?«

Sarah war zur Salzsäule erstarrt. Bereits zum zweiten Mal innerhalb kürzester Zeit hatte Ida es geschafft, dass Sarah wahrhaftig sprachlos war.

»Ist das dein Ernst?«

»Ja.«

»Solche Kräfte werden in aller Regel mütterlicherseits weitergegeben. Bist du dir sicher, dass da keinerlei Hexen oder andere magische Wesen unter deinen weiblichen Vorfahren waren?«

Sarah prustete erneut los. »Du bist ja komplett verrückt, Ida. Ja, da bin ich mir ziemlich sicher, dass meine Mutter nachts nicht auf einem Hexenbesen durch die Nacht gedüst ist. Ich wüsste nichts von irgendwelchen Hexen, Elfen, Feen oder Ähnlichem in meiner Familie!«

»Nach all dem, was du bisher gehört hast und dir widerfahren ist, bezeichnest du mich und diese Frage für verrückt? Glaubst du noch immer nicht an Zauberei? Wäre es nicht, im Gegenteil, sogar sehr naheliegend? Du sagtest, deine Mutter war oft nicht zuhause. Kannst du mit Sicherheit sagen, wo sie war und was sie da gemacht hat? Aber nun gut, vielleicht wurde wirklich nur etwas von der Magie des Amuletts auf dich übertragen.«

Sarah schüttelte resigniert den Kopf. »Okay, da hast du natürlich nicht unrecht. Sagen wir einfach, mein Körper hat die magische Kraft anscheinend absorbiert. Heißt das ich bin jetzt so eine Art Captain Mar..., ähm, eine Art Superheldin oder was!? Könnte es nicht vielmehr sein, dass jemand mit solchen Kräften auch dort in Knuds Halle anwesend war?«

»Was? Kapitän wer? Sarah, ich glaube, du solltest dich besser wieder hinlegen. Du redest wirres Zeug.«

»Schon gut. Nein, ernsthaft. Was, wenn das wirklich nicht ich war, sondern eine richtige Hexe anwesend war? Ich habe vergessen, dir von einer seltsamen Begegnung zu erzählen, die Ragnar und ich hatten, als er mir vor einiger Zeit das Stück Land nahe den Dolmen zeigte, wo er gerne ein Haus bauen würde. Es war nichts Außergewöhnliches, aber dennoch hatte ich nach dem Zusammentreffen mit dieser Frau die ganze Zeit über ein komisches Gefühl. Sie machte auf mich keineswegs den Eindruck einer alten, gebrechlichen Frau. Sie wirkte wie eine lebendig gewordene Märchengestalt. Ich wollte dir gleich davon erzählen, als wir an jenem Tag zurückgekehrt sind, habe es dann aber vergessen. Ich kann dir nicht sagen warum, aber in meinem Kopf tat sich die Idee auf, dass es sich vielleicht um diese Valpu gehandelt haben könnte. Vermutlich haben wir einfach zu oft über sie geredet.« Ida wich alle Farbe aus dem Gesicht. »Mit Ragnar darüber geredet?«

»Nein, mit dir.«

Ida schüttelte bestimmt den Kopf. »Wie ich schon sagte, du solltest dich besser wieder hinlegen.«

»Ida, ernsthaft. Jetzt hör mir doch zu. Diese Frau, das alles war höchst sonderbar. Ihr Aussehen, die Art wie sie uns angesehen hat. Sie schien beinahe über dem Boden zu schweben.«

»Das ist doch völliger Unsinn, ich habe dir schon gesagt, dass es diese Valpu nicht mehr gibt. Seit Jahren hat niemand mehr etwas von ihr gehört oder gesehen.«

»Also gut. Dann eben nicht. So kommen wir nicht weiter. Du hältst mich für irre und umgekehrt. Dann lass es uns herausfinden.«

»Was?«

»Ich möchte jetzt wissen, ob ich gerade über irgendwelche Kräfte verfüge.«

»Also gut. Das hat mir von Anfang an dir gefallen, dass du nicht lange fackelst.«

»Meinem Baby wird nichts passieren, oder?«

»Nein. Solange du dich körperlich gut fühlst und du keine Blutungen bekommst, ist alles mit deinem Kind und dir in bester Ordnung. Was deine Kräfte anbelangt oder die des Amuletts betrifft, versuch es. Dann werden wir es wissen.«

»Was soll ich versuchen?«

»Sprich mir fürs Erste einen einfachen Zauberspruch nach. Auch ein noch so einfacher Spruch ist nichts weiter als eine Folge von Worten. Wenn man nicht zumindest einen Funken von Magie in seinem Innersten trägt, wird nichts passieren.«

Sarah befolgte Idas Anweisungen, aber nichts geschah. Sie versuchten es noch ein weiteres Mal.

»Das ist wirklich sonderbar. Ich kann die Magie deutlich in dir spüren. Sie ist da. Und dennoch: nichts. Aber gut. Wir versuchen es noch einmal anders. Lass uns raus gehen.«

»Vielleicht lag es doch nur an dem Amulett.«

Sarah und Ida warfen sich einen vielsagenden Blick zu. »Und jetzt hat Knud es.«

»Ich weiß. Der Gedanke gefällt mir gar nicht.«

»Ob er weiß, dass es magische Kräfte hat?«

»Ich weiß es nicht. Aber dieser Gedanke gefällt mir noch viel weniger.«

Ida half Sarah dabei aufzustehen, die immer noch etwas wackelig auf den Beinen war, und führte sie hinaus vor die Hütte. Barfuß stellten sie sich auf den feuchten, kühlen Boden. Ida begann unverständliche Worte auszusprechen, diese immer wieder zu wiederholen. Die Luft um sie herum schien förmlich vor Magie zu wabern. Gras und Laub kitzelten ihre Zehen. Sarah musste kichern, versuchte aber angestrengt, bei der Sache zu bleiben, um Ida nicht zu enttäuschen. Egal wie oft sie es versuchten, es tat sich nicht das Geringste. Sunna tanzte fröhlich lachend um die beiden herum. Sarah wollte Ida gerade überreden, dass sie jetzt endlich aufhören sollten, als Sunna stürzte und zu weinen begann. Mit einem Satz war Sarah bei ihr, um sie zu trösten. Sarahs Herz pochte wie verrückt und mit einem Mal spürte sie, wie sich etwas veränderte. Sarah fühlte, wie sich nahezu jeder Grashalm, jedes Blatt und jeder Stein um sie herum mit Energie aufzuladen und seinerseits Energie abzugeben schien. Aber nicht nur um sie herum. Auch in ihrem Inneren begann wieder dieses kaum merkliche Kribbeln und das Gefühl von Schwindel einzutreten. Der Boden begann zu zittern. *Oder bin das ich?* In Sarahs Ohren begann es zu rauschen und zu surren. Und plötzlich trat absolute Stille ein. Sarah warf einen hilfesuchenden Blick zu Ida, die Sarah ihrerseits ungläubig anstarrte.

»Was ist los?« Irritiert folgte sie Idas Blick und blieb an ihren Handflächen kleben, die zu glühen schienen. Strahlende Funken tanzten in ihren Handflächen. Sie leuchteten in allen Farben des Regenbogens, bevor sie, wie Sternschnuppen wieder verglühten. Sunna gluckste und versuchte vergeblich, die bunten Blitze einzufangen.

Triumphierend sagte Ida: »Wie sagtest du vorhin? Superkräfte? Ich denke, in deinen Adern fließt ganz eindeutig das Blut einer Hexe oder vielleicht auch eines anderen magischen Wesens. Ich vermag es nicht genau zu sagen. Aber eines ist sicher, deine Gefühle sind eng an deine Fähigkeiten geknüpft. Angst, Wut, Freude, all das löst etwas in dir aus, auch wenn du es noch nicht zu steuern vermagst. Und noch etwas. Du saugst förmlich alle Kraft um dich herum auf, wie ein riesiger Schwamm. Ich fühle mich so erschöpft, als ob ich den ganzen Tag am Feld gearbeitet hätte. Ich glaube, du bist jetzt bereits stärker, als ich es je sein werde. Ich kann es nicht fassen! Eine wahrhaftige Hexe und eine ziemlich mächtige noch dazu!«

Sarah kniete immer noch neben Sunna im Gras. Sie war nicht fähig, sich zu bewegen. Hätte sie es nicht selbst gerade mit ihren eignen Augen gesehen, sie hätte Ida erneut eine Verrückte genannt.

»Ich mache was? Ich sauge gar nichts auf.«

Sarahs Herz begann so stark zu pochen, dass es beinahe aus ihrem Brustkorb zu springen drohte. In ihrem tiefsten

Inneren spürte sie, dass Ida die Wahrheit sprach, aber sie hoffte immer noch, dass das nur irgendein Energieschub war, etwas, dass das Amulett auf sie übertragen hatte und nun hoffentlich wieder entschwunden war.

»Was redest du denn da für einen Unsinn, Ida? Denkst du, dass ich das nicht wissen oder wenigstens hätte bemerken müssen, wenn ich einer Linie von Hexen entstammen würde? Ich verstehe das alles nicht. Und wieso hältst du dich für schwach? Du hast doch das Amulett für Hedda aufgeladen, oder nicht? Bestimmt ist es so, dass sich diese Energie nur auf mich übertragen hat.«

»Nein, das glaube ich nun wirklich nicht. Ich denke, dass deine Mutter und vermutlich auch deine Großmutter und alle Frauen eurer Familie davor mächtige Zauberinnen gewesen sein müssen. Magische Fähigkeiten dieser Art sind höchst selten. Du hast eine unglaublich starke Verbindung zu deinen Emotionen und allem, was dich umgibt. So etwas habe ich nie zuvor gesehen. Es ist, als ob dich bisher irgendetwas zurückgehalten hätte, und seit du hier bist, ist die Barrikade entschwunden und deine Kräfte beginnen sich zu entfalten. Hat deine Mutter dir nie davon erzählt? Dich nicht unterrichtet? Ist dir nie etwas Ungewöhnliches an ihr aufgefallen? Hat sie dir vor ihrem Tod vielleicht irgendetwas hinterlassen?«

Erst jetzt dämmerte es Sarah. Sie hatte bisher immer nur an ihre Stiefmutter gedacht und die war, bei aller Liebe, mehr als nur normal. Sarah hatte die Gedanken an ihre leibliche Mutter fast vollständig verbannt. Zu schmerzvoll waren diese Jahre gewesen, in denen sie zuerst ihre Mutter verloren hatte und dann auch noch von einem Tag auf den anderen ihren besten Freund und Vertrauten. War es möglich, dass ihre Mutter eine Hexe war und niemand etwas davon gewusst hatte? Das war alles höchst verwirrend. Es gab tatsächlich noch irgendwo eine Kiste mit alten Fotos und ein paar persönlichen Dingen ihrer Mutter, die darauf warteten, von ihr und ihrer Schwester durchgesehen zu werden. Aber soweit Sarah sich erinnerte, war darunter nichts, was aus dem Rahmen fiel. *Und wenn ich tatsächlich solche Kräfte von ihr geerbt habe, wieso habe ich bisher nichts davon bemerkt? Wieso hat sie nie etwas gesagt? Hätten Frode oder du das nicht wahrnehmen müssen?* Sarah schwirrte der Kopf vor lauter Fragen.

»Sarah.« Ida riss Sarah aus ihren Gedanken.

Sarah sprang wie von der Tarantel gestochen auf und begann unablässig vor Ida hin und her zu laufen. »Das ist wirklich die unwahrscheinlichste aller Möglichkeiten, die mir je in den Sinn gekommen wäre. Wie ist das möglich, dass ich nie etwas davon bemerkt haben sollte? Und wieso hätte meine Mutter mir das verheimlichen sollen? Ich verstehe das alles nicht.«

»Vielleicht hatte sie keine Möglichkeit mehr, dir davon zu erzählen, dich darauf vorzubereiten und zu unterrichten. Möglicherweise hast du schon immer geahnt, dass etwas anders an dir ist, aber nie so genau darauf geachtet? Vielleicht war auch das Amulett erst der Auslöser und ihr beide, das Amulett und du, habt euch gegenseitig angezogen oder aufgeladen?«

»Und was soll ich deiner Meinung nach jetzt tun?

Was glaubst du, wird jetzt passieren? Wird diese Energie irgendetwas in mir verändern? Wird sie wieder aus meinem Körper verschwinden?«

»Ich weiß es nicht. Ich habe so etwas noch nie erlebt. Soweit ich das beurteilen kann, hat dein Körper die Fähigkeit, meine Kraft, die Energie aller Wesen und Dinge rundherum in sich aufzunehmen, und wie es scheint, ist weder dir noch deinem ungeborenen Kind irgendetwas passiert. Aber ich glaube nicht, dass deine Kräfte ausschließlich von außen kommen. Da ist ganz bestimmt etwas in dir und das ist außerordentlich stark.«

»Na toll! Und dann oute ich mich vor Knud und allen möglichen Dorfbewohnern und bringe Sunna und Ragnar und euch anderen in noch größere Gefahr als ohnehin schon, die ihr über meine wahre Herkunft Bescheid wisst.« Frustriert ließ Sarah sich wieder auf das kühle Gras sinken und rieb sich die Augen.

»Mach dir um uns keine Sorgen. Wir kommen schon zurecht. Björn ist auf dem Weg in Svens Dorf, um sich mit ihm zu beraten. Sie überlegen, wie sie Ragnar aus seiner misslichen Lage befreien. Noch ist er in Knuds Gewahrsam, aber sie werden ihn ganz sicher befreien und wir werden für alles eine Lösung finden.«

»Was haben sie mit Ragnar vor?«

»Knud ist nicht dumm. Er weiß, dass Ragnar einer seiner besten Männer ist. Ich frage mich also, was er sich davon verspricht. Er wird zumindest den Anschein erwecken wollen, dass alles streng nach den Gesetzen abläuft. Er wartet vermutlich auf das nächste Thing, um dort über Ragnars Vergehen Gericht halten zu lassen. Das verschafft uns etwas Zeit. In fünf Tagen ist Vollmond und das Thing wird üblicherweise immer am Tag darauf abgehalten. Allzu lang haben die Männer also nicht Zeit, um zu überlegen, wie sie Ragnar befreien wollen. Allerdings bleibt dann immer noch die Frage, was weiter geschehen soll. Wollt ihr fliehen, dann müssen wir ohne Ragnar entscheiden, wohin, und entsprechende Vorkehrungen treffen.«

»Gut. Dann lassen wir meine obskuren Kräfte jetzt mal außen vor und kümmern uns zuerst darum, Ragnar zu befreien. Was kann ich tun? Wie kann ich helfen?«

»Vorerst solltest du dich besser noch etwas ausruhen und dich um Sunna kümmern. Die Männer werden bald hier eintreffen, dann sehen wir weiter. Trotzdem müssen alle Beteiligten ihrem üblichen Tagesgeschäft nachgehen, um keinen Verdacht zu erregen. Knud lässt Ragnars Freunde mit Sicherheit beobachten. Sven wohnt glücklicherweise nicht in unserem Dorf und unterliegt somit nicht Knuds unmittelbarem Einfluss.«

»Dieser Jarl scheint weder sehr beliebt noch pflichtbewusst oder aufrichtig zu sein. Warum ist er überhaupt das Oberhaupt? Wieso wird er nicht abgewählt?«

»Das ist nicht so einfach. Ein Jarl steht üblicherweise gleich nach dem König, jedoch ohne Herrschergewalt. Knud war und ist ein Günstling des Königs und wurde von ihm zum Jarl ernannt.«

»Das heißt, er ist ein Adeliger?«

»Nicht von Geburt an.«

»Er stammt also von keinem Adelsgeschlecht ab und jeder einfache Bauer kann Jarl werden?«

»Nun, genau genommen nicht. Jarl Knud bildet hier eine Ausnahme. Er ist der Sohn eines Kaufmanns und hat sich als besonders ruhmreicher Krieger einen Namen gemacht. Er war und ist ein belesener Mann und wurde später sogar

Heerführer des Königs. Er wurde vom König in den Adelsstand erhoben. Ich habe bisher nur von einem anderen Mann gehört, der ebenfalls kein Jarl von Geburt an war.«

»Was passiert nach seinem Tod?«

»Die Jarlswürde ist erblich, aber Knud hat ohnehin keine Söhne, die diesen Titel erben könnten, wenn es möglich wäre. Eigentlich ist sie nur den Mitgliedern adeliger Geschlechter vorbehalten. Wie ich bereits sagte, Jarl Knud bildet hier eine Ausnahme.«

»Wie stehen die Chancen, dass Ragnar während der Verhandlung ein gerechtes Verfahren erhält und tatsächlich versucht wird herauszufinden, was damals passiert ist und wer diese Anschuldigungen erhebt?«

»Nicht gut, würde ich sagen. Obwohl Knud während des Things in Anwesenheit der anderen Oberhäupter und Krieger nicht einfach tun und lassen kann, was er will, wird ihm mit Sicherheit mehr Glauben geschenkt werden als Ragnar.«

»Hat Ragnar die Möglichkeit sich zu verteidigen?«

»Ja, aber ohne Zeugen oder Beweise sieht es nicht besonders gut für ihn aus. Ragnar hätte nach unserem Recht zwar die Möglichkeit, den Jarl auf dem Thing herauszufordern, besonders wenn er fälschlicherweise des Mordes bezichtigt wird. Aber dazu müsste er beweisen, dass er die Wahrheit sagt, und den Jarl als Lügner zu bezichtigen ist eine schwere Anschuldigung. Ich glaube, das gab es hier bei uns bisher noch nie. Noch hat niemand dieses rätselhafte Familienmitglied gesehen, das angeblich Blutrache fordert. Überhaupt ist es sehr ungewöhnlich, dass er oder sie bei der Versammlung in Knuds Halle nicht anwesend war. Vielleicht ist er nur auf Gold aus.«

»Vielleicht gibt es diese Person gar nicht. Was mich besonders daran stört, ist die Frage, warum jetzt? Warum hat sich dieses Familienmitglied erst jetzt gemeldet? Warum nicht sofort nach dem Tod von Ragnars Familie oder von mir aus nach Ablauf einer bestimmten Trauerzeit? Was verspricht sich dieser Nachkomme oder Knud davon?«

»Ich weiß es nicht. Ragnar ist ein einfacher Bauer, wenn auch ein hervorragender und loyaler Krieger. Er hat dem Jarl bisher keinen Anlass geliefert, ihm zu misstrauen. Freilich, Ragnar hat seine eigenen Regeln und Ansichten, aber diese haben bisher niemandem geschadet und am wenigsten dem Jarl. Unter Ragnars Führung haben die Männer immer die beste und ergiebigste Beute nach Hause gebracht.«

»Glaubst du, das könnte etwas mit mir zu tun haben, oder dem Amulett? Oder handelt es sich um bloßen Zufall? Ich muss sofort zu Ragnar.« Blitzschnell war Sarah aufgesprungen, aber bereits in der nächsten Sekunde knickten ihr die Knie ein. Ida verdrehte die Augen. »Ich sehe schon, so kommen wir nicht weiter. Das muss alles viel schneller gehen. Ragnar und du, ihr seid wirklich die ungeduldigsten Menschen, die ich jemals kennen gelernt habe! Wie stellst du dir das denn vor Kindchen, hm? Willst du geradewegs an Knud und seinen Wachen vorbei in Ragnars Arme marschieren? Du bist noch immer ganz wackelig auf den Beinen. Offensichtlich hat es für deinen Körper leider keinerlei Vorteile, magische Kräfte zu haben, egal wie viel Energie du in dich aufnimmst. Du brauchst trotzdem Ruhe und Erholung. Los, leg dich hin! Wir werden das Ganze jetzt etwas beschleunigen. Mit den Kräutertinkturen, Salben und Verbänden dauert das offensichtlich zu lange.«

Hatte Idas Handfläche gerade auch geglüht? Innerhalb von ein paar Sekunden hatte Ida mit ihrer bloßen Hand Sarahs Wunden verschwinden lassen und sie fühlte sich wieder frisch und munter. Fast alle sichtbaren Schrammen und blauen Flecke, die Sarah bei dem Vorfall in Knuds Halle erlitten hatte, waren verschwunden.

»Kann es sein, dass du mit deinen Fähigkeiten etwas untertrieben hast, Ida?«

Ida schien die Frage entweder nicht gehört zu haben oder sie ignorierte Sarah. Jedenfalls bekam sie keine Antwort.

»Es tut mir leid, dass du in das alles hineingezogen wurdest, Sarah.«

»Wieso entschuldigst du dich und wofür? Du kannst doch nichts dafür, dass ich hier gelandet bin. Ich weiß mittlerweile ja selbst nicht einmal mehr, ob ich wütend sein soll, dass ich warum auch immer hier in der Vergangenheit gelandet bin, oder dankbar und glücklich darüber, weil ich hier Sunna und Ragnar gefunden habe.«

»Nun, ich weiß nicht genau. Ich habe das Gefühl, auf ganzer Linie versagt zu haben. Als Freundin, als Hexe. Zuerst bei Hedda und nun auch noch bei dir. Auch dir kann ich nicht weiterhelfen.«

»So ein Quatsch! Irgendetwas ist damals einfach furchtbar schiefgelaufen und ich wüsste nur zu gerne, was es war. Du solltest Ragnar davon erzählen, vielleicht kann er das fehlende Puzzleteil liefern. Zumindest fühlst du dich dann etwas besser.«

»Auf gar keinen Fall! Ich wüsste nicht, wie ich Ragnar jemals wieder unter die Augen treten soll. Vermutlich würde er mich sogar töten. Ich habe ohnehin schon genug Schuldgefühle.«

»Woher wusste Hedda eigentlich, wann es passieren würde? Und wenn sie es wusste, hätte sie dann nicht besser vorbereitet sein müssen?«

»Das sind alles gute Fragen, auf die ich leider keine Antwort weiß.«

»Und um dieses Portal herstellen zu können, hast du oder vielmehr unsere Unbekannte, Heddas Amulett benutzt. Kann es jemand wie Knud in Gang setzen?«

»Ja. In Heddas Fall war es ihr Anhänger, den Ragnar ihr geschenkt hatte. Sie trug ihn stets bei sich und es wäre auch nicht weiter ungewöhnlich gewesen, wenn sie ihn an ihre Tochter weitergegeben hätte. Spätestens mit dem Erreichen des heiratsfähigen Alters hätte Hedda das vermutlich ohnehin getan. Aber es kam anders. Ich glaube nicht, dass Knud es bewerkstelligen könnte, das Amulett zu aktivieren. Es sei denn er verfügt auch über verborgene Kräfte.«

»Was ist damals nur schiefgelaufen?«

»Ich weiß es nicht. Ich habe nie aufgehört, mich das zu fragen. Aber weißt du, das mit der Zeit und Zeitzaubern ist so eine Sache. Hedda und Juna waren tot und der Anhänger war verschwunden oder auch nicht. Niemand hat zunächst darauf geachtet. Ich dachte, dass er mit Hedda bestattet wurde, oder die Männer, die sie überfallen haben, ihn vielleicht mitnahmen, aber als du hier aufgetaucht bist und ich den Anhänger an deinem Hals sah, wusste ich, dass entweder Ragnar ihn dir gab oder der Zauber funktioniert haben musste. Nur leider nicht so wie geplant. Ganz und gar nicht. Oder vielleicht doch, nur wusste ich eben nicht, was Hedda getan hatte oder vielleicht jemand anderer.«

»Vermutlich jemand wie diese Valpu?«

Ida nickte.

»Nun, das heißt also, ich bin wirklich nur aus Zufall hier gelandet. Ich habe keine Ahnung, ob mich das nun freuen soll, oder nicht. Und ich, oder vielmehr meine bisher verborgenen Kräfte haben dieses Portal womöglich aktiviert?« Sarah malte wieder Gänsefüßchen in die Luft. »Und kann ich das Portal dann wieder aktivieren, um in meine Zeit zurückzukehren, wenn ich will?«

»Das kann ich dir leider auch nicht sagen. Das alles sind nur Vermutungen.«

Sarahs Blick wurde traurig. »Du solltest es Ragnar sagen. Wirklich. Wir alle sollten keine Geheimnisse mehr voreinander haben und mit der Vergangenheit abschließen.«

»Das kann ich nicht. Er würde mich hassen.«

»Er hat ein Recht darauf es zu erfahren. Er hätte es sofort erfahren müssen. Eigentlich hätte bereits Hedda ihm von ihren Visionen erzählen sollen, bevor er auf Fahrt ging, dann wäre das alles vielleicht gar nicht passiert. Ich muss ihm sagen, dass ich schwanger bin. Es ist nicht fair. Ihm wurde alles genommen und nun ...« Sarah versagte die Stimme.

»Ich weiß nicht, ob er die beiden hätte retten können. Ja, es ist ungerecht. Er hat den Tod seiner Familie gerächt und soll nun dafür büßen. Obwohl jeder, den ich kenne, mit Sicherheit auch Vergeltung geübt hätte.«

Sarah sah Ida mit großen Augen an. »Du hältst Ragnar wirklich für einen Mörder?«

Ida wirkte erstaunt. »Ist er das nicht?«

»Nein.« Sarah war ernüchtert. Anscheinend hielt ihn jeder für einen Mörder und obwohl es die meisten ebenso guthießen wie als selbstverständlich erachteten, war es dennoch gegen das Gesetz und somit rechtens, dass er dafür verurteilt werden sollte. »Darüber lässt sich nach moralischen Maßstäben streiten. Immerhin werden Unschuldige während der Raubzüge getötet und mit Sicherheit sind im Kampf schon viele durch Ragnars Hand gefallen, aber die Mörder seiner Frau hat er nicht umgebracht.«

»Da bist du dir aber sehr sicher.«

»Er hat es mir selbst erzählt. Er wollte sie töten, zweifelsohne, aber jemand war ihm zuvorgekommen.« Sarah erzählte Ida alles, was sie darüber wusste.

»Das ist alles sehr merkwürdig. Aber wäre das alles nicht geschehen, dann wärst du jetzt nicht hier und du hättest dich nie in ihn verliebt und wärst jetzt nicht schwanger.«

»Das stimmt. Mein Leben wäre weiter verlaufen wie bisher.«

»Ragnar hat ein unfassbares Glück dich gefunden zu haben, weißt du das?«

»Hat er das? Ich habe das Gefühl, dass mein plötzliches Erscheinen sein Leben nur noch komplizierter gemacht hat als ohnehin schon.

Für eine Weile saßen beide schweigend da und warteten auf das Eintreffen von Björn und Sven. Wie immer schwirrte Sarahs Kopf nur so vor lauter Informationen, die erst mal verarbeitet werden mussten. Plötzlich begann sie, sich bruchstückhaft an die seltsamen Dinge zu erinnern, die mit ihr geschahen, als sie in der Halle des Jarls waren und an den Morgen, als sie das Nachtlokal verlassen hatte.

»Zuerst hat es sich angefühlt, als ob ich ohnmächtig werden würde, und dann war da dieses violette Leuchten. Meine Brust und meine Hände fühlten sich an, als ob sie verglühen würden. Ich dachte, eine Stimme zu hören, und dann wurde es dunkel.«

»Du erinnerst dich nun also an das, was geschehen ist?«

»Nur bruchstückhaft. Ich hatte keinerlei Kontrolle über meinen Körper. Ich fühlte mich wie eine Marionette, als ob jemand anderer alle meine Bewegungen und Gedanken steuern würde. Es war kein sehr angenehmes Gefühl, anders als vorhin draußen vor der Tür.«

»Es hat keinen Sinn, weiter über Dinge zu grübeln, die im Verborgenen liegen. Alles wird sich zu gegebener Zeit auflösen. Davon bin ich fest überzeugt. Komm, lass uns lieber etwas zu essen für Sunna und die Männer zubereiten und überlegen, wie wir Ragnar helfen können.«

»Ach, was weiß ich. Zahllose Fragen begleiten mich seit meiner Ankunft und es kommen wieder immer neue hinzu. Immerhin bin ich anscheinend ja auch verheiratet und weiß nichts davon, also kann es genauso gut sein, dass ich schwanger bin, ohne es bemerkt zu haben und ebenso eine Hexe.«

Ida blickte Sarah verwirrt an. »Was soll das heißen, du bist verheiratet und weißt nichts davon?« Sarah erzählte Ida, was Ragnar zu Knud gesagt hatte. »War das etwa nicht Teil des Stadtgesprächs?«

»Nein. Zumindest hielt Björn es anscheinend nicht für erwähnenswert. Das hättest du mir ruhig früher erzählen können. Hat er dich nun um deine Hand gebeten oder nicht? «

»Oder nicht. Ich kann mich zumindest nicht daran erinnern, dass er mir diese eine Frage gestellt hätte, egal wie verdreht sie auch formuliert gewesen sein mag.«

»Also hat er Knud belogen und ihr seid gar nicht verheiratet?«

Sarah zuckte mit den Schultern.

»Aber wieso sollte Ragnar Knud anlügen? Gab es irgendeine Art von Zeremonie oder Feier?«

»Nur die an Erntedank.«

Nachdem Sarah Ida alles geschildert hatte, was an diesem Abend im Wald passiert war, saß diese zunächst einige Zeit still da, bevor sie sich an die Stirn griff und lauthals zu lachen begann. »Ich kann es einfach nicht fassen. Dieser törichte Kerl. Ragnar, du bist vielleicht ein Esel. Ich kann dir versichern, seine Absichten waren sicher ehrenhaft und ich kenne Ragnar gut genug, um zu wissen, dass er diese Entscheidung bestimmt nicht leichtfertig getroffen hat. Ich habe gesehen, dass er bis über beide Ohren in dich verliebt ist, aber das war etwas unüberlegt. Und du bist dir wirklich sicher, dass er dich nie gefragt hat, ob du seine Frau werden willst?«

»Ich denke nicht, dass eine Frau es vergisst, wenn ein Mann ihr einen Antrag macht, oder? Soll das also heißen, dass er mich wirklich geheiratet hat, ohne mir etwas davon zu sagen?«

Ida nickte. »Und dir ist nie in den Sinn gekommen, dass es sich dabei vielleicht um mehr als eine Zeremonie zu Erntedank handeln könnte?«

»Nein. Also nicht so richtig. Ehrlich gesagt laufen die Hochzeiten bei uns etwas anders ab und ich habe mir eine

Wikinger Hochzeit auch anders vorgestellt. Und meine erst recht.« Sarah fragte sich, warum Ragnar so gehandelt hatte. Immerhin erzählten sie sich so gut wie alles. Das Geheimnis mit Sven über Einars Übergriff und ihre Schwangerschaft natürlich ausgenommen. Säuerlich verzog sie das Gesicht.

»Also was unsere Kommunikation anbelangt, müssen wir wohl noch etwas an unserer Beziehung arbeiten.«

»Im Gegensatz zu anderen Dingen. Die scheinen ja wunderbar zu funktionieren.«

Sarah wurde feuerrot im Gesicht. »Ida!«

»Was?« Ida begann erneut zu lachen.

»Das war also wirklich eine Hochzeitszeremonie? Bin ich tatsächlich verheiratet? Mir kam die Sache mit den Schwertern und Ringen ja schon irgendwie komisch vor.«

»Vielleicht bist du doch nicht so klug, wie ich gedacht habe.«

»Hey.« Sarah zeigte Ida scherzhaft die Zunge. »Du bist heute aber ganz schön abgebrüht.«

»Ihr zwei seid mir ja vielleicht ein seltsames Paar. Er nimmt dich mit und sagt dir nichts über Heddas Amulett, ihr verliebt euch. Er heiratet dich, ohne dir etwas davon zu sagen. Du bist eine Hexe aus der Zukunft, schwanger und er weiß nichts davon.«

»Hör endlich auf, so zu lachen.«

»Schon gut, schon gut.« Ida hob beschwichtigend die Arme. »Entschuldige. Aber es freut mich für Ragnar, wirklich. Natürlich auch für dich, aber besonders für Ragnar. Ich hätte nach allem, was vorgefallen ist und wie es um seine Gemütsverfassung nach Heddas Tod stand, nie gedacht, dass er sich jemals wieder verlieben würde. Und dass er dich liebt, sieht man ihm an der Nasenspitze an. Ragnar ist ein guter Mann.«

Sarah stieß einen langen Seufzer aus. »Ich weiß.«

Ida stieß Sarah in die Rippen.

»Los, lass uns endlich was zu essen machen.« Gesagt, getan. Sarah hing ihren Gedanken nach, während sie die Zutaten kleinschnitt, und wurde abrupt aus ihren Gedanken gerissen, als es endlich an Idas Tür klopfte. Sven und Björn waren gekommen, so schnell sie konnten, dennoch war es draußen bereits dunkel geworden und Björn musste bald wieder zurück zu seiner Familie, denn eine längere Abwesenheit des Dorfschmieds würde verdächtig erscheinen, besonders da jedermann wusste, dass Ragnar und Björn seit ihrer Kindheit eine enge Freundschaft verband. Außer den Personen, die sich in diesem Raum befanden, und Frode konnten sie niemandem trauen. Es waren für Svens Geschmack ohnehin schon zu viele Personen eingeweiht. Sven schäumte vor Wut. Ruhelos schritt er in Idas Hütte auf und ab, so dass sie schon fürchtete, er würde eine Furche im Boden hinterlassen. Allerdings blieb das Treffen nicht fruchtlos. Ehe Björn den Heimweg antrat, wurde beschlossen, dass es wohl am besten wäre, wenn Sven bei Knud vorsprechen und den oder die Anklägerin zu sehen wünschte. Auch wenn Knud die Bitte höchstwahrscheinlich ablehnen würde, so würde es ihn ablenken. Währenddessen würden sie Vorkehrungen zur Befreiung und Flucht Ragnars vorantreiben, um im Fall einer Verurteilung vorbereitet zu sein. Am nächsten Tag wollten sie sich bereits im Morgengrauen treffen, um geeignete Versteckmöglichkeiten auszukundschaften. Auch Waffen sollten an verschiedenen Stellen bereitgelegt werden. Sarah bestand darauf, mitzukommen. Wenn sie schon nicht bei Ragnar sein konnte, so wollte sie zumindest helfen. Alle Anwesenden inklusive Ida waren wenig begeistert von Sarahs Forderung. Sven versuchte mehrmals, es ihr auszureden, aber Sarah ließ nicht locker. »Wenn ihr mich nicht mitnehmt, gehe ich euch eben hinterher. So oder so werde ich Ragnar nicht allein lassen.« Sarah war stinksauer. Sie hatte jetzt keine Lust auf sexistische Diskussionen.

»Sarah, es nützt Ragnar wenig, wenn du mich hier und jetzt mit deinen Blicken oder gar bloßen Händen tötest.« Sven zwinkerte Sarah zu. »Ich weiß, dass du ihn vermisst und helfen möchtest, aber es ist zu gefährlich. Was ist, wenn Knuds Männer dich erwischen? Dann haben wir alle noch ein Problem mehr um das wir uns kümmern müssen.«

Sarah verstand Svens Einwände, aber sie bestand darauf, zu helfen. Immerhin stimmte sie zu, dass es wohl am besten wäre, wenn Sunna bei Ida bleiben würde. Sven hatte eingewilligt, Sarah bei den Vorbereitungen helfen zu lassen, während Sarah Sven versprechen musste, dass sie sich auf jeden Fall von dem Thing fernhalten würde. Im Grunde hatte Sarah nicht vor, sich an diese Vereinbarung zu halten. Nichts und niemand konnte sie davon abhalten, Ragnar endlich wieder zu sehen. Außerdem wusste sie den idealen Ort, wo sie und Ragnar sich verstecken konnten, ohne dass sie so schnell gefunden werden würden. Sie brauchten fürs Erste lediglich so etwas wie ein Zelt, ein paar Felle, Decken und etwas Proviant. In diesem Augenblick wünschte Sarah sich nichts sehnlicher, als ihre gerade erst entdeckten Zauberkräfte kontrollieren zu können, um Ragnar zu befreien. Aber sie hatte keine Ahnung wie, also schied diese Option fürs Erste aus.

Kapitel 17
–
Enthüllungen

Es war ein seltsamer Morgen. Das Gras war noch feucht und Nebelschleier hingen zwischen den Hügeln. Eine kühle Brise wehte und man konnte den Tau auf dem Gras und den holzig, modrigen Geruch der feuchten Erde riechen. Die Blätter der Bäume hatten bereits begonnen abzufallen und es herrschte, trotz der frühen Stunde, eine ungewohnte Stille. Es würde nicht mehr lange dauern, bis der erste Schnee fallen würde. Trotzdem war es viel zu trocken für diese Jahreszeit. Der von Laub und Moos bedeckte Boden fühlte sich an wie ein weicher Teppich. Knud pflegte seine Gefangenen in einem Verschlag hinter seiner Halle einzuschließen. Ragnar bildete hier keine Ausnahme. Es war noch früher Morgen und die geheimen Rufe seiner Freunde waren für ihn gut zu hören. Sie waren also hier in der Nähe. Aber was hatten sie vor? Sie waren doch wohl nicht so töricht und wollten ihn befreien? Trotzdem war es tröstlich, für Ragnar zu wissen, dass sie anwesend waren.

Ragnar streckte seine müden Glieder. Er hatte die letzte Nacht kaum geschlafen. Die feuchte kalte Luft war ihm in die Knochen gekrochen und er fühlte sich matt und müde. Der Nebel passte zu seiner düsteren Stimmung. Die Sorgen um Sarahs und Sunnas Wohlergehen waren größer als die um sein eigenes. Er hoffte inständig, dass die beiden in Sicherheit wären. Obwohl er sie nicht sehen konnte, so hatten ihm seine Brüder bereits signalisiert, dass sie in der Nähe waren. Er hatte ihre geheimen Rufe gehört. Er wusste nicht, was die beiden vorhatten, aber er hoffte, dass sie sich seinetwegen nicht in unnötige Gefahr brachten. Er musste sich dennoch einen Plan zurechtlegen, was er tun wollte, wenn die Männer des Jarls ihn zur Versammlung holen würden. Die Aussichten auf eine gerechte Verhandlung waren gering und er zweifelte nicht daran, dass Knud etwas im Schilde führte, es stellte sich lediglich die Frage, was er vorhatte. Und was seine Freunde vorhatten. Und er war sich sicher, dass Sarah auch nicht weit sein konnte. Er kannte sie mittlerweile gut genug, um zu wissen, dass sie Sven gewiss überredet hatte sie mitzunehmen. Was seine sorgenvollen Gedanken an sie und seine neue Familie nicht unbedingt beschwichtigten. Bei dem Gedanken an seine Frau musste er lächeln. Ragnar versuchte, sich an Sarahs Geruch zu erinnern, an ihr Lachen und die Wärme ihres Körpers. Nur untätig hier herum sitzen zu müssen und nicht zu wissen, was Knud vorhatte, machte ihn beinahe rasend.

Sarah hatte ihm gezeigt, wie man meditiert. Anfangs hatte er sich über sie lustig gemacht, es aber dann doch auch ausprobiert. Er hatte sich sehr schwer damit getan, einfach nur tatenlos herumzusitzen, aber irgendwann hatte er sich an eine Kindheit erinnert und an die vielen Stunden, die er im Wald auf der Pirsch verbracht hatte. Wenn man es genau betrachtete, so unterschieden sich diese beiden Arten des Nichtstuns und Herumsitzen nicht allzu sehr voneinander. Also hatte er am zweiten Tag, an dem er zur Untätigkeit verurteilt worden war, beschlossen, das Gelernte umzusetzen und zu meditieren. Sicher, es wäre ihm bedeutend lieber gewesen an Sarahs Seite in seinem Bett zu liegen, seiner Arbeit nachzugehen oder seine Kampfkünste zu üben, aber er wollte das Beste aus dieser Situation machen. Weniger für sich selbst als für seine Familie. Seine Stimmung war dadurch zwar nicht bedeutend besser und seine Sorgen nicht wesentlich weniger geworden, aber er fühlte sich stärker und gefasster. Ragnar musste schmunzeln. Sarah hatte ihm auch dieses Yoga gezeigt, aber die tantrischen Übungen hatten ihm bedeutend besser gefallen. Er musste noch mehr lächeln bei dem Gedanken daran, dass Sarah ihm jetzt vermutlich wieder einen Hieb in die Rippen verpasst und einen «Vortrag « gehalten hätte, wie sie es nannte, dass Tantra mehr ist als nur seine sexuellen Aspekte. *Das Liebesverhältnis zu Sarah ist anders, als das zu Hedda war. Sicher, man kann das nicht vergleichen. Sarah stammt aus einer anderen Zeit, einer anderen Kultur. Ich habe ebenso viel von ihr gelernt, wie sie von mir. Umso besser ich Sarah kennengelernt habe, umso mehr bin ich davon überzeugt gewesen, dass sie genau das ist, was ich brauche. Aus diesem Blickwinkel betrachtet, war Sarah wirklich so eine Art «Geschenk der Götter" gewesen. Auch, wenn er es weder von Sarah verlangen noch zugeben würde, so hoffte er dennoch, dass Sarah hier bei ihm bleiben würde. Ragnar fand Sarahs Interesse und Wissensdurst sehr beeindruckend, auch da es ihn an sich selbst erinnerte. Er hatte sich sogar breitschlagen lassen, ihr ab und zu Kampfunterricht zu geben, obwohl es schmerzhafte Erinnerungen bei ihm hervorrief, hatte er doch oft zusammen mit Hedda geübt. Ragnar fühlte sich seit langer Zeit endlich wieder lebendig. Dieser schwarze Schatten war von seinem Herzen gewichen und er mochte sich bereits kein Leben mehr ohne Sarah und Sunna vorstellen. Sarah.*

Seine Gedanken wanderten zum Tag ihrer ersten Begegnung. *Ich habe meine Entscheidung sie mitzunehmen keine Sekunde lang bereut. Das Einzige, was ich wirklich bedaure, ist, ihr nicht von Anfang an die Wahrheit gesagt zu haben und nicht standesgemäß um ihre Hand angehalten zu haben. Ihr Gesichtsausdruck, als ich Jarl Knud eröffnet habe, dass wir verheiratet sind. Nicht nur der Jarl wirkte außer Fassung. Natürlich, sie war überrascht, aber er hatte wirklich gedacht, gehofft, dass Sarah, klug wie sie ist, bestimmt schon erraten hatte, was an diesem Abend im Wald stattgefunden hatte. Ich hatte ihr Schweigen als Zustimmung gedeutet. Es musste ihr doch klar gewesen sein? Ich hoffte es, aber vermutlich wollte ich damit nur mein schlechtes Gewissen beruhigen. Schließlich konnte ich, trotz des Umstandes, dass sie formal als meine Sklavin galt, nicht länger meiner Leidenschaft freien Lauf lassen. Ich hatte die Verpflichtung, sie zu einer ehrbaren Frau zu machen. Abgesehen davon liebe ich sie. Habe ich ihr das schon jemals richtig gesagt?* Ragnar fiel es wie Schuppen von den Augen. *ICH HABE ES SARAH NOCH NIE GESAGT. Sie hat es mir schon mehrmals gesagt.* Es war ihm völlig klar und er hätte sie bestimmt nicht geheiratet, wenn es nicht so wäre, aber er hatte diese Worte nie wirklich ausgesprochen. Das war aber nicht das Einzige, das ihm Kopfzerbrechen machte. Die Ernte war vorüber und die Jarls würden ihre Männer bald wieder auf Viking entsenden. Was würde aus Sarah und Sunna werden? Natürlich, er hatte noch den ganzen Winter mit den beiden und konnte Vorkehrungen für seine Abwesenheit treffen, aber dennoch bereitete es ihm Sorge. Es war ihm auch klar, dass er nicht davon ausgehen konnte, dass er freikam oder Sarah bei ihm bleiben würde. Was, wenn sie die Möglichkeit hatte, nach Hause zurückzukehren? Er musste jederzeit damit rechnen, aber er hoffte, dass er nicht noch einmal seine Familie verlieren würde. Ragnars Gedanken wurden jäh unterbrochen, als er eine Stimme zu hören meinte. Tatsächlich. Er hatte es sich nicht eingebildet.

»Ragnar, bist du wach? Kannst du mich hören?« Zwei Hände versuchten vorsichtig, durch die Tür des Bretterverschlags hindurch etwas zu ertasten. Das Licht der Morgensonne reichte nicht aus, um dahinter irgendetwas oder irgendjemanden zu erkennen.

»Ja, ich kann dich hören. Was machst du hier?«

»Ich habe gehört, was passiert ist, und wollte mit dir sprechen.«

»Was ist so wichtig, dass du es riskierst, dir Ärger einzuhandeln?« Ragnar ergriff freudig die ihm dargebotene Hand zum Gruß.

»Du vergisst, dass ich nicht irgendjemand bin. Der Ärger wird sich also in Grenzen halten. Knud hat mich unlängst zu sich gerufen und mir viele merkwürdige Fragen gestellt. Über dich und Sarah. Und noch einiges mehr.«

»Und, was ist so ungewöhnlich daran? Immerhin waren Sarah und ich auch bei dir, um Antworten zu erhalten.«

»Du findest es nicht ungewöhnlich, dass er sich nach Sarah und dem Amulett erkundigt hat?«

»Nein. Immerhin sind die Umstände ihres Hierseins ungewöhnlich und nicht jeden Tag verzichtet ein Krieger zugunsten einer Sklavin auf seinen Anteil. Moment. Sagtest du, er hat sich nach dem Amulett erkundigt? Heddas Amulett?« Hellhörig geworden, musterte er den Seher aufmerksam durch die Brettspalten des Verschlags hindurch.

»Und was, wenn ich dir sage, dass er mir auch Fragen über Hexen und Zauberformeln gestellt hat? Und eine Hexe im Besonderen, Valpu.«

»Wer soll das sein?«

»Dieser Name ist dir nicht bekannt?«

»Würde ich dich sonst danach fragen?«

Frode lachte. »Man könnte meinen, ich stehe vor Sarah. Du sprichst bereits wie deine Ehefrau. Im Übrigen war das ein guter Schachzug von dir.«

»Frode, ich unterbreche dich nur ungern, aber komm bitte zur Sache.«

Frode berichtete Ragnar das Wenige, dass er über diese Zauberin wusste.

»Es hat mich etwas verwundert, dass Knud mir all diese Fragen gestellt hat. Hat es etwas mit Sarah zu tun? Woher weiß er, dass es sich um Heddas Amulett handelt? Das alles hat mich neugierig gemacht und mich veranlasst, etwas genauer nachzuforschen. Womöglich habe ich diese Angelegenheit bisher zu leichtfertig betrachtet. Ich bin bei meinen Nachforschungen auf etwas gestoßen, das von größter Wichtigkeit sein könnte, und es bedarf besonderer Verschwiegenheit.«

»Was soll das bedeuten?«

Frode hatte keine Gelegenheit mehr darauf zu antworten. Mit vor Entsetzen geweiteten Augen starrte er auf die Pfeilspitze, die aus seiner Schulter ragte, ehe er besinnungslos zusammensackte.

Ragnar stieß einen furchterregenden Schrei aus. Wutentbrannt riss er an der Tür des Verschlags, in den er eingesperrt worden war. Er konnte nichts weiter tun, als seinem Freund und Mentor dabei zuzusehen, wie er am Boden lag und verblutete. Das war wahrlich kein Ende, das ein Mann wie Frode verdient hatte. Ragnar war außer sich, es fiel ihm schwer, sich zu beruhigen und einen klaren Gedanken zu fassen. *Wer wagte es, einen Seher zu töten und so den Zorn der Götter auf sich zu ziehen? Überdies auch noch am Tag des großen Things. Und weshalb scherte sich niemand darum, egal wie laut er auch brüllte und um Hilfe rief?*

Ragnar horchte auf, als er einen kaum hörbaren Warnpfiff vernahm. Ein Rascheln und Knacken aus dem Dickicht ließen darauf schließen, dass sich jemand näherte. Schnell näherte.

»Um Himmelswillen! Frode!«

»Sarah? Bist du das?« *Natürlich. Niemand sonst würde sich so unbedacht in Gefahr bringen.* »Was ist mit ihm? Ich kann nichts erkennen.«

»Ja, ich bin es. Ich weiß es nicht. Warte.«

»Aus seiner Schulter ragt eine Pfeilspitze. Aber ich kann noch einen Herzschlag spüren.«

»Den Göttern sei Dank!«

»Ich kann aber im Moment nichts für ihn tun. Er braucht dringend einen Heiler.«

»Verdammtes Weibsvolk!« Aus dem Dickicht vernahm Ragnar Svens aufgebrachte Stimme gefolgt von einem Zornesschrei.

Erneut erklang ein Rascheln.

»Ida! Was machst du denn hier?«

»Ich hatte so ein Gefühl, dass ihr mich vielleicht brauchen würdet. Und so wie es aussieht, hat mich mein Gefühl nicht getäuscht.«

»Nein, hat es nicht.«

»Bist du auch wütend auf mich? Sven ist es jedenfalls.«

»Nein, ich bin froh, dass du da bist. Dass ihr hier seid.« Sarah drückte Ida an sich.

Ragnar vernahm ein vertrautes Quietschen. Im nächsten Moment erspähte er zwischen den Brettern des Verschlags hindurch Sarahs und Sunnas Gesicht. »Geht es dir gut?«

»Was für ein böses Spiel die Götter heute mit mir treiben! Verliere ich nun vollends den Verstand? Zuerst Frode und nun du? Und Sunna?«

»Ja, ich bin es. Wirklich.«

»Was um alles in der Welt machst du hier? Bist du von Sinnen? Wenn sie dich hier bei mir erwischen, wird es sicher mehr als nur ein paar Hiebe mit dem Stock setzen!«

»Jetzt hör endlich auf mich zu belehren und gib schon zu, dass du dich freust, mich zu sehen!«

Unter anderen Umständen hätte Sarah ihn damit bestimmt zum Lachen gebracht, aber angesichts des Vorfalls mit Frode war Ragnar nicht zum Lachen zu Mute. Dennoch wünschte er sich nichts sehnlicher, als Sarah und Sunna in seine Arme schließen zu können und sie zu küssen.

»Eigentlich sollte ich dich hier schmoren lassen du hinterhältiger Mistkerl! Wie kannst du es wagen, mich zu heiraten, ohne mich auch nur andeutungsweise zu fragen? Da hältst du mir Vorträge über Aufrichtigkeit, Glauben und Familienehre und was machst du? Führst mit mir eine heimliche Hochzeitszeremonie durch. Würden deine Götter so ein Verhalten gutheißen?«

Ragnars Gemütsverfassung besserte sich allmählich. Sarahs bloße Anwesenheit tat ihm gut. »Du hast ja Recht, das war nicht unbedingt sehr klug von mir und schon gar nicht sehr ehrenvoll. Dennoch würde ich es wieder tun, ich bereue es keine Sekunde.« Ragnar konnte Sarahs Gesicht nur schemenhaft erkennen, die Bretter ließen nicht viel Platz und von draußen blendete ihn die Sonne. Gleichwohl versuchte er, ihr dabei in die Augen zu sehen. »Bereust du es? Willst du dich scheiden lassen?«

»Ich stimme dir vollkommen zu, das ist weder der richtige Ort noch der richtige Zeitpunkt, um darüber zu diskutieren.«

»Willst du mich nun befreien meine geliebte Ehefrau oder mich lieber weiter beschimpfen?«

»Beides.«

Ragnars Blick wanderte zu Frode. Der Anblick des leblosen Körpers holte Ragnar in die Realität zurück.

»Sarah, Frode…«

»Ich weiß.« Unterbrach sie ihn. »Er ist schwer verletzt, aber er lebt. Ida kümmert sich um ihn.«

»Was geht hier vor sich? Wer war das? Frode wollte mir etwas sagen, bevor der Pfeil ihn traf.«

»Ich weiß es nicht. Björn und ich konnten nicht erkennen, aus welcher Richtung der Pfeil abgeschossen wurde. Aber bisher scheint es entweder niemand bemerkt zu haben, dass er angeschossen wurde oder es ist tatsächlich so, wie Björn es sagte: eine Falle.«

»In die du bereitwillig hineingetappt bist.«

»Das ist mir egal. Ich lasse keine Freunde von mir verwundet ohne Hilfe liegen. Und ich lasse dich hier nicht zurück.« Sarah ließ ihre Stirn gegen die Holzbretter sinken.

»Was hat Frode dir gesagt?«

»Nichts. Dazu kam er nicht mehr, aber es schien etwas mit Knud, dem Amulett und einer Hexe zu tun zu haben.«

Sarah riss alarmiert die Augen auf. »Das ist gar nicht gut.«

»Es scheint dich nicht sonderlich zu überraschen.«

»Ich habe da so eine Theorie, aber dafür ist jetzt keine Zeit. Zuerst müssen wir dich hier herausholen.«

»Du bist genauso mutig wie am Tag unserer ersten Begegnung.«

»Ja, mutig in der Tat. Nicht besonders klug, aber sicher alles andere als feige. Aber hast du dich eigentlich nie gefragt, was in deiner Zukunft passieren könnte, wenn du hier in der Vergangenheit etwas veränderst?«

Sarah fuhr herum. »Was?«

Sie wurde bleich. Ihr Gefühl hatte sie nicht getäuscht, hier war etwas faul und es war nicht Knuds Werk.

»Du bist es! Die Frau von der Waldlichtung. Du bist Valpu, nicht wahr?«

Die weißhaarige Frau nickte. Sie wirkte jünger, als bei ihrer Begegnung an den Dolmen.

»Sarah was ist los? Ich kann nichts erkennen? Wer ist das? Mit wem sprichst du?«

Sarah hatte keine Zeit zu antworten. »Was wird hier gespielt? Hast du Frode verletzt?«

»Nein.«

»Hast du dafür gesorgt, dass niemand kommt, um Frode zu helfen?«

»Sagen wir, ich bin nicht ganz unschuldig daran. Ich wollte sehen, was weiter passiert. Wie du dich verhalten würdest. Ob du deine ganze Stärke bereits auszuschöpfen vermagst. Offenbar sind deine Empfindungen eng daran geknüpft. Was aber nicht weiter verwundert, so gänzlich ohne jede Art von Unterricht.«

Sarah blickte Valpu ungläubig an.

»Was?«

»Ich bin noch nicht zufrieden. Lass uns sehen, was du noch kannst.«

KAPITEL 18
–
RAGNARÖK

Fassungslos starrte Sarah auf die Spitze des Schwertes, die aus Ragnars Brustkorb ragte. Sie war mitten in ihrer Bewegung erstarrt. Ihr Verstand konnte das, was sie sah, nicht begreifen. Das, was gerade eben noch gewesen war, Ragnar eingesperrt in dem Verschlag, der verwundete Frode auf dem Boden, war wie weggewischt. Keinerlei Anzeichen, dass dies jemals geschehen war, und nun auf einmal lag Ragnar inmitten des Thingplatzes umringt von schaulustigen Menschen. Bilder tauchten vor Sarahs Augen auf und verschwanden innerhalb eines Wimpernschlages wieder. Die Jarls der Clans saßen aufgereiht auf abgesägten Holzstämmen. Wie versteinert. Nichts deutete darauf hin, wie sie zu Ragnars Fall standen. Gebanntes Warten der Anwesenden auf den Ankläger Ragnars. Aber Sarah konnte sich nicht entsinnen, dass jemand vorgesprochen hätte. Dann wurde Ragnar in den Kreis geführt. Knud lag verletzt am Boden. Ragnar hatte ihn nicht getötet, lediglich im Kampf besiegt und seine Kapitulation und den Rücktritt als Jarl gefordert. Bewaffnete Männer schritten in den Kreis. Ehe auch nur eine der Wachen hätte reagieren können, machte Ragnar einen Satz zurück und seine Hand lag am Stamm der Gerichtslinde. Wer sie berührte, durfte nicht mehr ergriffen und gerichtet werden. Knuds Hand tastete nach seinem Schwert.

Die vor Entsetzen geweiteten Augen Ragnars. Dieses schauerliche, dumpfe Geräusch. Dann brach das Chaos los. Jubelrufe ertönten ebenso wie Schreie des Entsetzens. Sarah war sich sicher geschrien zu haben, aber alles passierte lautlos und wie in Zeitlupe.

Knud hatte widerwillig resigniert. Alles war im Bruchteil einer Sekunde passiert. Ragnar hatte sich nach allen Seiten umgedreht, um sicherzugehen, dass die Anwesenden seiner Vorgehensweise zustimmten.

Knud hatte nichts mehr zu verlieren. Alles was ihm etwas bedeutete, war unwiederbringlich verloren. Er lag am Boden, besiegt. Sand und Staub klebten an seinem verschwitzten Gesicht. Empörte Schreie aus der umstehenden Menschenmenge hatten noch versucht, Ragnar zu warnen, ehe der hinterlistige Angriff erfolgte. Niemand außer Sarah schien zu bemerken, dass etwas nicht stimmte, dass sie bis vor wenigen Augenblicken noch gar nicht hier waren. *DAS KANN EINFACH NICHT REAL SEIN.*

Ragnars Pupillen weiteten sich. Er umklammerte die Schwertspitze, die aus seiner Brust ragte und sank auf seine Knie. Seine Hände tasteten nach einer Waffe, als Knud auf ihn zuschritt.

Kaum hörbar, selbst für Ragnar, in dessen Ohr er die Worte flüsterte, legte Knud sein Geständnis ab. In der festen Überzeugung, dass Ragnar dies mit in sein Grab nehmen und nie jemals auch nur eine Menschenseele davon erfahren würde. »Du bist ein Narr Ragnar! Glaubst du wirklich, du könntest Jarl werden? Du weißt wie immer gar nichts. Auch über deine Frau wusstest du nichts. Weißt du eigentlich, wer deine Hedda war? Dass sie weit über dir stand und dich gegen den Willen ihres Vaters geheiratet hat? Hedda war der Schlüssel zu Macht und Reichtum, der dir aber nichts genutzt hat. Einem Bauerntölpel wie dir war und ist dieses Tor verschlossen. Mir allerdings, einem Jarl, hätte sie und der Einfluss ihrer Familie von großem Nutzen sein können. Ich habe ihr mehr als nur einmal angeboten ihre Wahl zu überdenken. Eine Scheidung wäre rasch zu ermöglichen und erledigt gewesen, auch wenn sie aus offensichtlichen Gründen nur meine Zweitfrau hätte werden können. Wobei mir sicher auch für dieses Problem eine Lösung eingefallen wäre. Aber sie hat sich geweigert. Immer wieder hat sie von ihrer wahren Liebe gesprochen. Von dir und eurer Tochter.« Knud spuckte verächtlich auf den sandigen Boden. »Ich bin ein geduldiger Mann, musst du wissen, aber irgendwann ist auch meine Geduld am Ende und ich bin es nicht gewohnt, dass man mir einen Wunsch abschlägt und schon gar nicht, ihn wiederholen zu müssen. Mein Angebot war mehr als großzügig. Als sie mir während deiner Abwesenheit erneut eine Zurückweisung erteilte, habe ich eine Entscheidung getroffen.« Es war nicht notwendig, dass Knud weitersprach. Es war alles gesagt. Über Ragnars Gesicht huschte eine Vielzahl an Emotionen, von Wut bis zu Erleichterung. Er sprach ebenso leise wie Knud. »Ich werde dir die Eingeweide herausreißen, du Dreckskerl. Oder nein, du sollst ganz langsam und elend zu Grunde gehen. Vielleicht schneide ich dir einfach nur ein paar unwichtige Körperteile ab. Du wirst, ebenso wie ich, nicht in Walhall einziehen, sondern den Strohtod sterben.« Mit letzter Kraft begann er sich aufzurichten, aber er schaffte es kaum, sich auf den Beinen zu halten. Knud grinste ihn hämisch an.

Sarah drehte sich der Magen um. *Egal, ob magische Täuschung oder Realität, ich werde nicht tatenlos zusehen, wie Knud Ragnar ermordet. Wer weiß schon, was diese Valpu im Schilde führt.* »Nein!« Und wieder wusste sie nicht, ob ihr Schrei zu hören gewesen war. Mit seltsam leerem Blick starrte Ragnar sie an, so als ob er gar nicht begriff, was gerade geschah. Auch Sarahs Verstand konnte es einfach nicht fassen. Sie vermochte nicht zu sagen, wie sie dorthin kam, aber in der nächsten Sekunde war sie bei Ragnar, fing seinen Körper auf und ließ sich mit ihm zusammen auf den Boden sinken. *Bleib stark, Sarah! Für Ragnar! Du musst seinem Blick standhalten. Dein entsetztes, verzweifeltes Gesicht soll nicht das Letzte sein, was er sieht!* »Sieh mich an, mein Schatz! Ich liebe dich, hörst du? Ich werde dich immer lieben!« Sarah mobilisierte alle ihre verfügbaren Kraftreserven und ließ seinen Körper sanft zu Boden sinken. Sie hielt Ragnars Körper so fest sie konnte an sich gedrückt und hoffte, ihm keine Schmerzen zuzufügen. *Nein, du darfst jetzt nicht weinen.* Sie küsste ihn. Wieder und wieder sagte ihm, wie sehr sie und Sunna ihn liebten.

Ragnar ergriff zitternd ihre Hand. Er versuchte, ihr etwas zu sagen, aber seine Stimme versagte ihm. Leise flüsternd erbat er Sarahs Hilfe, sie möge ihm das Schwert aus dem Rücken ziehen. Sarah kämpfte mit sich selbst.

»Oh, ist das nicht rührend?«

Sarah blickte auf und direkt in Knuds Augen. Sein Blick war eiskalt und voller Verachtung, aber auch dem hielt sie stand. Wieder spürte sie eine Welle der Übelkeit über sie hereinbrechen. Heiß und glühend stieg ihr Wut und Hass die Kehle empor. Jede Faser ihres Körpers füllte sich mit Hass und Wut auf diesen feigen, widerlichen Knud und voller Verzweiflung und Enttäuschung darüber, was diese verflixte Zeitreise mit ihrem und dem Leben dieses Mannes angerichtet hatte. Ihr war speiübel und eine Stimme in ihrem Kopf sagte ihr, dass es eine ganz schlechte Idee wäre, die Waffe aus der Wunde zu ziehen, die diese im Moment zumindest noch halbwegs verschloss. Ringsum blickte sie in ebenso verwirrte Gesichter, aber auch Augen voller Mitleid und Erstaunen waren auf sie gerichtet. Sie waren offenbar allesamt dazu verurteilt, dem Geschehen wie versteinert zuzuschauen. *Ich kann förmlich sehen, was sie alle denken. Das musste ja so kommen, wenn man sich mit einer Sklavin einlässt. Sie hat nur Unglück über Ragnar gebracht und nun hat sie komplett den Verstand verloren. Sie hat Schuld an all dem. Hätte er diese Frau nicht mitgebracht, wäre das alles nicht passiert. Ragnar hätte sein bisheriges Leben weitergeführt.*

Ganz langsam stand sie auf. *Nein! Das ist nicht real. Ich werde einen Teufel tun und das als das Ende dieses Mannes akzeptieren. Als das Ende unserer Liebe.*

»Ida, bist du da? Bitte hilf mir! Kannst du ihn heilen? Hilf ihm, so wie du mir geholfen hast. Ich weiß, dass du es kannst!« Suchend blickte sie sich um, aber von Ida war keine Spur zu sehen.

»Also gut. Dann eben anders!« Mit einem schnellen Ruck zog sie das Schwert aus Ragnars Brust, dessen Körper nun mit einem leisen Stöhnen vollends zu Boden sank. Mit jedem Schlag seines Herzens quoll Blut über seinen

Bauch hinab und bildeten eine schnell wachsende Lache in der Erde. Sarah suchte seinen Blick, aber es war kaum noch Leben in seinen Augen. Tonlos formte sie die Worte. »Halte durch, mein Schatz. Bitte halte durch. Für uns, für deine Familie. Ich werde dafür sorgen, dass das aufhört.«

»Ich liebe dich.« Mit letzter Kraft hauchte Ragnar ihr entgegen, was längst säumig war.

»Ich dich auch. Du musst stark sein, hörst du? Wir beide müssen das!«

Ragnar sank mehr und mehr in sich zusammen. Er verlor Unmengen an Blut. Sarah war sich sicher, dass es besser gewesen wäre, das Schwert nicht herauszuziehen. Skeptisch richtete sie ihren Blick auf das Schwert in ihrer Hand. Seine Klinge hatte ebenso wie ihre Hände violett zu glühen begonnen.

»Ragnar! Sei stark! Ich weiß es ist beileibe nicht der richtige Zeitpunkt, um dir das zu sagen, aber ich bin schwanger. Verstehst du mich? Ich bekomme ein Kind. Dein Kind. Du musst stark sein. Für uns und unser Kind.«

Hinter Sarah ertönte ein beinahe diabolisches Lachen.

Sarahs sah nun vollends rot. Ihr Schmerz und ihr Zorn waren das Einzige, was sie davon abhielt ebenfalls zusammenzubrechen. Blitzschnell fuhr sie herum und blickte direkt in das hämisch grinsende Gesicht Knuds. In einer Hand hielt er sein Schwert, in der anderen ein Messer. Sarah erhob das Schwert, das sie Ragnar aus der Brust gezogen hatte, ließ es aber in der nächsten Sekunde achtlos auf den Boden fallen. Sarah versuchte, zu verstehen, was hier passierte. *Warum kam ihr niemand zu Hilfe? Es war beinahe so, wie vorhin mit Frode. Passierte das alles wirklich, oder war es nur eine Art Halluzination? Ein hinterlistiger Zauber? Wo um alles in der Welt steckten Ida, Sven und Björn? Nie im Leben würden sie Ragnar einfach so sterben lassen! Warum reagierte niemand auf das alles?*

»Und, was jetzt? Willst du mich genauso hinterrücks zur Strecke bringen wie Ragnar?«

Knud war zu müde für lange Reden. Es sollte einfach ein Ende haben. Mit aller Kraft, die er aufbringen konnte, ging er zum Angriff über. Aber dieses Mal hatte er seinen Gegner unterschätzt. Mit einer einzigen schnellen Bewegung streckte sie ihre Arme aus und ein purpurner Lichtblitz schoss aus ihren Handflächen und traf Knud mitten in der Brust. Da wo sein Herz sein sollte, klaffte ein riesiges, verbranntes Loch. Mit weit aufgerissenen Augen sank Knud zu Boden und blieb reglos liegen. Die eben noch neugierig gaffenden Menschen fingen an zu kreischen und suchten Deckung oder waren erstarrt.

Knud war tot. So viel stand fest. Dieser niederträchtige Mensch hatte nichts Besseres verdient, dennoch fühlte sie sich noch schrecklicher als an dem Tag auf dem Schlachtfeld, als sie ihrem Angreifer das Messer in den Oberschenkel gerammt hatte. Sie wusste, dass es falsch war. *Ganz mieses Karma. Aber ich habe auch nicht vor, ihm die andere Wange hinzuhalten. Ich konnte nicht anders. Ich weiß aber auch, dass das alles unmöglich real sein kann! Es darf einfach nicht wahr sein. Es gibt jemanden, der das alles beenden kann. Das alles ungeschehen machen konnte.*

»Los zeig dich du Hexe! Ich weiß, dass du dahintersteckst. Auch wenn ich absolut keine Ahnung habe, warum. Was soll das alles hier?« Sarah spie die Worte beinahe aus.

Wieder ertönte ein Lachen. Dieses Mal war es aber nicht von Knud. Plötzlich stand Valpu vor ihr. Gekleidet in ein schweres, blutrotes Samtkleid. Taxierend ließ sie ihren Blick über Sarah gleiten.

»Lass diese Spielchen, Valpu! Das hier sind Menschen, keine Spielfiguren. Sag mir endlich, was das Ganze soll.« Sarah fühlte ihre Kräfte schwinden. Sie war verzweifelt und sie konnte einfach nicht verstehen, was diese Frau von ihr wollte. Niemand schrie oder weinte. Alle standen mit ausdruckslosen Mienen wie versteinert da. Wie seelenlose Hüllen. Sarah konnte kaum noch an sich halten. Sie war hin und hergerissen zwischen blinder Wut, lähmender Verzweiflung und Hilflosigkeit.

Mit einem Mal setzte wieder dieses seltsame Gefühl ein, als ob eine fremde Macht sich ihres Körpers bemächtigte. Eine Mischung aus Gänsehaut und einem Vibrieren, das ihren Körper durchströmte. Sarah wurde schwindlig. Sie begann am ganzen Körper zu zittern. Ihr wurde heiß und kalt. *Warum hatte sich das vorhin bei der Auseinandersetzung mit Knud nicht so angefühlt? Vielleicht weil es gar nie wirklich passiert ist?* Aber dieses Mal war noch etwas anders als sonst. Dieses Mal konnte sie es nicht nur fühlen, sondern auch sehen. Die Luft rings um sie herum begann wie an einem heißen Sommertag zu flirren. In ihren Fingerspitzen begann es zu kribbeln wie tausende von Ameisen und es breitete sich über ihren ganzen Körper aus. Sie konnte sehen, was Ida als ihre Aura bezeichnen würde. Um sie herum schimmerte es in allen Farben des Regenbogens und sie bemerkte, wie Energie in sie strömte. Sie sich damit auflud. Immer mehr und mehr drang vom Boden her durch ihre Beine ein, aber auch durch ihren Bauch, ihre Brust und ihre Stirn. Sarah rang nach Luft. Vor ihrem geistigen Auge tat sich das Bild eines Baumes auf. Sie war der Baum, ihre Beine die Wurzeln. Ein Bild, das sie sich so oft vorgestellt hatte. Aber sie fühlte sich weder geerdet noch gestärkt, sondern unsicherer denn je. Sie fürchtete, ihr würden nun gleich wieder die Sinne zu schwinden drohen. Mit all ihrer sich bietenden Kraft wehrte sie sich gegen dieses Ohnmachtsgefühl. *Ich darf jetzt nicht aufgeben. Ich muss bei Bewusstsein bleiben. Alles steht und fällt mit dieser Valpu.* In dieser Hinsicht war sich Sarah mittlerweile absolut sicher. Sie musste endlich herausfinden, was hier vor sich ging. Sarah spürte, wie ihr Kopf in den Nacken gedrückt wurde. Einer gewaltigen Explosion gleich ging eine Druckwelle gefolgt von einem gleißenden Lichtblitz von ihr aus. Es herrschte absolute Stille. Wie bei einem elektromagnetischen Impuls , der alle Fahrzeuge und Geräte rings um sich herum lahmlegt, schien auch ganz Silfrhaf ausgeschaltet worden zu sein. Keine Menschen oder Tiere waren zu sehen, keinerlei Bewegung, nicht das geringste Geräusch war zu hören. Es gab nur sie und Valpu. Alles andere lag unter einem geheimnisvollen Schleier verhüllt.

»Spielverderberin.«

»Was? Warst du das? Was hast du jetzt schon wieder vor?«

»Nein. Das warst du ganz allein. Auch wenn du meine Darbietung vorzeitig unterbrochen hast, so bin ich dennoch zufrieden. Denn endlich hast du gezeigt, welche ungeahnten Kräfte in dir stecken. Wirklich ein Jammer, dass deine Mutter sich geweigert hat, dich zu unterrichten.«

Sarah schüttelte ungläubig den Kopf. »Du kanntest meine Mutter? Ich verstehe das alles nicht. Du hast das alles nur inszeniert, um irgendwelche magischen Fähigkeiten hervorzulocken, die offenbar in mir geschlummert haben?«

»Ah, du weißt also bereits über deine Fähigkeiten Bescheid? Schade irgendwie, das hätte die Sache noch spannender gemacht. Aber ich muss dich leider enttäuschen. So bedeutend seid ihr Menschen nicht, dass ich das rein aus Spaß oder Neugier tun würde. Aber ich will mal nicht so sein, immerhin bist du ja nur zur Hälfte ein Mensch.«

»Ich weiß leider so gut wie gar nichts. Du sprichst von meiner Mutter. Also stimmt Idas Vermutung und sie war eine Hexe. Woher kanntest du meine Mutter? Bist du dafür verantwortlich, dass ich hier in der Vergangenheit gelandet bin?«

»Nein. Auch das warst du ganz allein, ohne dass es dir offenbar bewusst war.«

»Was willst du von mir?«

»Von dir? Gar nichts. Ich war nur neugierig auf Sigrids Tochter. Ich habe gespürt, dass das Portal in Gang gesetzt wurde, und wollte sehen, wer außer mir über eine solche Macht verfügt und ob Sigrids Befürchtungen eingetreten sind.«

»Welche Befürchtungen? Also ist es tatsächlich so, dass Hedda zu dir gekommen ist, und dich gebeten hat, das Amulett zu verzaubern?«

»Ja.«

»Warum?«

»Seinetwegen.«

»Wegen Ragnar? Du meinst bestimmt wegen ihrer Tochter, Juna, um sie zu Ragnar zu befördern, oder?«

»Nein, wegen ihm.«

Sarah folgte dem Fingerzeig Valpus. »Knud? Was hat der damit zu schaffen?« Knud war, ebenso wie Ragnar, mitten in seiner Bewegung eingefroren.

Valpu lachte wieder dieses eisige, respekteinflößende Lachen. »Knud begehrte viele Frauen. Aber nie hat sich ihm eine widersetzt, seinem Willen entziehen können. Mit Ausnahme von Hedda. Es ist wahrlich schade um sie. Sie war eine starke, interessante Frau.«

»Knud wollte Hedda? Aber sie war doch Ragnars Frau.«

Valpu verdrehte die Augen. »In der Tat und sie dachte nicht im Traum daran, Ragnar zu verlassen. Sie liebte ihn über alles. Aus irgendeinem Grund war Hedda Knuds Schwachpunkt. Er hat sie vergöttert, hat sie mit Geschenken überhäuft, die sie ihm allesamt zurückgab oder ins Meer warf. Er hat sie um ihre Hand gebeten, mehrmals, ja, ihr sogar angeboten, keine Zweitfrau zu werden, sondern sich von Torhild scheiden zu lassen. Aber Hedda blieb standhaft. Sie schickte diesen jämmerlichen Kerl zur Hölle. Sie trieb ihn geradewegs dazu, sie als allerletzten Ausweg zu zwingen, sich seinem Willen zu beugen, mit Gewaltanwendung, wenn es sein musste. Er drohte, Ragnar und Juna zu töten, und wenn sie es denn so haben wollte, auch sie. Wenn er sie nicht haben konnte, so sollte es auch niemand anderer.«

»Soll das heißen, Knud ist der Mörder von Ragnars Frau?« Sarah war entsetzt.

»Nein. Dieser Knud hätte sich nie selbst die Hände dreckig gemacht. Jemanden eigenhändig im Kampf zu töten, ist etwas ganz anderes, als einen Mord zu begehen. Diese Krieger treibt der Gedanke an, dass es ein ehrenvoller Tod ist, im Kampf zu sterben und in Odins Halle einziehen zu dürfen. Er hatte dafür jemanden beauftragt.«

»Die beiden Männer, die Ragnar umgebracht haben soll?«

»Ja.«

»Und Knud hat dann die Mörder, die beiden einzigen, die wirklich wussten, was passiert war, verschwinden lassen?«

Valpu zuckte gelangweilt mit den Schultern. »Vermutlich.«

»Was sollte das dann mit Ragnars Anklage, wenn in Wahrheit doch Knud hinter all dem steckte?«

»Was weiß ich. Ihr Menschen handelt zuweilen recht sonderbar und seid nicht unbedingt sehr spannend. Wäre diese Hedda nicht zu mir gekommen, wüsste ich nichts darüber.«

»Also hat Hedda tatsächlich nur versucht, Juna mit allen Mitteln zu beschützen? Wo sollte Juna denn hingeschickt werden?«

»Nun darin liegt der Hund begraben. Hedda traute mir nicht.«

»Na, sowas aber auch. Ich kann gar nicht verstehen warum.«

Valpu zog eine Augenbraue nach oben, ignorierte aber Sarahs spitze Zunge. »Sie wollte nicht, dass irgendjemand, außer ihr selbst wusste, wo Juna hingeschickt werden sollte. Sie verlangte von mir, den Zauber so zu formulieren, dass sie Juna jederzeit wegschicken konnte, wenn es erforderlich wäre, und sie nur zu sagen brauchte wohin.«

»Aber irgendetwas ist schiefgelaufen.« Es war keine Frage, vielmehr eine Feststellung.

Valpu legte den Kopf schief wie eine Eule. »Wenn du damit sagen willst, dass der Zauber offenbar nicht richtig funktioniert hat, dann muss ich leider zugeben, ja offenbar hat irgendetwas nicht so funktioniert, wie es sollte.«

»Und es kann nicht rein zufällig sein, dass du etwas damit zu tun hast?«

Valpu funkelte Sarah böse an. »Ich mag mich nicht besonders für euch Sterbliche interessieren, aber ich bin weder eine Stümperin, noch habe ich es nötig, solche unlauteren Mittel anzuwenden. Wenn ich jemandem nicht helfen will, dann tue ich es auch nicht. Und sollte es tatsächlich etwas geben, dass ich nicht zu tun vermag, dann sage ich es auch. Allerdings gab es bisher keine Zauberin oder anderes Geschöpf, das mir das Wasser hätte reichen können. Bisher bin ich nur ein einziges Mal einem ungeschliffenen Diamanten begegnet, der das Potenzial hatte, mich zu schlagen. Bis heute.« Valpu blickte erwartungsvoll auf Sarah.

»Soll das etwa heißen, dass du mich unbedeutendes Menschlein für ebenbürtig hältst? Ach so, ich bin ja nur zur Hälfte ein Mensch. Willst du dich etwa mit mir messen, oder was soll das Theater? Ich habe kein Interesse an solchen Machtspielen. Ich will einfach nur in Frieden leben. Ich meine, ich wusste bis vor kurzem nicht mal, dass ich so etwas kann, und nun soll ich an einer Art Zauberduell teilnehmen? Ich hatte ein ganz normales Leben, das von einer Sekunde auf die andere auf den Kopf gestellt wurde. Ich habe mich damit abgefunden und mir hier ein neues Leben aufgebaut und nun soll das alles aus reiner Willkür, der Laune eines machthungrigen Jarls und einer gelangweilten Hexe heraus zerstört werden? Nein, nicht mit mir! Hast du dafür gesorgt, dass ich das Amulett erhalte und hierher teleportiert worden bin?«

Valpus Augen blitzten auf und sie lächelte amüsiert. »Ebenbürtig, wohl kaum. Aber durchaus ganz annehmbar für einen Grünschnabel ohne Ausbildung.«

»Was willst du also von mir?«

»Das Kind.«

Sarah starrte Valpu entgeistert an. »Was?« Panisch blickte sie zu ihrem Bauch hinunter. »Bist du verrückt? Meine Güte, ich dachte nicht, dass ich einmal in einem Gruselmärchen meiner Kindheit landen würde. Von wegen gib mir dein erstgeborenes Kind und so.«

Valpu lachte aus vollem Halse. »Nein, in meiner Familie gibt es meines Wissens keine Fälle von Wahnsinn. Du hast denselben Humor wie deine Mutter.«

»Haha, sehr witzig. Wovon sprichst du?«

»Ich spreche von meiner Nachfahrin oder vielmehr dem, was sie bei sich trägt. Du hattest die Güte meine Ur-urenkelin zu finden und aufzunehmen. Ich gebe zu, diese Hintertüre habe ich mir offengelassen und ich muss sagen, ich hätte nicht gedacht, dass das so wunderbar gelingen würde. Als Sigrid mir von dir erzählte und dem, was sie mitunter zu verhindern suchte, begann auch in mir ein Plan zu reifen.«

Sarah war kaum in der Lage zu reden. Der Schock war zu groß. Mehr Stammeln als sprechen. »Sunna? Du sprichst von Sunna?«

»So nennt man sie also?« Valpu nickte gedankenversunken. Sie setzte ihre Geschichte fort, aber es wirkte, als ob sie mehr mit sich selbst redete als mit Sarah. »Ich wurde vor langer Zeit durch einen Fluch dazu verdammt, ewig zu leben, getrennt von meiner Familie, ohne Möglichkeit mit ihr in Kontakt treten zu können. Meine Nachkommen zu schulen und mein Vermächtnis weiterzugeben. Und als ob es nicht reichte, wurde mir mitsamt meiner Familie ein äußerst mächtiges Erbstück entzogen. Damit leben zu müssen, über Zauberkräfte zu verfügen und diese nicht uneingeschränkt einsetzen zu können ist grausamer als alle Geschichten, die jemals über mich erzählt wurden.«

Sarah war immer noch nicht in der Lage den Sinn von Valpus Worten vollständig zu erfassen. »Was meinst du damit, was hast du verbrochen? Es muss etwas Furchtbares gewesen sein, wenn die Götter dich dafür so strafen.«

»Darüber kannst du denken, wie du willst. Ich habe, wie ich finde, meine Sünden bereits vor vielen Jahren abgebüßt. Ich habe die Liebe eines mächtigen Zauberers verschmäht, der, wie ich später herausfand, der unliebsame Spross eines Gottes mit einer Sterblichen war. Aus Zorn darüber hatte er mir alles genommen. Aber vielleicht war er auch nur hinter meinem Familienerbstück her. Das spielt jetzt alles keine Rolle mehr. Deine Mutter lernte ich kurz zuvor kennen. Sie platzte aus heiterem Himmel mitten in einen Streit zwischen uns. Und da wären wir.«

»Von wegen da wären wir, ich denke, da hast du aber ein paar äußerst wichtige Details übersprungen. Aber lass mich dir in aller Deutlichkeit sagen, wenn du denkst, dass ich dir Sunna überlasse, dann hast du dich gewaltig getäuscht. Blutsverwandtschaft hin oder her, sie ist inzwischen wie eine Tochter für mich und ich denke nicht im Traum daran, sie dir oder sonst irgendjemanden zu überlassen.«

»Du hast Beherztheit und Wagemut in den Knochen. In dir schlummern starke Kräfte mein Kind, nur hat dir anscheinend weder Sigrid noch sonst eine Hexe gezeigt, wie man richtig damit umgeht. In deiner Zeit hat die Kunst der Magie an Bedeutung und Gewicht verloren. Aber hier stehen dir ungeahnte Möglichkeiten zur Verfügung. Wenn du willst, kann ich dir zeigen, wie. Auch das Mädchen sollte unterrichtet werden. Begeh nicht den Fehler zu glauben, nur weil ich meine Kräfte nicht unbeschränkt einsetzen kann, dass du ein großes Hindernis für mich wärst. Ich kann dich zerquetschen wie ein lästiges Insekt.«

»Danke für die Klarstellung. Ich werde dennoch alles in meiner Macht Stehende tun, um Sunna vor dir zu beschützen. Außerdem hat sie keine Zauberkräfte.«

»Hat sie nicht?« Valpu zog amüsiert die Mundwinkel nach oben.

»Was, wenn ich dir einen Handel anbiete? Das Leben deines Geliebten im Tausch gegen das Kind?«

»Ich fasse das alles einfach nicht! Du lügst, manipulierst und drehst dir alles so zurecht, wie es dir gerade in den Kram passt und das anscheinend bereits seit Jahrhunderten! Es ist mir ziemlich egal, woher meine Mutter dich kannte und was sie dir alles über mich erzählt hat. Sie konnte unmöglich wissen, was passieren würde. An deinen Händen klebt das Blut von Unschuldigen, du bösartiges Scheusal! Mach, dass du wegkommst, und schwing deinen Arsch wieder zurück in die Höhle, aus der du gekrochen bist! Aber vorher wirst du gefälligst alles rückgängig machen, was du angerichtet hast!«

»Ich denke ja nicht im Traum daran. Was habe ich denn davon? Ganz zu schweigen davon, dass ich gar nicht alles rückgängig machen könnte, selbst wenn ich wollte. Und, wenn ich dich daran erinnern darf, meine Liebe, auch deine Hände wurden mit Blut besudelt.«

»Schön du willst es also auf einen Kampf ankommen lassen? Was schwebt dir denn vor? So eine Art magisches Duell? Na gut, dann los! Ich habe keine Angst vor dir, egal wie minderwertig meine Kräfte noch sein mögen. Ich lasse die Menschen, die ich liebe, nicht im Stich.« Sarahs Blick wanderte von Sunna zu Ragnar. »Mein Mann liegt da drüben und verblutet. Es schert mich einen Dreck, was du willst. Ich weiß, dass du es kannst, also mach das gefälligst rückgängig!«

»Ich muss schon sagen, du überraschst mich. Vielleicht wäre es eine Zeit lang ganz erbaulich mich mit dir zu messen. Aber nur ruhig Blut, junge Hexe. Meine Neugier wurde geweckt und ist nun fürs Erste befriedigt. Du sollst deinen Willen haben. Ich habe ohnehin keine Lust, mich in meinem Alter mit einem Kleinkind abgeben zu müssen. Aber ich will das, was sie bei sich trägt.«

»Aber Sunna hatte nichts bei sich, als ich sie fand.«

»Sie muss den Ring bei sich haben.«

»Ich habe keinen Ring gefunden.«

»Nur weil du etwas nichts siehst, heiß es nicht, dass es nicht da ist.«

»Aha. Okay. Und nun?«

»Lass mich das Mädchen ansehen.«

»Sicher nicht.«

»Ihr habt nichts vor mir zu befürchten.«

»Ja, klar. Heile zuerst Ragnar, dann lasse ich dich Sunna kurz ansehen. Aber sie bleibt bei mir.«

Valpu verzog verächtlich die Mundwinkel. »Also schön. Als ob mich das aufhalten würde.«

»Genau das meine ich. So eine Ansage schafft Vertrauen.«

»Du solltest deine Zunge im Zaum halten.«

Sarah ignorierte Valpus Zurechtweisung. Abwartend sah sie ihr in die Augen.

»Na schön. Es würde mir allerdings wesentlich leichter fallen, wenn ich den Ring hätte.«

»Ich bin doch nicht blöd. Was ist jetzt? Nimmst du meine Bedingungen an?«

Valpu lachte erneut ihr infernalisches Lachen und nickte.

Ein leichter Wink ihrer Hand und der Schleier lichtete sich. Von Ragnars Wunde war nichts mehr zu sehen. Sarah rannte zu Ragnar. Atemlos ließ sie sich neben ihm auf die Knie fallen. Er lag noch immer auf dem Boden, aber er bewegte sich und versuchte, sich hustend aufzusetzen. Erleichtert schloss Sarah ihn in die Arme. Wie schlaftrunken blickte er auf Sarah und die Frau in dem roten Kleid, die sich ihnen näherte. Rasch versuchte er, sich aufzurichten, aber Sarah hielt ihn zurück.

»Was ist nun?«

»Ja, ja, schon gut.« Sarah blickte in die entsetzten Gesichter ihrer Freunde. Es war ihnen deutlich anzusehen, wie sehr es sie ebenso quälte, bei dem grausigen Schauspiel tatenlos zusehen zu müssen. Mit einem Nicken wies sie Ida an, Sunna zu ihr zu lassen. Widerstrebend entließ Ida Sunna aus ihrer eisernen Umarmung. Binnen eines Wimpernschlags rannte Sunna auch schon los und sprang freudestrahlend in Sarahs Arme.

»Komm her und suche nach diesem unsichtbaren Ring.«

Valpu unterzog Sunna einer eingehenden Betrachtung. Bereits nach wenigen Augenblicken wandte wie sich zufrieden lächelnd an Sarah. »Ein einfacher Unsichtbarkeits-zauber, in der Tat.« Sie vollführte einen weiteren Wink mit ihrer Hand. Ein goldener Ring mit einem roten Stein in der Mitte erschien auf Valpus Hand. »Ich werde das Mädchen vorerst deiner Obhut überlassen und euch zu einem späteren Zeitpunkt noch einmal besuchen.«

»Wie großzügig von dir. Aber was mich noch interes-sieren würde, woher wusste Knud von dem Amulett? Ich meine von dem Zauber?«

Valpu lachte. »Nun, sagen wir, Hedda war nicht die Ein-zige, die dachte, dass Magie ihre Probleme lösen könnte.«

»Knud hat dich aufgesucht?«

»Er hat mich aufgesucht, ja, aber ich hatte keine Lust, ihm einen Dienst zu erweisen.«

»Also könnte es sein, dass er Hedda und dich bei euren Treffen beobachtet oder belauscht hat?«

»Gewiss. Wenn du mich nun entschuldigst. Dieses Fra-gespiel ermüdet mich.«

»Oh, wie schade, du gehst schon?« Sarah konnte sich eine weitere Prise Sarkasmus nicht verkneifen. »Würdest du die Güte haben und alles andere auch wieder in seinen ursprünglichen Zustand zurückversetzen, ehe du gehst?«

»In einem Punkt hat sich deine Mutter geirrt.«

»Und der wäre?«

Mit einem wahrhaft teuflischen Lachen verschwand Valpu. Alles wirkte unverändert. Es herrschte immer noch eine gespenstische Stille. Vom schaulustigen Mob war so gut wie keine Spur mehr. Auch Knud rappelte sich be-nommen auf. Nach und nach begann das Leben ringsum aus seinem Dornröschenschlaf zu erwachen.

»Geht es dir gut, Liebster?«

»Ja, es geht mir gut. Was ist passiert? Das Letzte, woran ich mich erinnere, ist, dass Knud mich einsperren ließ.« Ragnar blickte ebenso verwirrt wie die übrigen Dorfbewohner.

»Erinnerst du dich denn an gar nichts sonst?«

Ragnar schüttelte entgeistert den Kopf.

Sarah witterte eine Chance für Ragnar.

»Willst du den Menschen hier zeigen, was es heißt, ein guter und gerechter Jarl zu sein?«

Ragnar wirkte ebenso überrascht wie geschockt. »Was?«

»Was, wenn ich dir sage, dass du Knud zum Duell gefordert hast? Dass du ihm vorgeworfen hast, ein schlechter Jarl zu sein, und es an der Zeit wäre, dass jemand Neues über Silfrhaf herrscht?« Es war nicht unbedingt das, was man Fairplay nennen würde, die Geschichte so zu drehen, aber es wäre eine gerechte Strafe für Knuds Verfehlungen und eine gute Gelegenheit für Ragnar, allen zu beweisen, aus welchem Holz er geschnitzt war.

»Ich habe was?«

Sarah nickte entschieden.

»Wieso hast du mich nicht davon abgehalten?«

Sarah lachte. »Also ob ich dich von irgendetwas abhalten könnte, wenn du gerade richtig in Fahrt bist.«

Ihre Antwort brachte wiederum Ragnar zum Schmunzeln. Er drückte Sarah an sich und küsste sie leidenschaftlich. »Das sagt die Richtige.«

Sarah wertete Ragnars Reaktion als ein Ja. Ehe irgendjemand ihren Plan durchkreuzen konnte, sprang sie auf und riss Ragnars Arm in die Höhe. Wie bei einem Boxkampf präsentierte sie den Sieger und rief: »Seht her Bewohner von Silfrhaf! Knud wurde herausgefordert und in einem ehrlichen Zweikampf besiegt! Das hier ist euer neuer Jarl!«

»Was?« Knud spuckte Gift und Galle. »Was redest du da? Hast du den Verstand verloren, du Dirne?«

Ragnar schob Sarah beiseite und packte Knud am Kragen, aber Sarah legte sanft ihre Hand auf seine Schulter.

»Offenbar hast du einen heftigeren Schlag abbekommen, als man meinen würde! Du wurdest besiegt Knud. Dein Leben wurde dir gelassen. Finde dich damit ab. Deine Zeit als Jarl ist vorbei. Nimm deine Frau und deine Habseligkeiten und verschwinde von hier.« Dann schritt sie ganz nah an Knud heran und flüsterte ihm ganz leise ins Ohr: »Hör mir gut zu. Ich weiß, dass du den Tod Heddas und ihrer Tochter zu verantworten hast. Und nun wolltest du ihn auch noch töten lassen. Aber lass dir eins gesagt sein, dieser Hexe mag es egal sein, dass sie die Wahrheit kennt und ob jemals jemand davon erfährt, mir aber nicht. Ragnar bedeutet mir mehr als mein eigenes Leben. Verschwinde aus unserem Leben und lass dich nie wieder hier blicken. Wenn du auch nur ansatzweise versuchen solltest, uns anzugreifen oder sonst irgendwie zu schaden, dann wird der Blutadler die vergleichsweise mildeste Form der Folter und Hinrichtung sein, die ich mir für dich ausdenken werde.« Sarah hatte nicht vor, jemals eine solche Drohung wahr zu machen, aber ihre Worte schienen ihre Wirkung nicht zu verfehlen. »Und nun gib mir das Amulett zurück.« Sarah konnte sehen, wie Knud haderte, aber sein Leben war ihm offenbar doch wichtiger. Als einen letzten Akt seines Unwillens warf er Sarah das Amulett vor die Füße. An die umstehenden Leute gewandt fuhr sie fort: »Heißt euren neuen Jarl willkommen!« Vereinzelt folgte verhaltener Jubel, was nicht weiter verwunderlich war. Immerhin waren die Zuschauer genauso verwirrt wie die Beteiligten selbst.

Ragnar wusste nicht, wie ihm geschah, alles ging viel zu schnell. Plötzlich tauchten aus der Menge ein paar bekannte Gesichter auf. Ida, Sven und Björn, sogar Frode. Alle gesellten sich zu Sarah und Ragnar.

Ida wandte sich flüsternd an Sarah: »Erklärst du mir später, was hier vor sich geht?«

»Warum? Was soll denn los sein?« Verschwörerisch zwinkerte Sarah Ida zu und drückte sie an sich.

Sven umarmte seinen Bruder beinahe genauso herzlich und beglückwünschte ihn zu seinem neuen Amt. Augenzwinkernd fügte er hinzu. »Na, da hast du dir ja was Schönes eingebrockt.«

EPILOG

» Was hast du nun vor, da du endlich herausgefunden hast, wie du hierhergelangt bist und einen Weg zurück nach Hause gefunden hast?«

»Nichts.«

»Nichts?«

»Würdest du Sunna und mich denn gehen lassen, wenn ich es wollte?«

»Wenn es das ist, was du wirklich willst.« Ragnar holte tief Luft. Sein Blick war so undurchdringlich wie eh und je, aber Sarah wusste es inzwischen besser. »Ja, ich würde euch gehen lassen, auch wenn ich mir wünschen würde, dass ihr hierbleibt.«

»Du bist ein so viel besserer Mensch als ich. Ich wäre zu egoistisch. Ich würde nicht wollen, dass du gehst. Ich würde dich bitten zu bleiben, oder mit mir zu kommen. Würdest du denn mit mir kommen, wenn ich dich darum bitten würde? Sunna ist noch klein, sie würde sich schnell an ihr neues Leben gewöhnen, aber ein gestandener Wikinger im 21. Jahrhundert?«

»Ich weiß es nicht. Es gäbe so viel, dass ich gerne sehen und lernen wollen würde. Aber ob ich für immer in deiner Zeit leben wollen würde, das kann ich dir nicht sagen.«

Sarah nickte.

»Und wie lautet nun dein Entschluss?«

»Weißt du das denn nicht schon längst? Ich liebe dich. Ich habe dich gefunden und Sunna und ein neues Zuhause.

Ich will da sein, wo auch du bist. Aber das Beste daran ist, dass ich mich gar nicht wirklich entscheiden muss. Ich habe jetzt so etwas wie eine Art Universalticket. Obwohl Knud fast damit abgehauen wäre. Mit dem Amulett und meinen überraschend vielseitigen Kräften. Ich kann sie noch nicht vollständig kontrollieren, aber ich bin zuversichtlich. Bald könnte ich reisen, wohin und wann auch immer ich es will, und könnte jederzeit wieder nach Hause zurückkehren. Ich könnte vielleicht sogar mehr über meine Mutter erfahren. Ich müsste mir nur etwas überlegen, damit ich die geschichtlichen Ereignisse nicht durcheinanderbringe. So ein einfacher Unsichtbarkeitszauber wäre doch vielleicht etwas.« Sarah warf Ragnar einen vielsagenden Blick zu. »Das ist weit mehr, als ich mir je erträumt habe. Aber ich habe nicht mit dir gerechnet. Ich habe nicht erwartet, dass ich die Liebe meines Lebens finden würde. Familie inklusive. Ich weiß, dass ich nicht von dir erwarten kann, dass du mit in meine Zeit kommst. Ich will hier mit dir und Sunna zusammenleben, im Land deiner Ahnen. Ich will hier mit dir gemeinsam unsere Kinder großziehen. Aller Widrigkeiten zum Trotz ist das hier auch meine Heimat geworden. Ich möchte mir aber auch nicht die einmalige Gelegenheit entgehen lassen, mit dir durch Raum und Zeit zu reisen. Aber das können wir ja auch noch danach.«

»Wonach?«

»Nach der Entbindung.« Ragnar starrte Sarah an. »Ent… was?«

»Na, der Geburt unseres Sohnes natürlich. Hast du das etwa schon wieder vergessen? Aber es wird ohnehin nicht mehr lange dauern, bis es zu sehen sein wird. Bald kannst

du mich rollen, wenn ich weiter so viel Appetit habe.«
Sarah fiel es wie Schuppen von den Augen. Ragnar konnte sich kaum an etwas erinnern. Er wusste nur das, was sie ihm erzählt hatte. Vermutlich hatte er vergessen, dass sie ihm im wohl unpassendsten Augenblick von ihrer Schwangerschaft erzählt hatte.

»Sohn?«

»Ich kann es nicht beweisen, immerhin gibt es hier kein Ultraschallgerät, aber ich bin mir ziemlich sicher, dass es ein Junge ist.«

Überschwänglich wirbelte Ragnar Sarah herum. In diesem Moment war er der glücklichste Mann in ganz Midgard.

Sarah hatte einiges nachzuholen und sie fing umgehend damit an. *Keine Geheimnisse mehr. Nie wieder.* Schwor sie sich. Sie hatte Ragnar ausnahmslos alles erzählt, was passiert war und sie erfahren hatte. Ganz ohne Zuckerguss. Sogar die kleine Notlüge, um ihn dazu zu bewegen, das Amt des Jarls anzutreten, hatte sie ihm gebeichtet.

Ragnar hatte lange über alles nachgedacht, ehe er auf Sarahs Bericht reagiert hatte. Er hatte ebenso Fehler gemacht und falsche Entscheidungen getroffen wie Sarah. Es gab nichts zu entschuldigen und nichts zu verzeihen. Jedenfalls würde es zukünftig keine Geheimnisse mehr zwischen ihnen geben. Das hatten sie sich hoch und heilig versprochen.

Ragnar war anfangs wütend auf Ida gewesen, aber auch das war mittlerweile längst verziehen, denn es war Vergangenheit.

✧

Ihr neues Heim war beinahe fertig. Ragnar hatte es nach Sarahs Zeichnungen gebaut. Es war alles andere als das gewöhnliche Heim eines Wikingers, aber es war auch alles andere als gewöhnlich, dass der Jarl nicht im Dorf wohnte. Beide waren sie sich einig gewesen, dass Ragnars Bauernhaus zu klein für sie alle werden würde und nicht das standesgemäße Heim eines Jarls. Aber keinesfalls wollten sie in das ehemalige Haus von Knud einziehen. Lediglich die Halle sollte weiterhin für Versammlungen und Feste genutzt werden.

Sie hatten ihr Haus fast genau an der Stelle gebaut, von der Ragnar immer geträumt hatte, mit einer Ausnahme: Es lag nicht so weit oben, sondern näher am Fluss und bot dennoch eine wunderschöne Aussicht. Ihr neues Zuhause war einem Jarl durchaus würdig.

Jarl. Sarah wusste, wie sehr Ragnar immer noch mit seiner neuen Stellung haderte. Der Unsicherheit immer noch nicht genau zu wissen, wie er sich als Jarl zu verhalten hatte und ob er diesem Titel gerecht werden konnte. In diesen Momenten der Ungewissheit stand ihm Sarah zur Seite, so gut sie konnte. Sie betonte immer wieder, dass er einfach er selbst sein sollte und nach bestem Wissen und Gewissen handeln, dann würde schon nichts schief gehen. Wie immer malte sie dann mit ihren Fingern diese seltsamen Zeichen in die Luft.

Aus dem Rauchfang stiegen Dunstschwaden auf und erinnerten Sarah daran, dass sie noch das Essen zubereiten musste.

Sie war bereits im Ziegenstall gewesen, als die anderen noch schliefen. Auch die Hühner hatte sie schon gefüttert.

Sie hatte sich immer noch nicht daran gewöhnt, dass sie jetzt Angestellte hatte, die das für sie erledigen konnten, und tat es oftmals selbst. Ragnar hatte darauf bestanden, dass sie sich schonen sollte, um dem Baby nicht zu schaden, und Sarah hatte durchgesetzt, keine Sklaven in ihre Dienste zu nehmen. Sie konnte diese Traditionen nicht abschaffen, zumindest noch nicht, aber sie konnte sie umgehen. Sie hatte mit Ragnars Einverständnis nur zwei Leute aufgenommen, die sie aber für ihre Dienste bezahlten.

Offenbar hatte Ragnar das Feuer im Kamin neu angefacht. Ein Lächeln umspielte Sarahs Lippen. Ich hatte ihm doch gesagt, dass er im Bett bleiben und sich ausruhen sollte.

Aber wann hatte er jemals auf ihre gut gemeinten Ratschläge gehört? Oder umgekehrt. Sie hatte ihm das Leben auch nicht gerade leichter gemacht. Kaum zu glauben, dass sich ihr Leben innerhalb eines Jahres so unglaublich verändert hatte. Aber sie hätte sich auch niemals träumen lassen, was alles möglich war. Sie hatte sich immer für ein relativ graues Mäuschen gehalten, das ganz gut alleine zurechtkam. Niemals hätte sie sich für eine Kämpferin und schon gar nicht für eine mächtige Hexe oder Zauberin gehalten. Aber das Leben hatte offenbar andere Pläne für sie bereitgehalten. So sehr sie in den vergangenen Monaten auch mit ihrem Schicksal gehadert hatte, sie war sich nun ganz sicher, dass sie hier richtig war und dass das Leben noch viel Gutes für sie bereithalten würde.

»Was machst du?« Wie üblich war Ragnar beinahe lautlos an Sarah herangetreten. Aber immerhin fuhr Sarah mittlerweile nicht mehr vor Schreck hoch. Sie hatte sich bereits daran gewöhnt.

»Ich genieße die Aussicht und die ersten Sonnenstrahlen des Tages.«

Ragnar nickte. Es war noch früh und außer dem Meeresrauschen und den vereinzelten Schreien der Meeresvögel war es noch ruhig. Auch die Fauna und Flora um sie herum schien sich erst von den Geschehnissen der letzten Wochen erholen zu müssen. Sarah klopfte mit der flachen Hand auf den Sand und forderte Ragnar auf, sich zu ihr zu setzen. Ragnars rechte Augenbraue schnellte nach oben.

»Was gibt es? Noch mehr Geheimnisse, Überraschungen oder Pläne?«

Sarah lachte. »Nein. Zurzeit nicht. Das sagte ich ja. Keine Geheimnisse mehr. Ich möchte nur etwas Zeit mit meinem vielbeschäftigten Ehemann verbringen. Ist Sunna schon wach?«

Ragnar schüttelte verneinend den Kopf.

Sarah wusste, dass Ragnar es kaum aushielt, auch nur fünf Minuten untätig herumzusitzen. Umso erstaunter war sie, als er sich ohne weitere Diskussion neben ihr niederließ. Vorsichtig legte er den Arm um ihre Schulter. »Es gibt da noch etwas, dass ich dir schuldig bin.«

»Ach ja? Was denn?«

»Was den Ehemann anbelangt.« Behutsam ergriff er ihre Hand und steckte ihr einen Ring mit einem grünen Edelstein an ihren Ringfinger. »Er erinnerte mich an den Moment, als ich dich das erste Mal sah und in deine wunderschönen Augen blickte. Willst du meine Frau sein Sarah?«

Danksagung

Ich möchte mich ganz herzlich bei meinen Leser*innen bedanken. Ich habe dieses Buch nicht nur geschrieben, um mir einen lang gehegten Traum zu erfüllen, sondern auch für euch. Ihr habt es gekauft, euch die Zeit genommen, um es zu lesen, und ich hoffe sehr, dass es euch gefallen hat. Ihr habt Sarah auf ihrer Reise begleitet und seid gemeinsam mit ihr an ihren Herausforderungen gewachsen. Es würde mich ungemein freuen, wenn euch diese Geschichte womöglich sogar dazu beflügelt hat, selbst etwas zu wagen, euch euren Herzenswunsch zu erfüllen, etwas, wovon ihr schon ganz lange träumt.

Danke an all die starken Frauen, die mich zum Teil, ohne es zu wissen, im Laufe dieses Projekts schon von der ersten Zeile an inspiriert, in Szene gesetzt, unter ihre Fittiche genommen und bis zum Schluss „die Hand gehalten" haben. Meinen Dozent*innen und Kolleg*innen ‚Vom Schreiben leben Studium' und der ‚Frei&wunderbar - Akademie': Annika Bühnemann, Marieke Kühne, Helen Schmidt, Michaela Diesch, Anja, Anathea, Jamie, Sandra, Sabrina, Kerstin, Patrizia. Ich bin euch so unendlich dankbar! Der Austausch mit euch und eure Tipps haben mich bestärkt und beflügelt. Dank euch durfte die ursprüngliche Idee wachsen und gedeihen und wurde vom Traum zur Wirklichkeit. Danke liebe Janja, Ewa, Brigitta, Janet, Vera, Stefanie, Rahel, Sophia Grabner von Sophia-Grabner-Fotografie, Lara von lr-online-marketing.de, Fritzi van Ribbeck, Claudia, Loredana und Kevin. Ebenso möchte ich mich bei der Sektion Historisches Fechten der Polizeisportvereinigung Graz und der Leitung des Instituts für Gerichtliche Medizin der Universität Graz für die ausführliche Beantwortung meiner Fragen bedanken.

Ich danke auch ganz besonders meinen lieben, kreativen und motivierten Blogger*innen für eure Unterstützung! Und zu guter Letzt natürlich auch dir Florian.

Website/Newsletter

—

Wenn dir mein Buch gefallen hat und du gerne mehr
über mich und meine Projekte erfahren willst, dann
schau doch gerne mal auf www.dsbschneider.com / vorbei und trage dich für meinen Romantasy Rundbrief ein.
Ich würde mich freuen!

www.dsbschneider.com/newsletter/

Trigger Warnung

—

Liebe Leser*in!

Diese Geschichte enthält triggernde Elemente. Diese sind: explizite Szenen körperlicher, seelischer oder sexualisierter Gewalt, Sex, Kampf, Krieg, Blut, Tod, Alkoholkonsum, Leibeigenschaft, tradierte Geschlechterrollen und -klischees.

Bitte auf eigene Verantwortung entscheiden, ob Sie sich davon getriggert fühlen könnten oder nicht und dieses Buch lesen möchten.